Nancy Farmer

La maison du scorpion

Traduit de l'anglais (États-Unis) par Valérie Dayre

Médium

l'école des loisirs

11, rue de Sèvres, Paris 6e

Du même auteur à *l'école des loisirs*

Collection MÉDIUM

Elle s'appelait Catastrophe

Cet ouvrage a été traduit
avec le concours du Centre national du livre

Titre de l'édition originale The House of the Scorpion
Loi numéro 49.956 du 16 juillet 1949 sur les publications destinées à la jeunesse : mars 2005
Dépôt légal : juillet 2005
Imprimé en France par Bussière
à Saint-Amand-Montrond
N°d'édit. : 8033. N° d'impr. : 052629/1

À Harold pour son amour et son soutien indéfectibles,
et à Daniel, notre fils. À mon frère, le Dr Elmon LeeCoe,
et à ma sœur, Mary Marimon Stout.
Enfin, et non moins important, à Richard Jackson,
il capo di tutti capi *des éditeurs de livres pour la jeunesse.*

Liste des personnages

La famille Alacrán

Matt : Matteo Alacrán, le clone.
El Patrón : le Matteo Alacrán d'origine ; un puissant seigneur de la drogue.
Felipe : fils d'El Patrón ; mort depuis longtemps.
El Viejo : petit-fils d'El Patrón et père de Mr Alacrán ; un très vieil homme.
Mr Alacrán : arrière petit-fils d'El Patrón ; mari de Felicia, père de Benito et de Steven.
Felicia : épouse de Mr Alacrán ; mère de Benito, Steven et Tom.
Benito : fils aîné de Mr Alacrán et de Felicia.
Steven : fils cadet de Mr Alacrán et de Felicia.
Tom : fils de Felicia et de Mr MacGregor.
Fani : épouse de Benito.

Visiteurs et alliés des Alacrán

Sénateur Mendoza : politicien puissant aux États-Unis ; père d'Emilia et de María ; également appelé Dada.
Emilia : fille aînée du sénateur Mendoza.
María : fille cadette du sénateur Mendoza.
Esperanza : mère d'Emilia et de María ; disparue lorsque María avait cinq ans.
Mr MacGregor : un seigneur de la drogue.

Esclaves et domestiques

Celia : cuisinière en chef, chargée de s'occuper de Matt.
Tam Lin : garde du corps à la fois d'El Patrón et de Matt.

Daft Donald : garde du corps d'El Patrón.
Rosa : gouvernante ; geôlière de Matt.
Willum : médecin chef pour la maisonnée Alacrán ; amant de Rosa.
Mr Ortega : professeur de musique de Matt.
Professeur : un eejit.
Hugh, Ralph, et Wee Wullie : membres de la Patrouille des Domaines.

DES GENS EN AZTLÁN

Raúl : un gardien.
Carlos : un gardien.
Jorge : un gardien.
Chacho : un garçon perdu.
Fidelito : un garçon perdu ; huit ans.
Ton-Ton : un garçon perdu ; conducteur du collecteur de crevettes.
Flaco : le plus âgé des garçons perdus.
Luna : garçon perdu responsable de l'infirmerie.
Guapo : vieil homme fêtant El Día de los Muertos.
Consuela : vieille femme fêtant El Día de los Muertos.
Sœur Inéz : une infirmière au couvent de Santa Clara.

PERSONNAGES DIVERS

Bouldepoil : chien de María.
El Látigo Negro : Le Fouet Noir, ancien personnage de série télévisée.
Don Segundo Sombra : Monsieur Seconde Ombre, ancien personnage de série télévisée.
El Sacerdote Volante : Le Prêtre Volant, ancien personnage de série télévisée.

Eejits : personnes dont le cerveau est implanté de puces électroniques ; qualifiés également de zombies.

La Llorona : La Femme en pleurs ; personnage légendaire qui, la nuit, erre à la recherche de ses enfants perdus.

Chupacabras : Le Suceur de sang de chèvre ; créature légendaire qui boit le sang des chèvres, des poulets et, parfois, des êtres humains.

ARBRE GÉNÉALOGIQUE DE LA FAMILLE ALACRÁN

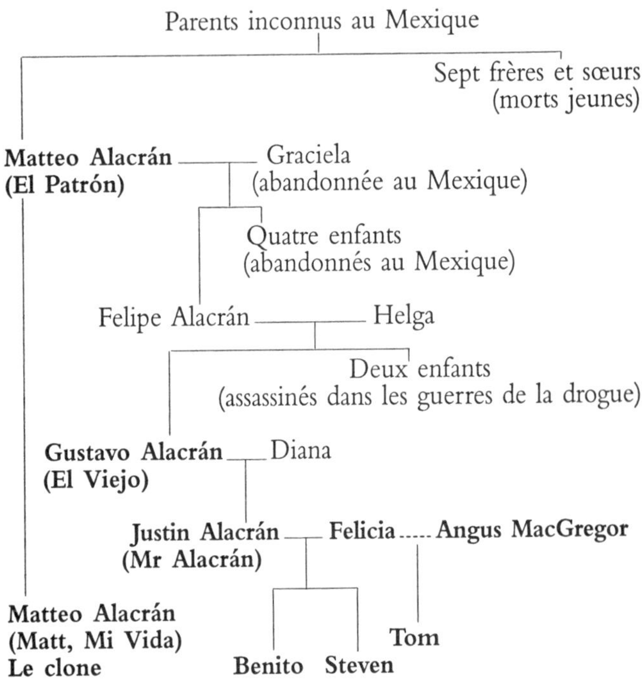

en caratères gras : en vie
en caractères maigres : décédés

JEUNESSE : 0 À 6 ANS

Au commencement

Au commencement il y en avait trente-six, trente-six gouttelettes de vie si minuscules qu'Eduardo ne pouvait les voir qu'au microscope. Il les examina avec anxiété dans la pièce obscurcie.

De l'eau bouillonnait dans les tubes qui serpentaient le long des murs chauds, humides. De l'air était pulsé dans les chambres de développement. Une sourde lueur rougeâtre éclairait les visages des laborantins, qui observaient chacun sa rangée de petits récipients en verre contenant une gouttelette de vie.

Eduardo disposa les siens l'un après l'autre sous la lentille du microscope. Les cellules étaient parfaites – du moins en apparence. Chacune était pourvue de tout ce que nécessitait sa croissance. Cet univers infiniment petit recelait tellement de données ! Même Eduardo, qui connaissait parfaitement le processus, était impressionné. Étaient déjà inscrites là la future couleur des cheveux du sujet, sa taille adulte, et même sa préférence pour les épinards ou les brocolis. Peut-être aussi aurait-il une vague attirance pour la musique ou les mots croisés. Tout cela déjà contenu dans la gouttelette.

Enfin, les membranes extérieures tremblotèrent, une cloison médiane apparut et les cellules se divisèrent en deux. Eduardo soupira. Tout allait bien se passer. Il regarda croître les échantillons, puis les disposa avec soin dans l'incubateur.

Mais non, tout ne se passa pas bien. Fut-ce un défaut dans l'alimentation, la température, la lumière, Eduardo n'en sut rien. Très rapidement, plus de la moitié moururent. N'en restaient à présent plus que quinze, et Eduardo sentit comme un grand froid dans le ventre. S'il échouait, il serait expédié aux Domaines, et qu'adviendrait-il alors d'Anna et des enfants, et de son vieux père?

– C'est normal, dit Lisa, si proche qu'Eduardo sursauta.

Elle comptait parmi les techniciens les plus expérimentés. Elle avait travaillé durant tant d'années dans l'obscurité que son visage était devenu d'un blanc crayeux et qu'on lui voyait les veines sous la peau.

– Comment cela, normal? demanda Eduardo.

– Les cellules ont été congelées il y a plus de cent ans. Elles ne peuvent pas être aussi vigoureuses que des échantillons prélevés hier.

– Si longtemps que ça, s'émerveilla Eduardo.

– Mais certaines doivent se développer, fit sévèrement Lisa.

Aussi Eduardo recommença-t-il à s'inquiéter. Pendant un mois, tout alla bien. Vint le jour où il implanta les minuscules embryons dans les vaches porteuses. Celles-ci étaient alignées en rang, en attente patiente. Elles étaient alimentées par des tubes, et leurs corps soumis à l'exercice par des bras métalliques géants qui leur saisissaient les pattes pour les manœuvrer comme si les bêtes cheminaient dans un champ sans fin. De temps en temps, l'une remuait les mâchoires dans une tentative de rumination.

Rêvaient-elles de pissenlits? se demanda Eduardo. Sentaient-elles quelque vent fantôme ployer des graminées contre leurs jarrets ? Grâce à des implants crâniens, leur cerveau ne recelait qu'une félicité paisible. Mais se rendaient-elles compte que des enfants se développaient dans leur utérus ?

Peut-être détestaient-elles le traitement qui leur était infligé ; toujours est-il qu'elles rejetèrent bel et bien les embryons. L'un après l'autre, alors qu'ils n'avaient encore que la taille de petits poissons de friture, ceux-ci moururent.

Jusqu'à ce qu'il n'en reste qu'un.

Eduardo dormait mal la nuit. Il criait dans son sommeil, et Anna lui demandait ce qui n'allait pas. Il ne pouvait lui dire que, si ce dernier embryon mourait, il perdrait sa place. Il serait envoyé aux Domaines. Alors elle, Anna, et leurs enfants, et le vieux père, seraient jetés sur les routes brûlantes et poussiéreuses.

Or cet unique embryon grandit jusqu'à devenir un être doté de bras, de jambes et d'une douce figure rêveuse. Eduardo l'observait grâce aux échographies.

– Tu tiens ma vie entre tes mains, lui disait-il.

Comme s'il pouvait entendre, le fœtus incurvait son tout petit corps dans la matrice jusqu'à se tourner vers l'homme. Eduardo éprouvait alors un élan de tendresse irraisonné.

Le jour venu, il reçut le nouveau-né dans ses bras comme s'il s'agissait de son propre enfant. Ses yeux se voilèrent lorsqu'il le coucha dans un berceau et se saisit de la seringue qui priverait le petit être de son intelligence.

– Ne le pique pas, celui-là, intervint Lisa en arrêtant vivement son geste. C'est un Matteo Alacrán. On les garde toujours intacts.

T'ai-je rendu service ? songea Eduardo en regardant le bébé tourner la tête vers les infirmières, qui s'empressaient dans leurs uniformes blancs empesés. *M'en seras-tu reconnaissant plus tard ?*

La petite maison dans les champs de pavots

Matt se planta devant la porte et écarta les bras afin d'empêcher Celia de partir. La lumière bleutée du petit matin éclairait le séjour exigu. Le soleil n'était pas encore apparu au-dessus des lointaines collines à l'horizon.

– Qu'est-ce que c'est que ça? fit la femme. Tu es un grand garçon, maintenant, presque 6 ans. Tu sais que je dois travailler.

Elle le saisit pour l'écarter de son chemin.

– Emmène-moi avec toi, supplia Matt, attrapant la chemise de Celia.

– Arrête, dit Celia en libérant doucement son vêtement. Tu ne peux pas venir, *mi vida*. Tu dois rester caché dans le nid comme une gentille petite souris. Il y a des faucons dehors, qui mangent les souriceaux.

– Je ne suis pas un souriceau!

Matt avait crié d'une voix suraiguë qu'il savait très agaçante. Il voulait bien se faire gronder si ça lui permettait de retenir Celia quelques instants. Il ne supportait pas l'idée de rester seul un jour de plus.

Celia le repoussa.

– *¡Callate!* Tais-toi! Tu veux me rendre sourde? Tu n'es qu'un petit morveux, qui a de la bouillie à la place de la cervelle!

Maussade, Matt s'affala dans le gros fauteuil.

Celia s'agenouilla aussitôt pour l'enlacer.

– Ne pleure pas, *mi vida*. Je t'aime plus que tout au

monde. Quand tu seras plus grand, je t'expliquerai certaines choses.

Sûrement pas. Elle avait déjà fait cette promesse. L'envie de batailler quitta brusquement Matt. Il était trop petit et trop faible pour lutter contre ce qui poussait Celia à l'abandonner chaque jour.

– Tu me rapporteras un cadeau ? demanda-t-il en se tortillant pour échapper à son étreinte.

– Bien sûr ! s'exclama la femme.

Aussi Matt la laissa-t-il partir, mais il était toujours en colère. Une drôle de colère, parce qu'il avait envie de pleurer en même temps. La maison était trop vide sans Celia pour chantonner, heurter les casseroles, ou parler de gens qu'il n'avait jamais vus et ne verrait jamais. Même quand elle dormait – et elle sombrait facilement dans le sommeil après ses longues heures de cuisine à la Grande Maison –, sa chaude présence emplissait toute la maisonnette.

Lorsque Matt était plus petit, il n'y avait pas eu de problème. Il s'amusait avec ses jouets et regardait la télévision. Il regardait aussi par la fenêtre les champs de pavots blancs qui s'étiraient jusqu'aux collines lointaines. Toute cette blancheur lui blessant les yeux, il se détournait avec soulagement pour retrouver la pénombre fraîche de l'intérieur. Récemment, pourtant, Matt s'était mis à observer l'extérieur avec plus d'attention. Les champs de pavots n'étaient pas entièrement déserts. De temps à autre, il apercevait des chevaux – qu'il reconnaissait pour en avoir vu dans des livres – marchant entre les rangs de fleurs blanches. Dans la lumière éclatante, il était difficile de distinguer les cavaliers, mais il semblait qu'il ne s'agissait pas d'adultes, plutôt d'enfants comme lui.

Suite à cette découverte, son désir s'accrut de les voir de plus près.

Grâce à la télévision, il savait que les enfants allaient rarement seuls. Ils faisaient des choses à plusieurs, comme construire des châteaux forts, taper dans un ballon ou se bagarrer. Matt ne voyait jamais âme qui vive à l'exception de Celia et, une fois par mois, du docteur. Ce dernier était un homme revêche qui n'aimait pas du tout Matt.

Matt soupira. Pour faire quoi que ce soit, il lui fallait sortir, or Celia répétait que c'était trop dangereux. D'ailleurs, portes et fenêtres étaient verrouillées.

Il s'installa à une petite table en bois et prit l'un de ses livres, *Pedro el Conejo*. Matt savait lire – un peu – l'anglais et l'espagnol. De fait, Celia et lui mêlaient les deux langues quand ils se parlaient, mais cela n'avait pas d'importance : ils se comprenaient.

Pedro el Conejo était un vilain petit lapin qui se glissait dans le jardin du señor MacGregor pour lui croquer ses laitues. Le señor MacGregor décidait de transformer le voleur en chair à pâté mais, après maintes aventures, Pedro s'en sortait. C'était une histoire plaisante.

Matt se leva pour aller traîner dans la cuisine, qui contenait un petit réfrigérateur ainsi qu'un four à micro-ondes. Sur celui-ci, une pancarte signalait *PELIGRO !!!* DANGER !!! assortie de petits carrés de papier jaune qui disaient tous NON ! NON ! NON ! Pour mieux se garantir de tout risque, Celia avait enroulé autour du micro-ondes une ceinture fermée par un cadenas. Elle vivait dans la hantise que Matt trouve le moyen d'ouvrir le four pendant son absence et « se cuise ses petits gésiers », comme elle disait. Matt ignorait ce qu'étaient les gésiers et ne souhaitait pas l'apprendre. Il contourna l'engin dangereux pour atteindre le réfrigérateur – à ça il avait droit. Celia le remplissait chaque soir de mets délicieux, et en abondance puisqu'elle cuisinait pour la Grande Maison. Matt se servit en sushis, tamales, pakoras, blintzes – tout ce que mangeaient les habitants de la Grande Maison. Le frigo contenait également en permanence un carton de lait et des bouteilles de jus de fruits.

Un petit saladier en main, Matt se rendit dans la chambre de Celia. D'un côté se trouvait un grand lit affaissé, recouvert de coussins crochetés et d'animaux en peluche. À sa tête étaient accrochés un énorme crucifix et une image de Notre-Seigneur Jésus avec Son Cœur percé de cinq épées. Matt trouvait l'image effrayante. Le crucifix était encore pire car il luisait dans l'obscurité. Matt leur tournait le dos ; ça ne l'empêchait pas d'aimer la chambre de Celia.

Vautré au milieu des coussins, il fit semblant de donner à manger au chien en peluche, à l'ours, au lapin (*conejo*, corrigea-t-il). Ce fut amusant un moment, puis un grand vide envahit Matt. Ce n'étaient pas de vrais animaux. Il pouvait leur raconter tout ce qu'il voulait, ils étaient incapables de comprendre. En fait, ils n'étaient même pas *là*.

Pour les punir de ne pas exister réellement, il les tourna vers le mur, puis s'en alla dans sa propre chambre. Elle était bien plus petite, à moitié occupée par le lit. Les murs étaient couverts d'images que Celia avait découpées dans des magazines : vedettes de cinéma, animaux, bébés – Matt n'était pas emballé par les bébés, mais Celia les trouvait irrésistibles –, fleurs, articles de journaux. Une photo représentait des acrobates debout les uns sur les autres, formant une immense pyramide. SOIXANTE-QUATRE, était-il écrit en légende. UN NOUVEAU RECORD POUR LA COLONIE LUNAIRE.

Une autre image montrait un homme tenant une grenouille entre deux tranches de pain. Matt ne trouvait là rien de drôle, mais Celia riait chaque fois qu'elle la voyait.

Il alluma le téléviseur et regarda des feuilletons. Les gens se disputaient tout le temps dans ce genre de truc. Ça n'avait pas de sens et, quand ça en avait, ce n'était pas intéressant. *Ce n'est pas vrai*, pensa Matt avec une terreur soudaine. *C'est comme les animaux*. Il pouvait bien parler, parler, parler, personne ne l'entendrait.

Un sentiment de désolation le submergea, si profond qu'il crut mourir. Il se recroquevilla pour ne pas hurler. Des sanglots lui coupaient le souffle. Des larmes roulaient sur ses joues.

Et puis – et puis –, par-delà les bruits de la télé et ses pleurs, il entendit une voix qui appelait. Une voix claire et forte – une voix d'enfant. Bien réelle.

Matt courut à la fenêtre. Celia lui recommandait toujours d'être prudent quand il regardait dehors, mais dans l'excitation il oublia. D'abord il ne vit que l'aveuglante étendue livide des pavots. Puis une ombre passa devant la croisée. Matt se recula si prestement qu'il tomba au sol.

– Qu'est-ce que c'est que cette baraque? dit quelqu'un.

– Une cabane d'ouvrier, fit une autre voix, plus haute.

– Je ne pensais pas qu'ils avaient le droit d'habiter dans les champs d'opium.

– C'est peut-être une remise. Essayons d'ouvrir.

La poignée de la porte remua. Matt se tapit sur le plancher, le cœur battant. Quelqu'un approcha son visage du carreau, les mains en visière pour tenter de voir dans la pénombre. Matt se pétrifia. Il avait souhaité de la compagnie mais cela arrivait trop vite. Il se sentait comme Pedro el Conejo dans le jardin du señor MacGregor.

– Hé, il y a un môme là-dedans!

– Quoi? Laisse-moi voir.

Un second visage se pressa au carreau. C'était une fille aux cheveux noirs et à la peau mate, comme Celia.

– Ouvre la fenêtre, petit. Comment tu t'appelles?

Terrifié, Matt ne pouvait articuler un mot.

– C'est peut-être un idiot, déclara platement la fille. Dis, est-ce que tu es idiot?

Matt secoua le tête. La fille se mit à rire.

– Je sais qui habite ici, fit soudain le garçon. Je reconnais la photo sur la table.

Matt se souvint du portrait que Celia lui avait donné pour son dernier anniversaire.

– C'est la vieille grosse cuisinière, reprit le garçon. Comment elle s'appelle?... En tout cas, elle ne vit pas avec les autres domestiques. Ça doit être sa tanière. Je ne savais pas qu'elle avait un môme.

– Ou un mari, souligna la fille.

– Ouais. Ça explique des choses. Je me demande si Père est au courant. Il faudra que je lui demande.

– Tu ne feras pas ça! s'exclama la fille. Tu attirerais des ennuis à la cuisinière.

– Dis donc, on est sur les terres de ma famille, et mon père m'a dit d'avoir l'œil à tout. Toi, tu n'es qu'en visite.

– Et alors? Mon père à moi dit que les domestiques ont droit à une vie privée, et comme il est sénateur des États-Unis, son opinion a plus de valeur.

– Ton paternel change d'opinion plus souvent que de chaussettes, fit le garçon.

Matt ne put entendre la réponse de la fille. Les enfants s'éloignaient de la maison, et il ne perçut plus que le ton indigné des voix.

Il tremblait des pieds à la tête, à croire qu'il venait de rencontrer l'un des monstres dont lui parlait Celia, qui hantaient le monde extérieur, le *chupacabras* peut-être. Le *chupacabras* vous suçait le sang et vous laissait sécher comme une vieille peau de cantaloup. Les choses s'étaient passées trop vite. Mais il avait bien aimé la fille.

Le reste de la journée, Matt oscilla entre crainte et joie. Celia l'avait mis en garde : il ne devait jamais, jamais se montrer à la fenêtre. S'il venait quelqu'un, il devait se cacher. Mais les enfants avaient été une si merveilleuse surprise qu'il n'avait pu s'empêcher de se précipiter pour les voir. Ils étaient plus âgés que lui. De combien d'années, Matt n'aurait su le dire. En tout cas, ce n'étaient pas des grandes personnes et ils ne semblaient pas dangereux. Celia serait quand même furieuse si elle l'apprenait. Matt décida de ne rien lui dire.

Ce soir-là, elle revint avec un livre de coloriage que les enfants de la Grande Maison avaient jeté. Comme la moitié seulement avait été coloriée, Matt passa avant le dîner une agréable demi-heure à utiliser les moignons de crayons que Celia lui avait apportés en d'autres occasions. Une odeur de fromage et d'oignons frits arrivait de la cuisine, et Matt devina que Celia préparait un plat d'Aztlán*. C'était rare. Généralement, elle était tellement fatiguée à son retour qu'elle se contentait de réchauffer des restes.

Il coloria toute une prairie en vert. Le crayon étant presque réduit à rien, il fallait s'appliquer pour bien l'utiliser jusqu'au bout. La couleur verte procurait à Matt un sentiment de bonheur. Si seulement il avait pu contempler une prairie semblable au lieu du blanc aveuglant des pavots. Il imaginait l'herbe moelleuse comme un lit et parfumée comme la pluie.

– Très joli, *chico,* fit Celia au-dessus de son épaule.

* Dans ce roman, l'auteur fait d'Aztlán le nom d'un pays, l'ancien Mexique. Il s'agit du nom du berceau du peuple aztèque, qui fonda en 1325 Tenochtitlán, la future ville de Mexico. (Toutes les notes sont de la traductrice.)

L'ultime fragment de crayon s'écrasa dans les doigts de Matt.

– *¡Qué lástima!* Je verrai si j'en trouve un autre dans la Grande Maison. Ces gamins sont si riches qu'ils ne remarqueraient rien si je leur prenais toute leur fichue boîte, soupira Celia. Enfin, je n'en prendrai que quelques-uns. La souris est plus en sécurité quand elle ne laisse pas ses empreintes sur le beurre.

Ils dînèrent de quesadillas et d'enchiladas. Les mets pesaient lourdement sur l'estomac de Matt.

– *Mamá,* fit-il sans réfléchir, parle-moi encore des enfants de la Grande Maison.

– Ne m'appelle pas *Mamá,* dit Celia d'un ton cassant.

– Excuse-moi, fit Matt.

Le mot lui avait échappé. Celia lui avait dit depuis longtemps qu'elle n'était pas sa vraie mère. Pourtant, les enfants à la télé avaient des *mamás,* et Matt avait pris l'habitude de considérer Celia comme telle.

– Je t'aime plus que tout au monde, reprit vivement Celia. Ne l'oublie jamais. Mais on t'a seulement prêté à moi, *mi vida.*

Matt avait du mal à comprendre ce mot *prêté.* Cela semblait indiquer qu'on ne donne une chose que pour un petit moment... et que par conséquent celui qui l'avait *prêté* voudrait un jour le reprendre.

– Les enfants de la Grande Maison sont des sales gosses, crois-moi, reprit Celia. Paresseux comme des chats et aussi ingrats. Ils mettent tout sens dessus dessous et ordonnent aux femmes de chambre de nettoyer. Avec ça, jamais un merci. Même si tu passes des heures à leur faire des gâteaux décorés de roses en sucre, de violettes et de feuilles vertes, ils ne savent pas dire le merci qui sauverait leurs misérables petites âmes. Ils s'empiffrent en goinfres égoïstes et te disent que ça a un goût de vase !

Celia paraissait fâchée, comme si la chose s'était produite récemment.

– Il y a Steven et Benito, lui rappela Matt.

– Benito est le plus grand. Un vrai diable ! Il a 17 ans et pas une fille des Domaines n'est à l'abri avec lui. Mais oublie ça. Des histoires d'adultes, très ennuyeuses. Bref, Benito est comme son père, à savoir un chien habillé en humain. Il part à l'université cette année, et on sera tous bien contents de ne plus le voir.

– Et Steven ? demanda patiemment Matt.

– Il n'est pas si mauvais. Quelquefois, je pense qu'il a peut-être une âme. Il passe son temps avec les filles Mendoza. Elles, ça va, quoique ce qu'elles font à fréquenter ces gens laisserait perplexe Dieu en personne.

– Il ressemble à quoi, Steven ?

Il fallait parfois longtemps à Matt pour soutirer à Celia ce qu'il désirait savoir – en l'occurrence, les noms des enfants apparus à la fenêtre.

– Il a 13 ans. Grand pour son âge. Cheveux blonds. Yeux bleus.

Ce doit être lui, pensa Matt.

– En ce moment, les Mendoza séjournent à la Grande Maison. Emilia a 13 ans aussi, une très jolie fille aux cheveux noirs et aux yeux bruns.

Ce doit être elle, décida Matt.

– Au moins, elle a de bonnes manières. Sa sœur Maria a ton âge et joue avec Tom. Enfin, si on peut appeler ça jouer. La plupart du temps, elle finit par éclater en sanglots.

– Pourquoi ? fit Matt qui aimait entendre raconter les méfaits de Tom.

– Tom est un Benito multiplié par dix! Il fait fondre les cœurs avec ses grands yeux innocents. Tout le monde se laisse prendre, mais pas moi. Aujourd'hui, il a donné une bouteille de citronnade à Maria, en lui disant: «C'est la dernière, elle est bien fraîche et je l'ai gardée spécialement pour toi.» Sais-tu ce qu'il y avait dedans?

– Non, fit Matt, frétillant d'impatience.

– Du pipi! Tu imagines? Il avait même remis la capsule. Oh, ce qu'elle pleurait, la pauvre petite. Elle ne se méfie jamais.

Celia se tut subitement, bâilla, submergée par la fatigue. Elle avait travaillé de l'aube jusqu'après la tombée de la nuit, et cuisiné en plus à la maison.

– Je suis désolée, *chico*. Quand le puits est vide, il est vide.

Matt rinça les assiettes et les disposa dans le lave-vaisselle tandis que Celia prenait une douche. Elle réapparut dans son grand peignoir de bain rose et, d'un hochement de tête ensommeillé, désigna la table débarrassée.

– Tu es un bon garçon.

Elle le souleva et l'emporta dans ses bras jusqu'à son lit. Si lasse soit-elle – et parfois elle tombait presque d'épuisement –, Celia ne négligeait jamais le rituel. Elle bordait Matt puis allumait la bougie bénite devant la statue de la Vierge de Guadalupe*. Elle l'avait emportée avec elle en quittant son village en Aztlán. À présent, elle cachait sous une gerbe de fleurs artificielles les quelques éraflures infligées aux plis de la robe. Les pieds de la Vierge reposaient sur des roses en plâtre poussiéreuses et Sa robe parsemée

* Vierge indienne à la peau brune qui, au XVIe siècle dans les croyances populaires mexicaines, se substitue à la déesse mère des Aztèques, Tonant-Zin, quand le colonisateur espagnol impose le culte catholique.

d'étoiles était tachée de cire, mais de Son visage au-dessus de la bougie émanait la même bonté qu'autrefois dans la chambre de Celia.

– Je suis dans la pièce à côté, *mi vida*, chuchota cette dernière en embrassant le sommet de la tête de Matt. Si tu as peur, tu m'appelles.

Bientôt, la maison trembla au rythme des ronflements de Celia. Pour Matt, ce bruit était aussi naturel que le tonnerre qui grondait parfois sur les collines. Ça ne l'empêchait aucunement de dormir.

– Steven et Emilia, murmura-t-il, s'entraînant à prononcer les noms.

Il avait beau ignorer ce qu'il dirait aux enfants inconnus s'ils revenaient, il était déterminé à tenter de leur parler. Il essaya plusieurs phrases :

– Je m'appelle Matt. J'habite ici. Voulez-vous colorier des images ?

Non, il ne pouvait pas parler de l'album de coloriage ni des crayons. Ils avaient été volés.

– Aimeriez-vous manger ?

Mais la nourriture était peut-être volée, elle aussi.

– Voulez-vous jouer ?

Bien. Steven et Emilia pourraient à leur tour proposer quelque chose, et Matt serait tiré d'affaire.

– Voulez-vous jouer ? Voulez-vous jouer ? répéta-t-il doucement tandis que ses yeux se fermaient sur le doux visage de la Vierge de Guadalupe éclairé par la lueur de la bougie.

Propriété du Domaine Alacrán

Celia s'en alla au matin et Matt passa la journée entière à attendre les enfant. Il avait abandonné tout espoir quand, peu avant le coucher du soleil, il entendit des voix qui approchaient par les champs de pavots.

Il se plaça devant la fenêtre et attendit.

– Le voilà ! s'écria Emilia. Tu vois, María, je ne mentais pas. (Elle tenait par l'épaule une fille beaucoup plus petite.) Il ne va pas nous parler à nous mais, comme tu as à peu près le même âge, peut-être n'aura-t-il pas peur de toi.

Disant cela, Emilia poussa sa cadette vers l'avant et se recula afin d'attendre avec Steven. María avança sans timidité jusqu'au carreau, sur lequel elle se mit à cogner.

– Hé, toi ! Comment tu t'appelles ? Tu veux jouer ?

Elle venait de voler à Matt son discours soigneusement préparé. Il la fixa du regard, incapable de trouver une autre réplique.

– Alors, c'est oui ou c'est non ? Faites-lui ouvrir la porte, poursuivit-elle à l'adresse des deux autres.

– Ça, c'est comme il veut, fit Steven.

Matt voulut expliquer qu'il n'avait pas la clef, mais fut incapable de prononcer un mot.

– Au moins aujourd'hui il ne se cache pas, remarqua Emilia.

– Si tu ne peux pas ouvrir la porte, ouvre la fenêtre, fit María.

Matt essaya tout en sachant la chose impossible : Celia

avait cloué la fenêtre. Il leva les mains en signe d'impuissance.

– Au moins, il comprend ce qu'on dit, commenta Steven.

– Si tu ne fais pas quelque chose très vite, on s'en va, cria María.

Matt réfléchit désespérément. Il devait les retenir. Il leva le doigt, comme le faisait Celia quand elle souhaitait qu'il attende, puis hocha la tête afin de signifier qu'il accédait à la demande de María et qu'il s'apprêtait à *faire quelque chose.*

– Qu'est-ce qu'il veut dire? s'enquit Emilia.

– Ça me dépasse. Peut-être est-il muet, supputa Steven.

Matt courut dans sa chambre et décrocha du mur l'image de l'homme avec le sandwich à la grenouille. Puisque ça faisait rire Celia, peut-être les enfants riraient-ils aussi. Il revint en courant et appuya la coupure de journal sur la vitre. Les trois enfants s'approchèrent pour l'examiner.

– Qu'est-ce que c'est? questionna María.

– Un machin humoristique, expliqua Steve. Assez marrant.

Emilia pouffa mais María demeura perplexe.

– On ne mange pas les grenouilles, fit-elle. En tout cas, pas quand elles sont *vivantes.*

– C'est une blague, andouille.

– Je ne suis pas une andouille! C'est minable et méchant de manger les grenouilles! Je ne trouve pas ça drôle.

– Sûr que quand on n'est qu'un eejit... reprit Steven en levant les yeux au ciel.

– Je ne suis pas un eejit non plus!

– Oh, du calme, María, intervint Emilia.

– Vous m'avez amenée ici pour voir un garçon, et on a fait des kilomètres et des kilomètres dans les champs, et je suis fatiguée et le garçon ne parle même pas. Je vous déteste!

Matt assistait à la scène avec consternation. Ce n'était pas du tout ce qu'il avait cherché. María pleurait. Emilia paraissait fâchée, et Steven leur avait tourné le dos. Matt cogna au carreau. Dès que María leva les yeux, il agita l'image, puis la chiffonna en une boule qu'il jeta de toutes ses forces à l'autre bout de la pièce.

– Vous voyez, il est d'accord avec moi, hoqueta María.

– C'est de plus en plus grotesque, commenta Steven. Je savais bien qu'il ne fallait pas amener l'eejit.

– Je croyais que le garçon parlerait à une petite, fit Emilia. Allons, María. Il faut rentrer avant la nuit.

– Je ne vais nulle part, je ne bouge plus !

Et la petite fille se laissa tomber par terre.

– Je ne vais pas te porter, gros tas.

– Laisse-la donc, suggéra Steven.

Il commença à s'éloigner et, bientôt, Emilia le suivit.

Matt était abasourdi. Si les grands s'en allaient, María resterait toute seule. La nuit allait venir, Celia ne rentrerait pas avant des heures, María serait donc seule au milieu des champs de pavots déserts, seule avec le…

Le *chupacabras* qui sortait à la nuit tombée pour vous sucer le sang, et vous laissait sec comme une vieille peau de cantaloup !

Brusquement, Matt sut ce qu'il avait à faire. María s'était éloignée de la fenêtre avant de se rasseoir et criait des insultes aux deux grands qui avaient disparu.

Matt alla chercher la grande casserole de Celia et, sans s'attarder à imaginer la réaction de celle-ci – elle serait furieuse, mais il sauvait la vie de María ! –, en donna un grand coup dans la vitre. Le verre brisé tomba par terre avec fracas. María bondit sur ses pieds. Steven et Emilia se redressèrent au-dessus des pavots au milieu desquels ils s'étaient cachés.

– Nom d'un chien ! souffla Steven.

Bouche bée, tous trois fixaient le trou béant de la fenêtre.

– Je m'appelle Matt. J'habite ici. Voulez-vous jouer ? énonça Matt parce qu'il n'avait pas trouvé autre chose à dire.

– Il parle, fit Emilia le premier choc passé.

– C'est toujours comme ça que tu ouvres une fenêtre, petit ? demanda Steven. N'avance pas, María, c'est plein de verre.

Lui s'approcha prudemment et, avec un bâton, fit tomber les derniers morceaux tranchants. Ensuite, il se pencha vers l'intérieur. Matt se retint pour ne pas se précipiter dans l'autre pièce.

– C'est effarant ! La fenêtre était clouée. Tu es un genre de prisonnier ou quoi ?

– J'habite ici, fit Matt.

– Tu nous l'as déjà dit.

– Voulez-vous jouer ?

– Il est peut-être comme un perroquet, suggéra Emilia. Il ne connaît que quelques mots.

– Moi, je veux jouer, fit María.

Matt la regarda avec contentement. La petite fille se débattait entre les bras d'Emilia pour tenter de le rejoindre. Steven secoua la tête et s'éloigna, déterminé cette fois à partir.

Matt prit alors une décision. C'était effrayant, mais jamais il n'avait eu une occasion pareille, et sans doute n'en aurait-il pas d'autre. Il tira une chaise jusqu'à la fenêtre, grimpa dessus et sauta.

– Non ! cria Steven en courant pour le rattraper.

Il arriva trop tard.

Une douleur terrible fusa dans les pieds de Matt. Il tomba en avant, mains et genoux sur les éclats de verre.

– Il n'avait pas de chaussures ! Oh, la vache ! Oh ! Qu'est-ce qu'on fait !

Steven remit Matt debout et l'assit loin du verre brisé.

Matt contempla avec stupeur le sang qui gouttait de ses pieds et de ses mains. Des rigoles rouges coulaient de ses genoux.

– Retire le verre ! cria Emilia d'une voix affolée. María, reste à l'écart !

– Je veux voir ! brailla la petite.

Matt entendit claquer une gifle, le cri offusqué de María. La tête lui tournait. Il avait envie de vomir. Et tout devint noir.

Quand il s'éveilla, il sentit qu'on le portait. Non seulement il avait toujours la nausée, mais, pire encore, son corps tout entier tremblait d'une façon terrifiante. Il hurla le plus fort possible.

– Ça manquait ! haleta Steven qui lui soutenait les épaules.

Emilia lui tenait les jambes. Sa chemise et son pantalon étaient trempés de sang, *son* sang. Il hurla de plus belle.

– Tais-toi ! cria Steven. On fait aussi vite qu'on peut !

Les pavots, bleus à présent dans l'ombre longue des collines, s'étiraient dans toutes les directions. Steven et Emilia couraient sur un chemin de terre. Matt avait la respiration coupée par les sanglots.

– Stop ! cria Emilia. Il faut attendre María.

Ils s'accroupirent pour allonger Matt au sol. Bientôt, Matt entendit arriver un pas plus menu.

– Moi aussi, faut que je me repose, geignit María. C'est des kilomètres et des *kilomètres*. Je vais dire à Papa que tu m'as donné une claque.

– À ta guise, fit Emilia.

– Taisez-vous, ordonna Steven. Tu as arrêté de saigner, petit, alors je suppose que tu cours moins de danger. Comment tu t'appelles, déjà ?

– Matt, répondit María.

– On n'est plus très loin de la maison, Matt, et tu as de la chance : le docteur dort chez nous. Tu as très mal ?

– Je ne sais pas, fit Matt.

– Si, tu as mal, dit María. Tu as hurlé.

– Je ne sais pas ce que c'est *très* mal, expliqua Matt. Je n'ai jamais eu mal comme ça avant.

– En tout cas, tu as perdu du sang… mais pas trop, ajouta Steven comme Matt se remettait à trembler.

– Ça paraissait beaucoup, fit María.

– Boucle-la, eejit.

Les aînés se relevèrent et reprirent Matt. María suivait, se plaignant haut et fort de la longueur du trajet comme d'avoir été traitée d'eejit.

Une sorte d'engourdissement ensommeillé s'empara de Matt, qui balançait entre ses deux porteurs. La douleur s'était apaisée, et Steven assurait qu'il n'avait pas perdu trop de sang. Il était trop sonné pour s'inquiéter de ce que dirait Celia en voyant la fenêtre brisée.

Ils atteignirent la lisière des champs de pavots au moment où les derniers rayons du couchant disparaissaient derrière les collines. Le sentier déboucha sur une immense pelouse. Elle était d'un vert chatoyant, accentué par la lumière bleutée du soir. De sa vie, Matt n'avait jamais vu autant de vert.

C'est une prairie, songea-t-il, somnolent. *Et elle sent la pluie.*

Ils montèrent de larges marches en marbre qui luisaient sourdement dans le crépuscule. De part et d'autre du perron se dressaient des orangers, et soudain des lampes s'allumèrent dans les feuillages. L'éclairage révéla à Matt une vaste demeure aux murs blancs, ornée de colonnes, de statues, de portes multiples. Au centre d'une arche, un scorpion était taillé dans la pierre.

– Oh! Oh! Oh! Oh! s'exclamèrent plusieurs voix de femmes en émoi, et elles descendirent les marches pour prendre le blessé des bras de Steven et d'Emilia.

– Qui est-ce? voulurent savoir les domestiques.

Toutes portaient robe noire, tablier blanc et coiffe blanche amidonnée. L'une, à l'air sévère, les coins de la bouche tirés par deux rides profondes, emporta Matt tandis que les autres la précédaient pour ouvrir les portes.

– Je l'ai trouvé dans une maison dans les champs de pavots, expliqua Steven.

– Chez Celia, fit une servante. Elle est trop bêcheuse pour vivre avec nous.

– Et ça ne m'étonne pas qu'elle cache un enfant. Qui est ton père, petit? fit celle qui portait Matt.

Son tablier sentait le soleil, comme celui de Celia quand il était tout juste décroché du fil à linge. Matt remarqua la broche piquée à son col, un scorpion en argent, la queue relevée. Sous le scorpion, le prénom ROSA était inscrit sur un badge. Matt ne se sentait pas assez bien pour parler, et d'ailleurs quelle importance cela avait-il de savoir qui était son père? Lui-même l'ignorait.

– Il ne parle pas beaucoup, signala Emilia.

– Où est le docteur? demanda Steven.

– Il va falloir attendre, fit Rosa. Il s'occupe de votre grand-père. Au moins, nous pouvons nettoyer ce petit.

Les servantes ouvrirent une porte sur la pièce la plus ravissante que Matt ait jamais vue. Les poutres du plafond étaient en bois sculpté, le papier peint décoré de centaines d'oiseaux, qui semblaient vivants sous le regard chancelant de l'enfant. Il aperçut un canapé tapissé de fleurs dont les teintes allaient du lavande au rose, comme les plumes sur l'aile d'une colombe. C'était vers ce canapé que le portait Rosa.

– Je suis trop sale, murmura-t-il.

Il lui était arrivé de se faire gronder en montant sur le lit de Celia avec des pieds boueux.

– Tu peux le dire, maugréa Rosa.

Les autres femmes déplièrent un drap blanc sur le magnifique canapé avant qu'on y allonge Matt.

Armée d'une pince à épiler, Rosa entreprit de lui ôter les éclats de verre des mains et des pieds.

– Dis donc, commenta-t-elle en déposant les éclats dans une soucoupe. Tu es courageux de ne pas crier.

Matt ne se sentait pas courageux du tout. Il ne sentait rien. Son corps lui paraissait très loin et il regardait Rosa comme une image mouvante sur un écran de télé.

– Il a bien crié tout à l'heure, précisa María qui tournicotait, s'efforçant de ne rien manquer.

– Ne pavoise pas, toi, rétorqua Emilia. Tu braillerais à tue-tête si tu avais un seul petit morceau de verre dans le doigt.

– Sûrement pas!

– Oh que si!

– Je te déteste!

– Pour ce que ça me fait, conclut Emilia.

Steven et elle observaient, fascinés, le sang qui se remettait à couler des blessures de Matt.

– Plus tard, je serai médecin, annonça Emilia. C'est une expérience intéressante pour moi.

Les autres servantes avaient apporté une cuvette d'eau et des linges, mais elles n'entreprirent de nettoyer les plaies de Matt que lorsque Rosa leur en donna la permission.

– Attention. Son pied droit est très tailladé.

Les oreilles de Matt bourdonnaient. Il sentit l'eau chaude, et subitement la douleur revint. Un élancement violent du pied jusqu'à la tête. Il ouvrit la bouche pour hurler, mais aucun son n'en sortit. Sa gorge était verrouillée.

– Mon Dieu ! s'exclama Rosa. Il doit rester du verre dans la chair.

Saisissant Matt par les épaules, elle lui ordonna de ne pas avoir peur. Elle semblait presque en colère.

Le brouillard cotonneux qui avait enveloppé Matt s'était dissipé. Ses pieds, ses mains, ses genoux étaient la proie d'une douleur inimaginable.

– J'ai bien dit qu'il avait pleuré tout à l'heure, fit María.

– Silence ! fit Emilia.

– Regardez ! Il y a quelque chose d'écrit sur son pied, s'écria la petite fille.

Elle voulut s'approcher, mais Emilia la repoussa.

– C'est *moi* qui vais devenir médecin. Zut ! Je n'arrive pas à lire, il y a trop de sang.

Elle s'empara d'une serviette et essuya le pied de Matt.

La souffrance fut moindre cette fois, mais il ne put retenir un gémissement.

– Tu lui fais mal, espèce de brute ! couina María.

– Attends ! Je n'arrive pas... *Propriété de...* C'est écrit si petit !... *Propriété du Domaine Alacrán.*

– *Propriété du Domaine Alacrán* ? répéta Steven. C'est nous. Ça n'a pas de sens.

– Que se passe-t-il ? intervint une voix que Matt n'avait pas encore entendue.

Un homme imposant, l'air furieux, fit irruption dans la pièce. Aussitôt, Steven se raidit. Emilia et même María parurent inquiètes.

– Nous avons trouvé un gamin dans les champs de pavots, Père, dit Steven. Il s'est blessé, et j'ai pensé que le docteur…

– Espèce de crétin ! gronda l'homme. C'est un vétérinaire qu'il faut à cette bestiole ! Comment oses-tu souiller cette maison ?

– Il saignait… balbutia Steven.

– Oui ! Partout sur le drap ! Il faudra le brûler. Jetez-moi tout de suite cette créature dehors.

Rosa hésita, apparemment déroutée.

L'homme se pencha pour lui parler tout bas à l'oreille.

Une expression d'horreur se peignit sur le visage de Rosa. Ramassant Matt sur-le-champ, elle partit en courant. Steven s'élança en avant pour ouvrir les portes. Il était devenu livide.

– Comment ose-t-il me parler de cette façon, siffla-t-il.

– Il ne voulait pas, fit Emilia, qui tirait María derrière elle.

– Bien sûr que si. Il me hait, dit Steven.

Rosa dévala les marches et lâcha rudement Matt sur la pelouse. Sans un mot, elle tourna les talons et regagna la maison.

MARÍA

Matt regardait les centaines d'étoiles présentes dans la longue traînée brillante qui traversait le ciel noir velouté. C'était la Voie lactée, dont Celia disait qu'elle avait jailli du sein de la Vierge lorsque celle-ci avait nourri l'Enfant Jésus pour la première fois. Le dos écrasé sur l'herbe, Matt ne la trouvait pas aussi moelleuse qu'il l'avait imaginé, mais elle dégageait un parfum de frais, et la fraîcheur de l'air elle aussi faisait du bien à l'enfant brûlant et fiévreux.

La douleur terrible avait cédé la place à une souffrance plus sourde. Matt était content de se retrouver dehors. Le ciel familier le rassurait. Les mêmes étoiles brillaient au-dessus de la petite maison dans les champs de pavots. Celia ne le faisait jamais sortir en journée, mais parfois, la nuit, tous deux s'asseyaient sur le seuil de la maisonnette. Elle lui racontait des histoires et désignait une étoile filante. « Voilà une prière exaucée par Dieu. Un ange descend pour porter les ordres de Dieu. »

À présent, Matt priait pour que Celia vienne le secourir. Elle serait en colère pour la fenêtre, mais c'était sans grande importance. Même si elle se fâchait très fort, il savait qu'elle l'aimerait toujours. Il scruta le ciel, mais ne vit aucune étoile filante.

– Regardez-le, fit Emilia non loin. Il reste couché là comme un animal.

Matt sursauta. Il avait oublié les enfants.

– *C'est* un animal, rétorqua Steven après un silence.

Ils étaient assis sur la première marche du perron. María cueillait des oranges et leur faisait dévaler les marches.

– Je ne comprends pas, dit Emilia.

– J'ai été idiot. J'aurais dû savoir ce que c'était dès que je l'ai vu. Aucune servante n'a le droit de garder un enfant ou de vivre à l'écart des autres. Benito m'en avait parlé mais je croyais qu'il vivait ailleurs. Peut-être dans un zoo. Dieu sait où on les met.

– De quoi est-ce que tu parles ?

– Matt est un clone, répondit Steven.

– Impossible ! s'étrangla Emilia. J'ai vu des clones. Ils sont horribles ! Ils bavent et font sous eux. Ils font aussi des bruits d'animaux.

– Celui-là est différent. Benito m'a expliqué. Les techniciens doivent leur détruire le cerveau à la naissance – c'est la loi. Mais El Patrón veut que le sien grandisse comme un véritable enfant. Il est si riche, il peut transgresser les lois quand ça lui chante.

– C'est *répugnant*. Les clones ne sont pas des gens !

– Évidemment non.

– Ça me donne la chair de poule, reprit Emilia en serrant ses genoux contre elle. Je l'ai touché, j'ai son sang sur moi... María, arrête de nous agacer avec ces oranges !

– Viens m'en empêcher, se moqua María.

– C'est à toi que je vais faire dévaler les marches.

La fillette lança avec force un fruit qui rebondit sur la marche du bas et alla atterrir dans l'herbe.

– Tu veux que je t'en épluche une, Matt ? cria-t-elle.

– Arrête, fit Emilia avec un sérieux qui impressionna la fillette. Matt est un clone. Tu ne dois pas t'en approcher.

– C'est quoi, un clone ?

– Un animal méchant.

– Méchant comment? demanda María avec intérêt.

Avant qu'Emilia puisse répondre, l'homme brutal et le docteur apparurent sur le perron.

– Vous auriez dû m'appeler immédiatement, dit le médecin. Je suis chargé de le maintenir en bonne santé.

– Je n'étais pas au courant avant de passer devant le salon. Il y avait du sang partout. Je crains d'avoir perdu la tête et ordonné à Rosa de le jeter dehors.

L'homme brutal paraissait moins dangereux maintenant, mais Matt n'en essaya pas moins de fuir. Son mouvement lui causa au pied une douleur atroce.

– Il faut le transporter ailleurs. Je ne peux pas l'opérer sur la pelouse.

– Il y a une pièce vide dans le quartier des domestiques.

Puis l'homme brutal appela Rosa, qui dévala les marches avec un air furieux. Elle emporta Matt dans une autre partie de la demeure, un dédale de couloirs sombres qui sentaient le moisi. On ordonna à Steven, Emilia et María d'aller se doucher et de changer de vêtements.

Matt fut déposé sur un matelas dur et nu. La pièce était longue et étroite. À une extrémité se trouvait la porte, à l'autre une fenêtre fermée par une grille.

– Il me faut davantage de lumière, fit sèchement le docteur.

L'homme brutal apporta une lampe.

– Tenez-le, ordonna le docteur à Rosa.

– Je vous en prie, maître, se défendit Rosa. C'est un abominable clone.

– Tu as intérêt à te remuer, grogna l'homme brutal.

Rosa se jeta en travers du corps de Matt et lui saisit les chevilles. Son poids coupa sa respiration à l'enfant.

– Non... non... gémit-il.

Le médecin se mit à explorer l'entaille la plus profonde avec une pince à épiler. Matt se débattit, supplia, finalement fondit en larmes quand le morceau de verre fut extrait. Les doigts solides de Rosa le brûlaient. Quand enfin la plaie fut nettoyée et suturée, on le lâcha. Il se roula en boule et observa avec crainte ses bourreaux pour voir s'ils préparaient autre chose.

– Je lui ai fait une piqûre antitétanique, dit le médecin en rangeant ses instruments. Son pied droit gardera peut-être des séquelles.

– Je peux le réexpédier dans les champs de pavots? questionna l'homme brutal.

– Trop tard. Les enfants l'ont vu.

Les hommes et Rosa s'en allèrent. Matt se demanda ce qui allait se passer ensuite. S'il priait très fort, Celia viendrait certainement le chercher. Elle le serrerait dans ses bras et l'emmènerait au lit. Puis elle allumerait la bougie bénite devant la Vierge de Guadalupe.

Sauf que la Vierge était loin dans la petite maison, et Celia ne savait peut-être même pas où il se trouvait.

Rosa rouvrit violemment la porte et se mit à étaler des journaux au sol.

– Le docteur dit que tu es propre, mais je ne veux pas prendre de risques. Tu as intérêt à faire tes besoins dans le seau.

Elle posa un seau près du lit et s'empara de la lampe.

– Attendez, fit Matt.

Rosa s'immobilisa, la mine hostile au possible.

– Pouvez-vous dire à Celia que je suis ici?

La servante eut un sourire mauvais.

– Celia n'est pas autorisée à te voir. Ordre du docteur, fit-elle, puis elle sortit et referma la porte.

La pièce était noire, seulement éclairée par une faible lueur jaune qui filtrait au travers des barreaux de la fenêtre. Matt tendit le cou pour voir d'où elle venait et vit une ampoule nue qui pendait au bout d'un fil. Une ampoule aussi petite que celles des guirlandes que Celia mettait à l'arbre de Noël, mais sa petite lueur vaillante empêchait l'obscurité totale.

Il ne distinguait rien d'autre que le lit et le seau. Les murs étaient nus, le plafond haut et sombre. L'exiguïté de la pièce donnait à Matt l'impression d'être enfermé dans une boîte.

Jamais, jamais il ne s'était couché tout seul. Même très tard, il était sûr du retour de Celia. S'il s'éveillait au milieu de la nuit, les ronflements dans la chambre voisine le rassuraient. Ici, il n'y avait rien, pas même le vent dans les champs de pavots ni les murmures des colombes dans leurs nids sur le toit.

Le silence était terrifiant.

Matt pleura abondamment. Son chagrin ne tarissait pas. Quand il s'atténuait, l'enfant se souvenait de Celia et pleurait de plus belle. Il leva ses yeux brouillés de larmes vers la petite lueur jaune, et celle-ci parut trembloter comme une flamme. Aussi l'idée lui vint qu'elle était comme la bougie bénite devant la Vierge. Après tout, la Vierge pouvait aller partout où elle voulait. On ne pouvait pas l'enfermer comme une personne. Elle était capable de traverser les airs ou même d'abattre les murs, comme les super-héros que Matt voyait à la télé – Elle n'en faisait rien, évidemment, parce qu'Elle était la mère de Jésus. Peut-être se trouvait-Elle dehors en ce moment, à regarder la fenêtre. Matt se détendit, soupira et s'endormit bientôt.

Le bruit de la porte qui s'ouvrait le réveilla. Il tenta de s'asseoir, mais la douleur l'obligea à se rallonger. Une lampe électrique brilla dans le noir.

– Bon. J'avais peur de m'être trompée de pièce.

Une silhouette menue courut jusqu'au lit, délaça l'ouverture d'un sac à dos et commença à en sortir de la nourriture.

– María? fit Matt.

– Rosa a dit qu'on ne t'avait pas donné à dîner. Elle est tellement méchante! J'ai un chien chez moi, et si on ne le nourrit pas il hurle. Tu aimes le jus de mangue? C'est mon préféré.

Matt se rendit soudainement compte qu'il avait soif. Il but toute la bouteille d'un trait. María avait également apporté des morceaux de fromage et de saucisson.

– Je vais te les mettre dans la bouche un par un... mais tu dois me promettre de ne pas me mordre.

Indigné, Matt répondit qu'il ne mordait pas les gens.

– On ne sait jamais. Emilia dit que les clones sont aussi vicieux que les loups-garous. Tu as vu à la télé l'histoire du garçon dont le corps se couvrait de poils les nuits de pleine lune?

– Oui! fit Matt.

Il était ravi de se découvrir un point commun avec María. Après avoir vu ce film, il s'était enfermé dans la salle de bains jusqu'au retour de Celia.

– Toi, il ne te pousse pas des poils ni rien, hein? s'enquit María.

– Jamais, jura-t-il.

– Bon, fit María.

Elle enfourna la nourriture dans la bouche de Matt jusqu'à ce qu'il ne puisse plus rien avaler. Ensuite, ils parlèrent de films puis des histoires que Celia racontait sur les dangers qui rôdaient une fois la nuit tombée. Matt s'aperçut que, s'il ne bougeait pas du tout, ses plaies lui faisaient moins mal.

María s'agitait et le cognait de temps en temps, mais il n'osait pas rouspéter de crainte qu'elle ne se fâche et s'en aille.

– Celia accroche des charmes au-dessus des portes pour éloigner les monstres, dit-il à María.

– Et ça marche ?

– Bien sûr. Ça éloigne aussi les morts qui ne veulent pas rester tranquilles dans leur tombe.

– Ici, il n'y a aucun charme, constata nerveusement María.

Cette éventualité avait traversé l'esprit de Matt, mais il ne voulait pas voir partir María.

– Pas besoin dans la Grande Maison, expliqua-t-il. Il y a trop de monde, et les monstres détestent la foule.

L'intérêt de María le stimulait, et il continua de parler fiévreusement, incapable de s'interrompre. Jamais de sa vie, il n'avait obtenu une telle attention. Celia essayait bien de l'écouter, mais elle était généralement trop fatiguée. María, elle, buvait ses paroles comme si sa vie en dépendait.

– Tu as entendu parler du *chupacabras ?*

– C'est quoi... un *chupacabras ?* questionna María, le souffle un peu court.

– Tu sais bien, la bête qui boit le sang des chèvres.

– C'est vilain, commenta María en s'approchant de Matt.

– Affreux ! Elle a des pointes dans le dos, des griffes, des dents orange, et elle suce le sang.

– Tu me fais marcher !

– Celia dit aussi qu'elle a la figure d'un humain, seulement ses yeux sont noirs au-dedans. Comme des trous vides.

– Berk !

– Elle préfère les chèvres, mais elle mange aussi bien les chevaux, les vaches... même un enfant si elle a très faim.

María était à présent serrée tout contre Matt. Quand elle referma les bras sur lui, il serra les dents pour ne pas tressaillir de douleur. Il remarqua que ses mains étaient glacées.

– Celia m'a raconté que le mois dernier elle a décimé tout un poulailler.

– J'en ai entendu parler. Steven dit que ce sont les Illégaux qui ont volé les poules.

– C'est ce qu'on dit à tout le monde pour empêcher la panique, reprit Matt en répétant les paroles de Celia. Mais on a retrouvé les poulets dans le désert sans plus une goutte de sang dans le corps. Le vent les faisait voler comme des peaux de cantaloups séchées.

Matt avait peur de Steven et d'Emilia, mais María était différente. Elle était de sa taille et auprès d'elle il ne se sentait pas un moins que rien. Comment Rosa l'avait-elle appelé ? Un « abominable clone ». Même s'il ne comprenait pas ce que cela signifiait, il savait reconnaître une insulte. Rosa le haïssait, l'homme brutal aussi, le docteur aussi. Jusqu'aux deux adolescents qui avaient changé quand ils avaient su ce qu'il était. Il brûlait de questionner María sur les clones, mais redoutait qu'elle se mette à son tour à le détester s'il le lui rappelait.

En outre, il se découvrait un pouvoir merveilleux à répéter les histoires de Celia ; elles l'avaient subjugué et, à présent, impressionnaient María au point qu'elle se collait quasiment à lui.

– Et il n'y a pas que le *chupacabras* dehors, continua-t-il gravement. La Llorona sort aussi la nuit.

María murmura quelque chose mais, comme son visage était enfoui dans la chemise de Matt, il était difficile de comprendre. Celui-ci poursuivit :

– La Llorona a noyé ses enfants parce qu'elle était fâchée contre son petit ami. Ensuite, elle regretta et se noya à son tour. Elle alla au paradis et saint Pierre lui cria : « Mauvaise femme ! Tu ne peux pas venir ici sans tes enfants. » Alors elle se précipita en enfer, mais le Diable lui claqua la porte au nez. Désormais, elle est condamnée à marcher toute la nuit, sans jamais s'asseoir, sans dormir. Elle se lamente « Ooooo... Ooooo ! Où sont mes petits ? » On peut l'entendre quand le vent souffle. « Ooooo... Où sont mes petits ? » Elle gratte aux carreaux avec ses ongles très longs...

– Arrête, couina María. Je t'ai dit d'arrêter !

Matt fit une pause. Qu'est-ce qui clochait dans cette histoire ? Il la racontait exactement comme Celia.

– Elle n'existe pas, ta Llorona ! Tu l'as inventée !

– Pas du tout.

– Eh bien, si elle existe en vrai, je ne veux pas le savoir !

Matt effleura le visage de María.

– Tu pleures !

– Sûrement pas, espèce d'eejit ! C'est juste que je déteste les vilaines histoires !

Matt fut horrifié. Il n'avait pas voulu effrayer María à ce point.

– Je suis désolé.

– Tu peux, grogna María en reniflant.

– Rien ne peut passer par les barreaux des fenêtres. Et il y a des tonnes de gens dans la maison.

– Il n'y a *personne* dans les couloirs, rétorqua María. Si je sors, les monstres vont m'attraper.

– Peut-être que non.

– Oh, super ! *Peut-être* que non ! Quand Emilia se rendra compte que je ne suis pas au lit, j'aurai de sacrés ennuis. Elle le dira à Dada, et il me fera réciter les tables de multiplication pendant *des heures*. Et tout ça par ta faute!

Matt ne savait que dire.

– Je vais devoir rester ici jusqu'au matin, conclut María. Ça ne m'évitera pas les ennuis mais, au moins, le *chupacabras* ne me mangera pas. Pousse-toi un peu.

Matt s'efforça de lui faire de la place. Le lit était fort étroit, et il lui était douloureux de se déplacer même de quelques centimètres. Ses blessures le lançaient violemment quand il se cramponna au bord le plus éloigné.

– Tu prends toute la place, se plaignit María. Y a pas de couverture?

– Non.

– Attends...

Elle sauta du lit et ramassa les journaux que Rosa avait étalés par terre.

– On n'a pas besoin de couverture, fit remarquer Matt tandis qu'elle les disposait sur le lit.

– Je me sentirai plus en sécurité, fit María en se glissant sous les journaux. Ce n'est pas si mal. Je dors tout le temps avec mon chien... Tu es sûr que tu ne mords pas?

– Bien sûr que non.

– Alors, ça va, fit-elle en se pelotonnant contre lui.

L'esprit de Matt resta hanté par la punition que subirait María pour lui avoir apporté à manger. Il ignorait ce qu'étaient les tables de multiplication, mais ce devait être quelque chose d'affreux. Bien des événements s'étaient produits en peu de temps, et Matt n'en comprenait pas la moitié. Pourquoi l'avait-on jeté sur la pelouse alors que, au début, tout le monde s'empressait autour de lui? Pourquoi l'homme brutal l'avait-il qualifié de «bestiole»? Et pourquoi Emilia avait-elle dit à María qu'il était un «animal méchant»?

Cela avait un rapport avec le fait d'être un clone et aussi, peut-être, avec ce qui était écrit sur son pied. Quand il avait questionné Celia, elle lui avait dit qu'on marquait les bébés pour les empêcher de se perdre. Il en avait conclu que tout le monde était tatoué. Vu la réaction de Steven, ce ne devait pas être le cas.

María gigotait, soupirait et agitait les bras dans le sommeil. Les journaux tombèrent bientôt au sol. Matt devait se tapir à l'extrême bord du lit pour ne pas recevoir de coups. À un moment, il eut l'impression qu'elle faisait un cauchemar. Elle appelait « Maman... Maman... ». Il essaya de la réveiller mais elle le boxa.

À la première lueur bleutée de l'aube, Matt s'obligea à se lever. La douleur qui fusa dans ses pieds lui coupa le souffle. C'était pire que la veille.

Il se laissa tomber à quatre pattes et, aussi discrètement que possible, déplaça le seau avec lui jusqu'au bout du lit. Quand il estima que María ne pourrait le voir, il tenta de faire pipi en silence. María se retourna. Le bruit fit sursauter Matt. Le seau bascula. Il dut rassembler des journaux afin d'éponger les dégâts, puis rester adossé au mur tant ses mains et ses pieds le faisaient souffrir.

– Vilaine fille ! cria Rosa en ouvrant violemment la porte.

Derrière elle se pressait une escadrille de servantes qui toutes se tordaient le cou pour voir à l'intérieur.

– Nous avons remué toute la maison à votre recherche ! hurlait Rosa. Et pendant ce temps mademoiselle se cachait avec cet abominable clone. Vous ne vous en tirerez pas comme ça, croyez-moi ! On va vous renvoyer directement chez vous.

María s'assit, cligna des yeux dans la lumière qui avait jailli du couloir. Rosa vint l'arracher au lit et adressa une grimace dégoûtée à Matt, qui s'était tapi contre le mur.

– Et ça se prétend propre, espèce de sale bestiole, railla-t-elle en repoussant du pied les journaux mouillés. Franchement, je me demande comment Celia a tenu pendant tant d'années.

Prison

Le soir, lorsque Rosa lui apporta à dîner, Matt demanda quand reviendrait María.

– Jamais! répondit la domestique avec hargne. Sa sœur et elle ont été réexpédiées dans leurs foyers, bon débarras! Simplement parce que leur père est sénateur, les filles Mendoza se croient permis de nous regarder de haut. Saleté! Le sénateur Mendoza n'est pas trop fier pour tendre la main quand El Patrón distribue de l'argent.

Le médecin venait chaque jour. Matt se défiait de lui mais il n'en avait cure. Il attrapait le pied du blessé dans un geste tout professionnel, l'inondait de désinfectant et vérifiait les points de suture. Un jour, parce que la plaie était boursouflée et que Matt avait de la fièvre, il lui administra une injection d'antibiotiques. Il ne cherchait pas à nouer conversation et Matt s'en félicitait.

Le médecin s'entretenait néanmoins avec Rosa. Apparemment, tous deux s'entendaient bien. Lui était grand, décharné, le crâne ourlé d'une couronne de cheveux semblable au duvet sur le postérieur d'un canard, et postillonnait abondamment. Elle était grande aussi, et très forte, ainsi que Matt avait pu le constater. La mine renfrognée en permanence, elle se déridait cependant aux mauvaises blagues du docteur. Matt trouvait le sourire de Rosa encore plus affreux que sa grimace habituelle.

– El Patrón n'a pas demandé de nouvelles de la bête depuis des années, remarqua un jour le médecin.

Matt comprit qu'on parlait de lui.

– Sûrement qu'il l'a oubliée, marmonna Rosa.

À quatre pattes, un seau d'eau savonneuse à côté d'elle, elle était occupée à récurer les coins de la pièce.

– Ça m'arrangerait, reprit le médecin. Parfois, El Patrón me paraît définitivement sénile. Il ne parle pas durant des jours et reste devant la fenêtre. À d'autres moments, il est aussi vif que le vieux bandido qu'il était autrefois.

– Il reste un bandit, fit Rosa.

– Ne dites pas cela, pas même devant moi. La fureur d'El Patrón peut être effroyable.

Matt eut l'impression que tous deux frissonnaient légèrement. Comment El Patrón pouvait-il provoquer pareille terreur puisqu'on le disait vieux et très diminué ? Matt savait qu'il était le clone d'El Patrón, mais le sens de ce mot restait pour lui très flou. Peut-être était-ce El Patrón qui l'avait prêté à Celia, et peut-être voudrait-il un jour le récupérer.

À la pensée de Celia, les yeux de Matt s'emplirent de larmes. Il les refoula afin de ne pas trahir de faiblesse en présence de ses persécuteurs. Il savait instinctivement qu'ils en profiteraient pour le blesser davantage.

– Vous avez mis du parfum, Rosa, constata, matois, le médecin.

– Vous croyez donc que j'aurais envie de vous plaire, Willum ? répliqua la servante en se redressant et en essuyant ses mains savonneuses sur son tablier.

– Je crois que vous l'avez mis derrière les oreilles.

– Vous confondez avec le produit que j'utilise pour les sanitaires. Je suppose que ça sent bon pour un docteur.

– Et comment, chère petite Rosa pleine d'épines !

Willum tenta de l'attraper mais elle échappa à ses bras, le repoussant rudement. En dépit de son hostilité, le médecin semblait l'apprécier. Cela mettait Matt mal à l'aise ; ces deux-là s'étaient unis contre lui.

Quand ils quittaient la pièce, Rosa verrouillait toujours la porte. Matt essayait chaque fois de tourner la poignée avec l'espoir qu'elle aurait oublié ; elle n'oubliait jamais. Et il avait beau tirer sur les barreaux de la fenêtre, ceux-ci tenaient toujours aussi solidement. Il s'asseyait tristement par terre.

Si seulement il avait pu voir des choses intéressantes par la fenêtre. Un pan de mur obstruait quasiment toute la vue. Au travers d'une brèche, il entrevoyait une pelouse verte et des fleurs d'un rose vif, mais cela ne faisait qu'attiser son désir d'en voir davantage. De jour, il apercevait une étroite bande de ciel qui, à la nuit, lui offrait quelques étoiles. Il guettait vainement des voix.

Sous son pied, les tissus cicatrisés avaient formé une protubérance. Il inspectait fréquemment le tatouage – PROPRIÉTÉ DU DOMAINE ALACRÁN –, mais la cicatrice avait si bien entaillé les lettres minuscules qu'il était plus difficile de les déchiffrer.

Un jour, une terrible dispute éclata entre Rosa et le médecin.

– El Patrón me réclame auprès de lui, annonça l'homme. Je reviendrai une fois par mois.

– C'est un prétexte pour te débarrasser de moi, fit Rosa.

– Il faut bien que je travaille, idiote.

– Ne me traite pas d'idiote ! s'emballa Rosa. Je sais reconnaître un menteur quand j'en vois un.

– Je n'ai pas le choix, fit Willum avec raideur.

– Alors pourquoi ne pas m'emmener avec toi ? Je pourrais être gouvernante.

– El Patrón n'a pas besoin d'une gouvernante.

– Bien sûr ! Comme c'est pratique ! Sache que mon travail est devenu horrible ici. Les autres se moquent de moi. «Elle s'occupe de la bête. Faut-il qu'elle ne vaille pas mieux qu'une bête.» Elles me traitent comme un rebut.

– Tu exagères.

– Absolument pas! S'il te plaît, emmène-moi avec toi, Willum. Je t'en prie! Je t'aime. Je ferai n'importe quoi pour toi.

Le médecin repoussa les bras qui se tendaient vers lui.

– Tu es hystérique. Je vais te laisser des cachets et je te reverrai dans un mois.

À peine la porte refermée, Rosa lança le seau contre le mur en maudissant le docteur et tous ses aïeux. De rage, son visage prit une teinte crayeuse, renforcée par deux taches rouges sur les joues. Matt n'avait jamais vu quelqu'un d'aussi furieux et trouva la chose effrayante.

– C'est toi le responsable! hurla Rosa en le saisissant par les cheveux.

– Aïe! Aïe! gémit Matt.

– Les jérémiades ne te protégeront pas, espèce d'animal bon à rien. Personne ne peut t'entendre. Toute cette aile de la maison s'est vidée depuis que tu y es! On n'y met même plus les cochons!

Comme elle avait le visage tout près du sien, Matt voyait ses pommettes qui saillaient sous la peau tendue, le blanc qui ourlait ses yeux exorbités. Elle ressemblait aux démons dans l'une des bandes dessinées que Celia rapportait de l'église.

– Je pourrais te tuer, énonça tranquillement Rosa. Je pourrais enterrer ton corps sous le plancher... Il se *pourrait* que je le fasse. (Elle le lâcha subitement et il retomba au sol.) Et il se pourrait que non. Quand tu le sauras, il sera trop tard. En attendant, dis-toi bien une chose: c'est moi ton maître maintenant, et si tu me contraries... gare à toi!

Elle claqua la porte en partant. Matt demeura paralysé durant plusieurs minutes, le cœur battant, le corps en sueur. Que voulait-elle dire ? Que pouvait-elle lui faire de plus ? Au bout d'un moment, il cessa de trembler et sa respiration revint à la normale. Il essaya d'ouvrir la porte mais, malgré sa rage, Rosa avait pensé à fermer à clef. Alors il boitilla jusqu'à la fenêtre et contempla le joli petit coin d'herbe et de fleurs dans la brèche du mur.

Le soir, deux jardiniers vinrent enlever son lit, sans le regarder une seule fois. Rosa supervisait la manœuvre avec une amère satisfaction. Elle emporta également le seau que Matt avait été obligé d'utiliser comme pot de chambre depuis son arrivée.

– Tu feras dans les coins, sur les journaux, dit-elle. C'est ce que font les chiens.

Matt dut s'allonger sur le ciment nu, sans couverture et, bien sûr, sans oreiller. Il dormit mal et se réveilla tout endolori. Lorsqu'il lui fallut utiliser les journaux dans le coin, il se sentit sale et honteux. Combien de temps cela allait-il durer ?

Au matin, Rosa se contenta de déposer bruyamment un plateau et sortit sans le houspiller. S'il fut d'abord soulagé, Matt se sentit bientôt mal. Même la réprimande valait mieux que le silence. À la maison, il aurait eu la compagnie de l'ours et du chien en peluche, et de Pedro el Conejo. Ils ne parlaient pas, mais il pouvait les serrer dans ses bras. Où étaient-ils à présent ? Celia les avait-elle jetés parce qu'elle savait qu'il ne reviendrait pas ? Matt mangea en pleurant. Rosa avait mis sur le plateau du pain sec et de la bouillie d'avoine, des œufs brouillés au chorizo, un gobelet de jus d'orange, une tranche de lard froid. Au moins, elle n'avait pas l'intention le laisser mourir de faim.

Le soir, elle lui apporta un genre de ragoût insipide, noyé dans une sauce grisâtre. N'ayant pas de couverts, Matt dut mettre la figure dans l'écuelle, comme un chien. Il y avait avec de la courge bouillie, une pomme et une bouteille d'eau. Il mangea car il avait faim. Il détesta cette nourriture, si différente des délicieux petits plats de Celia.

Des jours passèrent. Rosa ne lui parlait plus jamais. Le visage fermé, elle ne croisait pas non plus son regard, ni ne répondait à ses questions. Son silence le rendait fou. Il s'empressait de parler quand elle arrivait, mais elle ne lui accordait pas plus d'attention qu'à un objet sans intérêt.

L'odeur de la pièce devint épouvantable. Rosa nettoyait le coin chaque jour, mais le ciment s'imprégnait de puanteur. Matt s'y habituait. Pas Rosa, qui un jour entra dans une nouvelle fureur.

– Comme si ça ne suffisait pas d'avoir à te servir ! cria-t-elle tandis qu'il se recroquevillait près de la fenêtre. Je préférerais nettoyer un poulailler ! Au moins les poules servent à quelque chose ! À quoi tu es bon, toi ?

Comme prise d'une idée subite, elle s'interrompit et fixa Matt d'un œil si calculateur qu'il fut parcouru d'un frisson glacé. Que préparait-elle encore ?

Les jardiniers maussades réapparurent, cette fois pour dresser une barrière en travers de la porte. Matt observa la chose avec intérêt. La barrière lui arrivait à la taille – pas assez haute pour l'enfermer, mais suffisamment pour le ralentir s'il tentait de s'enfuir. Depuis le couloir, Rosa suivait les opérations en n'épargnant pas ses critiques. Les jardiniers répliquèrent par quelques mots que Matt n'avait jamais entendus ; Rosa devint verte de rage mais ne répondit pas.

Une fois la barrière terminée, elle souleva Matt pardessus et l'immobilisa fermement. L'enfant but des yeux le nouvel horizon qu'il découvrait: un couloir gris et vide, guère plus intéressant que la pièce, mais au moins c'était différent.

Ce qui se passa ensuite le laissa bouche bée. Les jardiniers revenaient en poussant des brouettes chargées de sciure, et déversaient leur contenu dans la pièce. Ils firent ainsi de nombreux allers et retours jusqu'à ce que la pièce fût pleine de sciure à hauteur de la barrière qui obstruait le seuil.

Rosa saisit alors Matt par les bras et le lança à l'intérieur. Il atterrit avec un bruit sourd et s'assit en toussant.

– C'est là-dedans qu'on fait vivre les bêtes dégoûtantes, fit Rosa, et elle claqua la porte.

Stupéfait, Matt ne sut que penser. Toute la pièce était pleine de poudre d'un brun grisâtre. C'était doux, il y dormirait comme dans un lit. Au moins, cela changeait.

Pendant un bon moment, il s'en amusa, creusa des tunnels, érigea des collines de copeaux, jeta la sciure en l'air pour la voir retomber en poussière, mais il finit par épuiser toutes les possibilités.

Rosa lui porta sa pitance à la tombée du jour, sans lui adresser une parole. Il mangea lentement, en regardant la minuscule lumière jaune de la Vierge et en tendant l'oreille vers les très lointaines rumeurs du reste de la maison.

– Au nom du Ciel, qu'as-tu fait? s'exclama le médecin en découvrant le nouvel environnement de Matt.

– Une litière, expliqua Rosa.

– Tu es folle?

– Pourquoi t'en préoccuper?

Le docteur voulut lui prendre la main mais elle le repoussa.

– Parce que c'est mon devoir, Rosa. Je suis responsable

de la santé de ce clone. Bon dieu, sais-tu ce qui se passerait s'il mourait?

– Tu ne t'inquiètes que de ce qui t'arriverait à toi. Mais ne va pas en perdre le sommeil, Willum. J'ai grandi dans un élevage de volailles, et la litière est le meilleur moyen de conserver des poulets sains. On les laisse gratter, et leurs saletés se déposent au fond. Ça évite l'infection des pattes.

Willum éclata de rire.

– Tu es une femme bien étrange, Rosa, mais je dois reconnaître que la bête est en bonne condition physique. C'est curieux, j'ai le souvenir qu'il parlait quand il habitait avec Celia. À présent, il n'émet plus un son.

– C'est un animal maussade et malveillant.

Le médecin soupira.

– Les clones finissent toujours de cette façon. J'avais cru celui-ci plus vif que la plupart de ses congénères.

Matt ne dit rien, recroquevillé le plus loin possible de ses bourreaux. Les longs jours de solitude dans la maison de Celia lui avaient appris à se tenir tranquille, garder le silence. La moindre attention de Willum ou Rosa pouvait entraîner pour lui de nouvelles souffrances.

Les jours passaient avec une lenteur déchirante, suivis de nuits de supplice. Par la fenêtre grillagée, Matt vit les fleurs roses se faner. Le petit bandeau de ciel était bleu le jour et noir la nuit. Il rêvait de la petite maison, de Celia, d'une pelouse d'un vert intense, et tout cela le faisait pleurer au réveil.

Et peu à peu la pensée s'imposa à lui que Celia l'avait oublié, qu'elle ne viendrait jamais le délivrer de sa prison. L'idée était si pénible qu'il la chassa de son esprit. Il décida de ne plus penser à Celia. Si cela lui arrivait encore, il s'empressait de passer à autre chose afin d'effacer son image.

Au bout d'un moment, il ne sut plus à quoi elle ressemblait, hormis dans ses songes.

Néanmoins, Matt continuait de lutter contre la léthargie qui menaçait de le submerger. Il ménageait de petites caches de nourriture sous la sciure, non pour manger plus tard mais pour attirer les insectes. La fenêtre n'étant pas vitrée, toutes sortes de petites bêtes passaient à travers les barreaux.

D'abord il attira des guêpes avec un trognon de pomme. Puis il appâta une mouche superbe et bourdonnante grâce à un morceau de viande avarié. La mouche se posa sur la viande, exactement comme si elle avait été conviée à souper et, de jubilation devant pareil festin, frotta ses pattes velues. Par la suite, Matt découvrit qu'une masse de vers grouillants avait élu domicile dans la viande ; il les regarda grossir puis se métamorphoser à leur tour en grosses mouches bourdonnantes. Il trouva la chose extrêmement intéressante.

Bien sûr, il y avait aussi les cafards : les petites blattes marron qui patinaient dans la sciure, et les gros cancrelats à grosse carapace dont le vol vrombissant faisait hurler Rosa.

– Tu es un monstre ! braillait-elle. Ça ne m'étonnerait pas que tu les manges !

Oh, oui, les insectes se révélaient distrayants de bien des façons.

Un jour magique, une colombe passa entre les barreaux et se mit à gratter dans la sciure. Matt demeura parfaitement immobile, ébloui par la beauté de l'oiseau. Celui-ci s'envola en laissant derrière lui une plume d'un gris perle que Matt s'empressa de cacher. Rosa ne manquerait pas de détruire une chose aussi belle.

Il se mit à chanter pour lui-même – en silence pour que Rosa ne l'entende pas – une des berceuses de Celia : *Buenos días paloma blanca. Hoy te vengo a saludar.* Bonjour, colombe blanche. Aujourd'hui, je viens te saluer. D'après Celia, la chanson s'adressait à la Vierge. Matt se dit que la colombe venait de la part de la Vierge, que la plume signifiait qu'Elle veillait sur lui ici comme Elle l'avait fait dans la petite maison.

Un autre jour, il entendit un bruit de pas dehors. Il leva les yeux pour découvrir de l'autre côté des barreaux un visage inconnu, celui d'un garçon un peu plus âgé que lui, doté de raides cheveux roux et de taches de rousseur.

– Tu es affreux, déclara le garçon. Tu as l'air d'un goret dans une porcherie.

Matt voulut répliquer, mais l'habitude du silence était devenue trop forte. Il ne put qu'incendier l'intrus du regard. Lui revint le vague souvenir d'un garçon nommé Tom, qui était méchant.

– Fais quelque chose, reprit Tom. Fouille avec ton groin, gratte-toi le derrière sur le mur. Faut que j'aie quelque chose à dire à María.

Matt tressaillit. Il se rappela une petite fille enjouée aux cheveux noirs, qui s'était fait du souci pour lui et qui avait été punie pour lui avoir apporté à manger. Elle était donc revenue. Et elle n'était pas venue le voir.

– Ça t'en bouche un coin, hein? Attends que je raconte à ta chérie comme t'es devenu mignon. Tu pues comme un tas de crotte.

La main de Matt rencontra négligemment dans la sciure l'une de ses mangeoires à insectes. C'était une orange entière, qui avait été verte mais qui, avec le temps, était devenue bleue et très douce. Une colonie de vers l'habitait, dont l'enfant se divertissait à contempler les tortillements. Il referma les doigts dessus – elle avait à peu près conservé sa forme.

– J'oubliais. Tu es trop débile pour parler. Tu es un clone idiot qui pisse dans son froc et se dégueule sur les pieds. Peut-être que si je te causais dans ta langue, tu comprendrais.

Le visage pressé contre les barreaux, Tom se mit à grogner. Matt en profita pour lui lancer l'orange. La précision de son tir était parfaite car il avait passé des jours à s'entraîner en prenant des fruits pour cibles.

L'orange pourrie explosa au beau milieu de la figure de Tom. Celui-ci bondit en arrière, criant: «Ça bouge, Ça bouge!» La pulpe lui dégoulinait sur le menton. Les vers grouillants lui tombaient dans le col.

– Je te revaudrai ça! brailla-t-il en s'enfuyant.

Matt se sentit profondément apaisé. La pièce avait certainement l'air d'un désert pour Rosa, mais lui en avait fait un royaume de délices secrètes. Sous la sciure – et il savait exactement où – se trouvaient des cachettes de coquilles de noix, de pépins, d'os, de fruits, ainsi que de nerfs et de tendons. Les tendons étaient particulièrement précieux. On pouvait s'amuser à les étirer, les ployer, les présenter à la lumière, et même les suçoter quand ils n'étaient pas trop vieux. Les os étaient les poupées de Matt; il leur faisait vivre des aventures et leur parlait.

Matt ferma les yeux. Comme il aurait aimé enfermer Rosa et le docteur. Il les aurait nourris d'oranges véreuses et de lait tourné. Ils auraient eu beau le supplier de les libérer, il n'en aurait rien fait, jamais.

Il repêcha la plume de colombe et contempla ses couleurs nacrées. D'habitude, la plume lui procurait un sentiment de bien-être; or, cette fois, elle le mit mal à l'aise. Celia disait que la Vierge aimait tout ce qui était gentil et bon. Elle n'apprécierait pas l'orange pourrie lancée à la figure de Tom, même s'il l'avait méritée. Et si elle lisait à l'intérieur de Matt, elle connaîtrait ses mauvaises pensées envers Rosa et le docteur ; elle serait triste.

Matt s'aperçut qu'il était triste lui aussi. *Je ne leur ferais pas vraiment du mal,* songea-t-il afin que la Vierge puisse lire sa pensée et sourire. N'empêche, l'orange lancée à la figure de Tom continuait de lui procurer un grand plaisir...

Mais, ainsi que le disait Celia, une personne avisée ne crache pas contre le vent. Quand on jette une orange pourrie à la figure de quelqu'un, on peut parier que l'orange vous reviendra tôt ou tard. Moins d'une heure après, Tom réapparaissait avec une sarbacane. Matt n'étant vêtu que d'un short – Rosa disait qu'il abîmerait tout autre vêtement –, les pois secs fouettèrent sa peau nue. Au début, il tenta de les esquiver, mais il n'avait nulle part où s'abriter dans la petite pièce étroite. Il se ratatina dans un coin, la tête entre les bras.

Instinctivement, il se disait que, s'il ne réagissait pas, Tom finirait par se lasser. Il fallut néanmoins longtemps pour cela. La provision de projectiles du tireur était apparemment inépuisable. Enfin, il conclut par quelques injures et s'en alla.

Matt attendit un moment pour s'en assurer. Quand il releva la tête, il s'aperçut que son royaume avait été saccagé. Sa course affolée avait détruit les repères qui lui permettaient de savoir où se trouvait quoi. Résigné, il se mit à tâtonner dans la sciure afin de retrouver ses trésors, lissa soigneusement la surface et traça à nouveau les lignes et les creux qui lui indiquaient ses cachettes. C'était exactement comme quand Celia déplaçait les meubles pour aspirer les tapis puis les remettait en place.

Lorsqu'il eut terminé son rangement, Matt s'assit dans un coin et attendit que Rosa lui porte son dîner. Or il se produisit auparavant une chose stupéfiante, incroyable.

– *¡Mijo ! ¡Mi hijo !* appela Celia à la fenêtre. Mon enfant !

Je ne savais pas que tu étais là. Oh, mon Dieu! Ils m'ont dit que tu étais avec El Patrón. Je ne savais pas.

Elle tenait María dans ses bras, à hauteur de la fenêtre.

– Il n'a plus l'air pareil, observa la fillette.

– Ils le font mourir de faim, les chiens! Et on lui a pris ses habits! Viens par ici, mon chéri. Je veux te toucher.

Celia tendait sa grande main entre les barreaux.

– Laisse-moi te regarder, *mi vida*. Je ne peux pas croire ce qui est arrivé.

Matt ne pouvait que la fixer. Il aurait aimé s'approcher, il en avait tant rêvé; or, maintenant que le moment était venu, il ne parvenait pas à bouger. C'était trop beau pour être vrai. S'il se laissait prendre et courait vers Celia, il se passerait quelque chose d'affreux. Celia se transformerait en Rosa, María deviendrait Tom. La déception l'anéantirait.

– Hé, eejit, j'ai eu beaucoup de mal pour arriver jusqu'ici, fit María.

– Es-tu trop faible pour tenir debout? s'écria subitement Celia. Oh, mon Dieu! Est-ce qu'ils t'ont brisé les jambes? Dis quelque chose, au moins. Ils ne t'ont pas arraché la langue?

Les mains tendues entre les barreaux, elle commença à se lamenter comme la Llorona. Pourtant, son chagrin avait beau déchirer Matt, il restait incapable de bouger ou de parler.

– Tu m'écrases, se plaignit María.

Alors Celia reposa par terre la petite fille et celle-ci parvint à se dresser assez haut pour voir par la fenêtre.

– Mon chien Bouldepoil était pareil quand la fourrière l'a attrapé. J'ai pleuré et pleuré jusqu'à ce que Dada le ramène. Et Bouldepoil n'a rien voulu manger, même pas me regarder, pendant un jour entier, mais après il s'en est remis. Je suis sûre que Matt s'en remettra aussi.

– La vérité sort de la bouche des bébés, fit Celia.

– Je ne suis pas un bébé !

– Bien sûr que non, ma chérie, tempéra Celia en caressant les cheveux de la fillette. Tu m'as seulement rappelé que le plus important est de libérer Matt. On s'inquiétera du reste après. Si je te confie une lettre, peux-tu garder le secret ? Ne le dire à personne, surtout pas à Tom ?

– Bien sûr, répondit María.

– Cela me déplaît, reprit Celia à moitié pour elle-même. Cela me déplaît affreusement, mais il n'y a qu'une personne qui puisse sauver Matt. María, tu dois porter la lettre à ton dada. Il saura où l'envoyer.

– D'accord, convint gaiement María. Hé, Matt, Celia va mettre du piment dans le chocolat chaud de Tom ce soir, seulement tu ne dois le dire à personne.

– Et *toi* non plus, mademoiselle, précisa Celia.

– D'accord.

– Ne t'inquiète pas, reprit Celia à l'intention de Matt. J'ai plus de tours dans mon sac qu'un vieux coyote n'a de puces. Je vais te sortir de là, mon aimé !

Matt fut réellement soulagé de les voir partir. Elles représentaient une intrusion inopportune dans l'univers bien ordonné qu'il s'était créé. À présent, il pouvait les oublier et revenir à la contemplation de son royaume. La surface de la sciure était bien lisse, les trésors cachés sous des repères que lui seul, le roi, connaissait. Une abeille vint voleter sans but dans la pièce et, ne trouvant rien, ressortit. Une araignée tissait sa toile là-haut près du plafond. Matt prit la plume de colombe et s'abîma dans l'admiration de sa perfection soyeuse.

ÂGE MÛR : 7 À 11 ANS

El Patrón

– Debout ! Debout ! cria Rosa.

Matt dormait dans un creux formé par son corps. Durant son sommeil, il s'enfonçait de la sorte jusqu'à ce que la sciure le recouvre presque. Le réveil brutal lui coupa la respiration. De la sciure lui remonta dans le nez, et il se plia en deux, toussant et pris de haut-le-cœur.

– Allons, debout ! Oh, tu es impossible ! Je vais devoir te laver, t'habiller, et que sais-je encore. Tu n'es qu'une source d'ennuis !

Rosa l'attrapa par les cheveux et le tira hors de sa prison.

Matt fut malmené ainsi le long de couloirs lugubres sur lesquels s'ouvraient des pièces exiguës et sombres. Une bonne qui frottait le sol à la brosse leva à leur passage un regard désespéré.

Rosa le poussa dans une salle de bains embuée. Avant même d'avoir compris ce qui se passait, l'enfant était dépouillé de son short et plongé dans une baignoire tachée de rouille, déjà remplie d'eau.

C'était son premier bain depuis qu'il était enfermé. Il se fit l'effet d'une éponge assoiffée qui se gorge. L'eau chaude apaisait sa peau endolorie et qui le démangeait.

– Assis ! Je n'ai pas toute la journée, grogna Rosa.

Armée d'une brosse presque aussi grosse que celle du couloir, elle se mit au travail.

Elle le récura jusqu'à ce qu'il soit rouge écrevisse, l'essuya avec une grande serviette moelleuse, puis tenta de peigner ses cheveux emmêlés. Furieuse de ne pas y parvenir, elle saisit une paire de ciseaux et coupa la tignasse rebelle.

– Ils veulent du propre, ils *auront* du propre, marmonnait-elle.

Elle fourra Matt dans une chemise à manches longues et un pantalon, puis lui mit aux pieds des sandales en caoutchouc.

Après quoi, elle le poussa à travers une cour en direction d'une autre partie de la maison. Il avait mal aux jambes à cause de l'effort de la marche. Au milieu de la cour, ses pieds se tordirent dans ces sandales inhabituelles et il trébucha contre Rosa.

Elle en profita pour lui faire la leçon :

– Le docteur sera là. Ainsi que des membres importants de la famille. Ils voudront s'assurer que tu es en bonne santé. S'ils te posent des questions, ne réponds pas. Surtout, pas un mot sur moi. (Elle approcha le visage de celui de Matt pour murmurer :) Tu te retrouveras seul avec moi ensuite. Si tu me causes des ennuis, je jure de t'enterrer vivant sous le plancher.

Matt n'eut aucun mal à la croire. Il obligea ses jambes tremblantes à la suivre vers une partie de la demeure aussi différente de sa prison que le soleil l'est d'une bougie. Les murs étaient peints en blanc cassé, en rose et en vert pâle. C'était tellement joli et gai qu'il se sentit presque joyeux malgré les affreuses menaces de Rosa. Les parquets cirés chatoyants lui donnaient l'impression de marcher sur l'eau.

Les fenêtres ouvraient sur des jardins pourvus de fontaines dont les jets généreux scintillaient sous le soleil. Un magnifique oiseau doté d'une longue queue verte avançait délicatement dans une allée. Matt voulut s'arrêter, mais Rosa le poussa en avant tout en continuant de jurer entre ses dents.

Pour finir, ils parvinrent dans une grande pièce au milieu de laquelle s'étalait un merveilleux tapis orné d'oiseaux et de vignes. Matt voulut s'agenouiller pour les toucher.

– Debout ! siffla Rosa.

Il vit des fenêtres encadrées de rideaux bleus qui allaient du sol au plafond. Près d'un fauteuil à la tapisserie fleurie se trouvait une petite table supportant une théière, des tasses et un plateau d'argent couvert de biscuits. Matt saliva au souvenir des biscuits.

– Approche, garçon, fit une vieille, vieille voix.

Rosa sursauta, lâcha l'épaule de Matt.

– El Patrón, murmura-t-elle.

Matt s'aperçut que le fauteuil qu'il avait cru vide était en fait occupé par un homme. Un homme extrêmement maigre, avec des cheveux blancs longs jusqu'aux épaules et soigneusement peignés, un visage si ridé, si plissé qu'il en paraissait irréel. Il portait une robe de chambre ainsi qu'une couverture sur les genoux – c'était cette couverture qui avait trompé la vue de Matt, lui faisant confondre le vieillard et le fauteuil.

– Tout va bien, prononça la voix de Celia.

Matt se retourna pour la découvrir sur le seuil. Son cœur chavira de soulagement. Celia passa devant Rosa en la frôlant et vint prendre la main de l'enfant.

– Il a passé un sale moment, *mi patrón*. Pendant six mois, ils l'ont enfermé et traité comme une bête sauvage.

– Tu mens ! gronda Rosa.

– Je l'ai vu de mes propres yeux. María Mendoza m'a prévenue.

– Une fillette ! S'il faut croire les enfants, maintenant !

– Moi, je l'ai crue, rétorqua tranquillement Celia. Elle n'était pas revenue ici pendant six mois. À son arrivée, elle a demandé à voir Matt, et Tom s'est vanté de l'avoir abattu à la sarbacane. Elle est aussitôt venue me trouver.

– À la sarbacane ? fit le vieil homme. Est-il blessé ?

– Il l'était déjà, répondit Celia, et elle décrivit les blessures causées par le verre brisé.

– Pourquoi ne m'a-t-on rien dit ? voulut savoir El Patrón.

Sa voix ne portait guère, pourtant son intonation fit frémir Matt, même si – pour une fois – ce n'était pas lui qui était en cause.

– C'était au docteur de le faire, s'exclama Rosa.

– C'était à chacun de le faire, dit le vieillard avec le même calme froid. Enlève ta chemise, garçon.

Sans envisager un instant de regimber, Matt déboutonna rapidement sa chemise et la laissa tomber au sol.

– *¡ Diós mio !* Mon dieu !

– Ces contusions ont dû être causées par la sarbacane de Tom, fit Celia, prête à pleurer. Vous voyez comme il est maigre, *mi patrón ?* Et il a des éruptions. Il n'était pas dans cet état chez moi, monsieur.

– Qu'on appelle le médecin !

Aussitôt Willum entra – sans doute attendait-il derrière la porte – et examina Matt. Il secouait la tête, comme sincèrement surpris par la condition physique du garçon.

– Il souffre d'une légère malnutrition, déclara-t-il. Il a des plaies dans la bouche. Quant à sa peau, je dirais que c'est un résultat combiné de crasse et d'une réaction allergique à la litière à volaille.

– *Litière à volaille ?* répéta le vieillard.

– J'ai cru comprendre qu'on le gardait dans une pièce remplie de sciure afin de s'épargner du nettoyage.

– Tu étais au courant, Willum, s'écria Rosa. Tu ne m'as pas dit qu'il ne fallait pas.

– Je n'ai rien su avant aujourd'hui, affirma le médecin.

– Menteur ! Dis-leur, Willum ! Tu trouvais ça drôle. Tu as dit que la bête... le garçon... était en bonne santé !

– Cette femme est victime d'hallucinations, glissa le médecin à El Patrón. C'est une honte d'avoir confié un poste à responsabilité à une personnalité aussi instable.

Rosa s'élança sur lui et lui laboura le visage de ses ongles avant qu'il n'ait le temps de lui saisir les poignets. Elle donna alors des coups de pied, hurla, malmenant Willum de toute la force de sa rage. De fait, elle montrait les dents comme une bête sauvage, et Matt observa la scène avec intérêt afin de savoir si elle parviendrait à planter ses crocs dans le cou du médecin. Tout semblait irréel à l'enfant – l'apparition soudaine de Celia, le vieil homme, la bataille furieuse entre ses deux ennemis. C'était comme à la télé. Avant que la furie ne puisse commettre de graves dommages, deux grands costauds firent irruption dans la pièce et l'emmenèrent.

– Willum ! Willum ! geignait-elle.

Sa voix se fit de plus en plus faible à mesure qu'on l'éloignait. Matt entendit une porte claquer, puis plus rien.

Il se rendit compte que Celia le serrait dans ses bras et tremblait.

Le médecin s'essuya la figure avec un mouchoir ; il portait au visage une dizaine d'égratignures sanglantes. Seul El Patrón paraissait serein. Il s'était renfoncé dans le fauteuil. Ses lèvres pâles esquissèrent un sourire.

– Eh bien, fit-il, je n'ai pas vu autant d'agitation depuis des mois.

– Je vous prie de m'excuser, *mi patrón*, bredouilla Willum. Cela a dû être un choc terrible pour vous. Je vais tout de suite prendre votre tension.

– Oh, fichez-moi la paix ! rétorqua El Patrón, l'éloignant d'un geste méprisant. Ma vie est bien trop tranquille ces temps-ci. C'était... très distrayant. (Il reporta son attention sur Matt.) Comme ça, ils t'ont mis dans la sciure comme une volaille. Dis-moi, garçon, as-tu appris à caqueter ?

Matt sourit. D'instinct, il appréciait El Patrón. Il y avait quelque chose de juste, de parfait dans l'allure du vieillard. Ses yeux avaient la bonne couleur – même si Matt ignorait pourquoi elle était bonne. Son visage semblait curieusement familier, et ses mains – décharnées, veinées de bleu – avaient une forme qui remuait profondément l'enfant.

– Viens plus près, garçon.

Sans la moindre hésitation, Matt s'approcha du fauteuil et laissa le vieil homme lui caresser le visage d'une main parcheminée.

– Si jeune... murmura El Patrón.

– Tu peux parler, maintenant, *mi vida*, fit Celia, mais Matt n'était pas prêt à aller si loin.

– *Mi vida*. Ça me plaît bien, fit le vieillard avec un petit rire. Ça me plaît tellement que c'est ainsi que je l'appellerai. Il sait parler ?

– Je pense qu'il est choqué. Chez moi, il bavardait comme un arbre plein d'oiseaux. Et il sait lire, l'anglais et l'espagnol. Il est très intelligent, *mi patrón*.

– Bien sûr. C'est mon clone. Dis-moi, Mi Vida, aimes-tu les petits gâteaux ?

Matt acquiesça d'un hochement de tête.

– Alors tu vas en avoir. Celia, remets-lui sa chemise et trouve-lui un siège. Nous avons à parler longuement.

L'heure suivante passa comme un rêve. Le médecin et Celia furent congédiés, et le vieil homme et l'enfant, assis face à face, se régalèrent non seulement de gâteaux, mais de poulet à la crème, de purée et de compote de pommes. Une domestique apportait les plats de la cuisine. El Patrón déclara que ces mets étaient ses préférés, et Matt décida que c'étaient ses préférés aussi.

El Patrón avait dit qu'ils avaient à parler longuement, mais il fut seul à faire la conversation. Il évoqua sa jeunesse en Aztlán. Le pays portait le nom de Mexique quand il était enfant. Il venait d'un endroit appelé Durango*.

– On surnomme les gens du Durango *alacránes* – « scorpions » – parce qu'ils sont tellement nombreux à grouiller. Quand j'ai eu gagné mon premier million, j'en ai fait mon nom : Matteo Alacrán. C'est ton nom à toi aussi.

Matt sourit, ravi de partager quelque chose avec El Patrón.

À mesure que le vieillard parlait, Matt imaginait les champs de maïs poussiéreux et les montagnes pourpres du Durango. Il voyait le torrent dont l'eau caracolait deux mois par an et qui restait asséché le reste du temps. El Patrón s'y baignait avec ses frères mais, hélas, tous étaient morts de causes diverses avant d'avoir grandi. Les sœurs avaient été emportées par la typhoïde alors qu'elles étaient si petites qu'elles ne pouvaient pas regarder par-dessus le rebord de la fenêtre – non, pas même en se dressant sur la pointe des pieds. Matt pensa à María et s'inquiéta. Le monstre typhoïde qui emportait les petites filles ressemblait-il au *chupacabras* ? De tous les enfants, un seul avait vécu : Matteo Alacrán. Il était maigre comme un coyote, ne possédait pas même deux

* État du Mexique septentrional, dont la capitale porte le même nom.

pesos pour les frotter l'un contre l'autre, mais était habité par un ardent désir de survivre.

La voix finit par se taire. Matt leva les yeux pour découvrir qu'El Patrón s'était endormi dans son fauteuil. Lui aussi était épuisé. Gavé de nourriture, il s'était à moitié assoupi pendant un moment. Les deux hommes qui avaient emmené Rosa réapparurent, installèrent doucement El Patrón dans un fauteuil roulant et sortirent avec lui.

Matt s'inquiéta de ce qui allait lui arriver maintenant. Rosa allait-elle revenir et le jeter dans la sciure ? Mettrait-elle à exécution sa menace de l'enterrer vivant ?

Mais ce fut Celia qui vint triomphalement le chercher pour le conduire dans le nouveau logement qu'elle occupait dans la Grande Maison. Comme tout ce qu'elle possédait avait été déménagé, Matt ne fut pas trop déçu de ne pas retourner dans leur foyer d'autrefois. La Vierge trônait, comme avant, sur une table près du lit de l'enfant. Elle avait eu droit à une nouvelle guirlande de roses en plastique sur sa robe et à un napperon de dentelle blanche sous son socle, offerts par Celia en reconnaissance du sauvetage de Matt.

S'il fut en gros satisfait du changement, Matt regretta néanmoins les colombes qui roucoulaient sur le toit de la petite maison, ainsi que le chant du vent dans les pavots.

– Écoute un peu, eejit, ordonna María. On m'a chargée de te faire parler.

Matt haussa les épaules. Il n'avait aucun intérêt à parler et, de plus, María s'en chargeait bien pour deux.

– Je sais que tu peux, reprit la fillette. Celia dit que tu es choqué, mais moi je pense que tu es seulement paresseux.

Matt bâilla et se gratta l'aisselle.

– El Patrón s'en va aujourd'hui.

Là, María obtint l'attention de Matt, consterné par l'annonce du départ du vieil homme. Il ne l'avait pas revu depuis le jour de sa délivrance. Celia affirmait que l'émotion avait été trop forte pour un individu âgé de 140 ans. El Patrón devait garder le lit jusqu'à se rétablir suffisamment pour regagner son autre demeure dans les montagnes Chiricahua.

– Nous devons lui dire au revoir. Tout le monde sera là, et tu ferais mieux de parler sinon tu vas avoir des ennuis.

Comme si elle espérait forcer les mots à sortir, María pinça la bouche de Matt. Il fit claquer ses dents d'un coup sec. La fillette recula vivement.

– Tu avais dit que tu ne mordais pas !

Attrapant un oreiller, elle l'en frappa plusieurs fois avant de s'écrouler sur le lit.

– Vilain clone ! fit-elle en serrant l'oreiller contre elle.

Matt réfléchit. Être un clone était de toute façon une mauvaise chose, quoi qu'on fasse, alors pourquoi se soucier d'être bon ou de bien faire ? Il tapota la main de María.

– Oh, pourquoi tu ne parles pas ? fulmina la fillette. Ça fait plus d'une semaine. Il n'a fallu qu'un seul jour à Bouldepoil pour me pardonner après sa capture par la fourrière.

Matt ne cherchait pas à l'attrister. Il n'arrivait pas à parler. Quand il essayait de former les mots, la terreur le submergeait. Parler équivalait à ouvrir une brèche dans sa forteresse soigneusement érigée, et tout risquait alors de se précipiter à l'intérieur.

– Matt a été enfermé beaucoup plus longtemps que ton chien, expliqua Celia en pénétrant dans la pièce.

Elle s'agenouilla et caressa le visage du garçon.

– Ça n'a duré que deux jours pour Bouldepoil. Matt a été prisonnier pendant six mois. Il lui faut du temps pour se rétablir.

– C'est donc comme ça ? s'enquit la petite fille. Si on est longtemps malade, on met longtemps à aller mieux ?

Celia acquiesça et continua de caresser le visage de Matt, ses cheveux, ses bras. Comme si elle tentait de réveiller chez lui des sensations.

– Alors, fit lentement María, je suppose qu'il faudra des années à El Patrón pour se rétablir.

– Ne parle pas de ça, s'exclama Celia, avec une telle brusquerie que María en resta tétanisée. Pas un mot sur El Patrón ! Allez, ouste ! Je n'ai pas le temps de m'occuper de toi.

Devant le tablier qui s'agitait, la fillette fila sans demander son reste.

Matt fut peiné pour elle. Exprès, il se fit tout raide pour empêcher Celia de l'habiller, mais celle-ci ne se fâcha pas. Elle l'étreignit et lui chanta sa berceuse préférée : *Buenos días paloma blanca. Hoy te vengo a saludar.* Matt frissonna. C'était la chanson à la Vierge, qui n'aimait que les gentillesses et qui avait veillé sur lui dans sa prison. Il comprit alors qu'il avait tort d'être méchant avec Celia et cessa de se raidir.

– Voilà mon bon garçon, murmura Celia. Tu es un bon garçon et je t'aime.

Matt eut un moment de panique quand elle essaya de l'emmener dehors. Il se sentait en sécurité dans son ancien petit lit, avec les animaux en peluche et l'exemplaire fatigué de *Pedro el Conejo*. Même si les fenêtres donnaient sur un ravissant jardin clos, il gardait les stores baissés. Il refusait toute nouveauté dans sa vie, si belle soit-elle.

– Tout va bien, assura Celia en le soulevant dans ses bras. Je ne laisserai personne te faire du mal.

Matt n'avait encore jamais vu la façade de la Grande Maison. L'entrée toute de marbre et les statues d'angelots potelés l'enchantèrent. Au centre se trouvait un bassin d'eau sombre, couverte de nénuphars. Matt se cramponna à Celia en voyant un gros poisson monter tranquillement des profondeurs obscures pour venir darder sur lui son œil jaune et rond.

Ils passèrent entre de blanches colonnes cannelées et parvinrent à une véranda d'où partaient de larges marches qui descendaient vers l'allée. Tout le monde s'était aligné sous la véranda, les domestiques d'un côté, la famille de l'autre. Matt reconnut Steven, Emilia et María au garde-à-vous. La fillette voulut s'asseoir, mais sa sœur l'obligea à rester debout. Voir Tom prendre alors la main de María provoqua en Matt un accès de colère quasi incontrôlable. Comment ces deux-là pouvaient-ils être amis ! S'il avait eu une autre orange véreuse à sa disposition, Matt n'aurait pas hésité à la lancer à son ennemi, sans se soucier des conséquences.

El Patrón était dans son fauteuil roulant, une couverture sur les genoux, encadré par les deux costauds que Matt avait déjà vus. Willum se tenait non loin, vêtu d'un costume gris trop chaud pour une telle journée, le visage luisant de sueur. De Rosa, aucune trace.

– Viens par ici, Mi Vida, dit El Patrón.

Sa voix était parfaitement audible par-delà les chants des oiseaux et des fontaines ; elle exigeait l'attention malgré sa faiblesse. Celia posa Matt, et celui-ci s'avança avec empressement vers le fauteuil roulant.

Tout lui plaisait chez El Patrón : sa voix, la forme de son visage, et ses yeux, qui avaient la couleur du bassin ténébreux où rôdait le gros poisson.

– Présentez-le à la famille, Willum, ordonna le vieillard.

La main du médecin était moite. Malgré la révulsion qu'il suscitait en lui, Matt se laissa guider sous la véranda. Il fut présenté à Mr Alacrán, l'homme brutal qui l'avait jeté dehors le premier soir, le père de Benito, Steven et Tom. Benito, lui fut-il expliqué, était à l'université ; Matt ferait sa connaissance un autre jour. Mr Alacrán considéra Matt avec un dégoût non dissimulé.

Felicia, l'épouse de Mr Alacrán, était une femme frêle aux doigts longs et nerveux. Autrefois grande pianiste concertiste, précisa le médecin, avant que la maladie l'oblige à arrêter. Felicia décocha à Willum un sourire furtif qui disparut dès qu'elle regarda Matt. Près d'elle se tenait le père de Mr Alacrán, un vieil homme aux cheveux blancs qui ne semblait pas trop savoir pourquoi il se trouvait là.

Matt fut ensuite présenté – officiellement – à Steven, Emilia, María et Tom. Ce dernier lui lança un coup d'œil mauvais, que Matt lui rendit. Personne, hormis María, ne paraissait heureux de le voir, mais tous feignirent l'aménité.

Parce qu'ils ont peur d'El Patrón, comprit Matt. Sans savoir pourquoi, il trouvait cela très bien.

– Tu n'as toujours pas retrouvé ta langue ? questionna le vieillard lorsque l'enfant se retrouva face à lui.

Matt fit signe que non.

– Celia va s'occuper de ça. Écoutez bien, tous, continua El Patrón d'une voix légèrement plus forte. Ce garçon est mon clone. Il est pour moi la personne la plus précieuse au monde. Si vous pensiez que c'était l'un de vous, lamentables pourceaux bâtards, vous repasserez. (Il eut un petit rire avant de reprendre :) Matt doit être traité avec respect, exactement comme si j'étais ici à sa place. Il recevra une instruction, sera bien nourri, et diverti. Pas question de le maltraiter, précisa El Patrón en regardant Tom, qui s'empourpra. Quiconque – je dis bien quiconque – lui fera du mal sera sévèrement puni. Me suis-je bien fait comprendre ?

– Oui, *mi patrón,* murmurèrent plusieurs voix.

– Et, pour m'en assurer, je vais laisser ici l'un de mes gardes du corps. Voyons lequel de ces deux rustres se porte volontaire…

Les gardes du corps baissèrent les yeux.

– Je constate que la timidité les étouffe, reprit El Patrón. J'ai ramassé ce tandem en Écosse, ils faisaient le coup de poing à la sortie d'un match de football. Recrute toujours tes gardes du corps dans un autre pays, Matt. C'est plus difficile pour eux de nouer des alliances et de te trahir. Eh bien, Matt, à toi de choisir. Laquelle de ces fleurettes évanescentes veux-tu pour camarade ?

Consterné, Matt regarda les hommes. Difficile d'imaginer compagnons plus rébarbatifs. C'étaient deux brutes au cou épais, avec des nez aplatis, des cicatrices partout sur les bras et la figure. Sinon, tous deux avaient des cheveux bruns et bouclés qui leur descendaient sur le front, des visages rubiconds et des yeux bleu vif.

– Tu as Daft Donald, qui aime jongler avec des boules de bowling, et Tam Lin, celui qui a ces oreilles originales.

Le regard de Matt glissa de l'un à l'autre. Daft Donald était plus jeune et moins buriné. Il semblait d'une compagnie plus rassurante. Quant à Tam Lin, on aurait dit que ses oreilles avaient été mâchées tant leur forme était tordue et inesthétique. Pourtant, en cherchant son regard, Matt fut surpris d'y découvrir une lueur amicale.

La bienveillance était si rare dans la vie de Matt qu'il désigna aussitôt Tam Lin.

– Bonne décision, chuchota El Patrón.

Ses dispositions prises, celui-ci paraissait à court d'énergie. Il se laissa aller au fond de son fauteuil roulant et ferma les yeux.

– Adieu, Mi Vida… murmura-t-il. Jusqu'à la prochaine fois.

Les Alacrán s'assemblèrent autour de lui afin de l'assurer de leur respect affectueux. Il les ignora. Puis Daft Donald le souleva, fauteuil compris, et l'emporta au pied de l'escalier où attendait une limousine. Tout le monde suivit, dans une surenchère de bons vœux. Dès que la voiture se fut éloignée, les membres de la famille s'égaillèrent. Les domestiques contournèrent Matt comme s'il n'était rien d'autre qu'une pierre dans un ruisseau et disparurent dans la maison.

On l'ignorait. On ne le maltraitait pas, simplement on l'ignorait. Seule María dut être traînée à l'intérieur, se plaignant haut et fort.

Celia attendit que tout le monde fût parti. Tam Lin aussi.

– Eh bien, bonhomme, fit alors le garde du corps, voyons un peu de quel bois tu te chauffes.

Sur ce, il souleva Matt d'un seul de ses bras musculeux et le bascula sur son épaule.

Professeur

Matt évita le plus longtemps possible de quitter le havre que représentait pour lui l'appartement de Celia. Mais, peu à peu, Celia et María surent l'attirer dans le jardin clos puis, de là, vers d'autres parties de la Grande Maison.

Matt n'aimait pas ces excursions. Les domestiques s'écartaient de lui comme s'il était une chose malpropre, Steven et Emilia tournaient les talons en le voyant arriver, et il y avait toujours le risque de se trouver nez à nez avec Tom.

Tom tenait à jouer avec María. Il avait beau la faire pleurer, elle lui pardonnait chaque fois. Un jour, il la suivit jusqu'au logement de Celia en dépit – ou peut-être à cause – de l'hostilité de Matt. Apparemment, il prenait plaisir à se trouver là où on ne voulait pas de lui.

– C'est joli ici, commenta-t-il en s'emparant de l'ours en peluche chéri de Matt. Attrape, María.

Et, balançant l'ours par une de ses oreilles en lambeaux, il l'envoya dans la figure de la fillette. L'oreille se déchira. Tom la jeta par terre.

– Aïe ! couina María.

Matt se rua sur l'oreille, mais Tom mit le pied dessus. Matt se jeta sur lui et bientôt tous deux roulèrent au sol, échangeant coups de pied et de poing. María courut chercher Tam Lin.

Le garde du corps observa la bagarre un moment avant de séparer les adversaires.

– On vous a dit de laisser Matt tranquille, maître Tom.

– C'est lui qui m'a tapé le premier ! cria Tom.

– C'est vrai, fit María. Mais Tom l'avait provoqué.

– Menteuse ! brailla Tom.

– Je suis pas menteuse !

Matt ne dit rien. Il brûlait de faire mordre la poussière à Tom. Il avait même envie de cogner sur Tam Lin. Il tenta de lancer des injures, mais aucun son ne sortit. On aurait dit que les mots restaient à l'intérieur de lui, devenant de plus en gros jusqu'à l'étouffer.

– Tu as raison, fit brusquement Tom. J'ai provoqué Matt. Je le regrette sincèrement.

Matt fut stupéfait. Tom parut se métamorphoser sous ses yeux : le rouge de la colère déserta ses joues, son regard devint clair et franc – ce n'était plus le même garçon.

Matt aurait voulu avoir cette capacité. Qu'il soit blessé, fâché ou triste, il fallait parfois des heures pour que les sentiments desserrent leur emprise sur lui.

Tam Lin scruta le visage ouvert de Tom et finit par le lâcher en disant :

– C'est bon.

Il libéra également Matt, qui, aussitôt, prit par la main Tom et María pour les conduire vers la porte.

– Tu veux qu'on s'en aille ? s'exclama María. Alors qu'on s'est réconciliés et tout ?

Matt hocha la tête.

– Eh bien, tu n'es qu'un cochon ! Et je ne vais pas être méchante avec Tom juste parce que tu ne l'aimes pas. De toute façon, tout le monde te trouve affreux.

María claqua la porte derrière elle.

Le visage plein de larmes, Matt s'assit par terre. Sa gorge et son nez produisaient des bruits exactement comme un cochon, oui, et il se détestait pour ça quoiqu'il ne pût se contenir. Si elle avait été là, Celia l'aurait consolé. Tam Lin, lui, se contenta de hausser les épaules et replongea dans son journal sportif. Plus tard, un peu calmé, Matt chercha l'oreille de l'ours en peluche; elle avait disparu.

Tom était un spécialiste du coup-juste-manqué, qui consistait à cogner dans le vide tout près de la tête de Matt sous prétexte de s'entraîner au karaté. Il en profitait pour chuchoter des insultes que seul Matt entendait:

– Tu es un clone. Tu sais ce que c'est? Du dégueulis, en gros. C'est une vache qui t'a dégobillé.

En présence de gens importants, Tom se montrait courtois. Il leur demandait de leurs nouvelles et écoutait poliment les réponses. Il portait des boissons à sa mère, et ouvrait les portes pour son grand-père. Il était attentionné, et pourtant...

Il y avait quelque chose de limite dans tous ses actes. Il apportait des boissons à sa mère, mais le verre n'avait pas toujours l'air propre. Il ouvrait la porte à son grand-père, mais la laissait retomber sur les talons du vieillard – pas de quoi le faire chuter et ça *aurait* pu passer pour un accident. Tout le monde se fiait à Tom en raison de son minois ouvert, innocent, et pourtant...

– Ce gamin est un petit charançon pervers, grognait Tam Lin.

Matt fut soulagé de découvrir que le garde du corps, lui non plus, n'aimait pas Tom.

Tam Lin.

Matt passa les premières semaines à lui tourner discrètement autour. L'homme était si massif, avait l'air si dangereux, que c'était comme d'avoir un grizzly apprivoisé sous son toit. Tam Lin s'installait dans le fauteuil de Celia et assistait en silence aux efforts de María et de Celia pour faire lire Matt, lui proposer un puzzle ou l'inviter à manger. S'il appréciait ces activités, Matt aimait encore plus qu'on l'y convie par des cajoleries. Il était capable d'amener María au bord de la crise de nerfs. Celia, elle, se contentait de lui ébouriffer les cheveux et de soupirer. Le garde du corps semblait lire mais ne perdait rien de ce qui se déroulait sous ses yeux.

Matt lui trouvait l'air agacé, mais c'était difficile à déterminer : l'expression ordinaire de Tam Lin n'avait rien de très aimable.

Le médecin venait souvent car Matt avait contracté une mauvaise toux. Au début, le mal parut anodin, mais l'enfant se réveilla une nuit avec la gorge pleine de liquide. Il ne pouvait plus respirer. Il tituba jusqu'à la chambre de Celia et se plia en deux sur le sol. Celia appela Tam Lin au secours.

Surgissant rapidement, le garde du corps remit Matt debout et lui administra une grande claque dans le dos. L'enfant cracha alors un paquet de mucosités épaisses. Après quoi, Tam Lin lui passa très naturellement le doigt dans la bouche afin de la nettoyer.

– On faisait ça aux agneaux dans la ferme de mon paternel, expliqua-t-il en remettant le garçon à Celia.

Quand Willum vint, plus tard, Tam Lin observa tous ses faits et gestes, sans piper mot, mais sa présence rendait les mains du praticien moites de sueur. Sans savoir pourquoi le docteur avait si peur de Tam Lin, Matt fut bien content qu'il en soit ainsi.

Par la suite, il suffit à Matt d'émettre une toux raisonnable pour que Celia ou María s'affolent de façon tout à fait satisfaisante. Si parfois il avait réellement du mal à respirer, d'autres fois il désirait simplement s'assurer qu'on se souciait de lui.

– Il faut que je retourne à l'école, eejit, annonça un jour María. Les vacances sont finies.

Histoire de la punir de son abandon, Matt regarda par la fenêtre.

– Je n'habite pas ici, tu sais, reprit-elle. Peut-être qu'un jour tu viendras chez moi... ça te plaira. J'ai un chien et une tortue et une perruche. Une perruche qui parle, mais elle ne sait pas ce qu'elle raconte.

Matt lui tourna encore plus ostensiblement le dos.

– Je pense que tu pourrais parler si tu le voulais, continua la fillette. Tout le monde dit que tu es trop stupide, mais je ne le crois pas. S'il te plaît, Matt. Dis que je vais te manquer. Ou serre-moi dans tes bras. Je comprendrai. Bouldepoil hurle quand je quitte la maison.

Matt campa sur sa position hostile.

– Ce que tu peux être méchant ! Je t'emmènerais bien en classe, mais les clones n'ont pas le droit d'y aller. De toute façon, les autres...

La voix de María mourut. Matt devina la suite. Les autres enfants le fuiraient comme Steven et Emilia.

– Je reviendrai pour les week-ends. Puis tu vas avoir un professeur à domicile.

Elle tendit une main amicale, que Matt écarta.

– Oh là là, fit-elle d'une voix enrouée.

Elle pleure trop facilement, pensa Matt.

Il sentit le courant d'air de la porte qu'on ouvrait. Comment pouvait-elle le trahir en partant ? Sans doute allait-elle trouver Tom, maintenant, et lui demander de l'accompagner à l'école parce qu'elle le préférait, le petit charançon pervers.

– Tu aurais pu être plus gentil, remarqua Tam Lin.

De quoi se mêlait-il ? Il était son garde du corps, pas celui de María. Matt continua de regarder au-dehors.

– Oh, tu comprends très bien ce que je dis, reprit Tam Lin. Je t'ai observé, avec tes petits yeux perçants. Rien ne t'échappe de ce qu'on raconte. Tu es comme le vieux. Je ne sais pas grand-chose sur ces histoires de clonage – j'avais 12 ans la dernière fois que j'ai posé mes arpions dans une salle de classe –, mais j'ai pigé que tu es une copie du vieux. Comme si le vieux vautour se voyait offrir une deuxième chance.

Les yeux de Matt s'écarquillèrent devant ce vocabulaire. Personne ne critiquait *jamais* El Patrón.

– Je vais te dire une chose: El Patrón a ses bons et ses mauvais côtés. Il sait être terrifiant quand il le veut. Quand il était jeune, il a fait un choix, comme un arbre qui décide de pousser de ce côté ou de l'autre. Il est devenu immense et verdoyant, jusqu'à étendre son ombre sur toute la forêt. N'empêche que la plupart de ses branches sont tordues.

Tam Lin s'installa dans le fauteuil de Celia; Matt entendit les ressorts gémir sous le poids.

– Ce que je raconte te passe peut-être au-dessus de la tête, bonhomme, mais voilà ce que je veux dire: quand tu es petit, tu peux choisir ta façon de pousser. Si tu es bon et honnête, tu deviendras un homme bon et honnête. Si tu es comme El Patrón... Voilà, réfléchis-y.

Le garde du corps quitta la pièce, et Matt l'entendit grogner quand il se mit à soulever ses haltères dans le jardin clos. Il avait de l'énergie à revendre, qu'il ne dépensait guère en restant dans l'appartement de Celia.

Les paroles de Tam Lin restaient assez obscures pour Matt. Jamais celui-ci n'avait réfléchi au fait de grandir. Certes, en théorie il savait que cela devait se produire, mais il était incapable de s'imaginer plus grand qu'il ne l'était à présent. L'idée qu'en étant mauvais on puisse le rester pour toute la vie ne lui avait jamais traversé l'esprit.

Celia assurait que si on prenait un air renfrogné tout le temps, le visage se figeait dans cette expression-là. On ne pouvait plus sourire, et si on se regardait dans un miroir, il éclatait en mille morceaux. Celia disait aussi que, si on avalait des graines de pastèque, il vous poussait des pastèques par les oreilles.

María était partie, ainsi qu'Emilia. Peu après, Steven et Tom retournèrent en pension, et Matt se retrouva l'unique enfant de la Grande Maison. Enfin, s'il était un enfant. Tom disait que les clones n'avaient rien à voir avec les enfants. Ils ne s'en rapprochaient même pas.

En se regardant dans la glace de la salle de bains, Matt ne voyait guère de différence entre Tom et lui, mais peut-être la différence se cachait-elle à l'intérieur. Le docteur avait dit un jour à Rosa que les clones partaient en morceaux en vieillissant. Qu'est-ce que ça voulait dire ? Tombaient-ils vraiment en morceaux ? Matt referma les bras autour de lui. Ses membres risquaient de se détacher de son corps. Sa tête se déboîterait, comme dans ce film de monstres qu'il avait regardé avant que Celia n'accoure pour éteindre le téléviseur. Cette idée l'emplit de terreur.

– L'heure de l'école, bonhomme, appela Tam Lin.

Les bras toujours serrés sur le torse, Matt émergea de la salle de bains pour découvrir une femme étrange, debout dans le salon. Elle souriait, mais d'un sourire qui ne s'adressait pas vraiment à Matt, un sourire qui s'arrêtait aux coins de sa bouche, comme empêché d'aller plus loin.

– Bonjour ! Je suis ton nouveau professeur, déclara-t-elle. Tu peux m'appeler Professeur, ha ha ! C'est facile de s'en souvenir.

Son rire aussi était bizarre.

Matt tenta de s'éclipser mais Tam Lin lui bloqua la porte.

– Apprendre est un amusement ! continua Professeur. Je parie que tu es un garçon intelligent. Je parie que tu apprendras rapidement tes leçons et que ta maman sera fière de toi.

Matt échangea avec Tam Lin un regard ahuri.

– Le p'tit est orphelin, précisa Tam Lin.

Professeur se figea comme si elle ne comprenait pas vraiment.

– Il ne parle pas, poursuivit le garde du corps. C'est pour ça que je dois répondre à sa place. Mais il sait lire, un peu.

– Lire est un amusement ! dit Professeur avec vigueur.

D'un sac en toile, elle sortit du papier, des stylos, des crayons de couleur et un livre de coloriage. Matt passa la matinée à copier des lettres et à colorier des images. Chaque fois qu'il terminait un exercice, Professeur s'exclamait : « Très bien » et apposait sur la feuille un tampon représentant un visage souriant. Au bout d'un moment, Matt voulut quitter la table ; Professeur le fit rasseoir d'une main ferme.

– Non, non, non, roucoula-t-elle. Tu n'obtiendras pas l'étoile d'or si tu fais cela.

– Le môme a besoin d'une pause, grogna Tam Lin. Moi aussi, ajouta-t-il tout bas.

Et il emmena Matt à la cuisine pour lui donner un verre de lait et des biscuits. Il apporta un café à Professeur et la regarda le boire avec grand intérêt. Apparemment, elle était aussi déroutante pour lui que pour Matt.

Le reste de la journée se passa à compter des objets – des perles, des pommes, des fleurs. Matt s'ennuyait car il avait l'impression de répéter toujours la même chose. Il savait déjà compter, même s'il devait le faire silencieusement et écrire le chiffre exact au lieu de le prononcer.

Pour finir, en fin d'après-midi, Professeur déclara que Matt avait très bien travaillé et que sa maman serait très fière.

Au dîner, Tam Lin fit à Celia le rapport de ce premier jour d'études.

– Tu es mon garçon intelligent, dit-elle affectueusement en donnant à Matt une part supplémentaire de tarte aux pommes.

Elle octroya à Tam Lin une tarte aux pommes entière.

– Sûr qu'il l'est, le bonhomme, approuva le garde du corps, la bouche pleine. Mais y a quelque chose de très bizarre chez cette femme professeur. Elle répète toujours la même chose.

– C'est comme ça qu'on apprend aux enfants, fit Celia.

– Peut-être, admit Tam Lin. Je ne suis pas expert en éducation.

Le lendemain se déroula exactement comme le jour précédent. Si Matt estimait s'être ennuyé la veille, ce n'était rien comparé à l'épreuve de former les mêmes lettres, colorier les mêmes images et compter, encore et toujours, les mêmes misérables perles et fleurs. Néanmoins, il travailla dur pour que Celia soit fière de lui. Le troisième jour, le quatrième et le cinquième furent en tous points semblables.

Tam Lin allait dehors soulever ses haltères. Il bêcha même un petit coin du jardin clos afin d'en faire un potager pour Celia. Matt aurait aimé s'évader aussi facilement.

– Qui peut me dire combien j'ai de pommes ici? gazouilla Professeur au sixième jour. Je parie que c'est mon *bon garçon!*

Subitement, Matt n'y tint plus.

– Je ne suis pas un bon garçon! hurla-t-il. Je suis un méchant clone! Et je déteste compter et je vous déteste!

Il se saisit des pommes soigneusement groupées et les lança dans tous les coins. Il jeta les crayons au sol et, quand Professeur essaya de les ramasser, la bouscula aussi rudement qu'il put. Après quoi il s'assit par terre et fondit en larmes.

– Je connais quelqu'un qui n'aura pas le visage souriant sur son devoir, énonça Professeur d'une voix haletante.

Tapie contre un mur, elle se mit à gémir comme un animal effrayé.

Tam Lin entra en trombe et la ramassa dans une grosse étreinte d'ours.

– Ne pleurez pas, fit-il. Vous avez été très bien. Vous avez réussi là où aucun de nous autres n'avait su y faire.

Petit à petit, la respiration de Professeur s'apaisa et les gémissements cessèrent.

Matt était tellement stupéfait qu'il cessa de pleurer, se rendant compte qu'une chose inouïe venait de se produire.

– Je peux parler, murmura-t-il.

– Tu remportes deux étoiles d'or aujourd'hui, gamine, souffla Tam Lin dans les cheveux de Professeur. Pauvre et triste créature. Je ne comprenais pas à qui j'avais affaire jusqu'ici.

Très gentiment, il guida la femme hors de la pièce, et Matt l'entendit qui continuait de lui parler tout le long du couloir.

– Je m'appelle Matteo Alacrán, dit Matt pour essayer sa voix fraîchement reconquise. Je suis un *bon* garçon.

Le bonheur lui faisait tourner la tête. Celia serait tellement fière de lui maintenant! Il lirait, colorierait et compterait jusqu'à devenir l'élève le plus savant du monde, et alors les enfants l'aimeraient et ne l'éviteraient pas.

Tam Lin interrompit le cours de ces visions béates:

– J'espère que ce n'était pas un coup pour rien. Je veux dire, tu peux vraiment parler?

– Je peux, je peux, je peux! chantonna Matt.

– Sensationnel. J'allais devenir cinglé à force de compter des perles. La pauvre fille… c'est tout ce qu'elle savait faire.

– C'est une eejit, décréta Matt, empruntant à María sa pire insulte.

– Tu ne connais même pas le sens de ce mot, rétorqua Tam Lin. Je vais te dire, bonhomme : on a un événement à fêter. Je t'emmène en pique-nique.

– En pique-nique ? répéta Matt en s'efforçant de se rappeler la signification du mot.

– Je t'expliquerai en chemin, fit Tam Lin.

Matt était follement emballé. Non seulement ils partaient en pique-nique, mais ils chemineraient à cheval. Matt avait vu des chevaux depuis les fenêtres de la petite maison. Et, bien sûr, il en avait vu à la télévision. Les cow-boys comme les redoutables *bandidos* allaient à cheval. Son héros préféré était El Látigo Negro, le «Fouet Noir». El Látigo Negro passait à la télévision chaque samedi. Il portait un masque noir et secourait les pauvres opprimés par les affreux capitalistes. Il avait pour arme de prédilection un long fouet noir avec lequel il était capable de peler une pomme encore accrochée à l'arbre.

Matt fut très déçu lorsque Tam Lin lui amena un somnolent cheval gris au lieu du fougueux coursier que montait El Látigo.

– Sois raisonnable, bonhomme, dit le garde du corps en resserrant les sangles de la selle. S'agit pas de galoper, il te faut une monture fiable. El Patrón ne serait pas content si tu tombais sur la tête.

Une fois perché sur la selle devant Tam Lin, Matt oublia tout désappointement. Il montait à cheval! Il oscillait en hauteur, enveloppé par l'odeur de l'animal, dont il pouvait tâter la crinière drue, pressant les chevilles contre ses flancs chauds.

Après tous ces mois sans parler, il avait besoin de se rattraper, aussi commentait-il tout ce qu'il voyait: le ciel bleu, les oiseaux, les mouches autour des oreilles du cheval.

Tam Lin ne le faisait pas taire. Grommelant de temps en temps pour montrer qu'il écoutait, il guidait le cheval dans les chemins de terre qui traversaient les champs de pavots. Peu à peu, ils s'éloignèrent de la Grande Maison en direction des collines gris-brun qui s'étiraient à l'horizon.

Les premiers champs où ils passèrent étaient couverts d'une brume de feuilles nouvelles. C'étaient les semis. Pour avoir observé depuis la fenêtre de la petite maison, Matt connaissait le cycle de croissance de la plante. Les plants plus âgés étaient plus grands, plus ronds – semblables à de petits choux –, et le feuillage se nuançait de bleu. À mesure qu'ils progressaient, les plants se firent bien plus hauts, atteignant la hauteur du ventre du cheval. Les boutons de fleur défroissaient leurs pétales dans une symphonie d'un blanc éblouissant sous le soleil brûlant. Un léger parfum flottait dans l'air.

Plus loin encore, les pétales étaient tombés et gisaient en tapis au sol tandis qu'apparaissaient les téguments, les enveloppes qui abritent les graines. Les cosses vertes gonflaient jusqu'à atteindre la taille d'un œuf de poule, alors elles étaient bonnes pour la récolte.

Matt vit les premiers ouvriers des Domaines. Il en avait déjà aperçu depuis la petite maison mais, comme Celia lui recommandait de se cacher, il ne les avait jamais vus de près. Il constata que les hommes comme les femmes portaient des uniformes couleur ocre et des chapeaux de paille à large bord. Ils marchaient lentement, penchés pour entailler les gousses avec de minuscules couteaux.

– Pourquoi est-ce qu'ils font ça? questionna Matt.

– Pour faire sortir l'opium, expliqua Tam Lin. La sève suinte et se durcit pendant la nuit. Le matin, on l'enlève en la raclant. On peut récolter comme ça quatre ou cinq fois sur le même pied.

Le cheval progressait d'un pas lourd et régulier. Les champs chatoyaient dans la chaleur, et une odeur douceâtre aux relents de pourriture emplissait l'air. Les ouvriers se penchaient et entaillaient, se penchaient et entaillaient à un rythme de métronome. Ils ne parlaient pas. Ils n'essuyaient même pas la sueur sur leur visage.

– Ils ne sont pas fatigués? s'enquit Matt.

– Oh, sûr que si, dit Tam Lin.

Ils finirent par arriver dans un champ abandonné où les plants commençaient à sécher. Un vent chaud agitait les feuilles dans un bruit de papier froissé.

– Regarde! s'écria Matt. Il y a un homme couché.

Tam Lin arrêta le cheval et mit pied à terre.

– Reste, ordonna-t-il à l'animal.

Se sentant moins en sécurité, seul à cette hauteur, Matt se cramponna à la crinière. Tam Lin s'approcha de l'homme, se pencha, lui tâta le cou, puis secoua la tête et revint.

– On peut... On ne peut pas l'aider? bredouilla Matt.

– Trop tard pour cette pauvre âme, grommela le garde du corps.

– Et le docteur?

– Trop tard, je t'ai dit! Faudra te nettoyer les oreilles!

Tam Lin se remit en selle et ordonna à la monture d'avancer. Les yeux piquants de larmes, Matt regarda en arrière. L'homme fut bientôt dissimulé par les tiges de pavot.

Pourquoi était-il trop tard? s'interrogea Matt. L'homme devait avoir affreusement chaud, couché ainsi en plein soleil. Pourquoi ne pouvait-on pas lui donner à boire? Ils avaient emporté de l'eau avec eux – il l'entendait même clapoter dans le sac à dos.

– Si on y retournait... recommença Matt.

– Bon sang! gronda le garde du corps.

Il arrêta le cheval et resta un moment sans bouger, le souffle court. Matt regarda au sol en se demandant s'il aurait le courage de sauter au cas où Tam Lin se mettrait vraiment en colère.

– J'oubliais. Les gosses de ton âge ne savent rien de rien, reprit enfin Tam Lin. Cet homme est mort. Tué par la chaleur ou le manque d'eau. Les équipes de nettoyage le trouveront en fin de journée.

Le cheval repartit. Matt avait maintenant bien d'autres questions mais, trop incertain de l'humeur de son compagnon, n'osait les poser. Pourquoi l'homme n'était-il pas rentré chez lui quand il s'était senti malade ? Pourquoi les autres ouvriers ne l'avaient-ils pas aidé ? *Pourquoi le laissait-on là comme un déchet ?*

Dans l'intervalle, ils avaient continué au pied d'un rang de collines qui bordaient les champs. À présent, ils obliquaient dans le lit asséché d'un ruisseau qui pénétrait dans le vallonnement. Tam Lin mit pied à terre et mena le cheval sous une petite saillie rocheuse où il aurait de l'ombre. Non loin se trouvait un abreuvoir et une pompe, qu'il manœuvra vigoureusement afin de tirer de l'eau. Le cheval transpirait et, malgré son regard fixé sur l'abreuvoir, ne remuait pas.

– Bois, fit Tam Lin.

La bête s'avança au trot et se mit à boire avidement.

– On va finir le chemin à pied.

– On ne peut pas prendre le cheval ? demanda Matt en promenant un regard perplexe sur le lit du ruisseau qui serpentait dans les collines.

– Il n'obéirait pas. Il est programmé pour rester dans les limites des Domaines.

– Je ne comprends pas.

– C'est un Cheval Sûr, ce qui veut dire qu'il a un implant dans le cerveau. Il ne s'emballera pas ou ne lancera pas de ruade. Il ne boit même pas à moins qu'on lui en donne l'ordre.

Matt mit un moment à digérer cette information.

– Même pas s'il a très, très soif?

– Il avait très soif là tout de suite, fit Tam Lin. Si je ne lui avais pas dit de boire, il serait resté planté devant l'abreuvoir jusqu'à la mort. Reste, dit-il ensuite au cheval.

Sac à dos aux épaules, le garde du corps s'engagea dans la montée du lit de rivière asséché. Matt crapahutait derrière lui. Au début ce ne fut pas difficile, mais bientôt il fallut escalader de grosses pierres qui obstruaient le passage. Peu habitué à l'exercice, Matt fut rapidement hors d'haleine. Il ne s'arrêta pas cependant, redoutant que Tam Lin l'abandonne. Au bout d'un moment, l'entendant peiner, celui-ci se retourna et fouilla dans son sac à dos.

– Tiens, bois un peu d'eau. Mange aussi un morceau de viande séchée. Le sel va te faire du bien.

Matt dévora le bœuf séché. C'était délicieux.

– On n'est plus très loin, bonhomme. Tu t'en sors rudement bien pour une plante de serre.

Ils atteignirent un rocher géant qui semblait boucher complètement le passage, jusqu'à ce que Matt distingue au milieu un trou rond. Un trou lisse et régulier comme au milieu d'un beignet. Tam Lin grimpa pour s'y engager, puis tendit la main pour aider Matt.

De l'autre côté, le paysage était stupéfiant. Des immortelles jaunes et des *paloverde** bordaient un petit vallon étroit au creux duquel se nichait une étendue d'eau. De l'autre côté poussait une gigantesque vigne qu'une main humaine avait

* Signifie « tronc vert » en espagnol. Arbre à toutes petites feuilles des plaines alluviales désertiques d'Amérique.

disposée en treille. Matt aperçut même dans l'eau des bancs de petits poissons bruns qui fuyaient devant son ombre.

– C'est ce qu'on appelle une oasis, fit Tam Lin en commençant à déballer le pique-nique. Pas mal, hein?

– Pas mal, acquiesça Matt en acceptant un sandwich.

– J'ai découvert cet endroit il y a des années, quand je commençais à travailler pour El Patrón. Les Alacrán ne savent pas qu'il existe. S'ils étaient au courant, ils feraient venir un tuyau et pomperaient toute l'eau. J'espère que je peux compter sur toi pour garder le secret.

La bouche pleine, Matt hocha la tête.

– Ne le dis pas non plus à María. C'est une vraie pipelette.

– D'accord, fit Matt, fier que Tam Lin le juge capable de garder un secret.

– Je t'ai amené ici pour deux raisons, reprit le garde du corps. Un, parce que c'est joli. Deux, parce que je veux te dire certaines choses sans être espionné.

Surpris, Matt releva la tête.

– Tu ne peux jamais savoir qui t'écoute dans cette baraque. Tu es trop jeune pour tout comprendre, et je ne te dirais rien si tu étais un vrai garçon. (Tam Lin jeta des miettes de pain dans l'eau et les petits poissons montèrent à la surface pour les happer.) Mais tu es un clone. Tu n'as eu personne pour t'expliquer les choses. Tu es seul d'une façon que les vrais humains ne peuvent pas imaginer. Même les orphelins peuvent regarder des photos et dire: «Là c'est m'man, là c'est p'pa.»

– Est-ce que je suis une machine? lâcha Matt.

– Une machine? Oh, non.

– Alors, comment est-ce que j'ai été fait?

Tam Lin se mit à rire.

– Si tu étais un vrai garçon, je te dirais d'aller poser cette question délicate à ton grand frère. Bon, bonhomme, autant te décrire la chose : il y a très, très longtemps, des docteurs ont pris un morceau de peau d'El Patrón et l'ont congelé pour qu'il se conserve. Et puis, voilà environ huit ans, ils ont pris un bout de ce morceau de peau et l'ont fait pousser pour qu'il devienne un El Patrón tout neuf. Seulement, bien sûr, il fallait commencer au début, par un bébé. Ce bébé, c'était toi.

– C'était moi ? répéta Matt.

– Toi.

– Alors je suis juste *un bout de morceau de peau* ?

– Voilà que je t'ai tourneboulé. Ce bout de peau était comme une photographie. Toutes les informations se trouvaient dedans pour créer une copie exacte de vrai être humain – peau, cheveux, os, cervelle. Tu es exactement comme El Patrón quand il avait 7 ans.

Matt abaissa les yeux vers ses orteils. Il n'était que ça : une photo.

– Ils ont mis ce bout de morceau de peau à l'intérieur d'une vache spéciale. Tu as grandi dans son ventre et, l'heure venue, tu es né. Sauf qu'évidemment tu n'avais ni père ni mère.

– Tom dit que j'ai été dégobillé par une vache…

– Tom est une dégoûtante petite pustule. Comme tout le reste de cette famille. S'il te prend l'idée de rapporter ce que je viens de dire, je nierai tout en bloc. (Tam Lin ouvrit un paquet de fruits secs et le tendit à Matt.) Pour en revenir à notre conversation : puisque tu es un clone, tu es différent, et beaucoup de gens ont peur de toi.

– Ils me haïssent, résuma sobrement Matt.

– Ouais. Certains.

Tam Lin se leva, étira ses gros muscles et se mit à aller et venir sur le sable. Il détestait rester longtemps assis.

– Mais d'autres t'aiment. Je parle de María et, bien sûr, de Celia.

– Et El Patrón.

– Ah, disons... El Patrón est un cas particulier. Pour dire les choses honnêtement, le nombre de gens qui t'aiment est réduit et le nombre de ceux qui te haïssent est important. Ils ne peuvent pas oublier que tu es un clone. Ce qui rend difficile de t'envoyer à l'école.

– Je sais.

Matt songea amèrement à María. Si elle l'aimait vraiment, elle l'aurait emmené avec elle sans se préoccuper de ce que pensaient les autres enfants.

– El Patrón tient à ce que tu reçoives de l'instruction et que tu mènes une vie normale, autant que possible. Le problème est qu'aucun professeur privé ne veut faire cours à un clone. Alors les Alacrán ont pris une eejit.

Matt fut abasourdi. Il avait si souvent entendu le mot – généralement dans la bouche de María – qu'il l'avait pris pour une simple insulte, comme «crétin» ou «tête d'œuf».

– Un eejit est une personne ou un animal qui a un implant dans le cerveau, dit Tam Lin.

– Comme le cheval? fit Matt à l'instant où une pensée terrible lui venait à l'esprit.

– Exact. Les eejits ne sont capables que de choses simples. Cueillir des fruits, balayer par terre ou, comme tu as vu, récolter l'opium.

– Les ouvriers des Domaines sont des eejits! s'écria Matt.

– C'est pour ça qu'ils travaillent sans se reposer jusqu'à ce que le contremaître leur dise d'arrêter, pour ça aussi qu'ils ne boivent pas d'eau à moins qu'on le leur ordonne.

Les pensées de Matt tourbillonnaient. Si le cheval pouvait mourir de soif devant un abreuvoir, alors l'homme...

– L'homme, fit-il à voix haute.

– Tu percutes, bonhomme. L'homme qu'on a vu à terre a dû traîner derrière les autres et n'a pas entendu le chef leur dire d'arrêter. Il a sans doute travaillé toute la nuit, de plus en plus assoiffé...

– Arrête! supplia Matt dans un cri strident.

Il se couvrit les oreilles. C'était horrible! Il ne voulait pas en savoir davantage.

Tam Lin fut aussitôt près de lui.

– Tu as appris assez de choses pour aujourd'hui. On fait un pique-nique et on ne s'est pas encore amusés. Viens. Je vais te montrer une ruche et un repaire de coyote. Dans le désert, toute la vie se concentre près de l'eau.

Ils passèrent le reste de la journée à explorer les terriers, les anfractuosités, les tanières bien protégées du vallon secret. Tam Lin n'était peut-être pas allé longtemps à l'école, mais il en connaissait un rayon sur la nature. Il apprit à Matt à demeurer immobile pour attendre que les choses viennent à lui. Il lui enseigna comment connaître l'humeur d'une abeille à son bourdonnement. Il lui fit remarquer certaines déjections, des traces de pas, des fragments d'os.

Enfin, alors que les ombres commençaient d'envahir l'oasis, Tam Lin aida Matt à repasser par le trou du rocher. Le cheval les attendait à l'endroit précis où ils l'avaient laissé. Tam Lin lui ordonna de boire avant qu'on reparte.

Les champs étaient déserts, et l'ombre longue des collines s'étirait sur eux. À la lisière de leur portée, le soleil de fin d'après-midi jetait des éclats d'or sur les pavots. Dans le champ abandonné, le cadavre de l'homme avait disparu.

– Professeur était une eejit, fit Matt, brisant le silence.

– L'une des plus brillantes, précisa Tam Lin. Malgré ça, elle ne pouvait que répéter indéfiniment la même leçon.

– Elle va revenir ?

– Non, soupira Tam Lin. Ils la mettront à raccommoder des rideaux ou à peler des pommes de terre. Parlons de choses plus gaies.

– Est-ce que toi tu peux m'instruire ? demanda Matt.

Tam Lin partit d'un grand rire.

– Je serais seulement capable de t'apprendre à fracasser un bureau avec le tranchant de la main. Je suppose que tu vas continuer tes études avec la télé. Je serai dans les parages pour te pendre à la fenêtre par les pieds si tu ne travailles pas.

Le passage secret

En apparence, la vie de Matt adopta un rythme agréable. Il apprenait par téléenseignement, Tam Lin expédiait ses devoirs, lesquels revenaient avec d'excellentes notes, et Celia le félicitait sans réserve. María aussi faisait abondamment son éloge quand elle venait. Matt n'était pas fâché non plus de savoir que Tom récoltait de mauvaises notes et ne parvenait à rester dans sa pension que grâce aux dons généreux que Mr Alacrán versait au directeur de l'établissement.

Derrière la façade, cependant, Matt éprouvait un sentiment de vide. Il se voyait comme une photographie d'être humain, ce qui signifiait qu'il n'avait pas d'importance réelle. Les photos s'oubliaient au fond des tiroirs pendant des années. Ou pouvaient être jetées.

Une fois par semaine au moins, Matt rêvait du mort dans le champ. Ses yeux ouverts fixaient le soleil. Il avait terriblement, atrocement soif. Matt voyait sa bouche se couvrir de poussière, mais il n'y avait d'eau nulle part, rien que les tiges des pavots morts qui bruissaient. Cela devint si pénible que Matt voulut avoir un pichet d'eau auprès de son lit. Si seulement il pouvait emporter ce pichet dans ses rêves. Si seulement il pouvait le *rêver* là-bas et verser l'eau entre les lèvres craquelées de l'homme, mais c'était impossible. Et, lorsqu'il s'éveillait, il avalait plusieurs verres pour se débarrasser de la sèche sensation de mort des champs de pavots. Ensuite, évidemment, il devait aller aux toilettes.

Dans ces cas-là, il passait sur la pointe des pieds devant la chambre de Celia. Il entendait alors ses ronflements et, de l'autre côté du couloir, la fracassante réplique de Tam Lin. Cela aurait dû le rassurer mais Matt ne savait jamais, juste avant d'ouvrir la porte de la salle de bains, s'il n'allait pas trouver l'homme mort couché de l'autre côté, l'œil fixé sur la grosse lampe qui pendait du plafond.

María commença à amener Bouldepoil lors de ses courts séjours. C'était un petit chien braillard qui oubliait sa bonne éducation dès qu'il était excité. Tam Lin menaçait souvent de les faire avaler par l'aspirateur, lui et ses saletés.

Ce que Matt détestait chez le quadrupède, c'était que tout un chacun les supposait de la même espèce. Peu importait que Matt eût d'excellentes notes et de bonnes manières. Tous deux étaient des animaux, et donc ne comptaient pas.

Au cours des vacances de Pâques, Tom déclara que les bonnes manières n'étaient pas plus difficiles à apprendre que de se rouler par terre ou de faire le mort. Matt se jeta sur lui, et María courut chercher Tam Lin en poussant des cris perçants. Tom fut expédié dans sa chambre sans dîner. Matt ne fut pas puni du tout.

Ce qui lui convint, excepté que Bouldepoil n'était pas non plus puni pour ses méfaits. Il était incapable de faire la différence entre ce qui était bien et ce qui était mal. On le tenait pour une bête simplette et, manifestement, Matt de même.

Lorsque María n'était pas là, Matt s'amusait à explorer la maison. Paré d'une cape noire et d'une longue et fine ceinture en cuir en guise de fouet, il jouait à être El Látigo Negro en reconnaissance dans une place forte ennemie. Il se glissait derrière les rideaux et les meubles, et se cachait dès qu'il voyait venir un membre de la famille Alacrán.

Felicia – la mère de Benito, Steven et Tom – jouait du piano l'après-midi. Des accords fracassants s'échappaient alors du salon de musique. Elle fondait sur le piano avec une ferveur fort différente de sa langueur coutumière, et Matt aimait se dissimuler derrière les plantes en pot pour l'écouter.

Ses doigts volaient d'un bout à l'autre du clavier. Elle fermait les yeux et sa bouche se contractait en une grimace qui, si elle n'était de douleur, trahissait quelque chose d'approchant. Pourtant, sa musique était merveilleuse.

Au bout d'un moment, Felicia n'avait plus une once d'énergie. Tremblante et pâle, elle se voûtait sur les touches. C'était le signal pour une femme de chambre qui apportait alors une boisson ambrée dans une belle carafe en cristal biseauté. La domestique versait le breuvage dans un verre – Matt adorait le tintement de la glace – qu'elle mettait dans la main de Felicia.

Celle-ci buvait jusqu'à ce que cesse son tremblement. Après quoi elle se ratatinait sur le piano à la façon des épinards de Celia quand Tam Lin oubliait d'arroser le potager. Les servantes devaient la porter jusqu'à ses appartements.

Un jour, Felicia ne venant pas à son heure habituelle, Matt, tapi derrière les plantes vertes, rassembla son courage afin d'approcher du piano. Si elle le surprenait, elle lui interdirait pour toujours l'entrée de la pièce... Ses doigts fourmillaient du désir de jouer; ça paraissait si facile. Il entendait même la musique dans sa tête.

Il se glissa hors de sa cachette, tendit la main vers les touches... et entendit dans le couloir la voix apathique de Felicia, qui demandait à une domestique de lui apporter à boire. Pris de panique, il se précipita dans un placard derrière le piano, refermant la porte à l'instant où Felicia pénétrait dans le salon. Elle se mit aussitôt à jouer. Le réduit était si poussiéreux que Matt éternua, mais la pianiste faisait trop de bruit pour l'entendre. Il tâtonna jusqu'à rencontrer un interrupteur électrique.

L'endroit se révéla décevant. Des partitions s'empilaient contre les murs, un tas de chaises pliantes occupait un angle, le tout si poussiéreux et plein de tant de toiles d'araignée que Matt éternua de nouveau. Histoire de s'occuper, il roula une partition et entreprit de balayer les murs.

Sur le mur du fond, derrière un entrelacs de toiles d'araignée qui eût réjoui Dracula, Matt découvrit un second interrupteur. Il le pressa.

Il recula contre une pile de partitions lorsqu'une partie du mur s'ouvrit, dégageant un nuage de poussière qui le fit tousser. Celia insistait pour qu'il porte toujours sur lui un petit inhalateur en cas d'asthme; il s'en saisit. Quand la poussière fut retombée, il distingua un genre de vestibule étroit et sombre.

Il s'avança un peu. Un passage s'étirait sur la gauche comme sur la droite. Entre-temps, Felicia avait cessé de jouer du piano. Matt demeura immobile, l'oreille tendue vers le tintement des glaçons dans le verre. Au bout d'un moment, il entendit les servantes emmener Felicia.

Matt pressa une seconde fois l'interrupteur et, à son grand soulagement, constata que le mur se refermait. Alors il sortit subrepticement du cagibi, en laissant sur le tapis des empreintes de pas poussiéreuses, et se fit gronder par Celia quand elle vit l'état de ses vêtements comme de ses cheveux.

C'était encore mieux qu'un épisode d'*El Látigo Negro,* pensa Matt, et il décida de garder pour lui seul ce secret. Le passage dérobé lui appartenait. Même Tam Lin ne pourrait le trouver s'il voulait se cacher.

Au cours des semaines suivantes, lentement, scrupuleusement, Matt explora son nouveau domaine. Celui-ci paraissait serpenter entre les murs intérieurs et extérieurs de la maison. Il découvrit de petits trous percés dans des cloisons, mais ne vit grâce à eux que des pièces vides, meublées de quelques chaises et tables. Une fois, il surprit une femme de chambre qui y faisait la poussière.

Certains des trous donnaient sur des débarras obscurs comme celui du salon de musique. Matt ne comprenait pas, jusqu'au jour où, parce qu'il tâtonnait le long du passage, sa main rencontra un autre interrupteur. Il appuya dessus.

Un panneau glissa exactement comme dans la pièce de musique. Le cœur de Matt s'emballa. Il pouvait pénétrer dans le placard! Celui-ci était plein de vêtements qui sentaient le renfermé et de vieilles chaussures mais, à condition de les écarter, on pouvait atteindre la porte de l'autre côté. Il entendit des voix. Le docteur et Mr Alacrán s'entretenaient avec une troisième personne dont la voix était étouffée. Le ton et le discours véhéments du médecin éveillèrent chez Matt de mauvais souvenirs.

– Acceptez! Vous savez bien qu'il faut en passer par là!

– Je t'en prie, Père, implorait Mr Alacrán d'une voix douce que Matt ne lui connaissait pas.

– Non, non, non, gémit le père.

– Sans chimiothérapie, tu vas mourir, plaida le fils.

– Dieu veut me rappeler auprès de lui.

– Mais moi je te veux ici, suppliait Mr Alacrán.

– Cette maison n'est que ténèbres et mal!

Le vieil homme perdait franchement la tête.

– Au moins faites-vous greffer un nouveau foie, suggéra Willum d'un ton sévère.

– Laissez-moi tranquille, geignit le vieillard.

Matt battit en retraite dans le passage et referma le panneau coulissant. Sans comprendre de quoi discutaient ces messieurs, il savait ce qu'il adviendrait si on le surprenait à épier. On l'enfermerait à nouveau. Peut-être même le remettrait-on entre les mains de Rosa.

Il ressortit par le salon de musique et, pendant longtemps, ne s'aventura plus dans le passage secret. En revanche, il continuait à écouter Felicia jouer du piano. La musique s'était emparée de lui et, quitte à courir des risques, il ne pouvait demeurer longtemps sans l'entendre.

Un après-midi, il s'inquiéta de voir le médecin, au lieu de la femme de chambre, apporter à boire à Felicia.

– Oh, Willum, soupira-t-elle tandis que celui-ci lui versait à boire sur la glace. Il ne me parle même plus. Il regarde à travers moi comme si je n'étais pas là.

– Ça va, ça va, fit le docteur d'un ton apaisant. Moi, je suis là. Je prendrai soin de vous.

Il ouvrit sa serviette noire et en sortit une seringue. Matt retint sa respiration. Le docteur lui avait fait une piqûre quand il était malade et il avait détesté cela! Fasciné, il regarda le coton aller et venir sur le bras de Felicia, l'aiguille s'enfoncer dans la chair. Pourquoi ne criait-elle pas? Ne sentait-elle donc rien?

Ensuite, Willum s'assit auprès d'elle, lui enlaça les épaules et se mit à murmurer des choses que Matt ne comprit pas. Sans doute des paroles agréables, car Felicia sourit et abandonna sa tête contre le torse du médecin. Un peu plus tard, il l'aida à quitter le salon de musique.

Matt bondit aussitôt hors de sa cachette. Il renifla le verre, y trempa les lèvres. Berk! Le breuvage avait un goût de fruit pourri. Il le cracha sur-le-champ. Après avoir guetté d'éventuels pas dans le couloir, il s'assit au piano et, tout doucement, pressa une touche.

La note sonna en sourdine dans le salon de musique. Matt fut transporté. Il essaya d'autres touches. Toutes les notes étaient belles. Il se trouvait dans un tel ravissement qu'il faillit ne pas entendre la domestique qui arrivait mais, heureusement, il réagit à temps pour disparaître derrière les plantes vertes.

Après ce jour, Matt étudia les allées et venues des femmes de chambre afin de déterminer les moments où il pouvait en toute sécurité se glisser dans le salon de musique. Felicia n'y venait jamais le matin ; d'ailleurs, elle ne se levait qu'à la mi-journée et ne parvenait à rester debout qu'une heure ou deux.

Matt s'aperçut qu'il pouvait jouer les chansons que lui chantait Celia, en utilisant un doigt. Felicia se servait des dix doigts, mais il n'avait pas encore trouvé le moyen d'y parvenir. Malgré cela, la capacité de créer de la musique l'emplissait d'une joie trop inouïe pour être contenue. Il oubliait où il était. Il oubliait qu'il était un clone. La musique compensait tout : le mépris silencieux des domestiques, les rebuffades de Steven et d'Emilia, la haine de Tom.

Le jour arriva où Tam Lin le surprit.

– C'est donc ici que tu viens.

Matt pivota et faillit tomber du tabouret.

– Ne t'arrête pas. Tu as un vrai talent. C'est drôle, je n'aurais jamais cru qu'El Patrón était doué pour la musique.

Le cœur de Matt battait à tout rompre. Allait-on lui interdire de venir dans cette pièce ?

– Si tu es doué pour la musique, lui aussi doit l'être, reprit le garde du corps. Mais je suppose qu'il n'a jamais eu le temps de s'en préoccuper. Là d'où il vient, on débitait les pianos pour faire du feu.

– Tu sais jouer ? demanda Matt.

– Tu plaisantes. Regarde mes pattes.

Matt observa les doigts gros et courts, certains tordus comme s'ils avaient été cassés, les larges paumes puissantes mais maladroites.

– Tu pourrais te servir d'un seul doigt, suggéra l'enfant.

Tam Lin se mit à rire.

– La musique se fait d'abord dans la tête, bonhomme. Le Seigneur m'a ignoré quand Il distribuait le talent. Toi, tu en as, par contre, et ce serait une honte de ne pas l'utiliser. J'en parlerai à El Patrón, qu'on te trouve un professeur.

La chose se révéla difficile. Aucun humain ne voulait donner de leçons à un clone et aucun eejit n'était assez intelligent. Finalement, Tam Lin dénicha un homme qui, devenu sourd, se désespérait de ne pas trouver de travail. Matt trouva bizarre qu'une personne qui n'entendait plus puisse enseigner la musique, mais c'était ainsi. Mr Ortega la sentait à travers les mains. Il les posait sur le piano pendant que Matt se livrait à ses exercices et détectait la moindre erreur.

Il ne fallut pas longtemps à Matt pour ajouter la musique à la liste toujours plus longue de ses réussites. Il avait dix ans d'avance dans le domaine de la lecture, se livrait à des calculs mathématiques qui laissaient Tam Lin abasourdi – et agacé –, parlait couramment à la fois l'anglais et l'espagnol. De surcroît, son habileté croissait chaque jour. Il connaissait le nom des planètes, des étoiles les plus brillantes, et de toutes les constellations. Il mémorisait les noms des pays, de leur capitale et de leurs principales exportations.

Il avait la rage d'apprendre. Son but était d'exceller en tout, alors tout le monde l'aimerait et oublierait qu'il était un clone.

UN CHAT À NEUF VIES

– Tu es comme un animal sauvage, se plaignit María depuis le seuil de la chambre de Matt. Tu te caches là-dedans comme un ours dans une grotte.

Matt posa un regard indifférent sur les rideaux tirés devant les fenêtres. L'obscurité lui donnait un sentiment de sécurité et de confort.

– Je suis un animal, rétorqua-t-il.

Ces mots l'auraient blessé autrefois, mais désormais il acceptait son statut.

– Je crois surtout que tu aimes flemmarder, fit María, s'avançant pour ouvrir rideaux et fenêtres.

Dehors, le jardin de Celia regorgeait de pieds de maïs, de tomates, de haricots et de pois.

– En tout cas, c'est l'anniversaire d'El Patrón, reprit María, alors tu ferais mieux d'arrêter de faire ta mauvaise tête.

Matt soupira. Il pouvait impressionner quasiment tout le monde en grognant, mais pas María. Elle se contentait de rire. Bien sûr, l'idée ne lui serait jamais venue de montrer les dents à El Patrón au cours des rares visites du vieillard. C'était impensable. Chaque fois, El Patrón semblait plus fragile, son esprit un peu plus dérangé.

Cela brisait le cœur de Matt de le voir. Il aimait El Patrón, il lui devait tout.

Si Matt se rappelait à peine l'époque terrible, trois ans auparavant, où on l'avait enfermé dans un carré de sciure avec des cafards pour amis et de vieux os de poulet pour jouets, il savait en revanche qu'il y serait encore – ou enterré vivant par Rosa – si le vieil homme ne l'avait pas secouru.

– El Patrón a 143 ans aujourd'hui, dit-il.

– C'est dur d'imaginer qu'on puisse être si vieux, commenta María en frissonnant.

– Celia dit que, si on mettait ce nombre de bougies sur le gâteau, la peinture se mettrait à fondre sur les murs.

– Il était plutôt étrange la dernière fois qu'il est venu.

On peut le dire de cette façon, songea Matt. Ce jour-là, le cerveau d'El Patrón vacillait au point qu'il n'avait cessé de répéter la même phrase: «Suis-je déjà mort? Suis-je déjà mort?» Et il tenait sa main devant son visage, scrutant chacun de ses doigts comme pour s'assurer qu'il était encore là.

– Tu es prêt? lança Celia en déboulant dans la pièce.

Elle fit tourner Matt sur lui-même et lui ajusta son col de chemise.

– N'oublie pas, tu seras assis à côté d'El Patrón ce soir. Sois bien attentif et réponds à toutes ses questions.

– Et s'il se conduit... bizarrement? s'enquit Matt.

Il se rappelait n'avoir cessé de répondre à la question «Suis-je déjà mort?» lors de la dernière visite du vieillard.

Celia cessa de lisser la chemise pour s'agenouiller devant lui.

– Écoute-moi, mon chéri. Si quelque chose se passe mal ce soir, je veux que tu viennes me trouver tout de suite. Tu m'attendras dans le cellier derrière la cuisine.

– Qu'est-ce que tu entends par «si quelque chose se passe mal»?

– Je ne peux rien dire, répondit Celia en jetant un coup d'œil furtif autour d'elle. Promets-moi seulement que tu n'oublieras pas.

Même s'il jugeait difficile de promettre une chose pareille – personne ne prévoyait d'oublier –, il acquiesça.

– Oh, *mi hijo*. Comme je t'aime!

Celia referma les bras sur lui et fondit en larmes. Matt fut à la fois surpris et consterné. Qu'est-ce qui avait pu la bouleverser à ce point? Du coin de l'œil, il apercevait María, dont l'expression indiquait à quel point elle trouvait cette scène nunuche. C'était l'un des derniers mots fétiches de María: «nunuche». Elle l'avait emprunté à Tam Lin.

– Je te le promets, fit Matt.

Celia s'écarta brusquement et s'essuya les yeux avec son tablier.

– Je suis idiote. Qu'est-ce que ça donnerait de bon si tu comprenais? Les choses ne feraient qu'empirer.

Elle semblait se parler à elle-même, et Matt l'observa avec inquiétude. Puis elle se remit debout et défroissa son tablier.

– Allez, filez, *chicos,* et amusez-vous bien à la fête. Moi je retourne en cuisine pour vous préparer le meilleur repas qui soit. Vous êtes ravissants, tous les deux, comme si vous sortiez d'un film.

La Celia de toujours, sûre d'elle, était revenue, et Matt fut soulagé.

– Il faut que j'aille chercher Bouldepoil dans ma chambre, annonça María tandis qu'ils s'en allaient.

– Oh, non! Tu ne peux pas l'amener au repas.

– Je peux si je veux. Je le cacherai sur mes genoux.

Matt soupira. Il était inutile de discuter. María trimballait son chien partout.

Ils trouvèrent Tom dans la chambre de la fillette, mais Bouldepoil n'était nulle part en vue.

– Tu ne l'as pas laissé sortir? s'écria María en regardant sous le lit.

– Je ne l'ai même pas vu, protesta Tom.

Matt et lui échangèrent un regard meurtrier. Les cheveux de Tom, d'un roux lumineux, étaient lissés en arrière, ses mains soignées, ses ongles propres. Dans ce genre d'occasion, il était toujours impeccable, ce qui lui valait les commentaires admiratifs des femmes.

– Il s'est perdu ! gémit María. Il a tellement peur quand il se perd. Oh, aidez-moi à le retrouver, s'il vous plaît !

À contrecœur, Tom et Matt renoncèrent à leur duel silencieux pour regarder sous les oreillers, derrière les rideaux, dans les tiroirs de la commode. La recherche se révélant infructueuse, María se mit à pleurnicher doucement.

– Il a dû aller courir autour de la maison, suggéra Matt, il s'amuse bien.

– Il déteste être dehors, sanglota María.

Matt le croyait volontiers. Le chien était si craintif qu'il fuyait même les moineaux. Il n'empêche qu'il était certainement dehors, reclus dans une cachette quelconque. Jamais on ne le retrouverait avant le dîner. Soudain, un détail curieux frappa Matt.

Tom.

Tom cherchait, mais sans *regarder* véritablement. C'était difficile à décrire. Il effectuait les gestes mais son regard ne quittait pas María. Matt s'immobilisa et tendit l'oreille.

– J'entends quelque chose ! s'exclama-t-il.

Il se rua dans la salle de bains, souleva le couvercle des toilettes... et trouva Bouldepoil. Trempé, épuisé, le chien n'avait pu pousser que la plainte la plus faible. Matt le tira du trou, le posa au sol, attrapa une serviette et l'enveloppa dedans. Anéanti, l'animal n'essaya même pas de le mordre. Il était tout mou quand María le prit dans ses bras.

– Comment il est arrivé là ? Qui a rabaissé le couvercle ? Oh, mon cher chéri doux Bouldepoil – elle berçait tout contre son visage la dégoûtante créature –, tout va bien maintenant. Tu es mon gentil chien, mon chou.

– Il va tout le temps boire dans les W.-C., fit Tom. Il a dû tomber dedans et entraîner le couvercle avec lui. Je vais appeler une femme de chambre pour qu'elle lui donne un bain.

Il sortit mais, auparavant, Matt surprit une expression de vraie colère sur ses traits. Tom n'avait pas obtenu ce qu'il souhaitait. Matt fut certain qu'il avait jeté Bouldepoil dans les toilettes, même s'il n'avait encore jamais manifesté d'animosité envers le chien. Cela lui ressemblait bien, en plus. Il pouvait se montrer aimable et serviable, mais on ne savait jamais ce qui se passait derrière la façade.

Matt eut froid dans le dos. Bouldepoil se serait noyé s'il ne l'avait pas trouvé. Comment pouvait-on être aussi cruel? Et pourquoi chercher à blesser María, la sensible et compatissante María qui sauvait même les araignées veuves noires? Matt savait que personne ne le croirait s'il accusait Tom. Il n'était qu'un clone, son opinion ne comptait pas.

Disons qu'elle ne compte pas la plupart du temps, pensa-t-il tandis qu'un plan merveilleux lui venait à l'esprit.

En règle générale, les domestiques ignoraient Matt, et les Alacrán passaient auprès de lui comme s'il n'était qu'un insecte sur une vitre. Mr Ortega, le professeur de musique, lui adressait rarement la parole sinon pour dire «Non! Non! Non!» quand il faisait une fausse note. À présent, Mr Ortega disait rarement «Non! Non! Non!». Matt jouait fort bien du piano et estimait que cela n'aurait pas écorché la bouche du vieux sourd de dire «Bien!» de temps en temps. Il ne le faisait jamais. Cependant, lorsque Matt jouait bien, l'expression de joie qui se peignait sur le visage de Mr Ortega valait un compliment.

Et quand il jouait vraiment, vraiment bien, il était trop emporté pour se soucier de ce que pensait son professeur.

Tout changeait le jour de l'anniversaire. Au départ réjouissance annuelle en l'honneur d'El Patrón, c'était peu à peu devenu également la fête de Matt. Du moins pour Celia, Tam Lin, María et El Patrón. Les autres se contentaient de serrer les dents et d'attendre la fin de la journée.

En cette unique occasion, Matt pouvait demander tout ce qu'il voulait. Il pouvait obliger les Alacrán à lui prêter attention, contraindre Steven et Tom – oui, Tom! – à se montrer polis envers lui devant leurs amis. Nul n'osait contrarier El Patrón, et par conséquent nul n'osait ignorer Matt.

On avait dressé des tables dans l'un des immenses jardins qui entouraient la Grande Maison. La pelouse était magnifique; avant l'événement, des eejits étaient chargés de tailler tous les brins d'herbe à la même hauteur. Demain, elle serait entièrement piétinée, mais pour l'heure elle chatoyait comme un bijou dans la douce lumière de l'après-midi.

Sur des tables couvertes de nappes d'un blanc immaculé, on avait disposé la vaisselle à filet d'or, l'argenterie étincelante, les verres en cristal.

Un peu plus loin, sous un bougainvillier, s'entassaient de nombreux cadeaux. Tout le monde faisait un présent à El Patrón, quand bien même il n'était rien qu'il ne possédât déjà et que fort peu de choses pussent le réjouir à l'âge de 143 ans. Il y avait même quelques cadeaux destinés à Matt – modestes marques d'affection de la part de Celia et de María, quelque chose d'utile venant de Tam Lin, et enfin le volumineux et coûteux présent d'El Patrón.

Les invités se promenaient nonchalamment, grignotant les friandises que les domestiques leur présentaient sur des plateaux. Des serviteurs proposaient toutes sortes de boissons et apportaient des narguilés à ceux qui désiraient fumer. Il y avait là des sénateurs et des acteurs célèbres, des généraux et des médecins de renommée mondiale, quelques ex-présidents, ainsi qu'une demi-douzaine de dictateurs de pays dont Matt avait entendu parler à la télévision. On notait même la présence d'une princesse à la mine défraîchie. Sans omettre évidemment les autres Propriétaires des Domaines. Ici, c'étaient eux les véritables aristocrates. Ils régnaient sur l'empire de la drogue qui constituait la frontière entre les États-Unis et Aztlán.

Les Propriétaires faisaient cercle autour d'un homme que Matt n'avait encore jamais vu. Avec ses cheveux roux et raides, sa physionomie douce et molle, ses larges cernes sous les yeux, l'homme ne paraissait pas en bonne santé, mais arborait cependant une franche bonne humeur. À le voir haranguer les autres d'une voix tonitruante tout en ponctuant ses discours à coups d'index dans la poitrine de ses interlocuteurs, Matt en déduisit qu'il s'agissait également d'un Propriétaire. Personne d'autre n'aurait osé se tenir si grossièrement.

– C'est Mr MacGregor, dit María.

Elle venait de surgir derrière Matt avec dans les bras un Bouldepoil tout ébouriffé par le séchage.

– *Qui ?*

Brièvement, Matt se crut retourné dans la petite maison au milieu des champs de pavots. Il avait 6 ans et lisait dans un livre fatigué l'histoire de Pedro el Conejo qui se faisait piéger dans le jardin du Señor MacGregor. Le Señor MacGregor voulait transformer Pedro en pâté.

– Il a des Domaines près de San Diego, fit María. Personnellement, je le trouve terrifiant.

Matt étudia le personnage de plus près. Sans ressembler au Señor MacGregor de son livre d'enfant, il avait quelque chose de franchement déplaisant.

– On est en train de faire entrer tout le monde au salon, reprit María.

Elle cala Bouldepoil dans une position plus confortable.

– Toi, tu as intérêt à te tenir tranquille, dit-elle au chien, même si la compagnie est infecte.

– Merci beaucoup, fit Matt.

Obéissants, les invités se dirigeaient tous vers le salon qui s'ouvrait en haut de l'escalier en marbre, afin d'accueillir leur hôte comme il se devait. Matt se prépara au choc. Chaque fois qu'il le voyait, le vieil homme s'était dégradé davantage.

L'assemblée se disposa en demi-cercle. Dans tous les coins de la pièce se dressaient de gigantesques vases de fleurs, ainsi que les statues en marbre si chères au cœur d'El Patrón. Les conversations moururent. Seul le chant des oiseaux et des fontaines continua. Dans un jardin tout proche, un paon poussa un cri perçant. Matt guetta anxieusement le bruit caractéristique du fauteuil roulant électrique.

Alors, à la stupeur générale, les rideaux à l'extrémité du salon s'écartèrent et El Patrón arriva debout. Certes, il se déplaçait lentement, mais il marchait bel et bien. Matt fut ravi. Daft Donald et Tam Lin venaient derrière le vieillard, poussant tous deux des chaises roulantes.

Un murmure ébahi parcourut le salon. Quelqu'un – la princesse, supputa Matt – cria « Hip, hip, hip, hourra ! ». Puis tout le monde acclama, applaudit, et Matt, soulagé et heureux, ne fut pas en reste.

Quelqu'un derrière lui marmonna :

– Le vieux vampire. Il a encore réussi à se traîner hors du cercueil...

Matt se retourna promptement mais ne put identifier le coupable.

Arrivé au centre de la pièce, El Patrón fit signe à Tam Lin de lui approcher le fauteuil. Il s'y laissa tomber, et Tam Lin installa autour de lui une multitude de coussins. À la surprise de Matt, Mr MacGregor s'avança pour prendre place dans l'autre chaise roulante. *Donc ils sont amis,* en déduisit Matt. Comment se faisait-il qu'il n'ait encore jamais vu Mr MacGregor?

– Bienvenue, dit El Patrón d'une voix sourde, mais qui commandait l'attention. Bienvenue à la célébration de mon cent quarante-troisième anniversaire. Vous êtes tous mes amis ou mes alliés… ou membres de ma famille. (Là, le vieil homme se prit à rire avant de poursuivre:) J'imagine que ceux-là espéraient me voir plutôt dans la tombe mais, manque de chance, j'ai bénéficié d'un nouveau traitement extraordinaire, administré par les plus grands médecins du monde, et à présent mon cher ami MacGregor va être soigné par ces mêmes personnes.

Mr MacGregor grimaça un sourire et leva le bras d'El Patrón à la façon d'un arbitre brandissant le bras du boxeur victorieux. Qu'y avait-il chez cet homme de si répulsif? Alors qu'il n'avait aucune raison d'éprouver pour lui une telle antipathie, Matt sentit son estomac se nouer.

– Avancez-vous, faiseurs de miracles, reprit El Patrón.

Deux hommes et deux femmes se détachèrent de la foule pour venir s'incliner devant les fauteuils roulants.

– Je ne doute pas que mes seuls remerciements sincères vous combleraient… (El Patrón pouffa devant la déception mal dissimulée des praticiens.) … Mais vous serez encore plus heureux grâce à ces chèques d'un million de dollars.

Les grands pontes se réjouirent sans vergogne, quoique l'une des femmes eût l'élégance de rougir. Tout le monde applaudit, et les médecins remercièrent El Patrón.

Tam Lin chercha le regard de Matt et lui adressa un signe de tête. L'enfant s'approcha.

– Mi Vida, fit El Patrón avec une chaleur sincère, agitant ses mains noueuses. Viens plus près que je te regarde bien. Ai-je jamais été aussi beau ? Sans doute que oui.

Le vieillard soupira et s'abîma dans le silence. D'un geste, Tam Lin signifia à Matt de rester là.

– J'étais un enfant pauvre, né dans un village pauvre, commença El Patrón à l'adresse des présidents, dictateurs, généraux et autres célébrités rassemblés devant lui. Une année, à l'occasion du Cinco de Mayo*, le ranchero qui possédait notre terre organisa un défilé. On alla voir, mes cinq frères et moi. Mamá amena mes petites sœurs. Elle en portait une, et l'autre s'accrochait à ses jupes…

Matt imaginait les champs de maïs poussiéreux et les montagnes pourpres du Durango. Il voyait les lits des rivières où l'eau courait deux mois par an et qui restaient secs le reste du temps. Il avait si souvent entendu l'histoire de la bouche d'El Patrón qu'il la connaissait par cœur.

– … Au cours du défilé, le maire passa sur un beau cheval blanc et jeta de l'argent dans la foule. Nous nous sommes précipités sur les piécettes ! Nous avons rampé dans la saleté comme des porcs ! Nous avions besoin de cet argent. Nous étions si pauvres, ne possédant pas même deux pesos à frotter l'un contre l'autre. Ensuite, le ranchero donna un grand banquet. Nous pouvions manger tout ce que nous voulions, et c'était un événement extraordinaire pour des gens dont les estomacs étaient tellement ratatinés que les haricots rouges devaient faire la queue pour y entrer un à un. Mes petites

* 5 mai:, fête nationale du Mexique, anniversaire de la bataille de Puebla (1862, victoire sur les soldats de Napoléon III).

sœurs attrapèrent la typhoïde lors de ce festin. Elles moururent dans l'heure. Elles étaient si petites qu'elles ne pouvaient pas regarder par-dessus le rebord de la fenêtre – non, pas même en se dressant sur la pointe des pieds.

Un silence de mort régnait dans le salon. Matt entendit une colombe roucouler dans le jardin. *Pas d'espoir,* disait-elle. *Pas d'espoir. Pas d'espoir**.

– Au cours des années suivantes, chacun de mes cinq frères mourut; deux se noyèrent, un autre eut une péritonite suite à une crise d'appendicite, et nous n'avions pas d'argent pour payer le docteur. Mes deux autres frères furent battus à mort par la police. Nous étions huit, et moi seul eus la chance de grandir.

Matt eut l'impression que le public s'ennuyait, bien que chacun essayât de le cacher. Ils entendaient la même histoire depuis des années.

– Je leur ai survécu comme j'ai survécu à tous mes ennemis. Bien sûr, je peux toujours me faire d'autres ennemis.

El Patrón promena le regard sur l'assemblée. Quelques personnes risquèrent un sourire, mais redevinrent graves en croisant l'œil d'acier du vieil homme.

– On pourrait dire que je suis un chat à neuf vies. Tant qu'il y aura des souris, j'ai l'intention de continuer à chasser. Et, grâce aux médecins, je puis encore y trouver du plaisir. Vous pouvez commencer à applaudir, maintenant.

Sous l'éclat de son regard, on se mit à applaudir, de façon hésitante d'abord, ensuite à toute force.

– De véritables robots, murmura El Patrón, puis à voix haute: Je vais me reposer un peu, après quoi nous dînerons.

* *No hope* dans le texte original en anglais, ce qui ressemble peut-être davantage au chant de la colombe...

DONNER ET RECEVOIR DES CADEAUX

Matt se promena dans le jardin, admirant les sculptures de glace et la vasque de vin où flottaient des tranches d'oranges. Il y plongea le doigt pour goûter. Ce n'était pas aussi bon que ça en avait l'air.

Il vérifia les cartons qui indiquaient la place de chacun à table et constata que, comme d'habitude, il était assis auprès d'El Patrón. Mr MacGregor occupait l'autre place au côté du vieillard. Les autres privilégiés étaient Mr Alacrán et Felicia, Benito, de retour de l'université – plus exactement, renvoyé de l'université –, enfin Steven et Tom. Le père de Mr Alacrán compléterait la table d'honneur. Ces temps-ci, tout le monde le surnommait El Viejo – le Vieux – parce qu'il paraissait encore plus âgé qu'El Patrón.

Tout en fredonnant, Matt prit le carton de Tom et le déposa à la table des petits. Une nounou chargée de veiller au bon déroulement du repas s'asseyait à chaque bout des deux rangées de chaises hautes qui se faisaient face. Matt repéra ensuite le carton de María et le plaça à côté de lui.

La chose faite, il alla explorer la lisière du jardin, où les gardes du corps formaient un cordon de sécurité plutôt sinistre. Chacun des présidents, dictateurs et généraux avait amené ses propres gorilles et, évidemment, les Alacrán avaient de leur côté engagé une petite milice à l'occasion de la fête. Matt compta plus de deux cents hommes.

Contre qui défendaient-ils leurs employeurs ? s'interrogea-t-il. Qui donc était susceptible de lancer une attaque à travers les champs de pavots ? Quoi qu'il en soit, Matt était habitué à la présence de ces vigiles dans toutes les réunions de famille, cela semblait naturel.

Le soleil déclinait et le jardin baignait dans une douce lumière verte. Au loin, les montagnes Ajo s'embrasaient de brun et de pourpre, et sur les champs de pavots glissaient les éclats dorés obliques du couchant. Des lampes s'allumèrent dans les arbres.

– Espèce de chameau ! s'exclama María, qui portait en bandoulière Bouldepoil bien calé dans un sac. Pour une fois que tu pourrais être gentil avec Tom. J'ai remis son carton à sa place.

– Je le punis d'avoir essayé de noyer Bouldepoil, fit Matt.

– De quoi est-ce que tu parles ?

– Bouldepoil n'a pas pu tomber dans les toilettes et fermer le couvercle. C'est impossible. C'est Tom le coupable.

– Il n'aurait pas fait une chose aussi moche.

– Ah bon ? De toute façon, c'est ma fête, et j'ai le droit de décider qui s'assoit où.

Matt commençait à perdre patience. Il s'efforçait de faire plaisir à María et elle comprenait tout de travers.

– On mange de la *bouillie* à la table des bébés.

– Parfait, dit Matt.

Il prit le carton de Tom et le replaça à sa guise. María voulut le reprendre ; il lui saisit le poignet assez brutalement.

– Aïe ! Tu fais mal ! Moi, je reste ici.

– Non, rétorqua Matt.

– Je ferai ce que je veux !

Matt courut vers sa table, avec María sur ses talons, qui tentait de le gagner de vitesse et de reprendre son carton. Entre-temps, El Patrón était arrivé, ainsi que MacGregor et les autres.

– Que se passe-t-il? interrogea le vieillard.

Les deux enfants s'arrêtèrent brusquement.

– Je veux qu'elle soit assise à côté de moi, expliqua Matt.

Le vieil homme partit d'un rire sec, éraillé.

– C'est ta petite amoureuse, ta *novia?*

– Dégoûtant, commenta Mr Alacrán.

– Tu trouves? fit El Patrón en pouffant de plus belle. Matt n'est pas différent de ce que j'étais à son âge.

– Matt est un clone!

– Il est *mon* clone. Assieds-toi, fillette. Tam Lin, fais-lui de la place.

Non sans faire les gros yeux à Matt, le garde du corps ménagea une place pour María.

– Où est Tom? s'enquit Felicia.

Tous les regards convergèrent sur elle. Elle était tellement discrète et se montrait si rarement en société que la plupart des gens semblaient oublier jusqu'à son existence.

– Où est Tom? répéta El Patrón à l'adresse de Matt.

– Je l'ai mis à la table des petits, répondit Matt.

– Espèce de chameau! cria María.

El Patrón se reprit à rire.

– Bien joué, Mi Vida. Débarrasse-toi de tes ennemis quand tu le peux. Moi non plus, je n'aime pas Tom, et le dîner sera plus agréable sans lui.

Felicia écrasa sa serviette de table dans son poing, mais ne souffla mot.

– Je ne veux pas rester ici! protesta María. Je veux être avec Tom.

– Eh bien non, répliqua platement Matt.

Pourquoi fallait-il toujours qu'elle prenne la défense de Tom? Elle ne réfléchissait même pas. Il était impossible que Bouldepoil ait refermé le couvercle des toilettes sur sa tête. Mais elle refusait de croire Matt, car il n'était qu'un « clone répugnant ». Une rage sourde le submergea devant l'injustice.

– Fais comme on te dit, fillette.

Et El Patrón se désintéressa du drame pour se tourner vers Mr MacGregor.

Refoulant ses larmes, María laissa Tam Lin la guider vers la table.

– Je vais demander qu'on lui serve les mêmes plats qu'à nous, chuchota le garde du corps.

– Non, pas question, intervint Matt.

Tam Lin haussa les sourcils.

– C'est un ordre formel, maître Matt ?

– Oui.

Matt s'efforça d'ignorer les pleurnicheries discrètes de María, qui s'évertuait à ne pas attirer l'attention. Si elle était incapable de punir Tom, il s'en chargerait pour elle. On commença à servir. Le regard baissé, María choisissait des bouchées qu'elle donnait à Bouldepoil.

– Des implants de cerveau fœtal... Il faut que j'essaie un jour, disait MacGregor. Le résultat est merveilleux chez vous.

– Ne différez pas trop longtemps, conseilla El Patrón. Il faut donner aux médecins au moins cinq mois de délai. Huit, c'est préférable.

– Je ne pourrais pas utiliser... ?

– Oh, non. Il est *beaucoup* trop vieux.

Felicia fixait son assiette avec presque autant d'abattement que María. Elle ne faisait même pas semblant de manger, se contentant de boire dans un verre haut qu'une domestique remplissait régulièrement, tout en lançant des regards suppliants à MacGregor – Matt se demandait ce qu'elle pouvait lui vouloir. En tout état de cause, celui-ci l'ignorait, ainsi que son mari et tous les autres.

El Viejo, père de Mr Alacrán, éparpillait partout sa nourriture et saccageait la nappe. On ne faisait pas non plus attention à lui.

– Voyez, fit El Patrón en désignant El Viejo. Exemple caractéristique de quelqu'un qui n'a pas reçu ses implants quand il aurait dû.

– Père s'y est refusé, dit Mr Alacrán.

– Eh bien, c'est un imbécile. Regarde-le, Matt. Croirais-tu qu'il s'agit de mon petit-fils ?

Matt n'avait encore jamais réfléchi au lien de parenté qui unissait El Viejo à El Patrón. La question lui paraissait secondaire. El Patrón avait des allures de vénérable patriarche, certes, mais son esprit fonctionnait bien. Du moins en ce moment. Depuis ces mystérieux implants. El Viejo, en revanche, pouvait difficilement énoncer une phrase entière, gardait la chambre la plupart du temps, il *hurlait*. Celia disait que cela arrivait à certaines personnes âgées et que Matt ne devait pas s'en inquiéter.

– Je croirais plutôt qu'il est votre grand-père, fit Matt.

En riant, El Patrón postillonna de petits débris alimentaires sur son assiette.

– Voilà ce qui arrive quand on ne prend pas soin de soi.

– Père a jugé les implants immoraux, intervint Mr Alacrán, et j'ai respecté sa décision.

Une soudaine tension autour de la table fit comprendre à Matt que Mr Alacran prononçait des paroles dangereuses.

– Il est profondément religieux. Il pense que Dieu l'a mis sur terre pour un certain nombre d'années et qu'il ne doit pas réclamer davantage.

El Patrón fixa Mr Alacrán durant un long moment.

– Je fermerai les yeux sur ton insolence, dit-il enfin. C'est mon anniversaire et je suis de bonne humeur. Mais un jour tu seras vieux, toi aussi. Ton corps commencera à s'abîmer et ton esprit se détériorera. Nous verrons bien si tu conserves alors une âme aussi noble.

Il se remit à manger et tout le monde respira.

– Puis-je aller voir si tout va bien pour Tom ? demanda Felicia, à sa façon mal assurée.

– Reste en dehors de ça, maugréa Mr Alacrán.

– Je... Je voulais seulement m'assurer qu'il a à manger...

– Pour l'amour de Dieu ! Il est capable de tenir tout seul sur ses pattes arrière et de trouver sa pitance !

C'était bien l'avis de Matt, néanmoins il fut surpris de l'agressivité de Mr Alacrán envers Felicia. Comment pouvait-on se mettre en colère contre cette femme si faible et démunie ? Elle baissa la tête et se réfugia dans le silence.

Après le dîner, Tam Lin poussa le fauteuil d'El Patrón jusqu'au bougainvillier qui abritait les cadeaux. Mr MacGregor prit congé ; il devait se reposer avant une opération. Matt fut content de le voir partir.

El Patrón attachait une grande importance aux cadeaux.

– Tu mesures combien quelqu'un t'aime à la taille du présent, disait-il souvent à Matt. (Il préférait en recevoir plutôt qu'en faire.) Le flot des richesses doit couler de l'extérieur vers l'intérieur, ajoutait-il en ouvrant les bras pour les refermer sur lui-même, ce que Matt trouvait très amusant.

Daft Donald et Tam Lin apportaient les paquets à El Patrón. Matt lisait les cartes et déchirait les papiers d'emballage. Un secrétaire notait qui avait donné quoi, ainsi que la valeur du présent. Montres, bijoux, tableaux, statuettes et pierres de lune s'entassaient sur la pelouse. Matt trouvait que les pierres de lune ressemblaient à ce qu'on trouvait partout dans les montagnes Ajo, mais elles étaient accompagnées d'un certificat et valaient très cher.

La princesse défraîchie offrit la statue d'un angelot – ce fut l'un des quelques présents qu'El Patrón parut apprécier. Matt, lui, avait opté pour un portefeuille qui avait eu l'air joli dans le catalogue, mais qui maintenant faisait très miteux à côté des autres cadeaux. «Il faudrait un portefeuille grand comme le Grand Canyon pour contenir les billets de banque d'El Patrón, avait dit Celia, et il faudrait assécher le golfe de Californie pour y ranger la petite monnaie.»

Les Propriétaires, tous, offraient des armes: des revolvers qui obéissaient à la voix, des rayons laser capables de réduire en cendres un intrus au travers d'un mur, des mini-bombes volantes qui pénétraient dans la peau de l'ennemi. Ces dernières étaient programmées pour identifier des personnes précises. Tam Lin emporta les armes dès l'instant où Matt les eut déballées.

– À toi d'ouvrir tes cadeaux, Mi Vida, dit El Patrón au bout d'un long moment.

Les paupières à moitié closes, il paraissait presque gavé par les monceaux d'objets nouveaux qui entouraient son fauteuil roulant.

Matt s'empressa d'ouvrir un petit paquet qui venait de Celia. C'était un chandail tricoté à la main. Quand trouvait-elle le temps de tricoter, Matt l'ignorait. Tam Lin lui offrit un manuel permettant de reconnaître les plantes comestibles dans le désert, et El Patrón une voiture à batterie électrique, assez grande pour qu'il puisse s'asseoir dedans. Elle était même équipée de phares et d'une sirène. Bien que trop vieux pour ce genre d'amusement, Matt supposa que le joujou avait coûté très cher et, donc, qu'El Patrón l'aimait beaucoup.

D'un geste vif, María reprit le cadeau qu'elle avait apporté.

– Je ne veux rien te donner! s'écria-t-elle.

– Rends-le, rétorqua Matt, fâché qu'elle lui fasse une scène devant tout le monde.

– Tu ne le mérites pas!

María partit en courant mais se trouva arrêtée par son père.

– Va lui redonner le paquet, fit le sénateur Mendoza.

– Il a été méchant avec Tom!

– Vas-y.

María hésita un moment, puis lança le paquet le plus loin possible.

– Va le ramasser et apporte-le-moi, ordonna Matt, pris d'une rage froide.

– Laisse-la tranquille, conseilla Tam Lin à voix basse.

Mais Matt n'était pas d'humeur à écouter le garde du corps. María l'avait insulté devant une foule de témoins et il avait bien l'intention de le lui faire payer.

– Bravo, commenta El Patrón avec jubilation. Tu dois apprendre à tes femmes à filer doux.

– Apporte-le *tout de suite,* reprit Matt de la même voix froide et implacable que celle d'El Patrón avec les domestiques terrorisés.

– S'il te plaît, María, encouragea tendrement le sénateur Mendoza.

Sanglotant, la fillette ramassa le cadeau et le jeta à Matt.

– J'espère que tu vas t'étouffer avec!

Tremblant, Matt craignait de perdre son contrôle et de se mettre à pleurer lui aussi. Soudain, il se rappela les paroles d'El Patrón plus tôt dans la soirée: *C'est ta petite amoureuse?* Pourquoi María ne serait-elle pas sa petite amie? Pourquoi serait-il différent sous prétexte qu'il était un clone? Quand il se regardait dans un miroir, il ne voyait pas de différence entre lui et les autres. C'était injuste qu'on le traite comme Bouldepoil, alors qu'il avait de bonnes notes et savait nommer les planètes, les étoiles les plus brillantes, ainsi que toutes les constellations.

– Encore une chose, fit-il. J'exige un baiser d'anniversaire.

Des exclamations de surprise ricochèrent dans la foule. Le sénateur Mendoza, le visage couleur de cendre, posa deux mains protectrices sur les épaules de María.

– Ne fais pas ça, murmura Tam Lin.

El Patrón rayonnait de plaisir.

– C'est aussi ma fête, reprit Matt, et je peux avoir tout ce que je veux. N'est-ce pas, *mi patrón ?*

– Absolument, mon petit coq de combat. Donne-lui ce baiser, fillette.

– C'est un clone ! s'exclama le sénateur Mendoza.

– C'est *mon* clone.

D'hôte jovial, El Patrón s'était subitement transformé en un être sombre et dangereux, un peu comme une créature sur laquelle on risque de trébucher au milieu de la nuit. Matt se souvint des paroles de Tam Lin à propos de son maître : *Il est devenu immense et verdoyant, jusqu'à étendre son ombre sur toute la forêt. N'empêche que la plupart de ses branches sont tordues.* Matt regretta de s'être engagé dans cette histoire, mais il était trop tard pour faire marche arrière.

– Fais-le, María, dit le sénateur Mendoza. Je te promets que cela ne se reproduira pas.

Le sénateur ignorait que María avait embrassé Matt en maintes occasions, comme elle embrassait Bouldepoil et tout ce qui lui plaisait. Cependant, Matt savait que c'était différent cette fois. Il l'humiliait. Si Tom avait réclamé ce baiser, personne n'en aurait été choqué. On aurait trouvé ça mignon chez un garçon de flirter avec sa *novia.* Matt n'était pas un garçon. Il était une bête.

María s'approcha de lui, toute colère et rébellion abandonnées. Elle lui rappela Felicia tristement penchée sur son assiette. Un bref instant, il eut envie de dire : Stop. C'était une blague. Je ne parlais pas sérieusement. Mais il était trop tard. El Patrón les observait avec un régal manifeste, et Matt se rendit compte qu'il pouvait être périlleux de se rétracter à présent. Qui savait comment le vieillard imaginerait de punir María si on le privait maintenant de son plaisir ?

María se pencha en avant, et Matt sentit l'effleurement froid de ses lèvres sur sa peau. Après quoi, elle courut rejoindre son père et fondit en larmes. Mendoza la serra contre lui, puis la guida à travers la foule. Ce fut la fin de la paralysie qui avait saisi l'assemblée. Tout le monde se mit à parler à la fois – pas de ce qui venait de se produire mais de n'importe quoi d'autre. Pourtant Matt sentait les regards peser sur lui – accusateurs, dégoûtés, pleins d'aversion.

L'agitation avait eu raison de l'énergie d'El Patrón. Il fit signe à Tam Lin et Daft Donald de l'emmener, et son fauteuil disparaissait en haut des marches lorsque Matt s'en aperçut.

La fête continua, dans une ambiance différente maintenant qu'El Patrón s'était retiré, et personne n'adressa la parole à Matt. On ne semblait même pas remarquer sa présence. Au bout d'un moment, il rassembla ses petits cadeaux, laissant la voiture électrique aux soins des serviteurs.

Une fois dans l'appartement de Celia, il déposa le pull de Celia et le livre de Tam Lin, puis il ouvrit le cadeau de María. C'était une boîte de caramels qu'elle avait elle-même confectionnés. Il le savait d'avance car elle le lui avait dit voilà un moment. Elle ne savait pas garder un secret.

Matt savait aussi qu'elle conservait tout – les vêtements usés, les jouets cassés, les emballages des cadeaux –, et elle piquait une crise si elle s'apercevait qu'il manquait un objet parmi ses possessions. D'après Celia, c'était parce qu'elle avait perdu sa mère alors qu'elle n'avait que 5 ans.

Un jour, la mère de María avait quitté la maison pour ne jamais revenir. Nul ne savait où elle était partie – ou alors, si on savait, on n'en parlait pas. Petite, María avait imaginé que sa mère s'était perdue dans le désert. Elle se réveillait la nuit en criant qu'elle entendait la voix maternelle, ce qui était évidemment impossible. Depuis, disait Celia, María s'était démesurément attachée aux choses. Voilà aussi pourquoi elle quittait rarement Bouldepoil des yeux, et pourquoi le chien était une telle poule mouillée.

María avait découpé des carrés dans ses papiers cadeaux précieusement conservés et les avait utilisés pour envelopper chaque caramel. Matt se sentit terriblement honteux à les regarder. Pourquoi n'avait-il pas écouté Tam Lin, qui lui conseillait de la laisser tranquille ? Il referma la boîte et la mit de côté.

Celia avait fermé les rideaux dans sa chambre. Comme chaque soir, elle avait allumé la bougie devant la Vierge. La pauvre Vierge avait assez piètre allure avec Sa robe de plâtre écaillée, parée de guirlandes de fleurs en plastique bon marché, mais pour rien au monde Matt ne L'aurait voulue autrement. Il se glissa entre les draps. En tâtonnant un peu, il découvrit son ours en peluche. Il aurait préféré mourir plutôt que d'avouer à María qu'il dormait encore avec.

La chose sur le lit

Quand Matt s'éveilla, la bougie devant la Vierge s'était entièrement consumée, répandant une odeur de cire dont s'étaient imprégnés les rideaux. Il ouvrit la fenêtre et fut un instant aveuglé par l'invasion du soleil. La matinée était bien avancée. Celia était déjà partie travailler.

Se frottant les yeux, Matt aperçut le cadeau de María sur une étagère, et le souvenir de la fête d'anniversaire lui revint dans toute son horreur. Il faudrait qu'il se réconcilie avec María, mais il fallait d'abord la laisser s'apaiser. S'il tentait quoi que ce soit maintenant, elle lui claquerait la porte au nez.

Il mit des vêtements propres et trouva un reste de pizza pour son petit déjeuner. L'appartement était vide, le jardin clos désert à l'exception des oiseaux. Il sortit arroser les légumes.

Le lendemain d'anniversaire était toujours pénible. Envolé, le pouvoir éphémère dont avait joui Matt en tant que clone d'El Patrón. Les domestiques l'ignoraient à nouveau, et les Alacrán le considéraient comme un vomi de Bouldepoil sur le tapis.

Les heures n'en finissaient pas de passer. Matt travailla sa guitare, talent qu'il avait développé sans l'aide de Mr Ortega, qui ne connaissait rien à la pratique de cet instrument. Au bout d'un moment, il commença le livre que lui avait offert Tam Lin. Le garde du corps affectionnait les ouvrages documentaires sur la nature, même s'il les lisait avec une lenteur pénible. Matt possédait déjà des manuels sur la faune et la flore, le camping, la lecture des cartes, et les techniques de survie en milieu hostile, domaines que Tam Lin entendait bien lui faire étudier à fond ; les exercices auxquels il le soumettait quand ils partaient en expédition dans les montagnes Ajo en fournissaient la preuve.

Quelles que soient ses activités, Matt était censé ne prendre aucun risque. Il n'était donc autorisé à monter que les Chevaux Sûrs et n'avait le droit de nager qu'en présence de deux surveillants. Il pouvait grimper à la corde à condition qu'on installe en dessous une montagne de matelas. Le moindre bobo était soigné avec célérité.

Une fois par semaine, cependant, Tam Lin l'emmenait en « sorties éducatives » qu'il déguisait en visites de la centrale nucléaire Alacrán ou de l'usine de traitement de l'opium – une horreur puante et bruyante que même un eejit jugerait insupportable. À mi-chemin, Tam Lin faisait prendre aux chevaux la direction des collines.

Matt vivait pour ces expéditions. El Patrón aurait eu une attaque s'il avait su combien de falaises Matt avait escaladées ou combien de serpents à sonnettes il avait traqués dans les rochers. Grâce à ces sorties, Matt se sentait fort et libre.

– Puis-je entrer ? demanda une petite voix altérée.

Matt sursauta, tiré de sa rêverie, et entendit qu'on pénétrait dans le salon.

– C'est… Felicia, annonça Felicia encore plus hésitante, comme si elle doutait de son identité.

Ça, c'est carrément bizarre, songea Matt. Felicia ne lui avait jamais manifesté le moindre intérêt.

– Que voulez-vous ? questionna-t-il.

– Je… me suis dit… qu'une petite visite…

Elle avait les paupières lourdes, à croire qu'elle risquait de s'endormir à tout instant. Une vague odeur de cannelle flottait autour d'elle.

– Pourquoi ?

Matt avait conscience d'être grossier, mais les Alacrán s'étaient-ils jamais tenus autrement avec lui ? De plus, la façon dont Felicia titubait était plutôt angoissante.

– Puis-je... m'asseoir ?

Comme elle ne semblait pas capable d'arriver jusqu'au siège, Matt le lui avança, mais, quand il fit mine de l'aider à s'installer, elle le repoussa.

Bien sûr. C'était un clone. Il n'était pas censé toucher les êtres humains. Felicia s'écroula à moitié dans le fauteuil, et Matt et elle se dévisagèrent pendant un moment.

– Tu es un b-b-bon musicien, finit-elle par bégayer comme si cela lui coûtait de le reconnaître.

– Qu'en savez-vous ? interrogea Matt, qui ne se rappelait pas avoir joué quand elle se trouvait dans les parages.

– Tout le monde... le dit. C'est une telle surprise ! El Patrón ne possède pas la... la moin... moindre fibre musicale.

– Il aime écouter, rétorqua Matt, qui n'appréciait pas qu'on critique le vieil homme.

– Je sais. Il avait l'habitude de m'écouter.

Matt se sentit mal à l'aise. Il avait peut-être détourné à son profit le peu d'attention que Felicia obtenait d'autrui.

– J'étais une grande pianiste concertiste autrefois, dit-elle.

– Je vous ai entendue jouer.

– Vraiment ? s'étonna-t-elle. Oh ! Dans le salon de musique. J'étais bien meilleure avant... avant de faire ma... ma...

– Dépression nerveuse, termina Matt, que ce discours balbutiant agaçait.

– Mais ce n'est pas pour… cette raison… que je suis venue. Je veux te… te… t'aider, acheva Felicia.

Il y eut de nouveau un long silence, au cours duquel Matt se demanda quel genre d'aide elle souhaitait lui apporter.

– Tu as fait de la peine à María. Elle a pleuré toute la nuit.

Matt se troubla. Qu'avait donc à voir là-dedans Felicia?

– Elle désire… te voir.

– D'accord, fit Matt.

– Mais elle… Tu ne comprends pas? Son père ne la laissera pas venir ici. C'est à toi de faire le nécessaire.

– Comment cela?

– Va la trouver, s'exclama Felicia avec une énergie qui étonna Matt. Vas-y tout de suite.

Après cette sortie visiblement épuisante, elle inclina la tête et ferma les yeux.

– Tu n'aurais pas quelque chose… à boire? murmura-t-elle.

– Celia n'a pas d'alcool ici. Voulez-vous que j'appelle une femme de chambre?

– Ce n'est pas grave, soupira Felicia en rassemblant ses forces pour se remettre debout. María t'attend à l'hôpital. C'est… important.

Sur ces mots, elle tituba jusqu'à la porte et s'éloigna dans le couloir, presque flottante. Un fantôme parfumé à la cannelle.

L'hôpital n'était pas un lieu où Matt se rendait volontiers. Situé à l'écart des autres bâtiments, il était entouré de parcelles de terres désertiques où rampaient des plantes aux épines agressives, si traîtresses qu'elles traversaient même la semelle des chaussures.

Matt se fraya prudemment son chemin. La chaleur qui irradiait du sol faisait trembloter le bâtiment gris dépourvu de fenêtres. L'hôpital évoquait une prison ; l'odeur étrange, inquiétante, qui régnait à l'intérieur imprégnait tout. Deux fois par an, Matt était amené ici pour être soumis à des examens aussi douloureux qu'humiliants.

Il s'assit sur les marches et inspecta ses sandales à la recherche d'éventuelles épines. María devait se trouver dans la salle d'attente, un endroit pas trop désagréable, pourvu de fauteuils, de magazines et d'un distributeur de boissons fraîches. La sueur coulait sur le visage de Matt et lui collait sa chemise sur le torse quand il ouvrit la porte.

– Je ne vois pas pourquoi je t'adresserais la parole, déclara María.

Elle était assise avec une revue ouverte sur les genoux. Ses paupières étaient gonflées.

– C'était ton idée, fit Matt. (Il regretta aussitôt ces mots. Il voulait se réconcilier avec elle, pas déclencher une bagarre.) Je veux dire, c'était une bonne idée, précisa-t-il.

– C'est toi qui m'as proposé de venir, reprit María. Tu ne pouvais pas trouver un endroit plus sympa ? C'est sinistre ici.

L'inquiétude s'empara sur-le-champ de Matt.

– Je ne t'ai rien proposé du tout. Attends ! s'écria-t-il, car María faisait mine de se lever. Je voulais vraiment te voir. Je crois… Je crois… que je me suis comporté comme un porc à la fête.

– Tu *crois ?* répéta María d'un ton méprisant.

– D'accord, j'en suis sûr. Mais tu n'avais pas à reprendre ton cadeau.

– Bien sûr que si. Un cadeau ne vaut rien s'il est donné dans la colère.

Matt ravala une réplique désobligeante pour dire plutôt :

– C'est le plus gentil cadeau que j'aie jamais reçu.

– Sûrement ! Plus gentil que la mini-voiture de sport que t'a offerte El Patrón !

Matt s'assit auprès d'elle et elle se recula le plus loin possible.

– J'aime beaucoup comment tu as enveloppé chaque caramel.

– Ça m'a pris longtemps de choisir les papiers, fit María d'une voix tremblante. Mais évidemment tu vas les chiffonner et les jeter.

– Je jure que non, protesta Matt. Je les étalerai bien et je les garderai toujours.

María ne répondit rien. Elle regardait ses mains. Matt s'approcha un peu plus près. À vrai dire, il aimait beaucoup qu'elle l'embrasse, même si elle embrassait Bouldepoil soixante fois plus. Lui ne lui avait jamais donné un baiser, mais il allait peut-être essayer à présent, pour se réconcilier.

– Bien. Vous êtes tous les deux là.

Matt eut un mouvement de recul. Tom se tenait sur le seuil.

– Comment tu nous as trouvés ? gronda Matt.

– Il savait où on était, fit María. Tu lui as dit de me faire venir ici.

– Sans blague, fit Matt.

Les choses finissaient par se mettre en place. Tom avait fait semblant de transmettre un message à María, et Felicia de même avec Matt. Ils étaient de mèche. Matt n'aurait jamais cru Felicia dangereuse, mais au fond il ne la connaissait pas.

– Je pensais que vous aimeriez peut-être voir quelque chose, fit Tom.

Il arborait un visage ouvert, amical, et son regard bleu respirait l'innocence. Matt eut envie de l'envoyer rouler dans les plantes rampantes pleines d'épines.

– Ici? interrogea María, perplexe.

– C'est comme Halloween, rétorqua Tom. En mieux. C'est le truc le plus horrible, le plus gerbique que vous ayez jamais vu, et je parie que vous allez faire dans vos culottes, tous les deux.

– J'ai fait des trucs qui te donneraient des cauchemars, ricana María. Tam Lin m'a montré comment attraper les scorpions, et il a laissé une tarentule me remonter le long du bras.

Matt fut surpris par le cran de María. Tam Lin lui avait fait voir les mêmes choses, et Matt n'avait pas été loin de mettre sa culotte dans l'état évoqué par Tom.

– Ça, c'est pire, assura Tom. Tu te rappelles cet Halloween où tu as cru que le *chupacabras* était dehors et où Matt t'a mis des boyaux de poulet dans ton lit.

– Ce n'était pas moi! C'était toi! s'insurgea Matt.

– Tu as mis la main dedans et tu as hurlé, poursuivit Tom, ignorant la protestation.

– C'était tellement méchant, commenta María.

– Ce n'était pas moi! répéta Matt.

– En tout cas, là, ça va être pire, se rengorgea Tom. Je ne sais pas si vous avez – passez-moi l'expression – les tripes assez bien accrochées.

– Pas elle, répondit Matt.

– Ce n'est pas à toi de me dire ce que je dois faire!

Face à l'expression butée de María, Matt sentit son cœur chavirer. Tom fomentait un sale coup, il le savait, mais il en ignorait encore la nature.

– Allez. Il cherche à nous provoquer.

Il voulut prendre la main de María mais celle-ci la lui déroba.

– Écoutez, fit Tom.

Et il ouvrit la porte qui séparait la salle d'attente du reste de l'hôpital. Matt eut un haut-le-cœur. Certaines parties de ces locaux ravivaient en lui de mauvais souvenirs.

Le visage de Tom rayonnait de joie. C'était dans ces moments-là – Matt l'avait découvert – qu'il était le plus dangereux. Comme le disait Tam Lin, si on ne connaissait pas bien Tom, on le prenait pour un ange qui vous apportait les clefs du paradis.

De loin leur parvint un son qui évoquait un miaulement. Ça durait un moment, ça s'arrêtait, ça recommençait.

– C'est un chat? demanda María.

Si oui, il ne miaule pas pour avoir du lait, pensa Matt. Il y avait dans ce son un degré de terreur et de désespoir qui vous faisait dresser les cheveux sur la tête. Cette fois, il saisit la main de María.

– Ils font des expériences sur des chats! s'écria soudain la fillette. Oh, s'il vous plaît! Il faut que vous m'aidiez à les sauver!

– Mieux vaudrait demander la permission avant, fit Matt.

Il répugnait à avancer au-delà de cette porte.

– Personne ne nous donnera la permission, tonna María. Tu ne te rends pas compte? Les adultes ne voient rien de mal dans ces expériences. Il faut emmener les chats loin d'ici – Dada m'aidera –, et les docteurs ne sauront même pas où ils sont partis.

– Ils en feront simplement venir d'autres.

Matt devenait glacé à écouter le cri qui recommençait.

– C'est toujours comme ça qu'on esquive la question! Inutile de venir au secours de qui que ce soit. Ils trouveront toujours d'autres Illégaux à mettre en esclavage, ou des pauvres à affamer, ou… ou des chats à torturer.

Plus María s'emballait, plus Matt désespérait de lui faire entendre raison.

– Écoute, on devrait d'abord demander à ton père…

– Je ne laisserai pas ce chat souffrir une seconde de plus ! Vous êtes avec moi ou pas ? Si c'est non, j'y vais toute seule !

– Je viens avec toi, fit Tom.

Ce qui décida Matt. Il ne laisserait pas Tom infliger à María seule l'horreur qu'il avait concoctée.

María partit à grand pas dans le couloir, mais elle ralentit à mesure qu'elle approchait des cris. Matt lui tenait toujours la main ; il la sentait froide et moite, ou peut-être était-ce la sienne. La plainte n'était pas exactement celle d'un chat. Elle ne ressemblait à rien de ce que Matt connaissait, mais il était impossible de ne pas en saisir l'angoisse, le supplice. Par moments, c'était un hurlement perçant, à d'autres un gémissement épuisé, à bout de forces.

Ils parvinrent à une porte. Elle était fermée et, lâchement, Matt espéra qu'elle serait verrouillée.

Elle ne l'était pas.

Tom l'ouvrit. Matt enregistra péniblement la présence qui gisait sur un lit devant leurs yeux. Elle roulait des yeux exorbités et se débattait inutilement dans les sangles qui l'attachaient. La bouche s'ouvrit en un horrible O quand elle vit les enfants, et il en jaillit un hurlement assourdissant. Le cri se prolongea jusqu'au manque d'air, se mua alors en une respiration sifflante, douloureuse, puis, les forces s'amenuisant encore, la chose resta à haleter, pantelante.

– C'est un garçon, chuchota María.

En effet. Tout d'abord, Matt l'avait pris pour une bête d'espèce inconnue, tant sa physionomie était étrange et terrible. Une peau pâteuse, maladive, qui semblait n'avoir jamais vu le soleil, des cheveux roux et hérissés, et des mains cramponnées comme des griffes sur les sangles qui l'entravaient. Il était habillé du pyjama vert de l'hôpital, qu'il avait complètement souillé à force de terreur. Pire que tout était l'énergie inouïe qui agitait ce corps emprisonné. La créature ne cessait pas un instant de remuer, à croire que des serpents invisibles sinuaient sous sa peau, obligeant ses bras et ses jambes à quêter, aussi inlassablement que vainement, la liberté.

– Ce n'est pas un garçon, déclara Tom avec dédain. C'est un clone.

Matt eut l'impression de recevoir un coup de poing dans le ventre. Il n'avait jamais vu d'autre clone. Il avait seulement senti la haine que les humains éprouvaient envers eux. Haine qu'il n'avait pas comprise car, après tout, les clones étaient pareils aux chiens ou aux chats, que les humains pouvaient adorer. Pour autant qu'il y ait réfléchi, il s'était assimilé à un animal de compagnie, sauf qu'il était très intelligent.

Il s'aperçut que María lui avait lâché la main. Elle se serrait contre Tom, qui l'avait enlacée d'un bras. La créature – le clone, donc – avait retrouvé de l'énergie et hurlait à nouveau. Quelque chose chez les enfants le terrifiait, ou peut-être était-il terrorisé en permanence. Sa langue sortait de sa bouche et la salive lui coulait le long du menton.

– De qui… ? murmura María.

– De MacGregor. Une véritable épave, ce type, poursuivit Tom d'un ton badin. Il a le foie bouffé par l'alcool. M'man dit qu'on croirait que la Faucheuse a oublié de le ramasser.

M'man, songea Matt. *Felicia.*

– Est-ce qu'ils vont… ? demanda María.

– Ce soir, répondit Tom.

– Je ne supporte pas de le regarder ! gémit María. Je ne veux pas penser à ça !

Tom se détacha d'elle pour sortir, et Matt devina qu'il savourait chaque seconde de sa mise en scène.

– Je vous laisse seuls ici tous les deux ? questionna Tom depuis le seuil.

Matt avait du mal à détacher les yeux de la chose sur le lit. Il était impossible qu'il fût de la même espèce. Impensable ! La créature ouvrit la bouche pour émettre un nouveau hurlement glaçant, et Matt sut brusquement à qui elle ressemblait.

À MacGregor, bien sûr, puisqu'il s'agissait de son clone, mais MacGregor était un adulte avec des différences qui rendaient le lien difficile à établir. Il ressemblait beaucoup plus à… au point de révéler un lien de parenté avec…

– Il te ressemble énormément, dit Matt à Tom.

– Tu prends tes désirs pour des réalités, brailla Tom, renonçant à son sourire joyeux.

– Regarde, María. Il a les mêmes cheveux roux et les mêmes oreilles.

Mais María refusa de lever la tête.

– Emmène-moi hors d'ici, geignit-elle, le visage pressé contre la poitrine de Tom.

– Je ne suis pas comme cette chose ! s'écria Matt. Ouvre les yeux !

Il essaya de la détacher de Tom.

– Ne me touche pas ! couina-t-elle. Je ne veux pas penser à ça !

Matt était au comble de la déception, hors de lui.

– Tu as voulu venir ici pour sauver un chat. Eh bien, regarde *ça !* Ça réclame ton secours !

– Non, non, non, gémit María dans un véritable état de panique. Sors-moi d'ici! supplia-t-elle.

Tom l'entraîna dans le couloir. Il jeta un coup d'œil en arrière, une féroce expression de triomphe sur le visage; Matt dut serrer les dents pour s'empêcher de les rattraper afin de réduire Tom en bouillie. Cela ne prouverait rien à María. À lui non plus, ce ne serait d'aucune utilité, hormis de convaincre María qu'il était vraiment une bête.

Le bruit de leurs pas s'éteignit. Matt resta un moment au milieu du couloir, à écouter les vagissements de la chose sur le lit. Puis il referma la porte et s'en alla.

Matt avait besoin de parler à quelqu'un. Faire quelque chose pour s'empêcher de hurler comme un chien face à tant d'horreur. Il n'était pas un clone! C'était impossible! Il y avait eu une erreur quelque part. Lui revinrent les paroles surprises dans la bouche du médecin: *Les clones partent en morceaux en vieillissant.* Cela allait-il lui arriver? Allait-il finir sanglé sur un lit, hurlant à s'époumoner?

Tam Lin se trouvait avec El Patrón, et même Matt n'était pas autorisé à pénétrer sans permission dans cette partie de la demeure tenue sous haute surveillance. Aussi courut-il à la cuisine. Celia ne lui jeta qu'un regard avant d'accrocher son tablier.

– Termine le potage à ma place, veux-tu? dit-elle à une jeune cuisinière. (Puis elle prit Matt par la main en déclarant:) On prend notre après-midi, *chico.* Pour ce que j'en ai à faire, les Alacrán peuvent bien manger leurs souliers à dîner.

Celia seule, parmi tout le personnel, pouvait insulter les Alacrán quand cela lui chantait; elle ne s'en privait pas. Pas devant eux, certes, mais elle se montrait en leur présence moins servile que les autres. Comme Matt, elle jouissait de la protection d'El Patrón. Elle ne reprit la parole que lorsqu'ils retrouvèrent leur logement, et une fois la porte fermée.

– Bon. Il s'est passé quelque chose de grave. María est toujours fâchée?

Matt ne savait par où commencer.

– Si tu lui dis que tu regrettes, elle te pardonnera, reprit Celia. C'est une brave gamine.

– Je me suis excusé, parvint à articuler Matt.

– Et elle n'a pas accepté tes excuses, ça arrive. Quelquefois, il faut en faire beaucoup pour montrer qu'on est sincère.

– Ce n'est pas ça.

Celia attira Matt sur ses genoux, ce qu'elle faisait rarement maintenant qu'il avait grandi, et le serra dans ses bras. La retenue de Matt céda aussitôt. Il éclata en sanglots incontrôlables, cramponné à Celia et terrifié à l'idée qu'elle puisse le repousser.

– Allons, María n'est pas rancunière. Elle oublie ses fâcheries dans la demi-heure.

Berçant Matt contre elle, Celia continua de lui murmurer des paroles de réconfort qu'il comprenait à peine. Il ne sentait que la musique de sa voix, la chaleur de son étreinte, sa présence.

Au bout d'un moment, il retrouva suffisamment de calme pour lui raconter tout ce qui s'était passé à l'hôpital.

Celia demeura d'abord pétrifiée, sans même respirer.

– Ce... petit... saligaud, finit-elle par dire.

Matt leva vers elle un regard inquiet. Très pâle, elle observait fixement un point invisible au loin.

– Tom est le fils de MacGregor, tu sais, reprit-elle. Je ne devrais pas te dire ces choses à l'âge que tu as, mais personne n'a une enfance comme il faut sous le toit des Alacrán. Ce sont tous des scorpions. À se demander si El Patrón a bien fait de choisir ce nom.

– Comment Tom peut-il être le fils de MacGregor ? Felicia est la femme de Mr Alacrán.

Celia eut un rire amer.

– Le mariage ne signifie pas grand-chose chez ces gens-là. Felicia est partie avec MacGregor, oh, il y a des années de ça.

Je suppose qu'elle s'ennuyait ici. Seulement ça n'a pas duré. El Patrón l'a fait revenir – il n'aime pas qu'on lui prenne ce qui lui appartient – et MacGregor s'est incliné. Felicia commençait à le lasser. Mr Alacrán a été furieux, parce qu'il ne voulait pas qu'elle revienne, mais El Patrón s'en moquait bien. Depuis, Mr Alacrán ne parle plus à sa femme. Il ne la regarde même pas. Elle est prisonnière dans cette maison, et les domestiques sont chargés de lui fournir tout l'alcool qu'elle peut ingurgiter. Ce qui fait une jolie quantité, crois-moi.

– Et Tom ? voulut savoir Matt.

– Tom est né environ six mois après son retour.

Matt se sentit un peu mieux d'avoir appris cela. Il était content que Felicia soit en disgrâce, mais d'autres questions le taraudaient. Il s'arma de courage pour poser la principale :

– Qu'est-ce qui cloche chez le clone de MacGregor ?

Celia promena un regard inquiet autour d'elle.

– Je ne dois pas t'en parler. Tu n'aurais pas dû être au courant de son existence.

– Mais c'est fait.

– Oui. Oui. Grâce à Tom. Tu ne comprends pas, *mi vida.* Il est interdit de parler des clones. On ne sait jamais qui risque d'écouter.

De nouveau, Celia scruta les alentours, et Matt se rappela que Tam Lin avait évoqué des caméras cachées dans la maison.

– Si tu me dis, ce sera la faute de Tom, insista-t-il.

– C'est vrai. Je ne vois vraiment pas comment je peux éviter de t'expliquer après ce que tu as vu.

– Alors, qu'est-ce qu'il a, le clone de MacGregor ?

– Son... cerveau a été détruit.

Matt se redressa brusquement.

– Quand les clones naissent, on leur injecte une sorte

de drogue. Ça les rend idiots, dit Celia en s'essuyant les yeux.

– Pourquoi ? fit Matt.

– C'est la loi. Ne me demande pas pourquoi, je serais incapable de te répondre.

– Mais moi on ne m'a rien injecté.

– El Patrón ne voulait pas. Il est assez puissant pour enfreindre la loi.

Matt fut envahi par la gratitude envers le vieil homme qui lui avait épargné un destin épouvantable. Lui pouvait lire, écrire, escalader des collines, faire de la musique, et tout ce qui était à portée des véritables êtres humains – cela parce qu'El Patrón l'aimait.

– Il en existe d'autres comme moi ? questionna-t-il.

– Non. Tu es le seul, fit Celia.

Le seul ! Il était unique. Particulier. Son cœur se gonfla d'orgueil. S'il n'était pas humain, il pouvait devenir quelque chose d'encore mieux. Meilleur que Tom, qui était une gêne pour la famille. Puis une pensée atroce lui vint à l'esprit :

– Ils ne vont pas... les docteurs ne vont pas... me faire la piqûre plus tard ?

Celia l'étreignit à nouveau.

– Non, mon chéri. Tu es à l'abri de ça. Tu es à l'abri tant que tu seras en vie.

Elle pleurait, et Matt ne comprit pas pourquoi. Peut-être craignait-elle d'avoir parlé devant les caméras cachées.

Sous le coup du soulagement, Matt se sentit tout alangui. Les derniers événements l'avaient épuisé et il bâilla.

– Va faire une sieste, *mi vida,* conseilla Celia. Je te porterai quelque chose de bon plus tard.

Elle le conduisit à sa chambre, mit l'air conditionné et ferma les rideaux.

Matt s'étira entre les draps et se laissa envahir par un délicieux sentiment de bien-être. Il s'était produit tant de choses : la fête catastrophique, l'hôpital sinistre, le clone de MacGregor. Cela l'avait blessé que María le fuie après avoir vu la chose sur le lit. Il la chercherait plus tard et lui prouverait qu'il était complètement différent.

Tout en glissant dans le sommeil, il se demanda pourquoi MacGregor voulait un clone alors qu'il avait un fils. Probablement parce qu'El Patrón lui avait pris Tom. Et parce que Tom était un charançon pervers dont pas un père ne voudrait.

Mais alors, songea encore Matt dans les limbes du demi-sommeil, *pourquoi le remplacer par un clone horriblement abîmé ?*

María refusait de lui parler. Chaque fois qu'il l'apercevait, elle filait dans les appartements de son père ou s'arrangeait pour rejoindre d'autres personnes. Matt avait cependant confiance dans l'intelligence de son amie. S'il pouvait la voir seule et lui expliquer à quel point il était différent des autres clones, elle comprendrait.

MacGregor était revenu de son opération. Il ressemblait toujours – ainsi que l'avait dit Felicia – à quelque chose que la Faucheuse aurait oublié de ramasser, mais son état s'améliorait. Installés côte à côte dans leurs fauteuils roulants, El Patrón et lui évoquaient leurs vieux souvenirs – les rivaux qu'ils avaient pulvérisés et les gouvernements qu'ils avaient renversés.

– Je me suis fait mettre ce foie tout neuf, disait MacGregor en se tapotant le ventre, et, tant que j'y étais, j'en ai profité pour me faire changer les reins.

Il posait alors sur Matt des yeux bleu vif, semblables à ceux de Tom. Matt le trouvait écœurant et avait hâte de le voir regagner ses pénates.

Comme le départ de María pour la pension approchait, Matt se dit qu'il devait passer à l'action. Une idée lui vint en la regardant jouer dans le jardin, elle portait Bouldepoil dans son sac en bandoulière. Elle n'avait pas toujours son chien avec elle car, parfois, le sénateur bannissait l'animal dans leur salle de bains. Pourquoi ne pas enlever Bouldepoil et réclamer par écrit une rançon à sa maîtresse?

Il y avait une petite station de pompage près du bassin aux lotus, dissimulée par une gigantesque glycine, et relativement fraîche à l'intérieur. Matt pourrait y cacher Bouldepoil. Mais comment l'empêcher d'aboyer? Même une araignée en promenade sur sa toile suffisait à affoler le toutou.

Il n'aboiera pas s'il est endormi, pensa Matt.

Matt avait passé de longs moments dans le passage secret derrière le salon de musique, où il jouait au super-héros qui surprend ses ennemis. Son admiration avait délaissé El Látigo Negro pour Don Segundo Sombra – «Monsieur Seconde Ombre» –, un espion international. Le Fouet Noir était bon pour les gosses, en revanche le Don faisait des trucs d'adulte comme conduire des voitures de course ou sauter en parachute. Plus fort encore, il y avait El Sacerdote Volante, le «Prêtre Volant». Ce dernier bombardait les démons avec de l'eau bénite qui perforait leur peau écailleuse.

L'un des placards accessibles par le passage secret appartenait à Felicia. Il regorgeait de bouteilles d'alcool, mais il y avait aussi, plus intéressant et en l'occurrence plus utile, une étagère de petits flacons pourvus de compte-gouttes qui contenaient du laudanum. Matt savait tout sur le laudanum pour avoir étudié l'industrie de l'opium dans ses devoirs du soir. Le laudanum était de l'opium dissous dans de l'alcool, un soporifique très puissant. Trois gouttes dans un verre de jus de fruits vous assommaient pour huit heures. Felicia en possédait dans son placard une quantité suffisante pour endormir une ville entière – ce qui expliquait son état perpétuellement vaseux.

Matt attendit de la voir s'assoupir dans un transat sur la pelouse pour se précipiter dans le passage secret et aller dérober l'un des petits flacons.

Le bassin aux lotus était une des nombreuses pièces d'eau qui émaillaient le parc de la vaste demeure. On ne s'en approchait guère durant l'été, à cause du manque d'ombre. Des ibis, les ailes coupées afin qu'ils ne s'envolent pas, allaient et venaient parmi les plants de papyrus et chassaient les grenouilles sous les feuilles de nénuphar. C'était ainsi qu'El Patrón se figurait un jardin de l'ancienne Égypte. Sur les murs formant enceinte étaient peintes les raides silhouettes de divinités antiques.

Matt écarta la glycine et pénétra dans la cabane qui abritait la pompe. Il y faisait sombre et humide. Avec quelques sacs de toile vides, il fit un lit pour Bouldepoil, puis il remplit un bol d'eau.

En ressortant, il se figea. Tom était à quatre pattes à l'autre bout du jardin, le dos tourné, et scrutait quelque chose sur la pelouse. Matt acheva de s'extirper sans bruit de la glycine et se glissa discrètement entre les papyrus afin de regagner la maison sans se montrer.

Soudain, un ibis se mit à battre de ses ailes mutilées, et traversa maladroitement le bassin. Tom sursauta.

– Toi ! Qu'est-ce que tu fais là ?

– Je t'observe, répondit froidement Matt.

– Ce que je fais ne te regarde pas ! Retourne dans tes quartiers !

– Je suis chez moi partout dans cette maison, fit Matt.

Portant les yeux au-delà de Tom, il vit une grenouille sur la pelouse. Les pattes arrière clouées dans le sol, elle faisait des efforts désespérés pour tenter de s'enfuir.

– Tu es répugnant ! fit Matt.

Et il libéra aussitôt la grenouille qui se jeta dans l'eau.

– Je faisais une étude scientifique, protesta Tom.

– Sûrement, oui. Même María ne te croirait pas.

Le visage de Tom s'empourpra sous l'effet de la rage, et Matt se prépara à la bagarre ; or, aussi vite qu'elle était venue, la colère se dissipa. Matt frissonna. Les brusques revirements de Tom le déstabilisaient. C'était comme de regarder un crocodile disparaître sous l'eau dans un documentaire animalier. On savait qu'il fomentait une attaque, mais on ignorait quand.

– On apprend beaucoup de choses en observant un endroit comme celui-ci, reprit Tom d'un ton tout naturel. Les ibis se nourrissent de grenouilles, les grenouilles mangent les insectes, et les insectes se mangent entre eux. Ça nous enseigne le sens de la vie.

Son sourire professionnel de Joli Gosse n'abusa pas Matt un instant.

– Laisse-moi deviner. Toi, tu te ranges dans le clan des ibis.

– Évidemment, fit Tom. Qui voudrait être au bas de la chaîne alimentaire ? Tu vois, c'est la différence entre les humains et les animaux. Les humains sont au sommet, et les animaux… eh bien, ce ne sont que des biftecks sur pattes.

Sur ce, il s'éloigna nonchalamment, en bon garçon qui n'en voulait pas à celui qui était venu interrompre son jeu cruel. Matt le regarda disparaître dans la maison.

Quelle poisse, songea-t-il. Il ne voulait pas que Tom fouine dans les parages quand il parlerait à María. Si c'était à lui qu'il pouvait faire boire le laudanum. Mais non. Même si l'idée était séduisante, ce serait aller trop loin.

Le lendemain, María garda son chien collé à elle durant toute la matinée, et pendant le déjeuner. Pour finir, le sénateur Mendoza s'impatienta :

– Je t'en prie, María. Cette bête empeste.

– Tu t'es roulé dans un truc pas propre ? s'enquit affectueusement la fillette, en flairant l'animal. Hein, mon doudou ?

– Débarrasse-nous de lui, trancha son père.

Dissimulé derrière des rideaux, Matt observait la scène et suivit María dès qu'elle s'éloigna. S'il pouvait lui parler tout de suite, il n'aurait pas à kidnapper ce chien imbécile. Il la vit déposer Bouldepoil dans sa chambre et refermer la porte. Des jappements angoissés se firent entendre sur-le-champ.

– María… commença Matt.

– Tiens, salut. Écoute, faut que je me dépêche. Dada va se fâcher si je ne reviens pas tout de suite.

– Je veux juste te parler.

– Pas maintenant ! s'exclama María.

Et elle partit en courant dans le couloir, ses sandales claquant sur les dalles.

Matt fut sur le point de pleurer. Pourquoi rendait-elle les choses si difficiles ? Cela la tuerait, d'écouter ?

Il se précipita chez Celia afin d'y prendre un bol de viande crue qu'il avait repéré dans le réfrigérateur. Une fois de retour, il s'assura qu'aucun domestique ne venait dans le couloir. À l'instant où il ouvrait la porte de María, Bouldepoil se mit à glapir et alla se tapir sous un canapé. *Génial.*

Il s'empara du sac dans lequel María avait l'habitude de transporter l'animal, l'ouvrit et disposa une bouchée de viande à l'intérieur. Le chien gémit, sa gourmandise éveillée.

María le nourrissait selon les conseils d'un vétérinaire, mais son régime ne comprenait pas de viande crue (elle n'aimait pas l'idée de la viande crue).

– Tu en as envie? Sûr que tu en as envie, dit Matt.

Bouldepoil se léchait les babines.

Matt lui tendit un morceau pour l'attirer par l'odeur.

Bouldepoil se mit à trembler et déglutit à plusieurs reprises. Pour finir, il n'y tint plus et se risqua hors de son abri. En un clin d'œil, Matt l'enferma dans le sac. Le chien grogna, joua des griffes. Matt déposa alors dans le sac un morceau de viande et s'en tira avec une morsure sanglante au doigt. Le captif geignait pitoyablement.

– Tiens! Mets-t'en plein la lampe! s'écria Matt en lui jetant de pleines poignées de viande.

Il l'entendit claquer des mâchoires, avaler voracement, lécher avec frénésie. Ensuite de quoi – par miracle – l'animal s'allongea et s'endormit. Matt jeta un œil dans le sac pour s'en assurer. Les choses se passaient encore mieux que prévu.

Quand il jeta le sac sur son épaule, aucun couinement outragé ne se fit entendre. Bouldepoil était habitué à être trimballé de la sorte. Il dormait souvent dans le sac et devait se sentir en sécurité dans cet abri de toile sombre. Matt pouvait comprendre. Lui-même aimait les cachettes obscures.

Il déposa un mot sous l'oreiller de María: *Retrouve-moi à minuit au bassin aux lotus et je te dirai où est ton chien.* Il avait signé Matt, et ajouté: *P.-S. Ne dis rien à personne ou tu ne le reverras jamais!!!* Cette dernière phrase était sans doute méchante, mais il avait affaire à forte partie.

Il se glissa hors de la chambre, laissant la porte entrebâillée afin de suggérer que le chien était parvenu à l'ouvrir. Les couloirs étaient déserts, le bassin aux lotus également, à l'exception des ibis, qui méditaient sur l'existence des grenouilles. Tout se déroulait à merveille. Bouldepoil remua vaguement quand Matt déposa le sac dans la cabane de pompage, mais il n'aboya pas.

Matt décida de le laisser dans le sac ouvert. Il pourrait en sortir à sa guise, boire de l'eau, finir le bifteck cru. Matt rangea le laudanum sur une étagère, profondément soulagé de n'avoir pas eu à s'en servir. Même s'il n'avait pas de sympathie pour Bouldepoil, ç'aurait été moche de lui faire ingurgiter le truc qui transformait Felicia en zombie.

María découvrit la disparition de Bouldepoil tout de suite après le déjeuner. Elle enrôla tout le monde dans les recherches – hormis Matt. Le nom du chien se mit à résonner partout, mais ceux qui le connaissaient savaient qu'il ne répondrait pas. Il était plutôt du genre à rester tapi dans une cachette quelconque jusqu'à ce qu'on vienne l'en tirer, malgré ses grognements et au risque de se faire happer un doigt.

Celia dormait lorsque Matt sortit. La plupart des éclairages s'étaient éteints, et les ténèbres envahissaient tout. Voilà encore peu de temps, Matt aurait eu peur de s'aventurer dehors aussi tard. Il ne croyait plus au *chupacabras* ni aux vampires, mais le silence du cœur de la nuit avait le don de les réveiller. Et si María était trop effrayée pour quitter sa chambre ? Il n'avait pas pensé à ça. Si elle ne venait pas, tout serait fichu.

Ses pas résonnaient sur le sol. Plusieurs fois, il s'arrêta afin de s'assurer que personne ne le suivait. Il consulta sa montre. Quinze minutes avant minuit, l'heure où les morts – d'après Celia – soulevaient le couvercle de leur cercueil... *Arrête,* s'enjoignit-il.

Seule la lueur des étoiles éclairait le bassin aux lotus ; l'air était chaud et sentait l'eau stagnante. Pas une feuille du palmier ne remuait. Pas un moustique ne susurrait. Quelque part dans les papyrus, les ibis dormaient, ou peut-être étaient-ils éveillés et guettaient-ils celui qui approchait. Que feraient-ils en sa présence ?

Ne fais pas la poule mouillée, se dit Matt. *Ce ne sont que des oiseaux. Des poulets hauts sur pattes.*

Le coassement d'une grenouille faillit lui faire lâcher sa lampe électrique. Il dirigea le faisceau sur le bassin, entendit un clapotement suivi d'un bruissement de plumes.

Matt se dirigeait le plus silencieusement possible vers la cabane. Ce serait affreux d'entendre geindre Bouldepoil maintenant. Peut-être María ne viendrait-elle pas. Si lui-même sursautait à tout instant, elle devait être terrifiée. Mais si, si, elle viendrait pour son chien. Son courage n'était pas à sous-estimer quand elle jugeait quelque chose important.

Il atteignit la glycine. Valait-il mieux attendre ici ou aller voir Bouldepoil ? Il n'avait pas trop envie d'entrer dans le cabanon obscur. D'ailleurs, s'il entrait, María ne le trouverait pas. Il perçut un bruit... Des projecteurs s'allumèrent dans tous les coins du jardin. Le système de sécurité d'El Patrón ! Aveuglé, Matt reculait dans la glycine quand des mains puissantes se saisirent de lui.

– Lâchez-moi ! cria-t-il. Je ne suis pas un ennemi ! Je suis le clone d'El Patrón !

Daft Donald et Tam Lin le tiraient au milieu de la pelouse.

– C'est moi ! C'est moi ! continua-t-il.

Mais Tam Lin demeurait muet et sombre.

Le sénateur Mendoza sortit de la Grande Maison et vint se planter devant Matt, serrant et desserrant les poings comme s'il s'efforçait de se dominer. Durant un long, long moment, il ne souffla mot. Puis :

– Tu es *pire* qu'un animal.

Son ton venimeux fit tressaillir Matt entre les mains qui le retenaient.

– Oh, je ne te ferai pas de mal. Ce n'est pas mon genre. De plus, ton destin est lié à El Patrón.

Un nouveau long silence. À l'instant où Matt pensait qu'il n'ajouterait rien, il reprit, dans un sifflement :

– En tout cas, tu peux être sûr d'une chose. Jamais... Je dis bien jamais... tu ne reverras ma fille.

– Mais... pourquoi ? fit Matt, abasourdi.

– Tu sais pourquoi.

Matt l'ignorait. Il vivait un cauchemar affreux, sans parvenir à se réveiller.

– Je voulais seulement lui parler. J'avais l'intention de lui rendre Bouldepoil. Je ne voulais pas qu'elle se mette dans tous ses états et je regrette maintenant. S'il vous plaît, laissez-moi la voir, m'excuser.

– Comment veux-tu t'excuser d'avoir tué son chien ?

Matt crut d'abord avoir mal entendu, puis la gravité de la situation le submergea.

– Mais je ne l'ai pas tué ! Je n'aurais jamais fait ça ! Je serais incapable de faire une chose pareille à María ! Je l'aime !

À la seconde où il prononçait le mot, il comprit qu'il avait commis une erreur terrible. On aurait dit que Mendoza allait l'étrangler, là, sur place, et jeter son corps dans le bassin aux lotus. Rien ne pouvait le mettre plus en fureur que s'entendre rappeler à quel point sa fille et le clone étaient devenus proches – si proches que Matt avait exigé un baiser devant tout le monde lors de l'anniversaire d'El Patrón.

Chose impensable. Autant que si un chimpanzé avait exigé de porter des vêtements et de manger à la même table que les humains. Pire. Car Matt n'était même pas une bête des forêts ordinaire. Il était la chose sur le lit.

– Pardon. Je regrette. Pardonnez-moi.

Son esprit s'était pétrifié. Il ne songeait plus qu'à s'excuser jusqu'à ce que le sénateur Mendoza l'entende et lui pardonne.

– Tu as de la chance d'être sous la protection d'El Patrón.

Sur ces mots, Mendoza tourna les talons et regagna la maison.

– Avance, ordonna Tam Lin tandis qu'aidé de Daft Donald il entraînait Matt hors du jardin.

– Ce n'est pas moi ! cria Matt.

– On a trouvé tes empreintes digitales sur le flacon de laudanum, reprit le garde du corps.

Matt ne lui avait jamais connu ce ton – si froid, si amer, et si écœuré.

– J'ai pris le laudanum, oui, mais je ne m'en suis pas servi.

Ils avançaient rapidement dans les couloirs, les pieds de Matt effleurant à peine le sol. Quand ils arrivèrent devant le logement de Celia, Tam Lin n'ouvrit pas tout de suite la porte.

– Comme je dis toujours, fit-il, haletant comme s'il avait longtemps couru, la vérité est préférable, même quand on la trouve désagréable. N'importe quel rat d'égout peut mentir. Les rats sont comme ça. C'est ce qui fait d'eux des rats. Mais un être humain ne fuit pas pour aller se terrer dans un trou, parce qu'il vaut mieux que ça. Le mensonge est la chose la plus lâche qui soit.

– Je ne mens pas.

Matt ne pouvait s'empêcher de pleurer, même s'il mesurait à quel point c'était puéril.

– Je veux bien croire que tu as commis une erreur, reprit Tam Lin. Sur le flacon, il y a écrit « trois gouttes » – c'est la dose pour un homme adulte. Mais Bouldepoil était un petit chien. Une dose pareille ne pouvait que le tuer. L'a tué.

– C'est quelqu'un d'autre qui la lui a donnée ! cria Matt.

– J'aurais bien de la peine pour toi si je n'avais pas vu María d'abord. Et je me sentirais plus de bienveillance à ton égard si tu assumais ton acte.

– Je ne mens pas !

– Bon, d'accord. J'attends trop de toi. Tu es consigné dans tes quartiers jusqu'au départ de María. Et autant te le dire tout de suite, El Patrón partira en même temps. En m'emmenant avec lui.

Stupéfait, Matt ne put articuler un mot, seulement dévisager Tam Lin.

– Fallait bien que ça arrive un jour, bonhomme, reprit plus gentiment le garde du corps. Tu es capable de te débrouiller tout seul maintenant. Si quelque chose tourne mal, Celia peut envoyer un message.

Il ouvrit la porte, et Matt se retrouva emporté dans les bras de Celia, qui, à l'évidence, avait attendu de l'autre côté.

Il fut incapable de lui parler. Comme cela s'était déjà produit lorsqu'il avait été profondément choqué, la parole l'abandonnait. Il avait à nouveau 6 ans, il était maître d'un royaume de tendons, d'os et de fruits pourris cachés sous la sciure dans une pièce minuscule.

L'HISTOIRE DE CELIA

Matt se trouvait dans sa chambre lorsque María partit; il entendit l'aéroglisseur qui se préparait à décoller. Il perçut le déplacement d'air, puis cette sensation déplaisante de tiraillement de la peau quand l'engin passa au-dessus de la maison. Il n'avait jamais voyagé dans ce genre de véhicule. El Patrón n'appréciait pas ces effets de la modernité, préférant maintenir son Domaine proche du souvenir de sa jeunesse.

Petit garçon, El Patrón avait vu l'immense fief du riche propriétaire qui possédait le village où il était né. Il se rappelait la statue d'un angelot, ainsi qu'une fontaine carrelée de mosaïques bleues et vertes. Il se rappelait les paons qui se promenaient dans les jardins. À tous égards – avait-il dit à Matt –, il avait tenté de reproduire ces souvenirs, en plus grandiose, bien sûr, en autrement plus coûteux, avec des dizaines de statues, de fontaines, de jardins.

Toute de plain-pied, l'*estancia* des Alacrán s'étendait sur un vaste périmètre. Les murs étaient d'un blanc éblouissant, les toits couverts de petites tuiles rouges. Le confort moderne se limitait au minimum, hormis dans les parties à usage spécifique, tel l'hôpital. Ainsi Celia cuisinait-elle sur une cuisinière à bois lorsqu'El Patrón était là, car il appréciait l'odeur du feu de bois. Quand il était absent, elle pouvait cuisiner au micro-ondes.

Les jardins étaient rafraîchis par de fines projections d'eau, et les chambres, pour la plupart, donnaient sur des vérandas ombragées afin d'arrêter l'air brûlant du désert. La modernité n'avait droit de cité qu'une fois l'an, à l'occasion de la fête d'anniversaire. Les célébrités conviées aux festivités n'auraient pu survivre sans l'air conditionné ou sans distractions high-tech. Non qu'El Patrón se souciât particulièrement de leur bien-être ; il voulait simplement impressionner autrui.

Matt tendit l'oreille vers le ronronnement de la limousine d'El Patrón. Le vieillard préférait voyager par la route. Si cela avait été possible, il serait allé à cheval, mais ses os fragiles ne lui permettaient plus ce genre d'équipée. Il s'installait à l'arrière avec Tam Lin, Daft Donald conduisait, et ainsi allaient-ils avaler la longue autoroute miroitante jusqu'à l'autre demeure d'El Patrón, dans les montagnes Chiricahua.

Matt fixait le plafond. Il était trop déprimé pour manger ou pour regarder la télévision. Tout ce dont il était capable était de se repasser le film des événements des derniers jours, qu'il ressassait inlassablement. Si seulement il n'avait pas mis Tom à la table des petits. Si seulement il n'avait pas obligé María à l'embrasser en public. Si seulement il n'était pas allé à l'hôpital.

Les regrets s'ajoutaient lourdement les uns aux autres, et les pensées de Matt tournaient en rond.

Tout le monde était persuadé qu'il avait empoisonné Bouldepoil. Ses empreintes se trouvaient sur le flacon, et il avait laissé un message, un mot signé ! – comment pouvait-on être aussi crétin ? – dans la chambre de María. Il devait reconnaître que les preuves étaient contre lui.

Sans doute Tom l'avait-il vu sortir de la cabane qui abritait la pompe, et avait-il décidé de terminer le travail qu'il avait entrepris en jetant Bouldepoil dans les toilettes. Mais comment était-il parvenu à utiliser le laudanum sans laisser ses propres empreintes sur le flacon ?

Ainsi ruminait Matt, sans trouver d'issue. Il entendit la limousine démarrer, un claquement de portière, le bruit du moteur qui s'amenuisait.

Voilà. El Patrón était parti. Tam Lin aussi. Matt souffrait de son départ. *N'importe quel rat d'égout peut mentir,* avait dit Tam Lin. *Les rats sont comme ça... Mais un être humain ne fuit pas pour aller se terrer dans un trou, parce qu'il vaut mieux que ça.* Matt songea qu'il aurait pu se faire comprendre de María s'il était parvenu à l'approcher. Elle lui aurait pardonné, le tenant pour un animal bêta qui ne savait pas faire autrement. Mais Tam Lin l'avait qualifié d'humain et attendait de lui bien davantage. Il comprit qu'il était beaucoup plus difficile de pardonner aux êtres humains.

Pour la première fois, il mesura la profonde différence entre le comportement du garde du corps à son égard et celui de tous les autres. Tam Lin parlait de courage et de loyauté. Durant leurs expéditions, il laissait faire à Matt des choses dangereuses et lui apprenait à se débrouiller tout seul pour découvrir le monde. Il le traitait en égal.

Souvent, Tam Lin évoquait pour lui son enfance en Écosse, comme si Matt avait été un autre adulte face à lui. Ce n'était pas comme les souvenirs d'El Patrón, qui confinaient au rabâchage, au point que Matt connaissait les histoires par cœur. Les histoires de Tam Lin, elles, au contraire, touchaient aux décisions difficiles que l'on prend pour devenir un homme. *J'étais un imbécile fini,* avait dit un jour le garde du corps. *J'ai tourné le dos à ma famille, frayé avec des durs, et commis l'acte qui m'a amené ici.* Ce que c'était, il ne l'avait jamais dit.

Au souvenir de leurs pique-niques, les larmes montèrent aux yeux de Matt et roulèrent sur ses joues. Il ne faisait aucun bruit, ayant appris que la sécurité tenait au silence, mais il ne pouvait s'empêcher de pleurer.

Pourtant, au plus profond de son chagrin, il entrevit une lueur d'espoir. À l'encontre de tous ceux qui estimaient qu'il ne valait guère mieux qu'un chien, quelqu'un croyait qu'il pouvait devenir autre chose, mieux que ça.

Et je le serai, se promit Matt en fixant le plafond brouillé par ses larmes.

Tout n'était pas déprimant, cependant. Par exemple, Tom avait été banni de la maison. Alors qu'elle était à la recherche de son chien, María avait innocemment demandé à son père si on pouvait fouiller l'hôpital. Le sénateur Mendoza avait voulu savoir comment elle connaissait cet endroit, et ainsi l'histoire du clone de MacGregor et de la façon dont Tom avait attiré la fillette dans ce lieu s'était-elle étalée au grand jour. El Patrón avait interdit à Tom de revenir pendant une année entière.

– Pourquoi MacGregor ne l'a-t-il pas emmené, puisque Tom est son fils? demanda Matt à Celia.

– Tu ne comprends pas, lui répondit-elle.

Elle était occupée à découper le dessert, un gâteau au fromage blanc et aux framboises. D'ordinaire, Matt aurait réclamé deux parts; or, aujourd'hui, il se sentait incapable d'en avaler une seule.

– Une fois qu'El Patrón a décidé que quelque chose lui appartenait, il ne le lâche plus.

– Jamais? insista Matt.

– Jamais.

– Et tous ses cadeaux d'anniversaire?

Il songeait aux multiples montres en or, bijoux, statues et pierres de lune qu'El Patrón avait reçus pendant plus de cent ans.

– Il les garde tous.

– Où ?

Celia servit le gâteau et se lécha les doigts.

– Il les entrepose dans une chambre secrète creusée dans le sol. C'est là qu'il veut être enterré… Puisse la Vierge repousser ce jour à jamais, conclut Celia en se signant.

– Comme… Comme un pharaon égyptien, suggéra Matt.

– Exactement. Mange ton gâteau, *mi vida*. Il faut que tu gardes tes forces.

Matt se mit à mâcher de façon machinale tout en imaginant la chambre funéraire emplie de richesses. Il avait vu des photos de la tombe de Toutankhamon. El Patrón reposerait dans un sarcophage doré, noyé sous les montres, les bijoux, les statues, les pierres de lune… Puis, parce qu'il ne voulait pas penser à la mort d'El Patrón, Matt demanda :

– Quel rapport est-ce que ça a avec Tom ?

Celia se laissa aller dans son fauteuil. Elle était beaucoup plus détendue maintenant que tout le monde était parti.

– El Patrón pense qu'une personne lui appartient aussi bien qu'une maison, une voiture ou une statue. Il ne laissera pas plus partir cette personne qu'il ne dilapide l'argent. C'est la raison pour laquelle il n'a pas laissé Felicia s'en aller. Il veut garder tout le monde sous la main, à sa disposition. Jamais il ne laissera MacGregor prendre Tom, même s'il ne peut pas souffrir ce garçon.

– Tam Lin et toi, vous appartenez à El Patrón ?

Celia tressaillit.

– *¡Caramba !* Tu poses de ces questions !

Matt attendit.

– Peut-être que tu n'aurais pas autant d'ennuis si on t'expliquait les choses, reprit Celia en soupirant.

– Je n'ai pas empoisonné Bouldepoil.

– Tu n'en as pas eu l'intention, mieux-aimé. Je sais que ton cœur est bon.

Bien qu'il brûlât de défendre sa cause, Matt savait que Celia ne le croirait pas. Il y avait ses empreintes sur le flacon de laudanum.

– J'ai grandi en Aztlán, commença Celia, précisément dans le village où El Patrón est né. Un village pauvre à l'époque, et c'est pire aujourd'hui. Il n'y pousse rien, hormis les mauvaises herbes, et elles sont si amères que les ânes les vomissent. Même les cafards font du stop pour gagner la ville la plus proche. C'est te dire comme la vie y est pénible. Petite fille, j'ai été embauchée dans une *maquiladora* – une «usine» – à la frontière. Toute la journée devant une chaîne de montage, à mettre de minuscules carrés dans de minuscules trous avec une pince à épiler. J'ai cru que j'allais devenir aveugle ! On était logées dans un grand bâtiment gris avec des fenêtres si petites qu'on ne pouvait même pas mettre la tête dehors. Histoire d'empêcher les filles de s'enfuir. La nuit, on grimpait sur le toit pour regarder au nord, de l'autre côté de la frontière.

– Notre frontière ? questionna Matt.

– Oui. Les Domaines occupent les terres entre Aztlán et les États-Unis. On ne voyait pas grand-chose parce que les Domaines sont plongés dans le noir, la nuit. Mais au-delà, là où commencent les États-Unis, le ciel était tout embrasé. Sous ce grand flamboiement, on se disait, il y avait l'endroit le plus merveilleux au monde. Tout le monde y possédait sa propre maison, son jardin. Tout le monde portait de beaux vêtements et ne mangeait que les meilleurs produits. Et personne ne travaillait plus de quatre heures par jour. Le reste du temps, les gens se promenaient en aéroglisseur et allaient à des fêtes.

– C'est la vérité ? demanda Matt qui ignorait quasiment tout des pays limitrophes des Domaines.

– Je ne sais pas, soupira Celia. Je suppose que c'est trop beau pour être vrai.

Matt aida Celia à débarrasser la table, puis ils firent la vaisselle ensemble. Il se rappela l'époque, bien lointaine, où ils habitaient la petite maison au milieu des champs de pavots.

Patiemment, il attendait que Celia reprenne son histoire. Il savait que, s'il la pressait de continuer, elle cesserait d'évoquer son passé.

Une fois la vaisselle rangée, elle reprit enfin :

– Je vivais donc dans ce bâtiment gris, sans espoir d'autre chose, les années s'ajoutant aux années. Pas de fêtes, pas de petits amis, rien. Je n'avais pas reçu de nouvelles de ma famille depuis des lustres. Peut-être étaient-ils tous morts. Je ne savais pas. Le seul changement dans ma vie se produisit quand j'appris à cuisiner. Celle qui m'apprit était une vieille *curandera,* une guérisseuse qui était chargée de veiller sur notre santé. Elle m'enseigna toutes sortes de choses. J'étais la meilleure élève qu'elle ait eue, et bientôt on me retira de la chaîne pour me mettre en cuisine, où je préparai les repas pour tout le bâtiment. J'avais davantage de liberté ; j'allais au marché acheter des herbes et toute la nourriture. Et puis, un jour, j'ai rencontré un coyote.

– L'animal ? fit Matt, déboussolé.

– Non, mon chéri. Un homme qui fait passer la frontière. Tu le payes et il t'aide à gagner les États-Unis. Seulement, d'abord, il faut traverser les Domaines. (Celia frissonna.) Je faisais une belle idiote, oui ! poursuivit-elle. Ces gens ne t'aident pas à te rendre où que ce soit. Ils te mènent tout droit à la Patrouille des Domaines. J'emballai mes quelques biens, y compris la Vierge que j'avais apportée de mon village. On se retrouva une vingtaine, peut-être, à franchir les montagnes Ajo, et c'est là que le coyote nous abandonna. Ce fut la panique, comme dans une portée de lapins terrorisés. On essaya d'escalader une falaise, et une femme s'écrasa dans une gorge. On abandonna la plupart de nos affaires pour pouvoir avancer plus vite, mais ça ne nous servit à rien. La Patrouille des Domaines attendait au pied des montagnes. On m'amena dans une pièce, on m'arracha mon sac à dos. « Attention ! je criai. Ne faites pas de mal à la Vierge ! » C'est comme ça que Sa robe a été ébréchée… quand la Patrouille L'a fait tomber à terre. Ils riaient, tous, et l'un d'entre eux s'apprêtait à L'écraser avec son pied quand quelqu'un depuis le seuil a crié : « Arrête ! » Là, tout le monde s'est pétrifié, tu peux me croire. C'était El Patrón dans son fauteuil roulant. Il était plus vigoureux à l'époque, et il aimait bien superviser lui-même les choses. Il me dit : « Ton accent m'est familier. D'où est-ce que tu viens ? » Quand je lui dis le nom de mon village, il fut très étonné. « C'est mon patelin, à moi aussi. Ne me dis pas que ce vieux nid à rats existe toujours. » « Si, je lui ai répondu. Sauf que les rats sont partis chercher d'autres taudis. » Il a ri, puis il m'a demandé si j'avais des compétences particulières. À partir de ce moment, j'ai appartenu à El Patrón. Et je lui appartiendrai toujours. Il ne me laissera jamais m'en aller.

Matt éprouva un sentiment de malaise. C'était une bonne chose que Celia ait franchi la frontière, sinon elle n'aurait pas été là pour s'occuper de lui. Mais ses derniers mots sonnaient de façon terriblement lugubre. *Il ne me laissera jamais m'en aller.* Mu par une impulsion soudaine, Matt l'enlaça en disant :

– Je t'aime, Celia.

– Moi aussi, je t'aime, fit-elle doucement en lui rendant son étreinte.

Tout semblait si rassurant à cet instant. Matt aurait voulu pouvoir se cacher à jamais dans ce logement, oublier les Alacrán, les serviteurs méprisants, et le clone de MacGregor.

– Que sont devenus les autres, ceux qui avaient passé la frontière avec toi ? demanda-t-il.

– Eux ? fit Celia d'une voix parfaitement atone. Ils ont tous été transformés en eejits.

Et elle refusa d'ajouter un mot sur le sujet.

GRAND ÂGE : 12 À 14 ANS

UN OISEAU MORT DE FAIM

Le fil des jours s'installa dans une morne monotonie. Désormais, Matt ne pouvait plus espérer les visites de María. Elle et sa sœur Emilia avaient été expédiées dans un couvent qui devait faire d'elles des jeunes filles comme il faut.

– C'est María qu'ils devront dompter, commenta Celia. Emilia est à peu près aussi farouche qu'un bol de porridge.

Matt pria Celia d'envoyer une lettre à María, mais elle refusa.

– Les religieuses la transmettront directement au sénateur Mendoza, expliqua-t-elle.

Matt s'efforçait d'imaginer la vie de María, mais il ignorait tout des couvents. Est-ce qu'il lui manquait ? Lui avait-elle pardonné ? Voyait-elle Tom, parfois ?

María et Emilia ne venant plus pour les vacances, Benito et Steven furent envoyés ailleurs durant les congés scolaires. Mr Alacrán s'absentait pour de fréquents voyages d'affaires ; quant à Felicia et à El Viejo, ils demeuraient dans leurs chambres. Les couloirs comme les jardins étaient déserts. Les domestiques continuaient de vaquer à leurs tâches mais leurs voix se faisaient assourdies. La maison ressemblait à une scène de théâtre d'où les acteurs seraient absents.

Un jour, Matt commanda un Cheval Sûr aux écuries et guetta, tendu, l'instant où on lui répondrait que sa demande ne pouvait être honorée. Il n'en fut rien. Un eejit amena la monture. Mal à l'aise, Matt gardait les yeux baissés. Peu d'eejits travaillaient à la maison, et il préférait ne pas penser à eux. Il attrapa les rênes et leva les yeux.

C'était Rosa.

Un frisson de terreur secoua Matt, comme s'il était encore le petit garçon et elle sa geôlière, mais la femme qu'il avait en face de lui ne représentait plus aucune menace. Les plis durs et amers de son visage ne semblaient plus reliés à son être intime. Elle regardait droit devant elle, les mains tendues. À se demander même si elle voyait Matt.

– Rosa? prononça celui-ci.

– Souhaitez-vous un autre cheval, maître?

Sa voix n'avait pas changé, mais la colère d'autrefois n'y était plus.

– Non. Celui-là ira très bien, fit Matt.

Rosa se détourna et repartit vers les écuries d'une démarche à la fois traînante et saccadée.

Matt s'éloigna à cheval. Sa monture allait à une allure régulière, droit devant, à moins qu'on ne lui indique «à droite» ou «à gauche», et ne franchirait pas les limites programmées dans son cerveau. *Comme Rosa,* pensa Matt. Pour la première fois, il comprit vraiment à quel point c'était atroce d'être un eejit. Jusqu'à maintenant, il n'en avait connu aucun avant l'opération. Ils étaient simplement là pour effectuer des tâches ennuyeuses. Mais Rosa avait été une véritable personne, même si elle était cruelle et violente. À présent, elle n'était plus qu'une ombre privée de conscience.

Sur une impulsion, il dirigea sa monture vers l'ouest plutôt que vers l'est et longea les champs de pavots là où il supposait retrouver la petite maison de Celia. Cette partie-là du Domaine avait été ensemencée récemment et les plants ne se présentaient alors qu'en frêles pousses gris-vert, noyées dans la brume ténue dont les baignait le système d'arrosage. L'air sentait fort la poussière humide.

Quelques eejits se penchaient vers la terre, occupés à désherber. C'était leur tâche, la fonction des eejits. Matt se demanda ce qu'il se passerait s'ils se réveillaient brusquement. Mais non, ils ne s'éveilleraient pas. C'était impossible. Ils continueraient à désherber jusqu'à ce que le contremaître leur ordonne de cesser.

Bien qu'il scrutât l'horizon de toutes parts, Matt ne parvint pas à repérer la petite maison. Sans doute avait-elle été détruite après leur départ. Dans un soupir, il obliqua vers l'est, vers l'oasis nichée au creux des montagnes.

Parvenu à l'abreuvoir, il actionna la pompe ainsi qu'il avait toujours vu Tam Lin le faire.

– Bois, ordonna-t-il au cheval.

Celui-ci, obéissant, s'exécuta, jusqu'à ce que son maître juge qu'il s'était suffisamment désaltéré.

– Arrête, dit encore Matt, puis, quand il l'eut conduit à l'ombre : attends.

Un vague sentiment de peur effleura Matt lorsqu'il s'enfonça dans la montagne. Cette fois, il était seul. Cette fois, nul ne viendrait à son secours s'il faisait une chute ou s'il était mordu par un serpent à sonnettes. Il franchit le passage au creux du rocher. Le niveau de l'eau était très bas, car on était à la fin de la saison sèche, et les orages d'août et septembre n'étaient pas encore arrivés. Sur la berge, les branches d'un buisson d'immortelles s'agitèrent sous la poussée d'une bête qui s'efforçait de se cacher. Dans le dédale des rochers nus, le vent faisait entendre une plainte poignante.

Matt s'assit et sortit un sandwich de son sac. Il ignorait ce qu'il faisait ici.

À l'autre extrémité du petit vallon se trouvait la treille qu'une main humaine avait arrangée en abri. Quelqu'un avait dû vivre ici, voilà longtemps, mais la vigne était depuis devenue anarchique dans son développement, et une partie de la cache qu'elle constituait s'était effondrée. Matt se glissa prudemment à l'intérieur, guettant d'éventuels serpents, qui eux aussi appréciaient la pénombre fraîche.

Là, il découvrit une grande malle en métal posée sur le sol. À côté se trouvaient des couvertures roulées ainsi qu'une réserve de bouteilles d'eau. Matt s'immobilisa, le cœur battant à tout rompre, cherchant du regard où pouvait se dissimuler l'intrus... Mais non, il était seul, seul avec le vent gémissant et le cri grinçant d'un oiseau quelque part dans les rochers.

Qui donc avait pu venir s'installer dans son oasis ? Un Illégal qui tentait de gagner les États-Unis ? Ou un eejit qui se serait réveillé ?

Mais non. Aucun Illégal n'aurait pu transporter une cantine métallique dans le périple hasardeux que Celia lui avait décrit. Et aucun eejit ne s'éveillait jamais.

Le cœur toujours inquiet, Matt s'approcha de la malle, défit les deux crochets qui la fermaient et souleva le couvercle.

Sur le dessus de plusieurs paquets soigneusement emballés se trouvait une lettre, qui commençait par *Cher Matt.* Matt en tomba assis dans la poussière, stupéfait. Tout cela lui était donc destiné... Une fois remis du choc, il reprit sa lecture.

Cher Matt, come je suis pas fortiche an écriture, ce sera pas long. El Patrón veux que je parte avec lui. Je peux rien contre. Je mais dans cette quantine des provizions plus des livres. Personne peux dire quant tu peux en avoir bezoin. Ton ami Tam Lin.

C'était rédigé dans un gros gribouillage enfantin, et Matt s'étonna du niveau d'instruction que cette pauvre écriture révélait, quand la façon de parler du signataire était si intelligente. Tam Lin avait toujours dit qu'il n'était guère allé à l'école ; la preuve en était faite.

Matt vida avidement la malle. Il y trouva de la viande séchée, du riz, des haricots, des oignons secs, du café, et des bonbons. S'y ajoutaient un flacon de pilules pour purifier l'eau, une trousse de premiers secours, un couteau de poche, des allumettes et un briquet à gaz. *Gamèles dans couvairture,* précisait un autre billet à mi-hauteur. Matt défit aussitôt les couvertures pour y découvrir quelques ustensiles de cuisine emboîtés les uns dans les autres, accompagnés d'un quart en métal.

Les livres étaient au fond de la malle. Dans l'un, des cartes pliées en accordéon ; un autre s'intitulait *Une histoire d'Opium.* Deux autres se présentaient comme des manuels de camping et de survie. Tout au fond, un dernier mot conseillait : *Garde bien la quantine fermer. Les koyotes mange les provizions. Les livres auçi.*

Matt se rassit et admira tous ces trésors. Finalement, Tam Lin ne l'avait pas abandonné. Il lut et relut les derniers mots de la lettre, avec l'impression d'avaler une succession de verres d'eau fraîche : *Ton ami Tam Lin.* Après quoi, il rangea tout soigneusement, repoussa la malle dans l'ombre et se décida à rentrer.

Quand il arriva, la maison était en effervescence. Des aéroglisseurs atterrissaient, les domestiques couraient en tous sens. Celia l'attendait impatiemment dans leur logement.

– Tu étais où, *mi vida ?* s'exclama-t-elle. J'allais demander qu'on parte à ta recherche. Je t'ai mis ton costume sur le lit.

– Qu'est-ce qui se passe ? Pourquoi tout le monde s'agite ?

– On ne t'a pas dit ? fit Celia en lui ôtant sa chemise et en lui mettant une serviette dans les mains. Prends vite une douche avant de t'habiller. El Viejo est mort.

Elle partit rapidement. La mort du vieillard n'avait rien de surprenant – gravement malade, il n'avait pas quitté sa chambre depuis des mois. Matt essaya d'avoir du chagrin, mais il connaissait à peine cet homme.

Il prit sa douche et s'habilla le plus rapidement possible.

– Je ne t'avais pas dit de te laver les cheveux ! se lamenta Celia en revenant.

Et elle se mit à le peigner frénétiquement.

Elle portait une jolie robe noire, ornée de perles cousues sur la poitrine, et Matt la trouva bizarre sans son tablier.

– El Patrón tient à notre présence, expliqua-t-elle tandis que tous deux pressaient le pas dans les couloirs.

Ils pénétrèrent dans le salon. Les statues avaient été remplacées par des pots de fleurs, les murs étaient tendus de crêpe noir, et des centaines de bougies scintillaient à l'autre extrémité de la pièce. La fumée et l'encens provoquèrent chez Matt une quinte de toux irrépressible. Tout le monde – et il y avait bien cinquante personnes dans la pièce – se tourna vers lui pour lui faire les gros yeux. Celia lui tendit l'inhalateur qui ne la quittait jamais.

Momentanément sauvé de la crise d'asthme, Matt fut à même de regarder autour de lui. Au centre du salon se trouvait le cercueil, doublé de soie ivoire, pourvu d'élégantes moulures et de poignées en cuivre. À l'intérieur, ressemblant davantage à un oiseau mort de faim qu'à autre chose, reposait El Viejo. Il était vêtu d'un costume noir, et son nez pointu se dressait comme un bec.

Celia pleurait doucement et se tamponnait les yeux avec un mouchoir. Matt fut contrarié ; il détestait la voir pleurer. Les parents du défunt, eux, préféraient se retrouver à l'écart du cercueil, le long des murs, où ils pouvaient s'entretenir à voix basse. Matt repéra Benito, Steven et Emilia. Ces deux-là se tenaient par la main.

Les gens affluaient, toujours plus nombreux. MacGregor fit son entrée, affichant trente ans de moins que la dernière fois que Matt l'avait vu. Il ressemblait vraiment à Tom, maintenant, et Matt éprouva un accès d'antipathie irraisonné. La fumée des bougies lui faisait tourner la tête ; si au moins il avait pu sortir ! Il rêvait d'aller plonger dans les eaux bleues de la piscine.

– Ne dis rien, lui souffla Celia à l'oreille.

Si elle ne l'avait pas secoué de sa torpeur, il n'aurait pas remarqué l'arrivée de María de l'autre côté du salon. Elle était plus grande, plus mince, et paraissait très adulte dans son étroite robe noire. Ses cheveux retombaient sur ses épaules en un voile chatoyant. Elle portait des boucles d'oreilles en diamants, ainsi qu'un petit chapeau noir au rebord lui aussi orné de diamants. Matt pensa qu'il n'avait jamais vu pareille beauté.

Elle et Tom avançaient en se tenant la main.

Matt sentit Celia lui agripper le bras. Il dardait les yeux sur María, dans l'espoir qu'elle le regarde, qu'elle lâche la main de Tom ou (mieux encore) qu'elle le repousse. Mais la jeune fille se mêla à la foule sans un regard dans sa direction.

El Patrón arriva à son tour, poussé dans son fauteuil par Tam Lin. Mr Alacrán les accompagnait et, pour la première fois depuis le début de la cérémonie, Matt vit les marques d'un vrai chagrin sur le visage de quelqu'un. Le fils du défunt s'inclina sur le cercueil, baisa la dépouille sur le front. L'air agacé, El Patrón fit signe à Tam Lin de le conduire vers l'assemblée afin qu'on pût le saluer.

Matt attendait, tendu. Il brûlait de remercier Tam Lin, mais les circonstances s'y prêtaient fort mal. Sans trop savoir pourquoi, il devinait que le contenu de la cantine métallique tenait du clandestin, de l'interdit, et il ne voulait pas causer d'ennuis au garde du corps. Au bout d'un moment, une porte s'ouvrit et le prêtre entra, suivi de garçons qui balançaient des encensoirs et d'un chœur d'enfants qui chantait.

Leurs voix douces firent taire les conversations dans le salon. On aurait dit une troupe d'anges dans leurs longues tenues blanches. Leurs cheveux étaient proprement peignés, leurs minois rutilants de propreté. Tous avaient environ 7 ans, et tous étaient des eejits.

Matt le comprit au vide qui habitait leur regard. Ils chantaient magnifiquement, sans comprendre ce qu'ils chantaient.

– Arrêt, dit tout bas le prêtre, et ils s'immobilisèrent à la tête du cercueil.

Matt n'avait jamais vu de prêtre, hormis à la télévision. Celia se rendait dans une petite église située à un *mile* dans les champs de pavots. Elle partait à pied, tôt le dimanche matin, avec quelques autres domestiques, sans s'être autorisée à manger, ni même à boire un café, ce qui était pour elle une rude épreuve. Mais jamais elle ne manquait un office. Jamais non plus elle n'emmenait Matt.

– Silence, ordonna le prêtre aux enfants de chœur, qui se turent sur-le-champ.

Il entonna une prière et termina en aspergeant la dépouille d'El Viejo d'eau bénite. L'aspersion ne fit pas de trous dans le costume du défunt, contrairement à l'eau bénite que le

Prêtre Volant projetait sur les démons à la télévision – qui devait ressembler à de l'acide, supputait vaguement Matt.

– Souvenons-nous ensemble de la vie de notre compagnon, déclara ensuite l'officiant d'une voix grave impressionnante.

Il fit signe à l'assistance d'intervenir, mais personne ne prit la parole. Finalement, Mr Alacrán prononça quelques mots, après quoi le prêtre invita chacun à se recueillir devant le cercueil pour adresser son ultime adieu au défunt. Matt leva les yeux vers Celia, dans l'espoir que le moment du départ était venu. Mais celle-ci, le visage sombre et déterminé, le poussa en avant pour rejoindre avec elle la longue file des parents et amis qui défilaient devant la bière.

Qu'est-ce qu'il faut faire maintenant? se demanda Matt. Il essaya d'observer les autres quand ils parvenaient devant le mort. La plupart se contentaient de s'incliner brièvement. Quand Matt et Celia arrivèrent, celle-ci se signa et murmura:

– Puisse le Seigneur se montrer miséricordieux avec vous.

Matt sentit alors une main s'abattre sur son épaule et le tirer hors de la file.

– Qu'est-ce que c'est... que ça? gronda le prêtre.

Il était beaucoup plus grand de près que de loin.

– El Patrón voulait qu'il vienne, plaida Celia.

– *Ça* n'a rien à faire ici! tonna le prêtre. Ce suppôt de Satan non baptisé n'a pas le droit de tourner en dérision nos sacrements! Amènerais-tu un *chien* à l'église?

Dans la file d'attente, les gens ne bougeaient plus, et leurs yeux brillaient d'un amusement mauvais.

– Je vous en prie. Demandez à El Patrón, supplia Celia.

Matt ne voyait pas pourquoi elle cherchait à discuter. Il ne supportait pas tous ces regards qui se délectaient de son humiliation. Il regarda désespérément autour de lui ; hélas, El Patrón était déjà parti.

– Saint François aurait emmené un chien à l'église, intervint María à haute et intelligible voix.

D'où venait-elle ? Matt se retourna pour la découvrir derrière lui. De près, elle était encore plus belle.

– Saint François a invité un loup dans l'église, reprit-elle. Il aimait et respectait tous les animaux.

– María ! tempêta Emilia, qui ne se trouvait pas loin. Dada aura une attaque quand il saura comment tu te conduis.

– Saint François a prêché un loup et l'a convaincu de ne pas manger les agneaux, poursuivit María, ignorant sa sœur.

– Miss Mendoza, répliqua le prêtre, d'un ton beaucoup plus respectueux qu'avec Celia, je ne doute pas que votre père apprécie que vous exprimiez vos opinions mais, croyez-moi, c'est moi l'expert en la matière. Saint François a parlé au loup *à l'extérieur* de l'église.

– Alors, c'est ce que je vais faire aussi, déclara María avec hauteur.

Et elle prit la main de Matt, qu'elle entraîna le long de la file des endeuillés médusés.

– Tu auras de sérieux problèmes quand Dada l'apprendra, lança Emilia.

– Pour t'en assurer, cours vite le lui dire ! rétorqua María.

Matt se sentait vaguement étourdi. Celia ne les avait pas suivis. Il se trouvait absolument seul avec María, guidé à travers les couloirs vers quelque lieu qu'elle devait juger tranquille. Il n'avait conscience que de la douce chaleur de sa main et de son parfum épicé. Ce ne fut qu'une fois à l'abri d'une porte close qu'il se rendit compte qu'ils se trouvaient dans le salon de musique.

María retira son chapeau, se passa la main dans les cheveux et redevint soudain une petite fille.

– Qu'est-ce qu'il fait chaud! Je ne sais pas pourquoi El Patrón est contre l'air conditionné.

– Il veut que tout soit comme dans son village natal, fit Matt.

Sa bonne fortune le laissait pantois. María était là! Avec lui!

– Alors, pourquoi ne fait-il pas venir des rats et des cafards de là-bas? D'après ce que j'ai compris, son village en était infesté.

– Il n'a voulu conserver que les bonnes choses, expliqua encore Matt, qui peinait à sortir de son hébétude.

– Ne perdons pas notre temps avec ça! s'exclama María en l'enlaçant et en lui donnant un gros baiser. Tiens! Ça te prouve que je t'ai pardonné. Mince, ce que tu as pu me manquer!

– C'est vrai?

Matt tenta de l'embrasser à son tour mais elle s'esquiva.

– Alors pourquoi est-ce que tu m'as évité après... après... l'hôpital?

Voilà, il l'avait dit. Il lui avait rappelé le clone de MacGregor.

– C'était un tel choc, répondit María, soudain grave. Je savais... Je ne voulais pas te dire...

– Tu savais quoi?

– Hé, il y a des gens dans le couloir?

Matt percevait lui aussi des bruits qui approchaient. Il entraîna María dans le placard et, après avoir pressé la commande dissimulée, l'entendit étouffer une exclamation quand s'ouvrit le passage secret.

– Comme dans un roman d'espionnage, chuchota-t-elle.

Matt ferma la porte et récupéra la lampe de poche qu'il

laissait près de l'entrée. Ils s'engagèrent dans le passage sur la pointe des pieds, Matt en tête. Au bout d'un moment, il l'autorisa à faire une halte pour reprendre son souffle.

– Il fait encore plus chaud là-dedans que dehors, fit María en s'essuyant le visage.

– Je vais trouver une pièce vide où on pourra se cacher, lui dit Matt.

Quand il lui montra les trous discrets qui permettaient de surveiller différents endroits de la maison, María fut partagée entre répugnance et fascination.

– Ne me dis pas que tu viens ici pour *épier* les gens !

– Non ! répondit Matt, choqué.

Il lui arrivait parfois d'écouter discrètement un dîner auquel on ne l'avait pas convié – ce n'était que rendre la monnaie de leur pièce à ceux qui le rejetaient – mais ce qu'elle suggérait était franchement crasseux, un peu comme de regarder par un trou de serrure.

– Tu me prends vraiment pour un sale type !

– Dis, ce n'est pas moi qui t'ai amené dans un passage secret. À ton avis, qui l'a fait construire ?

Le chuchotement de María produisait un boucan du diable à l'oreille de Matt, qui le chatouillait et lui faisait courir des frissons dans la nuque.

– El Patrón, je suppose.

– C'est bien son genre. Il est tellement paranoïaque qu'il est toujours en train d'espionner les gens.

– Peut-être en a-t-il besoin.

– En tout cas, il ne peut plus venir épier par ces petits trous. Tu l'imagines essayer de se faufiler ici en fauteuil roulant ?

– Ne te moque pas de lui.

– Je ne me moque pas. Franchement. Dis, si on trouvait une sortie avant que je me liquéfie complètement?

Matt renonça à plusieurs pièces, car des gens s'y trouvaient, mais à un coude du passage il se rappela l'existence d'une salle dans laquelle étaient entreposés des ordinateurs et d'autres équipements informatiques. Le tout couvert de housses en plastique. Apparemment, El Patrón avait besoin de ce matériel mais ne voulait pas l'avoir sous les yeux afin de ne pas abîmer sa demeure «à l'ancienne».

Matt aida María à franchir un enchevêtrement de fils électriques pour parvenir dans la pièce plongée dans la pénombre.

– Waouh, il fait frais, ici!

Plus que frais, constata Matt. C'était glacial. Et il flottait une vague odeur chimique. On percevait aussi un souffle d'air et un bourdonnement à peine audible.

– Les ordinateurs ont sans doute besoin d'air conditionné.

– Ça, c'est typique, fit María. Nous pouvons toujours nous ratatiner dans la chaleur, mais les machines ont droit à l'hôtel cinq étoiles.

Avançant sur la pointe des pieds, ils parlaient tout bas. Matt distingua des lueurs sous les housses; le matériel fonctionnait donc. À quoi pouvait-il bien servir?

– Asseyons-nous et parlons, murmura María.

Matt trouva un recoin entre deux engins sous housse où ils auraient peut-être un peu plus chaud. La fraîcheur, d'abord si agréable, devenait pénible.

Ils s'installèrent tout près l'un de l'autre, ainsi qu'ils l'avaient souvent fait autrefois.

– J'ai décidé de te pardonner après avoir lu *Les Petites Fleurs de saint François,* commença María. Tu te rappelles le loup dont j'ai parlé ? Eh bien, c'était un monstre qui terrorisait tout le monde jusqu'à ce que saint François lui passe un bon savon. Ensuite, il devint doux comme un agneau et ne mangea plus que des légumes.

– J'ignorais que les loups puissent digérer les légumes, fit Matt, qui avait étudié la biologie.

– Ce n'est pas la question. Saint François n'a pas dit : « Je vais te punir pour toutes les vilenies que tu as commises. » Il a dit : « Frère Loup, aujourd'hui est un nouveau jour, tournons la page. »

Afin de ne pas gâcher les bonnes dispositions de María, Matt se retenait de dire qu'il n'avait pas empoisonné Bouldepoil et qu'il n'avait pas besoin de pardon.

– Donc, je me suis rendu compte que j'avais été injuste et que je devais te pardonner. Après tout, les loups ne savent pas qu'ils ne doivent pas manger les paysans.

Quand María s'appuya contre lui dans les ombres bleutées qui baignaient la pièce, le cœur de Matt chavira. Elle était si belle, et elle lui avait tellement manqué.

– Merci, dit-il.

– Alors tu dois promettre d'être bon.

– D'accord, acquiesça Matt, qui à cet instant aurait promis n'importe quoi.

– Il faut que ce soit sincère, frère Loup. Pas question de courir au poulailler pour un petit casse-croûte.

– Je promets. Comment dois-je t'appeler ? Sainte María ?

– Oh non ! Je ne suis pas une sainte, j'ai plein de défauts.

– Je ne te crois pas.

María lui raconta comme elle avait du mal à ne pas s'emporter contre Emilia, qu'elle copiait parfois dans le cahier de quelqu'un quand elle avait oublié de faire ses devoirs, et qu'elle mangeait de la crème glacée quand il aurait fallu faire maigre. Comme il ne se préoccupait guère d'être bon, Matt estima que se soucier de cela était une perte de temps.

– Tu as été baptisée? questionna-t-il.

– Oui, quand j'étais bébé. Sans ça, tu ne peux pas aller au paradis.

Du paradis, Matt ne savait pas grand-chose. On parlait beaucoup plus de l'enfer dans les séries télévisées.

– Qu'a voulu dire le prêtre... en me traitant de suppôt de Satan non baptisé?

María se laissa aller contre lui et soupira.

– Oh, Matt. Je suis certaine que saint François n'aurait pas été d'accord avec lui. Tu n'es pas mauvais, seulement...

– Seulement quoi?

– Tu n'as pas d'âme, donc tu ne peux pas être baptisé. C'est le cas de tous les animaux. Je trouve ça injuste et il m'arrive de ne pas y croire. Car que serait le paradis sans les oiseaux ni les chiens ni les chevaux? Et les arbres, et les fleurs? Eux non plus n'ont pas d'âme. Ça veut dire que le paradis ressemble à un parking en béton? Je crois que c'est là ce que les sœurs appellent un problème théologique.

– Les animaux vont en enfer quand ils meurent? demanda Matt.

– Non! Évidemment non! Sans âme, tu ne vas pas là-bas non plus. Je suppose – j'y ai beaucoup réfléchi quand Bouldepoil est mort – que tu disparais, simplement. Comme une bougie qui s'éteint. Je suis sûre que ça ne fait pas mal. Tu es là, et l'instant d'après tu n'y es plus. Oh, ne parlons plus de ça!

Matt s'étonna de la voir pleurer. Ah oui, elle pleurait beaucoup, se rappela-t-il. Il la serra dans ses bras et embrassa son visage strié de larmes.

– Ça m'est égal, murmura-t-il. Si j'avais une âme, j'irais sans doute en enfer.

Ils demeurèrent longtemps sans rien dire. Il faisait si froid qu'ils frissonnaient.

– J'aime vraiment être avec toi, reprit María. Dans mon école, il n'y a personne avec qui parler si facilement.

– Tu n'as toujours pas le droit de venir me voir?

– Dada dit que je dois garder mes distances. Il pense... Oh, non! J'entends à nouveau des bruits de voix.

Ils se relevèrent d'un bond et coururent. María se prit les pieds dans les fils, mais Matt la rattrapa et la propulsa dans le passage secret. La porte se refermait à peine sur leur fuite que l'autre s'ouvrit, à l'autre bout de la pièce. Ils restèrent immobiles pour reprendre haleine.

– Enfin de la chaleur, chuchota gaiement María en se frottant les bras.

Matt tendit l'oreille vers les voix.

– C'est Tom, dit-il doucement.

– Ah bon? Où est le trou? Laisse-moi regarder.

– Je croyais que tu n'aimais pas espionner les gens.

– Rien qu'un coup d'œil. (María colla son œil au judas.) Oui, c'est Tom, confirma-t-elle. Avec Felicia.

Matt pressa l'oreille contre la cloison.

– ... les retrouver... s'ils sont quelque part dans la... maison, disait Felicia de sa voix lente et hésitante.

Matt crut d'abord qu'elle parlait du passage secret, mais il entendit un bruit de chaises qu'on déplaçait, suivi du ronronnement d'une machine.

– Hé, c'est le salon, fit Tom. Il est vide. El Viejo est tout seul.

– Tout le monde s'en fiche, murmura Felicia. Il était... inutilisable.

– Qu'est-ce que tu veux dire? interrogea Tom.

Felicia partit d'un rire aigu et inquiétant.

– Son foie était... fichu, son cœur... desséché. On ne peut pas effectuer de transplantations avec les organes d'un cancéreux.

– Il est tout juste bon pour faire du compost maintenant, commenta Tom en riant, et sa mère rit avec lui.

Matt fut dégoûté. Il avait beau ne pas pleurer El Viejo, il avait de la peine pour la dépouille qui gisait tel un oiseau mort de faim dans son cercueil tapissé de soie. Doucement, il écarta María. Celle-ci ne protesta pas, apparemment aussi choquée que lui par ce qu'elle venait d'entendre.

L'œil au judas, Matt découvrit un grand écran allumé. Il s'aperçut alors qu'il ne s'agissait pas d'un ordinateur, mais d'un genre de caméra. Il reconnut l'image d'El Viejo, dont le nez pointu sortait du cercueil. Puis l'image se brouilla, s'effaça. Tom pressait les boutons de commande.

– Voilà le salon de musique, commenta Felicia.

Matt reconnut le piano à queue, les piles de partitions, et le chapeau noir de María abandonné sur une table.

– Ils étaient là! s'écria Tom.

Et il braqua la caméra dans tous les recoins de la pièce. Ensuite, Felicia prit la relève, avec une maestria qui prouvait son habitude d'utiliser le moniteur de contrôle. Elle passa rapidement en revue toute la maison, faisant même apparaître à l'écran les chambres des domestiques et les celliers. Elle s'arrêta sur l'appartement de Celia. Celle-ci était assise dans un fauteuil, et Tam Lin se trouvait avec elle.

– Où est-ce qu'ils ont pu aller? disait le garde du corps.

Il allait et venait avec cette énergie inépuisable dont Matt se souvenait bien. Sa voix était à peine audible, mais Felicia y remédia en augmentant le volume.

– Peut-être ne sont-ils même plus dans la maison, suggéra Celia.

– Il ne l'aurait pas emmenée là-bas, fit Tam Lin.

– Qu'en sais-tu ? Pour peu qu'il soit aux abois...

– Attention, coupa Tam Lin en regardant ostensiblement l'objectif.

Celia changea de sujet pour parler de l'enterrement.

– La barbe ! s'exclama Tom. Ils sont au courant pour les caméras.

– Tam Lin sait... tout, dit Felicia. El Patrón l'adore.

– Il ne l'aurait pas emmenée *où ?* tempêta Tom.

Et il frappa du poing sur un coin de table. Quelque chose tomba, se cassa. Felicia saisit la main de son fils.

Matt, lui, devinait. Tam Lin avait certainement parlé à Celia de l'oasis secrète. Matt n'avait pas envisagé d'emmener María là-bas, et il ne risquait plus de le faire maintenant que tout le monde le pourchassait.

– Ils pourraient être... dehors, suggéra Felicia.

Elle fit apparaître à l'écran les écuries, la piscine, les jardins. Matt fut surpris de reconnaître le bassin aux lotus où deux ibis étiraient paresseusement leurs ailes.

– Laisse-moi voir, chuchota María.

Matt se mit de côté et pressa de nouveau l'oreille contre la cloison afin de ne rien perdre de la conversation.

– Tu te rappelles ? dit Felicia d'une voix lente et insinuante.

– C'est là que Bouldepoil s'est fait zigouiller, fit Tom.

María retint son souffle. Matt supposa qu'ils visionnaient l'abri de jardin.

– Tu sais, reprit Felicia, j'ai vu... la bestiole, ce jour-là.

– Bouldepoil ? questionna Tom.

Felicia pouffa avant de répondre :

– Je parle du clone. J'ai vu... le merveilleux, le *très doué*

Matt… se glisser hors des appartements des Mendoza… avec un chien dans un sac. *Que se passe-t-il ?* me suis-je demandé, et je l'ai suivi.

Il y eut un silence, puis Tom s'exclama :

– Stupéfiant ! On peut même voir à l'intérieur !

– Il y a des caméras partout. El Patrón avait l'habitude… d'espionner partout. Aujourd'hui, il est trop vieux. Il s'en remet à son équipe de sécurité. Mais ceux-là s'en fichent… à moins qu'il n'y ait des visiteurs. Je passe beaucoup de temps ici.

– Il fait un froid !

– Les appareils fonctionnent… mieux à très basse température. Je mets un manteau et ça va, continua Felicia.

Matt le croyait volontiers. Droguée comme elle l'était…

– Tu as vu Matt tuer le chien ? s'enquit Tom avidement.

Matt fut stupéfait. Pourquoi Tom posait-il cette question alors qu'il avait lui-même commis le crime ? Indignée, María s'agita. Pourvu qu'elle ne se mette pas à les insulter !

– Ce n'est pas Matt… qui l'a fait.

María tressaillit comme si une bête l'avait piquée.

– Oh, il avait pris le laudanum, poursuivit Felicia, mais il… ne l'a pas utilisé.

– Ne me dis pas que le chien a trouvé le flacon et s'est buté tout seul !

– Oh… non…

Felicia s'abîma dans le silence. Il lui fallait parfois plusieurs minutes pour rassembler ses pensées et continuer une conversation. Matt aurait aimé voir la scène, mais il n'avait aucune chance de déloger María à cet instant crucial.

– Je suis allée au bassin aux lotus, reprit enfin Felicia. J'était… en rage… à cause de la façon dont ils t'avaient traité à l'anniversaire. Je voulais tuer cette abomination qu'El Patrón garde à sa botte.

Matt eut froid dans le dos. Il avait ignoré à quel point Felicia le haïssait.

– Mais j'ai dû me contenter de... ce rat crasseux et baveur que María appelait un chien. J'ai chez moi un petit peu de laudanum pour mes nerfs.

Elle en a assez pour anéantir une ville, songea Matt.

– Alors j'ai versé un de... mes flacons sur la viande que ce clone imbécile avait laissée dans la cabane. « Viens, Bouldepoil », j'ai appelé. Il refusait de quitter son sac, mais je... je l'ai fait sortir de force... mis devant la viande... Il a tout avalé.

– Il a mis combien de temps à crever ? demanda Tom.

Matt n'entendit pas la réponse. María glissait vers le sol et il s'élança pour la soutenir. Elle n'émettait pas un son mais tout son corps tremblait, et elle remuait la tête de gauche à droite dans un paroxysme de douleur.

– Il n'a pas souffert, lui murmura Matt à l'oreille. Il n'a même pas su ce qui lui arrivait.

María se cramponna à lui. La lampe de poche que Matt avait appuyée au mur projetait sur son visage un rayon de lumière. Pour finir, elle s'apaisa, et Matt put à nouveau jeter un œil dans la salle des machines. Mais Tom et Felicia étaient partis, et le moniteur avait retrouvé son linceul de plastique.

Ils repartirent dans le passage, María muette sur les pas de son guide. Ils n'avaient pas fait beaucoup de chemin quand ils virent approcher une imposante silhouette tenant une lampe.

– Fieffés petits imbéciles, fit Tam Lin à voix basse. La maison entière bourdonne comme une ruche en folie.

– Comment nous as-tu trouvés ? questionna Matt.

– El Patrón m'a parlé de ce passage. Il se doutait que tu finirais par le découvrir. Bon sang, Matt, María a eu assez de chagrin à cause de toi.

– C'est Felicia qui a empoisonné Bouldepoil, dit María.

– De quoi tu parles? rétorqua Tam Lin, visiblement surpris.

– Je l'ai entendue le raconter à Tom. Elle était si... si contente d'elle. Je ne savais pas que les gens pouvaient être aussi machiavéliques.

Dans sa robe noire, la jeune fille avait l'air d'un spectre. Son visage était couleur de cendre.

– Il faut que tu t'allonges, reprit Tam Lin. Je vais te faire sortir par le bureau d'El Patrón. Il dira que tu es restée chez lui pendant tout ce temps. Il trouve votre escapade plutôt drôle, mais le sénateur Mendoza n'est pas de cet avis.

– Oh, Dada! fit María, comme si elle venait de se rappeler qu'elle avait un père.

– Matt, tu attends ici quelques minutes, ordonna le garde du corps. Dès que le terrain est dégagé, tu sors par où tu es entré.

– Par le salon de musique, dit Matt.

– J'aurais dû m'en douter. Il y avait le chapeau de María.

– Matt, intervint María en s'écartant un instant de Tam Lin, tu m'as laissée te pardonner pour quelque chose que tu n'avais pas fait.

– Un peu d'indulgence ne nuit pas, fit Matt, citant l'un des dictons favoris de Celia.

– Ça t'a peut-être amusé de me voir me ridiculiser, reprit María, retrouvant une once d'humour.

– Je ne t'ai jamais trouvée ridicule, assura Matt.

– En tout cas, je regrette d'avoir été injuste envers toi.

– On ne peut pas lanterner ici, dit Tam Lin.

– J'espère que tu tiendras ta promesse d'être bon, continua-t-elle.

– D'accord, acquiesça Matt.

– Et aussi, frère Loup, tu vas me manquer.

Cette fois, María laissa Tam Lin l'entraîner dans le passage secret. Matt écouta mourir le bruit de ses pas.

LE CAMP DES EEJITS

Les Mendoza partirent immédiatement quand María, pâle et triste, fut sortie des appartements d'El Patrón. Ce dernier leva le camp peu après avec ses gardes du corps.

Matt se retrouvait à nouveau seul. Mais, s'il ne pouvait plus parler à María ni à Tam Lin, savoir que ceux-ci l'aimaient changeait tout. Il s'absorba dans l'étude de sujets susceptibles de trouver grâce à leurs yeux. Pour Tam Lin, il lut des manuels de survie et, pour plaire à María, un gros ouvrage déroutant sur saint François.

Saint François aimait tout le monde, depuis les bandits meurtriers jusqu'aux mendiants couverts de plaies purulentes (une image du livre en représentait un). Il invitait une cigale à se poser sur son doigt et lui disait: «Bienvenue, sœur Cigale. Glorifie Dieu par ton chant merveilleux.» Saint François parlait à tout le monde – au frère Soleil et à la sœur Lune, au frère Faucon et à la sœur Alouette –, ce qui donna à Matt le sentiment réconfortant que l'univers n'était qu'une grande famille aimante, très différente des Alacrán.

Sauf que… saint François aurait-il dit «frère Clone»?

Les douces pensées de Matt s'évanouirent. Il n'appartenait pas à l'ordre naturel. Il était une abomination.

Où qu'il se trouve, il ne pouvait se débarrasser de la sensation d'être observé. Par les gardes chargés de la sécurité, certainement, mais pire: par Felicia. Elle était aussi affreuse que Tom, seulement personne ne le soupçonnait tant elle paraissait humble. Elle rappelait à Matt certaines méduses capables de paralyser un nageur. Pourquoi ne s'était-il pas rendu compte qu'elle le haïssait?

Pour être honnête, la plupart des gens le haïssaient. La belle affaire. Mais sa malveillance à elle constituait une catégorie à part.

Une fois par semaine, Matt se rendait aux écuries et demandait un Cheval Sûr. Avant de partir, chaque fois, il essayait d'avoir une conversation avec Rosa. Il ne l'aimait pas et ne savait trop pourquoi il voulait la réveiller, simplement c'était horrible de la voir changée à ce point. Comme il avait lu que des personnes dans le coma entendaient tout ce qu'on disait autour d'elles et avaient besoin des voix pour garder leur cerveau en vie, il racontait à Rosa tout ce qu'il avait vu et fait durant la semaine. Mais elle répondait invariablement:

– Souhaitez-vous un autre cheval, maître?

Après une petite heure de monologue, Matt chevauchait vers l'oasis.

– Bonjour, frère Soleil, lançait-il. Ça ne te dérangerait pas de brûler un peu moins?

Frère Soleil l'ignorait.

– Bonne journée, frères Pavots, disait-il à l'océan blanc aveuglant.

– Salut, frères et sœurs Eejits, murmurait-il aux ouvriers pliés vers la terre.

Un des aspects les plus stupéfiants chez saint François et ses disciples était leur renoncement à toute possession matérielle. Le saint n'avait de cesse de se débarrasser de sa chemise et de ses sandales chaque fois qu'il voyait un pauvre qui en était dépourvu. L'un de ses amis était plusieurs fois rentré chez lui tout nu. Matt songeait qu'El Patrón aurait eu une crise cardiaque si on lui avait suggéré de distribuer ses biens.

Une fois franchi le trou dans le rocher, c'était comme arriver dans un autre monde. Les faucons tournoyaient majestueusement dans le ciel bleu azur, les lièvres se tapissaient à l'ombre des immortelles, les poissons grignotaient le pain que leur tendaient ses doigts, les coyotes s'aventuraient pour saisir les morceaux de sandwich qu'il leur lançait. Personne parmi eux ne se préoccupait de savoir s'il était un humain ou un clone.

Il étalait un duvet sous la treille, prenait une couverture roulée pour oreiller, disposait son thermos de jus d'orange à portée de main et choisissait un livre. Ça, c'était vivre ! L'air embaumait discrètement du parfum des immortelles et des fleurs jaunes des caroubiers. Une grosse guêpe noire aux ailes écarlates voletait au-dessus du sable puis se mettait à le fouiller furieusement à la recherche des araignées qui constituaient ses proies de prédilection.

– Salut, sœur Guêpe.

Un jour, Matt ouvrit *Une histoire d'Opium*, l'un des livres que Tam Lin lui avait laissés dans la malle. Il s'attendait à un traité agricole ; or le contenu se révéla très différent et plus intéressant. Opium, expliquait l'ouvrage, était un pays, une longue bande de terre étroite qui s'étirait entre les États-Unis et Aztlán. Cent ans auparavant, il y avait eu des tensions entre les États-Unis et Aztlán, pays qui à l'époque s'appelait le Mexique. Matt se rappelait vaguement avoir entendu Celia en parler. Des milliers et des milliers de Mexicains avaient franchi la frontière en quête de travail. Il était question d'un trafiquant de drogue du nom de Matteo Alacrán…

Matt se redressa. C'était le nom d'El Patrón ! Voilà un siècle, il devait être un homme fort et actif.

Cet individu, continuait le livre, était l'un des hommes

les plus riches et les plus puissants du monde, bien que son commerce fût illégal.

La drogue, illégale ? s'interrogea Matt. *Quelle drôle d'idée.*

Matteo Alacrán s'allia avec les autres trafiquants puis prit contact avec les dirigeants des États-Unis et du Mexique. « *Vous avez deux problèmes,* leur déclara-t-il. *D'abord, vous ne pouvez pas contrôler vos frontières, ensuite vous ne pouvez pas nous contrôler.* »

Il leur conseilla de faire fusionner les deux difficultés. Si les deux pays renonçaient à un peu de terre le long de leur frontière commune, les trafiquants y installeraient les Domaines et arrêteraient le flux d'Illégaux. En contrepartie, les trafiquants promettraient de ne pas vendre leur drogue aux citoyens des États-Unis comme du Mexique. Ils limiteraient leur négoce à l'Europe, l'Asie et l'Afrique.

C'était un pacte signé en enfer, disait le livre.

Matt interrompit sa lecture pour réfléchir. Il ne voyait pas ce qui clochait dans ce plan. Apparemment, les promesses du contrat avaient été tenues. Il regarda la couverture de l'ouvrage. L'auteur s'appelait Esperanza Mendoza, l'éditeur était la Société antiesclavagiste de Californie. À présent qu'il y regardait de plus près, il se rendait compte que l'ouvrage était imprimé sur un papier jaunâtre de mauvaise qualité – ce qui ôtait du sérieux au propos tenu. Il reprit sa lecture.

Au début, expliquait le livre, Opium se résumait à un no man's land, mais au fil des ans il avait prospéré. Différentes zones étaient contrôlées par différentes familles, à la façon des royaumes de l'Europe médiévale. Une assemblée des Propriétaires avait été créée, qui s'occupait des relations internationales et maintenait la concorde entre les divers Domaines. Si la plupart des familles régnaient sur de petits fiefs, deux d'entre eux étaient suffisamment grands pour imposer leur loi : celui des MacGregor, installés sur des terres proches de San Diego, et celui des Alacrán, vaste empire qui englobait le centre de la Californie, l'Arizona et le Nouveau-Mexique.

Peu à peu, Opium s'était transformé en un véritable pays dont le chef suprême, le dictateur, le führer était Matteo Alacrán.

Matt interrompit à nouveau sa lecture afin de savourer les termes. Son cœur se gonflait d'orgueil. Il ignorait ce qu'était un führer, mais c'était à l'évidence quelque chose de très bien.

On ne pourrait que difficilement imaginer individu plus nuisible, pervers, intéressé, écrivait Esperanza au paragraphe suivant.

Matt jeta le livre aussi violemment qu'il le put. Celui-ci alla atterrir dans l'eau, ouvert. Comment osait-elle insulter El Patrón ! Ce génie ! Combien d'hommes étaient-ils capables de construire un pays à partir de rien, en particulier un être aussi pauvre que l'avait été El Patrón ? Esperanza était mue par la jalousie, tout simplement.

Néanmoins, Matt se releva pour aller sauver le livre avant qu'il soit fichu. Tam Lin le lui avait donné, cela le rendait précieux. Il le sécha soigneusement et le rangea dans la cantine métallique.

Sur le chemin du retour, il s'arrêta à la station d'épuration pour s'entretenir avec le contremaître. Depuis le départ de Tam Lin, Matt avait mûrement réfléchi à l'excellente éducation qu'il avait reçue et n'imaginait pas passer le restant de ses jours à jouer l'animal de compagnie exotique. El Patrón ne gaspillait pas son argent de la sorte.

Non, se disait-il, le vieil homme le destinait à mieux. N'étant pas humain, il n'aurait jamais la position de Benito ou Steven, mais il pouvait les aider. Aussi avait-il commencé à s'intéresser au fonctionnement d'un empire de l'opium. Il apprit comment la plante était cultivée, transformée, commercialisée. Il vit comment l'on déplaçait les eejits d'un champ à l'autre, à quelle fréquence on les faisait boire et à combien de boulettes de nourriture ils avaient droit.

Quand c'est moi qui dirigerai – il s'empressa de corriger sa pensée : *Quand je seconderai celui qui dirigera, je libérerai les eejits.* L'opium pouvait certainement être cultivé par des individus normaux, peut-être pas aussi efficaces, mais tout était préférable à une armée d'esclaves décérébrés. C'était son opinion depuis qu'il avait observé Rosa.

Il questionna le responsable sur l'alimentation en eau du domaine Alacrán. L'eau était puisée dans le golfe de Californie, à des centaines de *miles*, et acheminée par des conduites souterraines, mais elle sentait affreusement mauvais avant d'être purifiée.

Le contremaître évitait de regarder Matt dans les yeux. Si comme la plupart des humains il n'aimait pas parler aux clones, par ailleurs il ne voulait pas non plus encourir la colère d'El Patrón.

– Pourquoi l'eau sent-elle mauvais ? interrogea Matt.

– Les poissons crevés. Les produits chimiques, répondit l'homme sans lever les yeux.

– Mais vous les enlevez.

– Oui.

– Où est-ce que vous les mettez ?

– Dans les terres en friche, fit l'homme, qui continuait de s'en tenir aux plus brèves réponses.

Matt regarda vers le nord, dans la direction que désignait le contremaître. Une brume de chaleur tremblotante montait du désert, derrière laquelle on distinguait les formes géométriques de ce qui pouvait être des bâtiments.

– Là-bas ? fit Matt, perplexe.

– Oui, conclut son interlocuteur.

Désireux d'en avoir le cœur net, Matt fit tourner bride à son cheval et se dirigea vers le nord. L'odeur devenait si pestilentielle qu'il craignit d'avoir une crise d'asthme et vérifia qu'il avait bien sur lui son inhalateur.

Il s'agissait en effet de bâtiments, qui s'étiraient sur de longues rangées, percés ici et là de portes et de petites fenêtres sombres, obstruées par des barreaux. Les toits étaient si bas que Matt se demanda comment on pouvait tenir debout à l'intérieur. Était-ce là que vivaient les eejits ? L'idée était effroyable.

Plus Matt s'approchait, plus la puanteur devenait insoutenable. Mélange de poisson pourri, d'excréments, de vomi, auquel s'ajoutait une odeur chimique, douceâtre, pire que toutes les autres réunies.

Matt eut recours à son inhalateur. Il savait qu'il aurait dû repartir sur-le-champ mais les bâtiments étaient trop intrigants. Partout, il distinguait des squelettes de poissons et des coquillages enfoncés dans le sol. À croire que tout le camp avait été construit sur les déchets du golfe de Californie.

Matt fit le tour de l'un des baraquements, puis descendit dans une dépression de terrain qui avait dû servir au départ de décharge. L'odeur fétide était telle que ses yeux en pleuraient, et c'était à peine s'il parvenait à distinguer l'épaisse boue jaunâtre qui stagnait au fond du creux. Le cheval trébucha. Ses jambes se dérobèrent sous lui, et son cavalier dut se cramponner à son cou pour ne pas être catapulté dans la fange.

– Debout ! Debout ! ordonna-t-il.

Mais le cheval, incapable d'obéir, demeura au sol, les jambes pliées. Matt à son tour fut pris de vertige. Il se dégagea de la selle et aspira désespérément son inhalateur. Ses poumons s'emplirent de liquide. La terreur de la noyade l'envahit et il tenta de ramper hors de la fosse infecte. Ses doigts s'enfonçaient dans la pourriture visqueuse.

Soudain, deux mains le soulevèrent, le transportèrent sur une courte distance et le jetèrent à l'arrière d'un véhicule. L'engin se mit à rouler dans un nuage de poussière qui fit tousser le garçon. Alors qu'il essayait de se redresser, un pied botté s'écrasa sur sa poitrine.

Effrayé, il rencontra alors le regard le plus froid qu'il ait jamais vu. D'abord, il crut reconnaître Tam Lin, mais l'individu était plus jeune et plus mince. Il avait les mêmes cheveux châtains ondulés, des yeux également bleus, dégageait une énergie semblable, mais ne possédait pas la bonne humeur du garde du corps.

– Où est-ce que t'as pris un cheval? aboya l'homme. Où est-ce que t'as trouvé assez de cervelle pour filer?

– C'est pas un eejit, Hugh, fit une autre voix.

Matt tourna la tête pour découvrir un autre homme, copie conforme du premier.

– Alors t'es un Illégal, gronda Hugh. Je crois qu'on va t'amener à l'hôpital et te faire désactiver le cerveau.

– Faites ça... haleta Matt.

Son cœur battait à toute allure. Il avait peur, mais Tam Lin lui avait enseigné le danger de se montrer faible. *Tiens-toi comme si tu maîtrisais la situation,* avait dit le garde du corps, *et neuf fois sur dix tu t'en tireras. La plupart des gens sont lâches au fond.* Matt comprit que ces hommes appartenaient à la Patrouille de surveillance du Domaine. D'après les histoires que racontait Celia, ils étaient redoutables.

– Faites ça, répéta Matt, et je dirai au docteur comment vous avez traité le clone d'El Patrón.

– Tu dis quoi ? fit Hugh en levant le pied de sa poitrine.

– Je suis le clone d'El Patrón. Je suis passé à la station d'épuration et je me suis perdu. Tenez, emmenez-moi à la Grande Maison et je lui enverrai un message.

Matt était loin d'éprouver l'assurance qu'il affichait mais, pour avoir souvent observé El Patrón quand celui-ci donnait des ordres, il savait imiter son ton cassant, implacable.

– Mince ! Y parle même comme le vieux vampire, dit l'autre homme.

– La ferme, grogna Hugh. Ben, on vous attendait pas dans les parages, maître... euh... maître... comment faut vous appeler ?

– Matteo Alacrán, fit Matt, et il fut content de voir tressaillir les deux gardes.

– On ne vous attendait pas par ici, maître Alacrán, vous étiez dans le camp des eejits, alors l'erreur peut s'expliquer...

– Vous ne vous êtes pas demandé ce que je faisais là ? reprit Matt, les yeux légèrement plissés à la façon d'El Patrón lorsqu'il voulait se montrer particulièrement menaçant.

– On aurait dû, m'sieur. On est vraiment très, très désolés. On vous ramène tout droit à la Grande Maison, et on vous supplie humblement de nous pardonner. Pas vrai, Ralf ?

– Oh, ouais, ouais, fit le second.

– Que devient mon cheval ?

– On va s'en occuper.

Ralf cogna à la cabine de la camionnette. Une fenêtre s'ouvrit et il lança ses instructions à l'intérieur.

– On appelle une patrouille par radio, qu'ils aillent chercher le canasson. Il a cané à cause de l'air mort, m'sieur, il risque de pas s'en tirer.

– L'air mort ? répéta Matt, suffisamment surpris pour laisser tomber son numéro d'imitation d'El Patrón.

– Ça arrive des fois autour de ce trou. L'air ne bouge plus et les dioxydes de carbone s'accumulent. C'est comme d'être dans une mine.

– J'ai perdu un frangin comme ça, fit Hugh.

– On s'en rend pas compte avant qu'il soit trop tard, reprit Ralf. En général, y a pas de problème pour le camp, mais les nuits où y a vraiment pas d'air on fait dormir les eejits dans les champs.

– Pourquoi on ne nettoie pas cette fosse ? s'étonna Matt.

L'idée parut sincèrement surprendre Ralf.

– Parce qu'on a toujours fait comme ça, maître Alacrán. Les eejits s'en fichent.

C'est vrai, songea Matt. Même se sachant exposés au danger, les eejits ne fuiraient que si on le leur ordonnait.

À présent que Matt avait manifestement accepté leurs excuses, les deux hommes se montraient presque amicaux. Ils ne se comportaient pas comme la plupart des gens quand ils apprenaient que Matt était un clone. Ils étaient circonspects mais pas hostiles. À vrai dire, ils se tenaient comme Tam Lin.

– Vous êtes écossais ? interrogea Matt.

– Oh non, répondit Hugh. Ralf vient d'Angleterre, et moi, du pays de Galles. Quoique Wee Wullie qui est au volant est écossais, c'est vrai. Mais on aime tous le foot et la bagarre.

Matt se rappela ce qu'avait dit El Patrón, voilà longtemps, à propos de Tam Lin et Daft Donald : *J'ai ramassé ce tandem en Écosse, ils faisaient le coup de poing à la sortie d'un match de foot. Recrute toujours tes gardes du corps dans un autre pays, Matt. C'est plus difficile pour eux de nouer des alliances et de te trahir.*

– Le foot a l'air de ressembler à la guerre, fit Matt.

Les deux hommes se mirent à rire.

– Oui, p'tit gars, c'est bien ça, acquiesça Hugh.

– Ce qu'y a de bien dans le foot, reprit Ralf, le regard soudain lointain, c'est qu'on prend autant de plaisir au match qu'aux à-côtés.

– Quels à-côtés ? questionna Matt.

– Tout ce qui entoure la partie… les préparatifs, le baratin, la cohue des supporteurs dans les trains…

– Les fiestas, renchérit Hugh, l'expression rêveuse.

– Les fiestas, approuva Ralf. On se retrouve en bande avec les potes au pub, et on picole jusqu'à ce que le patron nous jette dehors.

– S'il arrive à nous virer, corrigea Hugh.

– Et puis, que ce soit avant ou après, on fait le coup de poing contre les supporteurs de l'autre équipe. Là, évidemment, faut leur mettre les points sur les i.

– Ça, c'est la bagarre, supputa Matt.

– Oui. Rien de plus chouette, surtout quand on gagne, fit Ralf.

La camionnette suivait une route en zigzag au milieu des champs de pavots. Matt aperçut les mêmes eejits que ceux qu'il avait vus le matin, toujours penchés sur les téguments mûrs, mais il n'avait plus envie de les appeler frères. Ils n'étaient pas ses frères et ne le seraient jamais tant que leur cerveau serait neutralisé.

– Si vous aimiez tant que ça votre vie là-bas, pourquoi êtes-vous venus ici ? demanda-t-il aux deux hommes.

Ils perdirent leur expression songeuse ; leurs regards devinrent froids et distants.

– Des fois… commença Hugh, puis il se tut.

– Des fois la bagarre va trop loin, termina Ralf à sa place. C'est bien de tuer des gens dans une guerre, là tu deviens un héros. Mais au foot… normalement, faut serrer la main de l'ennemi, à la fin.

– Lui embrasser son fichu derrière, plutôt, précisa Hugh avec dégoût.

– Et ça ne nous plaisait pas à nous, voilà.

Matt pensa avoir compris. Hugh, Ralf, et Wee Wullie qui conduisait la camionnette, étaient des assassins. Les candidats idéals pour la Patrouille, obligés d'être dévoués corps et âme à El Patrón, sinon celui-ci les remettait entre les mains de la police quelconque qui les recherchait.

On apercevait maintenant les jardins luxuriants et les toits de tuiles rouges de la Grande Maison. Rien n'était plus à l'opposé des longues baraques basses où vivaient les eejits – enfin, quand ils ne dormaient pas dans les champs pour éviter d'être asphyxiés.

– Est-ce que Tam Lin a tué quelqu'un ?

Matt n'avait pas tellement voulu poser cette question, mais c'était peut-être sa seule chance de savoir.

Hugh et Ralf échangèrent un regard.

– Lui, il est à part, fit Ralf. C'est un putain de terroriste.

– Comprends pas pourquoi El Patrón lui fait confiance à ce point, ajouta Hugh.

– Y sont comme père et fils…

– Vas-y mollo ! coupa Hugh. T'oublies à qui on cause ?

La maison approchait, et Matt craignit qu'on ne le dépose avant qu'il ait appris le fin mot de l'histoire.

– Qu'est-ce qu'il a fait ? pressa-t-il.

– L'a seulement posé une bombe devant la crèche du Premier ministre à Londres, expliqua Hugh. C'était un nationaliste écossais. Voulait ramener le beau prince Charlie ou un autre gros lard dans le genre. Lui, au contraire de nous, c'est pas la bière qui le poussait.

– Non, approuva Ralf. Il est plusieurs crans au-dessus de nous avec sa belle morale et sa conscience sociale.

– Dommage qu'un car scolaire ait stoppé au mauvais moment, continua Hugh. L'explosion a tué vingt mioches.

– C'est à ça que ça mène, la conscience sociale, conclut Ralf en aidant Matt à descendre.

La camionnette repartit aussitôt – les hommes semblaient pressés de s'éloigner, ou peut-être leur était-il interdit de se montrer dans les parages civilisés de la résidence d'El Patrón.

– Réveille-toi, lança Celia, si près de l'oreille de Matt qu'il en tomba du lit.

– Qu'est-ce qu'il y a ?

Celia le débarrassa du drap dans lequel il s'était empêtré et le mit debout. Même s'il était à présent aussi grand qu'elle, elle était bien plus forte, sans doute pour avoir manipulé d'énormes marmites pendant tant d'années. Elle le poussa dans la salle de bains.

– Il faut que je m'habille ? demanda Matt.

– Pas le temps. Lave-toi juste la figure.

Il s'aspergea le visage dans l'espoir de se réveiller. Il était allé tout droit au lit après que la Patrouille l'eut ramené. L'air vicié qu'il avait respiré au camp des eejits l'avait rendu malade.

Il avait en tête deux visions contradictoires de la Patrouille et cela le perturbait. Avant qu'il ne rencontre ces hommes, Celia lui avait farci l'esprit d'histoires à vous glacer les sangs. Des créatures de la nuit, disait-elle, comme le *chupacabras*. Ils infestaient les sentiers qui débouchaient des montagnes Ajo et pourchassaient leurs proies avec des lunettes à infrarouge.

Matt se rappelait le regard froid de Hugh quand celui-ci l'avait plaqué au fond de la camionnette. À ses yeux – à ce moment-là, du moins –, Matt n'était qu'un rat qu'on écrase.

Mais une fois qu'il avait dit son nom, Matteo Alacrán, les membres de la Patrouille s'étaient mués en braves garçons, prêts à aller boire un verre au pub avec une petite bagarre en guise de dessert.

C'est ça, se reprit Matt. *Et Tom est l'ange Gabriel.*

– Dépêche-toi ! C'est important ! cria Celia de l'autre côté de la porte.

Matt s'essuya les mains et sortit.

– Prends une quesadilla avant de partir.

Effet de son imagination ? La main de Celia semblait trembler lorsqu'elle lui tendit l'assiette.

– Je n'ai pas faim, dit-il.

– Mange ! La nuit va être longue.

Elle se planta près de la table pour le regarder mâcher laborieusement, et lui fit avaler jusqu'à la dernière miette. La sauce avait un drôle de goût, ou peut-être étaient-ce les suites de son exposition à l'air pollué. Il se sentait encore nauséeux. Il était allé se coucher avec un goût métallique dans la bouche.

À l'instant où ils sortaient de l'appartement, ils furent accueillis par deux gardes du corps qui les entraînèrent au pas de course. Il devait être très tard, car les couloirs étaient vides.

Ils dévalèrent les marches du perron, s'engagèrent dans un chemin sinueux à travers les jardins obscurs, puis atteignirent la limite du désert. Matt jeta un coup d'œil en arrière, vers le manoir aux colonnes blanches et aux orangers illuminés. Son pied nu écrasa l'une des redoutables ronces qui pullulaient dans le coin.

– Aïe !

Il s'accroupissait pour ôter l'épine quand les gardes le saisirent. Ce fut alors qu'il comprit où on l'emmenait.

– L'hôpital !

– Tout va bien, *mi vida,* fit Celia.

Mais il ne semblait pas que tout allât bien. Sa voix était blanche.

– Je ne suis pas malade ! protesta Matt.

Il n'était pas retourné à l'hôpital depuis qu'il avait vu la chose sur le lit.

– C'est El Patrón qui est malade, dit l'un des gardes.

Matt cessa aussitôt de se débattre. Il était tout à fait naturel qu'on le conduise à El Patrón. Il aimait El Patrón, et sans doute le vieillard souhaitait-il le voir s'il était très malade.

– Qu'est-ce qu'il a eu ?

– Une crise cardiaque, grogna le garde.

– Il n'est pas... mort ?

– Pas encore.

Sous le choc, Matt se sentit brusquement très faible. Sa vision se troubla, son cœur s'affola. Il tourna la tête et vomit.

– Qu'est-ce que... ? s'écria l'un des gardes. Bon sang ! Regarde dans quel état il a mis mon costard !

Matt ne se souciait plus de l'épine plantée dans son pied. Des problèmes pires le submergeaient. Son estomac dansait comme s'il avait avalé un cactus. Sa vue clochait complètement : d'étranges couleurs grouillaient sur les murs de l'hôpital.

Des garçons de salle l'étendirent sur un brancard, l'emmenèrent très vite dans un couloir puis le transférèrent dans un lit. Quelqu'un cria :

– Son rythme cardiaque s'emballe !

Et quelqu'un d'autre lui planta une aiguille dans le bras. À partir de là, Matt ne sut plus distinguer la réalité du cauchemar. Il se croyait au fond de la fosse, dans le camp des eejits, englué dans la fange jaune. Il vomit à nouveau, puis encore, jusqu'à ne plus rendre qu'un filet de bile. Il vit Bouldepoil assis au pied du lit, qui le regardait avec un air de reproche. Le chien avait-il souffert de la sorte après avoir ingéré le laudanum ?

Ensuite, ce fut saint François qui s'assit au pied du lit. *Frère Loup,* disait-il, *tu as fait tant de mal que tout un chacun te tient pour son ennemi. Pourtant, je peux être ton ami.*

Bon. D'accord, pensa Matt.

La silhouette de saint François céda la place à celle de Tam Lin. Le garde du corps paraissait éteint, abattu. Il inclina la tête, comme en prière – Matt était loin de l'imaginer se livrant à cette activité.

Une pâle lueur bleutée illumina la fenêtre. L'aube venait, et les horreurs de la nuit refluaient. Matt déglutit. La gorge le brûlait et il n'était pas certain de pouvoir parler.

– Tam Lin, croassa-t-il.

Le garde du corps releva la tête en sursaut, l'air – Matt ne put le définir tout à fait – à la fois soulagé et malheureux.

– Ne parle pas avant d'y être obligé, bonhomme.

– El Patrón? murmura Matt.

– Son état est stable. Ils ont dû lui faire une transplantation d'appoint. C'est-à-dire qu'on place un autre cœur à côté du sien, pour réguler le rythme. Le donneur était... le cœur était... trop petit pour faire le boulot tout seul.

Matt se rappela l'avoir appris: quand quelqu'un mourait dans un accident, ses organes servaient à sauver les vies de gens malades. Si le cœur greffé à côté de celui d'El Patrón était petit, sans doute venait-il d'un enfant. Peut-être était-ce cela qui attristait Tam Lin.

– Je suis allé dans... le camp des eejits, commença Matt.

Il dut s'interrompre pour laisser s'apaiser la douleur de sa gorge.

– M'a rendu malade. La Patrouille... m'a trouvé.

– Tu es allé dans les terres en friche? explosa Tam Lin. Bon dieu! Pas étonnant que ton cœur se soit détraqué! Le coin est gorgé de saloperies chimiques. Tu dois me promettre de ne jamais, *jamais* retourner là-bas.

Matt fut abasourdi par la colère du garde du corps. Comment pouvait-il savoir où se trouvaient les dangers si personne ne l'avertissait? Malgré ses efforts pour faire bonne figure, les larmes lui vinrent aux yeux.

– Zut, excuse-moi, reprit Tam Lin. Je ne devrais pas te crier dessus quand tu es dans cet état. Écoute, tu as fait une chose stupide en allant rôder dans le camp des eejits, mais il faut croire que ce n'était pas une erreur si grave. On dit que les anges gardiens guident les pas des idiots.

Il regarda Matt avec curiosité, comme s'il voulait ajouter autre chose

– Je suis désolé, murmura Matt.

– D'accord. Celia fait le pied de grue dehors depuis des heures. Tu te sens d'endurer quelques pleurnicheries?

– Si tu m'enlèves... cette épine dans le pied, croassa Matt.

Tam Lin écarta les couvertures et repéra tout de suite le problème.

– Les parfaits crétins, grogna-t-il. Trouveraient pas de l'eau dans la mer.

Il ôta l'épine, puis nettoya le pied avec de l'alcool.

Matt brûlait de le questionner. Lui demander par exemple *Tu es malheureux d'avoir tué vingt enfants?* Ou encore *Pourquoi étais-tu fâché pour Bouldepoil alors que tu as fait bien pire?* Hélas, il fallait plus de confiance que n'en avait Matt pour affronter Tam Lin.

Les pleurnicheries étaient bien au programme de Celia. Elle versa des larmes et gémit jusqu'à ce que Matt s'énerve. D'un autre côté, c'était agréable de se sentir aimé. Mieux encore, elle attaqua les garçons de salle comme une tigresse.

– On n'a plus besoin de lui ici! cria-t-elle à la fois en anglais et en espagnol.

Matt fut chargé sur un brancard et, dans l'air frais et doux de l'aurore, ramené jusqu'au logement de Celia. Celle-ci s'empressa de le mettre au lit et le veilla toute la journée.

Le cœur d'appoint d'El Patrón remplissait vaillamment sa fonction, mais manifestement le vieillard avait franchi une sorte d'étape. Il ne se promenait plus inlassablement dans son fauteuil roulant électrique. Des kinésithérapeutes avaient beau faire travailler ses bras et ses jambes pour empêcher la fonte musculaire, quelque chose de vital s'était éteint.

Autrefois, il aurait éclaté de rire si Tam Lin lui avait raconté comment ses ennemis dans les gouvernements des États-Unis ou d'Aztlán avaient pâti de scandales ou trouvé la mort dans d'étranges accidents; à présent, il se contentait de hocher la tête. Ces plaisirs-là n'étaient plus pour lui, et il lui en restait peu à l'âge de 148 ans.

Un jour, Tam Lin fit apporter des joyaux du colossal trésor de cadeaux que le vieil homme avait amassé. El Patrón plongea ses doigts noueux dans un coffret de diamants et soupira:

– Finalement, ce ne sont que des cailloux.

– Ils sont très beaux, dit Matt, qui passait ces temps-ci beaucoup de temps au chevet d'El Patrón.

– Je ne vois plus la vie en eux. Le feu qui poussait des hommes à partir en guerre pour eux a disparu.

Matt comprit que ce qui avait déserté El Patrón n'était pas le sentiment de la beauté des pierres, mais la joie qu'il éprouvait autrefois à posséder de belles choses. Il eut du chagrin pour le vieil homme et ne sut comment le réconforter.

– Saint François dit qu'il est bien de donner ses richesses aux pauvres, avança-t-il.

Le changement qui se produisit alors chez El Patrón fut extraordinaire. Il se redressa dans son lit, les yeux étincelants, vibrant d'une énergie jaillie d'on ne savait où.

– Donner… donner… ses richesses? s'écria-t-il avec une voix d'homme plus jeune d'un siècle. Donner ses richesses? Est-il possible d'entendre une chose pareille? Ce qu'on a pu t'apprendre!

– Ce n'était qu'une suggestion, bredouilla Matt, atterré par cette réaction. Saint François vivait il y a très, très longtemps.

– Donner ses richesses? répéta le vieillard. Et c'est pour ça que je me serais sorti du Durango? Pour ça que j'aurais bâti un empire plus formidable que celui d'El Dorado? El Dorado se baignait chaque jour dans de la poussière d'or. Tu le savais?

Matt savait. El Patrón le lui avait dit au moins une vingtaine de fois.

– Il se tenait sur le perron de sa maison en or, poursuivit El Patrón, les yeux brillants, et ses domestiques le saupoudraient de métal précieux jusqu'à ce qu'il brille comme le soleil. Son peuple le vénérait comme un dieu.

À présent, le vieillard était parti dans l'imaginaire, et ses yeux contemplaient au loin les jungles où avait vécu son roi de légende.

Plus tard, Tam Lin félicita Matt pour son ingéniosité.

– Ça lui a remis un peu de rouge aux joues, ton idée qu'il distribue son magot de dragon. J'ai été trop coulant avec lui. En fait, il avait besoin d'un bon coup de pied au derrière.

– C'est quoi, un magot de dragon? s'enquit Matt.

Tam Lin et lui se trouvaient dans le jardin de Celia, à partager un pichet de citronnade. Le garde du corps avait rarement eu le loisir de venir depuis l'opération du cœur d'El Patrón. Or, maintenant, grâce à la remarque inconsidérée de Matt, le vieux mettait la maison sens dessus dessous. Tam Lin affirmait qu'il comptait les petites cuillères.

– C'est ce qu'un dragon amasse en pillant les châteaux, expliqua Tam Lin. Il entasse son butin dans une grotte profonde et obscure dans les montagnes, et la nuit il dort dessus. C'est sûrement très inconfortable avec toutes ces dagues incrustées de pierres précieuses et tout le reste. Remarque, le dragon est couvert d'écailles, il ne sent rien.

Matt adorait lorsque Tam Lin lui racontait des choses qu'il avait dû entendre dans son enfance. Sa voix devenait alors douce, presque musicale. Matt l'imaginait petit garçon, bien avant les événements qui lui avaient fait ce nez tordu et l'avaient couvert de cicatrices de la tête aux pieds.

– Est-ce que cela rend le dragon heureux? demanda Matt.

– Si ça le rend heureux? Fichtre, je n'y ai jamais réfléchi. Je suppose que oui. Quel autre plaisir peut avoir une créature dont la vie consiste à rendre tout le monde malheureux? Mais, pour continuer, le truc le plus stupéfiant chez les dragons, c'est qu'ils savent quand la moindre pierraille, même minuscule, a disparu de leur trésor. Ils peuvent être plongés dans un sommeil profond, mais, pour peu qu'un crétin se glisse dans la grotte au milieu de la nuit et prenne rien qu'une piécette, le dragon se réveille. Là, tu ne voudrais pas être à la place du crétin en question. Le dragon te l'incendie raide pour n'en laisser qu'un petit tas de charbon. Après quoi, il le balance sur les autres petits tas de charbon qui ont commis l'erreur d'essayer de se servir.

Dans la chaleur de l'après-midi, des abeilles voletaient au-dessus des parterres de fleurs. Jusque-là, Celia avait préféré cultiver des légumes mais récemment elle s'était prise d'intérêt pour les fleurs. Des suzanne-aux-yeux-noirs tapissaient l'un des murs, une passiflore grimpait sur un autre. Digitales pourprées et pieds-d'alouette formaient un lit propret, encadrés par d'autres plantes que Matt n'identifiait pas. Comme certaines souffraient du soleil, Tam Lin avait construit un abri en treillis. Matt trouvait le jardin beaucoup plus joli ainsi.

– Est-ce qu'El Patrón sait exactement ce qu'il possède dans son antre?

Matt avait compris, bien sûr, à qui faisait référence l'histoire du dragon.

– Sans doute pas, répondit Tam Lin. Mais mieux vaut ne pas courir le risque.

Passage à l'âge adulte

Le regain d'énergie d'El Patrón ne dura pas longtemps. Bientôt, il redevint aussi pâle et faible qu'auparavant. Il radotait sur son enfance et ses sept frères et sœurs, tous morts dans leur jeunesse. Il écoutait Matt jouer de la guitare, même si le garçon n'avait pas encore d'assez longs doigts pour jouer des morceaux vraiment difficiles.

Matt possédait une belle voix haute – une voix d'ange, disait Celia. À l'entendre, El Patrón s'abandonnait à une hébétude paisible. Matt aimait le voir ainsi, les paupières à moitié closes, la bouche incurvée dans un doux sourire. Cela valait tous les compliments.

Un jour qu'il entonnait une ballade espagnole, sa voix dérailla. Elle chuta de plus d'une octave, pour produire un son qui tenait plus du braiment de l'âne que d'une tessiture de garçon. Déconcerté, il s'éclaircit la gorge et recommença. Au début, la chanson coula sans problème, mais la chose désagréable se produisit à nouveau. Matt se leva, troublé.

– C'est donc arrivé, murmura El Patrón depuis son lit.

– Excusez-moi. Je vais demander du sirop pour la toux à Celia.

– Tu ne vois pas ce que c'est ? Non, tu es tellement coupé du monde que tu ne sais pas.

– Ça ira mieux demain.

Le vieil homme eut un petit rire sec.

– Demande à Celia ou à Tam Lin de t'expliquer. Mais pour le moment, joue sans chanter. C'est très bien aussi.

Lorsque Matt questionna Celia plus tard, celle-ci enfouit le visage dans son tablier et éclata en sanglots.

– Qu'y a-t-il ? Qu'est-ce qui ne va pas ? s'écria Matt, très inquiet.

– Tu es devenu grand ! gémit Celia depuis les profondeurs de son tablier.

– Et alors, ce n'est pas bien ? fit Matt d'une voix qui, à sa grande horreur, résonnait comme une grosse caisse.

Celia s'essuya les yeux et esquissa un sourire dépourvu de conviction.

– Bien sûr que si, *mi vida*. C'est toujours un choc quand le petit agneau sort ses cornes et se transforme en un beau bélier. Mais c'est une bonne chose, mon chéri, vraiment. Il va falloir fêter ça.

Matt se retira dans sa chambre avec sa guitare et écouta Celia entrechoquer les casseroles. Il ne croyait pas que ce fût une bonne chose de grandir. Celia pouvait s'obliger à tous les sourires possibles, elle ne le trompait pas. Au fond, elle était contrariée ; il voulait savoir pourquoi.

Il était devenu un homme. Non, c'était inexact. Dans la mesure où il n'avait jamais été un enfant, il ne pouvait devenir un homme. Il était un *clone* adulte. Un vieux souvenir refit surface, le docteur expliquant à Rosa que les clones partaient en morceaux en vieillissant. S'il ne redoutait plus de se désagréger au sens propre, il se demandait ce qui lui arrivait.

Du plat de la main, il chercha les premières apparitions pileuses sur son visage. Il n'y avait rien, hormis deux cicatrices de boutons d'acné.

C'est peut-être une erreur, se dit-il. Il essaya à nouveau de chanter mais il n'était pas arrivé au bout du premier vers de la ballade que ses cordes vocales le trahirent. C'était extrêmement désagréable. Sa nouvelle voix était loin de valoir l'ancienne.

La voix de María allait-elle changer, elle aussi ?

La fête, le soir même, eut lieu dans le jardin et fut sans tapage. Celia et Tam Lin buvaient du champagne. Fort de son nouveau statut, Matt fut autorisé à en prendre une coupe, même si Celia tint à le diluer avec de la limonade. Des lucioles que Matt avait commandées sur catalogue palpitaient dans les recoins humides et chauds. Un lourd parfum se dégageait de la dernière acquisition florale bizarroïde de Celia. Celle-ci disait se l'être fait envoyer par une *curandera* en Aztlán.

Une pensée frappa brusquement Matt.

– J'ai quel âge ? demanda-t-il en tendant sa coupe pour qu'on la lui remplisse.

Ignorant la réprobation manifeste de Tam Lin, Celia lui servit de la limonade en lieu et place du champagne.

– Je sais que je n'ai pas d'anniversaire comme les humains, continua Matt, mais il a bien fallu que je naisse. Ou un truc dans le genre.

– Tu as été… récolté, fit Tam Lin.

Il articulait mal. Il avait vidé une bouteille à lui seul, et Matt se rendit compte qu'il ne l'avait jamais vu boire d'alcool auparavant.

– Je sais que je me suis développé dans une vache. Est-ce qu'elle m'a mis au monde comme un veau ?

Matt ne voyait pas d'inconvénient à être né dans une étable. Jésus avait trouvé la chose tout à fait acceptable.

– Tu as été récolté, répéta Tam Lin.

– Il n'a pas besoin des détails, intervint Celia.

– Et moi je dis que si ! tonna le garde du corps en frappant du poing sur la table de jardin. (Celia et Matt tressaillirent.) Il y en a marre de ces foutus secrets ! Marre de ces foutus mensonges !

– S'il te plaît, souffla Celia en lui touchant le bras. Les caméras…

– Elles peuvent aller se faire voir, les caméras ! regardez bien, saletés d'espionnes menteuses ! Voilà ce que je pense de vous !

Il eut un geste terriblement grossier dans la direction des marguerites qui habillaient l'un des murs. Le jour où Matt avait imité le geste en question, Celia lui avait hurlé dessus. À présent, elle tombait à genoux devant Tam Lin, les mains jointes comme dans la prière.

– Je t'en prie. Si ce n'est pas pour toi, pense à nous.

Le garde du corps s'ébroua à la façon d'un chien.

– Bon sang ! C'est de boire qui fait causer !

Il attrapa la bouteille de champagne restante et la projeta contre le mur. Matt entendit les éclats de verre tomber sur les marguerites.

– Tu sauras quand même ça, mon gars.

Il saisit Matt par son col de chemise. Celia avait le visage livide, terrifié.

– Tu as poussé dans cette pauvre vache pendant neuf mois, et puis on t'a tiré d'elle en l'éventrant. Tu as été récolté. Elle a été *sacrifiée*. C'est le mot qu'ils emploient quand ils tuent une pauvre bête de laboratoire. Ta mère porteuse a été transformée en biftecks bien saignants.

Il lâcha Matt, qui recula hors de sa portée.

– Ça va, Tam Lin, tenta doucement Celia en s'asseyant auprès de lui.

– Non, ça ne va pas.

Il plongea la tête dans ses bras repliés sur la table.

– On est des animaux de laboratoire pour cette engeance. On n'est bien traités que tant qu'on peut leur servir.

– Ce ne sera pas indéfiniment comme ça, chuchota Celia en refermant les bras autour de lui.

Tam Lin tourna le visage vers elle.

– Je sais ce que tu as en tête. C'est trop dangereux.

Appuyée contre lui, Celia entreprit de lui frotter le dos avec ses grandes mains douces.

– Le Domaine existe depuis cent ans, dit-elle. À ton avis, combien d'eejits sont enterrés sous les pavots?

– Des milliers. Des centaines de milliers.

La voix de Tam Lin était presque un gémissement.

– Tu ne trouves pas que ça suffit?

Celia sourit alors à Matt, tout en continuant à masser le dos du garde du corps. C'était un vrai sourire, cette fois, et qui la rendait belle dans la pénombre du jardin.

– Va te coucher, *mi vida,* reprit-elle. Je viendrai te voir tout à l'heure.

Matt était fâché: on semblait avoir oublié que c'était sa fête, son passage à l'âge adulte. Il alla bouder dans sa chambre et se mit à gratter sa guitare, espérant que le bruit dérangerait les deux autres blottis dans le jardin. Au bout d'un moment, sa colère se dissipa.

À la place s'imposait peu à peu le sentiment d'avoir raté quelque chose d'important. Les allusions s'étaient faites aussi flagrantes que la présence des lucioles dans le jardin clos. Elles scintillaient alors comme des promesses, demeuraient lumineuses à peine le temps de se montrer à Matt. Mais ensuite, telles les lucioles, elles disparaissaient. Tam Lin et Celia étaient bien trop prudents. Il en allait ainsi depuis des années. Matt pressentait qu'il lui manquait une information essentielle. Qui avait à voir avec les clones. Il n'était pas censé savoir comment on les fabriquait. Il n'était pas censé savoir que tous – hormis lui – étaient décérébrés.

Pour la centième fois, Matt se demanda pourquoi l'on cherchait à créer un monstre. Certainement pas pour remplacer un enfant chéri. On aimait les enfants, on haïssait les clones. Ce n'était pas non plus pour avoir une bête domestique. Aucun animal de compagnie ne ressemblait à la chose horrible, terrifiante, qu'il avait vue à l'hôpital.

Matt se souvint de Mr MacGregor et d'El Patrón assis côte à côte dans leurs fauteuils roulants après leurs opérations respectives. *Je me suis fait mettre ce foie tout neuf,* s'était vanté MacGregor en se tapotant le ventre, *et tant que j'y étais j'en ai profité pour me faire changer les reins.* Il avait alors fixé Matt de ces yeux bleu vif qui ressemblaient tant à ceux de Tom, et Matt avait été révolté.

Non ! Ce n'était pas possible !

Matt se rappelait aussi la fête d'anniversaire où El Patrón avait si soudainement recouvré ses capacités mentales. Des implants de cerveau fœtal... *Il faut que j'essaie un jour,* avait commenté MacGregor. *Le résultat est merveilleux chez vous.*

– *Ne différez pas trop longtemps,* avait rétorqué El Patrón. *Il faut donner aux médecins au moins cinq mois de délai. Huit, c'est préférable.*

Ce n'était pas possible ! Matt se pressa les tempes, comme pour refouler l'hypothèse. S'il ne le pensait pas, ce ne serait pas vrai.

Mais l'idée se frayait néanmoins son chemin... MacGregor avait créé un clone afin d'avoir des organes à disposition quand il en avait besoin. La chose à l'hôpital avait toutes les raisons de hurler ! Et d'où venaient les implants fœtaux d'El Patrón ? Ou le cœur d'appoint qu'on lui avait greffé pour aider l'autre, trop vieux, trop affaibli ?

Toutes les preuves étaient là, visibles, flagrantes. Seul l'aveuglement de Matt l'avait empêché de voir la vérité – et son refus d'y réfléchir. Il n'était pas idiot. Les indices avaient toujours existé. Mais la vérité était trop dure à supporter.

El Patrón, lui aussi, avait créé des clones afin de se fournir en transplantations. Il était exactement pareil à MacGregor.

Non, pas pareil. Puisque je suis différent, songea Matt au désespoir. Il fixait le plafond de sa chambre, où Celia avait collé des étoiles phosphorescentes. Depuis qu'il était venu habiter dans ce logement, Matt dormait sous le doux scintillement d'un firmament qui, à présent encore, l'apaisait et le consolait.

Je suis différent. Je n'ai pas été créé pour fournir des pièces de rechange.

El Patrón avait interdit aux médecins de lui détruire le cerveau. Il l'avait protégé, l'avait confié à Celia, puis à Tam Lin. Il avait engagé Mr Ortega pour lui enseigner la musique. Le vieillard tirait grande fierté de ses progrès, de ses talents. Ce n'était pas là le comportement de quelqu'un qui projette de vous assassiner ensuite.

Constatant qu'il haletait comme un oiseau prisonnier dans une pièce, Matt s'efforça de calmer sa respiration. Il avait vu des oiseaux mourir de panique parce qu'ils ne trouvaient pas de sortie. Il lui fallait examiner la situation en détail, réfléchir raisonnablement. Il était évident, quoi qu'il soit arrivé aux autres pauvres clones, qu'il n'était pas destiné à faire partie du même lot.

La motivation d'El Patrón était très différente de celle de MacGregor. Il s'agissait, comprit Matt, de pure vanité. Lorsque le vieil homme le regardait, c'était lui-même qu'il voyait: jeune, fort, sain d'esprit. Comme dans un miroir. L'effet n'eût pas été le même si Matt avait été une chose bavante, hagarde, larmoyante sur un lit d'hôpital.

Matt étreignit son oreiller comme autrefois ses peluches. Il avait l'impression qu'on l'avait empêché de tomber d'une falaise. Restait le sort horrible des autres clones…

Mes frères, pensa Matt.

Il trembla en essayant de ranimer le sentiment de dévotion qui l'avait lié à l'homme qui l'avait créé. El Patrón l'aimait, mais il était mauvais. *On ne pourrait que difficilement imaginer individu plus nuisible, pervers, intéressé,* avait écrit Esperanza dans son livre sur le pays d'Opium. Matt avait violemment jeté l'ouvrage en lisant cette phrase. Mais il n'était alors qu'un enfant, à présent il était un homme – ou quelque chose d'approchant. Les hommes, lui avait souvent dit Tam Lin, avaient le courage de regarder les choses en face.

– Tu as la fièvre ! s'exclama Celia lorsque Tam Lin et elle vinrent lui dire bonne nuit.

Elle s'empressa d'aller lui préparer une infusion. Tam Lin resta debout sur le seuil à le regarder. Sa silhouette paraissait menaçante, et Matt se rappela qu'il avait tué vingt enfants avec une bombe destinée au Premier ministre anglais. L'homme semblait absorber la faible clarté d'étoiles qui tombait du plafond.

Quand Celia revint avec la boisson chaude, Tam Lin haussa les épaules et dit :

– Pour répondre à ta question, mon gars, tu as 14 ans.

Puis il se retira dans sa propre chambre, située dans l'aile sous haute surveillance d'El Patrón.

Esperanza

Matt se réveilla malade et fiévreux, avec l'impression d'avoir une grosse pierre sur la poitrine. Le seul moyen de s'en débarrasser aurait été d'apprendre que ses peurs étaient sans fondement. Il pouvait demander à Celia, mais elle craindrait de répondre.

Il sentait des yeux invisibles dardés sur lui. Peut-être quelqu'un l'observait-il grâce aux caméras, ou peut-être la salle d'espionnage était-elle vide. Aucun moyen de le savoir. Felicia pouvait s'y trouver, enveloppée dans un manteau de fourrure, cherchant toujours un moyen de le détruire.

Quant à interroger Tam Lin, Matt ne savait comment aborder le sujet. *Tiens, à propos, quelqu'un a-t-il l'intention de me découper en biftecks ?* L'éventuelle réponse du garde du corps était encore plus terrifiante : *Tu as tapé dans le mille, bonhomme. J'ai toujours dit que tu étais malin comme un singe.*

Jusqu'à quel point était-il capable de supporter la vérité ?

Pourtant, Matt se sentit d'humeur plus légère après s'être levé. Une douche bien chaude et un bon petit déjeuner aidaient à éloigner la peur. Cela n'avait pas de sens qu'El Patrón lui ait fait faire des études s'il ne voyait en lui qu'une réserve d'organes de secours. Les greffes n'avaient pas besoin de bonnes notes à l'école. Matt se rendit aux écuries et demanda un Cheval Sûr.

Un brouillard rampant couvrait les champs de pavots lorsqu'il les traversa. Le phénomène était fréquent au petit matin, quand l'arrosage automatique abreuvait la terre rafraîchie par la nuit. Plus tard, le soleil assécherait tout, mais pour le moment la nappe laiteuse prenait ses aises, haute jusqu'aux genoux du cavalier. C'était merveilleux de chevaucher dans cette brume en ne distinguant que la tête et le dos de la monture, comme de flotter dans un lac enchanté.

J'ai 14 ans, songeait Matt. *Je suis adulte.*

Il se sentait fort et audacieux. Les princes du Moyen Âge partaient faire la guerre quand ils atteignaient 14 ans, ou même plus jeunes.

L'oasis était ombragée et fraîche. Des pluies récentes avaient rempli le plan d'eau, qui venait presque lécher le pied de la treille. Matt tira la cantine métallique un peu plus haut sur le terrain. Puis il se déshabilla et pénétra dans l'eau. Tam Lin, qui lui laissait faire parfois des choses dangereuses, lui avait déconseillé de se baigner à cet endroit à cause du fond incertain. Pour Matt, aujourd'hui, le risque éventuel faisait partie du plaisir.

Il barbota un moment. Des bancs de poissons minuscules lui filaient entre les doigts. Il rejoignit la berge et se hissa sur un rocher à côté d'un buisson d'immortelles. Il frissonnait légèrement. La chaleur n'allait pas tarder mais l'air du désert était encore frais et piquant après la nuit.

Il regarda le ciel, d'un bleu si intense qu'il en blessait presque les yeux. La pluie avait chassé la poussière, laissant un air si propre et pur que Matt avait l'impression de respirer de la lumière. Sa sensation d'enchantement s'accentua.

Qu'est-ce qui l'empêchait de franchir ces montagnes et de partir vers le sud, en Aztlán? C'était un pays pauvre, d'après Celia, et pourtant son visage s'éclairait quand elle en parlait. Il était aussi plein de gens et de vie. Un monde nouveau où il échapperait aux caméras, à la malveillance de Felicia. Il n'aurait plus à croiser MacGregor et ses organes greffés.

Mais désirait-il vivre sans Celia ni Tam Lin? Sans María?

Son entrain et son énergie se déployèrent encore quand il s'imagina traversant les montagnes gris-brun. Il n'était pas tenu de se décider tout de suite. El Patrón pouvait vivre encore des années – *vivrait* encore des années, se dit-il avec conviction. N'était-il pas suivi par les meilleurs médecins du monde? Matt pouvait organiser son départ soigneusement, peut-être même emmènerait-il María. Ses angoisses macabres de la nuit passée s'étaient dissipées et il avait l'impression d'être un roi: Matt le Conquérant.

Il revint à la nage sur l'autre berge. Le soleil commençait à envahir le petit vallon quand il sortit de la malle les livres et les cartes de Tam Lin. À présent, il comprenait leur utilité et comptait bien les étudier en prévision de son évasion.

L'histoire d'Opium, lut-il dans le livre d'Esperanza, *baigne dans la terreur et le sang.* Matt se cala contre une couverture roulée avec de quoi grignoter à portée de main. Il trouvait toujours aussi agaçant le ton moralisateur de l'auteur, mais il ne pouvait discuter les faits qu'elle avançait.

Matteo Alacrán, ou El Patrón comme on l'appela bientôt, planta du pavot depuis la Pecos River jusqu'à Salton Sea. Il fallait une nombreuse main-d'œuvre pour cultiver pareil territoire. Ce n'était pas un problème: des milliers de Mexicains affluaient chaque jour à la frontière. Il suffisait de les prendre au piège. Dans ce but, il constitua une véritable armée, la première Patrouille des Domaines, en recrutant ses membres parmi les pires criminels jamais vomis par les systèmes pénitentiaires corrompus partout dans le monde.

Matt referma violemment le livre. Voilà qu'elle recommençait avec son réquisitoire contre El Patrón. Esperanza devait être une vraie sorcière. Il but du jus de fruits puis s'obligea à une nouvelle tentative.

Malgré cela, El Patrón avait du mal à contenir les Illégaux. Ils glissaient entre les mailles des filets, s'aidaient à fuir les uns les autres. Ils affluaient à travers Opium jusqu'à la frontière des États-Unis, si bien que le gouvernement central menaça d'empêcher El Patrón de poursuivre ses affaires.

Ce fut alors que le despote de la drogue, craignant de perdre son empire bâti sur l'esclavage, eut l'idée des eejits.

En apparence, rien ne semble plus humain. Après tout, la souffrance ne tient-elle pas surtout à la conscience de souffrir? Les eejits ne souffrent ni du froid ni de la chaleur, ni de soif ni de solitude. Une puce électronique implantée dans leur cerveau leur ôte ces sensations. Ils travaillent avec le dévouement immuable des abeilles ouvrières. Autant que l'on en puisse juger, ils ne sont pas malheureux. Alors quelqu'un oserait-il dire qu'ils sont maltraités?

Je le dis! tonnait Esperanza. *El Patrón a vendu au diable les âmes de ces gens! Quand ils meurent, il ensevelit leurs dépouilles à même la terre pour en faire de l'engrais. Les racines d'Opium s'abreuvent de sang, et qui achète le produit infect issu de cette plante ne vaut pas mieux qu'un cannibale.*

Matt en avait suffisamment lu pour la journée. Le livre posé sur la poitrine, il essaya d'imaginer le visage d'Esperanza. Il devait être plein de verrues, comme chez toutes les sorcières; elle devait avoir les dents jaunes et les joues tombantes comme une citrouille pourrie. Il feuilleta le livre à la recherche d'une photo.

Il la trouva page 247. Esperanza portait un tailleur noir, un rang de perles autour du cou. Sa chevelure noire tombait en rideaux chatoyants de part et d'autre d'un beau visage pâle.

Elle ressemblait beaucoup à María.

La légende sous le portrait mentionnait: *Esperanza Mendoza, ex-épouse du sénateur Mendoza, est l'un des membres fon-*

dateurs de la Société antiesclavagiste de Californie. Auteur de nombreux livres qui ont remporté un grand succès, elle a reçu le prix Nobel de la Paix en…

Matt lâcha l'ouvrage. María ignorait tout cela, elle croyait que sa mère était morte. Esperanza avait quitté la maison familiale quand María avait 5 ans et n'était jamais revenue. La fillette avait imaginé sa mère perdue dans le désert et avait fait des cauchemars chaque nuit, pour s'éveiller en pleurant, car elle entendait la voix maternelle. Pour cette même raison, elle était terrifiée à l'idée de perdre ce qu'elle aimait.

Or, durant tout ce temps, sa mère avait continué à vivre en Californie. Matt éprouva une rage terrible contre cette femme, et contre le sénateur Mendoza. Celui-ci savait certainement, mais il avait préféré laisser souffrir María. Eh bien, Matt ne laisserait pas la situation durer plus longtemps. Au prochain séjour de María – elle devait venir dans deux mois, à l'occasion du mariage de Steven et Emilia –, il lui révélerait la vérité, preuve à l'appui.

Matt comprit pourquoi Tam Lin lui avait interdit de se baigner à l'oasis : le soir même, il était terrassé par une grippe intestinale. Décidée à le soigner elle-même, Celia ne le quitta pas d'une semelle dans la salle de bains, où il était contraint de séjourner, lui faisant avaler verre de lait sur verre de lait. Entre deux offensives de la maladie, il remarqua qu'elle avait les mains aussi froides et moites que les siennes.

Quand il put enfin s'allonger, Celia installa un fauteuil près de son lit. Il oscillait entre sommeil et veille. À un moment, il découvrit le visage de Tam Lin à quelques centimètres du sien.

– Son haleine sent l'ail, déclara le garde du corps en se redressant.

Pourquoi en serait-il autrement? se demanda Matt tout endormi. Celia ne lésinait pas sur l'ail dans sa cuisine.

– Je t'avais déconseillé d'essayer ça, disait Tam Lin à Celia.

– Je doserai mieux la prochaine fois, fit la cuisinière.

– Tu veux tout faire capoter, ou quoi?

– Peut-être que ton plan ne marchera pas. Il faut garder une issue de secours.

– Tu vas le tuer.

Celia leva alors les yeux vers la caméra cachée pour déclarer:

– Je préfère mourir plutôt que de laisser faire ça.

Les voix se turent. Matt tenta de rester éveillé pour en entendre davantage, mais il était trop faible.

La maladie le rendit nerveux et migraineux pendant des jours. Alors qu'il croyait aller mieux, il fut à nouveau pris de vomissements; mais ce second accès fut moins pénible que le premier – apparemment, le mal perdait du terrain. S'il se demandait régulièrement pourquoi Celia n'appelait pas le médecin, il lui en était néanmoins reconnaissant. Cela aurait entraîné un séjour à l'hôpital, lieu qu'il préférait éviter.

Quand il fut suffisamment rétabli, il recommença à passer ses journées au chevet d'El Patrón. On aurait dit qu'un brouillard enveloppait progressivement la mémoire du vieillard. Il appelait parfois Matt par un autre nom. Sur d'autres sujets aussi, son esprit devenait confus.

– J'ai construit cette cabane de mes propres mains, dit-il un jour.

Matt esquissa un sourire. On ne pouvait pas vraiment qualifier de cabane la demeure luxueuse avec ses jardins et ses fontaines.

– J'y ai planté une treille, aussi, continua El Patrón. Elle fait très bien. Elle a recouvert la tonnelle en seulement deux ans. Je pense que c'est l'eau. Il n'y a rien de mieux que les retenues d'eau du désert.

Il parle de l'oasis, comprit Matt avec un frisson. C'était donc lui qui avait vécu là-bas voilà si longtemps. La cabane s'était effondrée, mais la treille restait très belle.

– C'est bien cet endroit au-delà du trou dans le rocher? questionna-t-il.

– Évidemment, Felipe! rétorqua sèchement le vieillard. Tu grimpes par ce trou tous les jours.

Il tomba alors dans une autre rêverie, les yeux fixés sur des choses que lui seul pouvait voir.

– C'est le plus bel endroit du monde, soupira-t-il. S'il existe un paradis et si on m'y accepte, je suis sûr que ce petit lac et la treille y seront.

Puis il partit vers des souvenirs encore plus anciens. Sa voix vibrait d'émerveillement quand il décrivait l'hacienda où il avait assisté aux «fiestas» du temps passé.

– Ils avaient une fontaine. L'eau produisait comme de la musique, et il y avait la statue d'un petit ange au milieu. Il semblait si tranquille et si propre. Et tu n'imagines pas la nourriture, Felipe. Des *tamales* – autant que tu en voulais – et des côtes de bœuf au barbecue! Et des *chiles rellenos,* et des crabes acheminés par avion depuis le Yucatán, et une table entière de crèmes au caramel, chacune dans son petit ramequin.

Matt fut certain que, s'il existait un paradis, on y trouvait des crabes venus par avion du Yucatán et une table couverte de crèmes au caramel. À ce moment-là, la voix d'El Patrón se fit triste:

– Mamá a emmené mes petites sœurs à la fête. Elle en portait une, et l'autre suivait, accrochée à sa jupe. Mes petites sœurs attrapèrent la typhoïde et moururent dans l'heure. Elles étaient si petites qu'elles ne pouvaient pas regarder par-dessus le rebord de la fenêtre – non, pas même en se dressant sur la pointe des pieds.

Matt fut frappé de constater qu'El Patrón était beaucoup plus sympathique quand il se remémorait le passé. Il semblait plus aimable et plus vulnérable. Matt aimait toujours le vieil homme, mais il ne doutait pas de sa méchanceté.

– Qui est Felipe? demanda-t-il à Celia dans la grande cuisine de la résidence.

– Tu parles du saucier ou du jardinier?

– C'est sûrement quelqu'un d'autre. El Patrón m'appelle toujours comme ça.

– Oh, non, souffla Celia en arrêtant de rouler sa pâte à tarte. Felipe était son fils. Il est mort il y a près de quatre-vingts ans.

– Alors pourquoi... ?

– Certaines personnes sont ainsi, *mi vida*. D'abord, elles deviennent de plus en plus vieilles, puis elles s'arrêtent et deviennent de plus en plus jeunes. El Patrón croit avoir environ 35 ans maintenant, donc il pense que tu es son fils, Felipe. Il ne peut plus savoir qui tu es réellement.

– Parce que je n'existerais plus cent ans plus tard.

– Exactement, approuva Celia.

– Alors, que dois-je faire?

– Sois Felipe pour lui, répondit simplement Celia.

Matt gagna le salon de musique et se mit à jouer du piano pour calmer sa nervosité. Si El Patrón perdait la tête, cela signifiait qu'on allait bientôt lui faire d'autres implants de cerveau fœtal. Cela signifiait qu'un embryon – un *frère de Matt* – était en train de se développer dans le ventre d'une vache. Les embryons pouvaient-ils comprendre la mort? Avoir peur? Matt se jeta à corps perdu dans la *Marche turque* de

Mozart; il jouait si fort qu'une servante en lâcha son plateau dans le couloir adjacent. Quand il eut fini, il recommença le morceau. Puis recommença de nouveau. La rigueur mozartienne lui procurait le sentiment de garder le contrôle sur sa propre vie, et le transportait hors de l'univers étouffant du Domaine.

Il pensait de plus en plus à la fuite, à l'évasion. Depuis qu'il l'avait envisagée à l'oasis, le désir lui revenait jusqu'à se faire douloureux. Il se sentait pris au piège, comme un ver dans une noix. Le livre d'Esperanza lui avait ouvert les yeux sur les horreurs de l'empire érigé par El Patrón, et il avait vu par lui-même le camp sinistre où on faisait vivre les eejits. Un tombeau.

Il partirait à travers les montagnes moirées de brun qui entouraient l'oasis. Il pourrait aller en Aztlán. Tam Lin lui avait donné une cantine pleine de cartes et de provisions précisément dans ce but. Il n'en doutait plus.

Mais il ne pouvait s'en aller avant le mariage de Steven et Emilia. María serait là, et il ne pouvait partir sans la revoir.

Noces de sang

La grande maison bouillonnait d'activité. Les orangers en pot que l'on avait disposés tout autour du salon embaumaient. Dans les jardins, c'étaient des explosions de jasmin, de chèvrefeuille, de gaillet. Matt était écœuré par tous ces parfums. Il ne s'était pas bien remis depuis sa baignade à l'oasis.

Les congélateurs attenants à la cuisine étaient bourrés de sculptures de glace : sirènes, lions, châteaux et palmiers qui flotteraient dans des saladiers de punch lors de la réception.

Les vieux rideaux et vieux tapis disparaissaient, remplacés par du neuf dans les tons blancs, roses et or. On repeignait les murs, on décapait les tuiles des toitures rouges. La demeure commençait à ressembler à un gâteau d'anniversaire géant, recouvert de sucre glace.

Matt demeurait à l'écart de ces préparatifs. Il savait qu'il serait confiné dans les appartements de Celia le jour de la fête. *La belle affaire,* se disait-il en traînant les pieds sur un rouleau de moquette blanche fraîchement posée. Il n'avait de toute façon aucune envie d'assister à ce mariage idiot. Tout le monde savait depuis des années que Steven et Emilia allaient se marier. El Patrón en avait décidé, désireux d'allier les Alacrán à la puissante machine politique que le sénateur Mendoza dirigeait aux États-Unis. C'était simplement une chance que Steven et Emilia s'aiment bien ; dans le cas contraire, ç'aurait été la même chose.

Benito, le frère aîné de Steven, avait épousé la fille du président nigérian car le Nigeria était l'un des pays les plus riches au monde. Benito et Fani, son épouse, s'étaient détestés au premier regard ; mais, comme El Patrón aimait l'argent nigérian, leur opinion n'avait pas compté.

À mesure qu'approchait le grand jour, Matt se sentait de plus en plus isolé. Celia était trop débordée pour parler. Tam Lin était enfermé avec El Patrón, dont la santé très dégradée ne permettait plus les visites. Matt aurait pu se réfugier à l'oasis si une étrange fatigue ne l'en avait dissuadé. Il s'endormait tôt, mais pour passer des nuits agitées, pleines de mauvais rêves. Le jour, il conservait un goût de métal dans la bouche et souffrait de migraines. Il ne fit là-bas qu'un saut afin d'aller chercher le livre d'Esperanza.

La maison s'emplit d'invités. MacGregor arriva avec sa nouvelle épouse – la septième, croyait savoir Matt –, aussi jeune qu'Emilia. Et Felicia avala tellement d'alcool qu'on respirait l'odeur du whisky dans son sillage. Elle allait et venait, fixant les gens d'un regard fiévreux, jusqu'à ce qu'ils se sentent mal à l'aise et s'éloignent.

MacGregor, lui, était en pleine forme. Grâce à de récents implants capillaires, il avait retrouvé une tignasse de souples cheveux roux pareils à ceux de Tom, qu'il ne cessait de tapoter, craignant sans doute de les perdre.

Matt observait bien des choses à l'abri des colonnes ou des tentures murales. Il ne voulait pas se voir subitement désigné par un doigt accusateur. *Qu'est-ce que c'est que ça ? Qui a osé amener cette créature parmi nous ?*

Le jour du mariage, Benito, Fani et Steven arrivèrent dans un aéroglisseur nigérian. Mr Alacrán vint les accueillir et embrassa Fani, qui grimaça comme au contact d'une chose dégoûtante. Elle avait le visage dur, marqué d'amertume, et Benito commençait à avoir un ventre proéminent. Steven, en revanche, était beau comme un prince de conte de fées.

Matt le trouvait moins antipathique que les autres Alacrán. C'était lui qui l'avait porté depuis la petite maison dans les champs de pavots. Et si Emilia et lui l'avaient ignoré depuis, aucun d'eux ne s'était montré cruel.

À regarder la foule grouillante des invités, Matt se remémorait les noms, les liens d'affaires, les scandales. Il estimait connaître l'empire Alacrán aussi bien que Steven et, pour la énième fois, mesura le gouffre qui le séparait de l'humanité. Tous ces gens étaient venus honorer Steven. Personne n'honorerait jamais Matt, qui d'ailleurs ne se marierait jamais.

Son cœur bondit quand il reconnut l'aéroglisseur qui atterrissait. Toutes les têtes se tournèrent vers la piste afin de voir la mariée. Emilia ne déçut point: elle apparut dans une robe d'un bleu chatoyant, entourée de fillettes qui chacune portaient un panier de pétales de roses qu'elles lancèrent par poignées sur la foule. Matt trouva le tableau assez joli avant de se rendre compte que les petites filles étaient des eejits.

Tout le monde applaudit quand la mariée gravit l'escalier au bras du sénateur Mendoza. Mais Matt ne s'intéressait plus à eux. La seule personne qui lui tenait à cœur descendait de l'aéroglisseur sans fanfare. Personne ne vit María se fondre dans la foule, ni ne remarqua qu'elle ne suivait pas sa sœur. Matt, lui, comprit, et se dirigea discrètement vers le salon de musique.

La plupart des gens évitaient le salon de musique. Les domestiques n'y entraient que pour faire le ménage, et Felicia avait cessé de venir jouer du piano. Devenue territoire de Matt, la pièce était souillée.

Il referma la porte derrière lui et alla droit au placard. María attendait dans le passage secret.

– Enfin! s'exclama-t-elle en refermant les bras sur lui. Je t'ai manqué?

– Tout le temps, répondit-il en l'étreignant à son tour. J'ai pensé à toi tous les jours. J'avais envie de t'écrire, mais je ne savais pas comment.

– Je suis dans un couvent affreux, fit-elle en s'asseyant sur le sol. Oh, ce n'est pas si terrible, c'est juste que je ne m'y habitue pas. Je voulais faire des œuvres de charité en ville, mais les sœurs ne m'ont pas laissée sortir. Tu imagines! Elles croient suivre l'enseignement de saint François, mais elles préféreraient mourir plutôt que de laver les plaies d'un mendiant.

– Moi non plus, je n'aimerais pas laver les plaies d'un mendiant, avoua Matt.

– Parce que tu es un loup. Toi, tu l'avalerais tout rond.

– Je chercherais d'abord un mendiant en bonne santé.

– De toute façon, tu ne dois manger personne. Raconte-moi ce que tu as fait. Si tu savais comme les autres filles sont barbantes! Elles ne font rien d'autre que lire des romans-photos et manger du chocolat.

Quand María se pelotonna contre lui, Matt se sentit incroyablement bien. Il était heureux, ce qui ne lui était pas arrivé depuis longtemps.

– Des romans-photos? questionna-t-il.

– Un truc qui n'intéresse pas les loups. Dis-moi ce que tu as regardé à la télé. Nous, on n'y a pas droit, à moins d'une émission qui élève nos âmes.

– Je n'ai pas d'âme, dit Matt.

– Je pense que si, rétorqua María. J'ai lu la doctrine actuelle de l'Église sur l'écologie. Depuis peu, on estime que saint François était le premier écologiste. Il prêchait les animaux, car ceux-ci possédaient de petites âmes qui allaient devenir de grandes âmes. Avec un peu de travail, même un moineau ou une cigale pourraient aller au paradis.

– Ou en enfer, souligna Matt.

– Ne sois pas négatif.

Et María développa ses idées nouvelles, raconta les discussions qu'elle avait eues avec le professeur de morale du couvent. Elle enchaîna sur son goût pour le jardinage, mais elle détestait cueillir les pauvres petites plantes. Ah, elle était aussi première en maths, mais ses notes baissaient quand elle se dorait au soleil toute nue sur le toit.

À croire qu'elle avait emmagasiné des mois de conversation et ne parvenait plus à se contenir. Cela était égal à Matt. Il se satisfaisait d'être assis là, dans l'obscurité, avec la tête de María contre sa poitrine.

– Oh, mais je n'arrête pas et je ne t'ai pas encore laissé placer un mot ! s'exclama-t-elle pour finir. C'est une des choses pour lesquelles je fais régulièrement pénitence. Sauf que personne au couvent ne m'écoute comme toi.

– J'aime t'écouter.

– Maintenant, je me tais, et tu vas me raconter ce que tu as fait.

Elle l'enlaça, il huma son odeur, un parfum d'œillet, chaud et excitant. Matt désirait ne plus jamais bouger.

Il lui parla du camp des eejits, de sa rencontre avec la Patrouille des Domaines, et de la nuit où on l'avait emmené à l'hôpital. María trembla quand il évoqua la crise cardiaque d'El Patrón.

– Il est tellement vieux, murmura-t-elle. Je ne le lui reproche pas, mais il est *trop* vieux.

– Je ne crois pas que son cœur d'appoint dure longtemps, fit Matt.

– Pour commencer, il ne devrait même pas en avoir.

– Tu sais où on l'a pris ?

– Je... Je... bredouilla María, confuse. Je ne devrais pas en parler, mais, oui, je sais où on l'a pris ! Et c'est atroce !

Elle serra Matt plus étroitement. Il ne savait que dire. Les peurs qu'il avait chassées revenaient. Il brûlait de demander à María ce qu'elle voulait dire, mais redoutait la réponse.

– Je ne suis pas comme les autres clones, reprit-il, surtout pour se rassurer lui-même. El Patrón m'a fait donner la meilleure éducation. Il m'a acheté des instruments de musique, des ordinateurs, tout ce que je voulais. Et il est sincèrement heureux quand je décroche un « A » ou que je joue un nouveau morceau au piano. Il dit que j'ai du génie.

María se taisait. Elle enfouit son visage contre sa poitrine et il devina qu'elle pleurait. Super. Pourquoi pleure-t-elle ?

Il arriva prudemment au point crucial de sa démonstration :

– Il ne se serait pas donné ce mal si je n'étais pas destiné à vivre longtemps.

– C'est vrai, souffla María d'une voix larmoyante.

– Bien sûr que c'est vrai, répéta Matt avec fermeté. J'ai fait de meilleures études que Steven. Un jour, je pourrai l'aider à diriger le Domaine – en coulisses, évidemment. Opium est un grand pays, et c'est un gros travail de tout contrôler. Benito est trop bêta, et Tom… bon, lui, il est beaucoup de choses. Mais, déjà, El Patrón ne peut pas le voir en peinture.

María se raidit.

– Il l'aime mieux que tu ne penses.

– Tom n'est même pas de la famille. Il n'est là que parce qu'El Patrón refuse de se séparer des choses sur lesquelles il a mis la main.

– Mensonge ! protesta María avec ardeur. Tom est l'un des héritiers, et il n'est pas stupide !

– Je n'ai jamais dit qu'il était stupide. Il est seulement malhonnête et dépravé.

– On le trouve assez bien pour m'épouser ! fit María.

– *Quoi ?*

Matt n'en croyait pas ses oreilles. María n'était qu'une gamine. Elle ne se marierait pas avant des années.

– Oh, ne nous disputons pas, dit-elle tristement. Personne ici n'a le choix. Tiens, prends Benito et Fani. Fani avait dit qu'elle préférait avaler du cyanure plutôt que d'épouser Benito, et regarde où ça l'a menée. El Patrón a donné ses ordres, et son père l'a droguée jusqu'à ce qu'elle soit sans réaction.

Matt était incapable d'articuler un mot. Comment pouvait-on souhaiter que María épouse *Tom ?* C'était un tel... une telle petite pustule pourrie ! C'était impensable ! Il alluma la lampe de poche qu'il laissait toujours dans le passage et l'appuya contre le mur. Le visage pâle de María se dessina dans la pénombre.

– Steven et Emilia s'aiment bien, et moi... ça m'est à peu près égal pour Tom. Il ressemble beaucoup à McGregor, mais je peux le faire changer.

– Tu ne changeras jamais Tom.

– La patience et l'amour peuvent tout. De toute façon, le mariage n'aura pas lieu avant des années. Peut-être El Patrón changera-t-il d'avis.

La voix de María ne trahissait pourtant guère d'espoir.

Matt, quant à lui, avait l'esprit quasiment paralysé par le désespoir. Il avait refusé jusque-là de penser à l'avenir. Certes, il savait que María devrait se marier un jour, et qu'alors il ne la reverrait plus, mais jamais, même dans les pires moments, il n'avait envisagé qu'on la destine à ce monstre.

Une idée lui vint brusquement.

– Tiens, dit-il, j'ai quelque chose pour toi.

– Un cadeau ? s'étonna María.

Matt sortit *Une histoire d'Opium* de sa cachette, l'ouvrit à la page 247 et dirigea le faisceau de la lampe sur le portrait d'Esperanza Mendoza. María étouffa une exclamation.

– Ma… mère ?

– Tu te souviens de son visage ?

– Dada a des photos.

Elle prit le livre et, pétrifiée, lut la brève biographie qui accompagnait la photo.

– Ma mère a obtenu le prix Nobel de la Paix, murmura-t-elle enfin.

– Et bien plus encore.

– Mais elle n'est… jamais revenue.

La tristesse de María était telle que Matt en eut le cœur tout retourné.

– Elle ne pouvait pas, mieux-aimée, dit-il, employant inconsciemment l'une des expressions tendres de Celia. Elle est complètement, farouchement opposée à Opium, et à tout ce que ton père représente. Crois-tu qu'il l'aurait laissée revenir ? Ou qu'El Patrón l'y aurait autorisée ?

Pire encore, comprit Matt sans le dire, El Patrón était capable de la faire tuer. Ce ne serait pas la première fois qu'il éliminerait un ennemi.

– Elle ne m'a même jamais écrit une lettre, murmura María.

– Tu te rends bien compte que ton père aurait détruit le moindre mot qu'elle t'aurait adressé. Mais tu peux la contacter maintenant. Ton couvent… où se trouve-t-il ?

– En Aztlán, à l'embouchure du Colorado. La ville s'appelle San Luis.

– J'ai lu son livre, fit Matt.

Il reprit l'ouvrage, le posa à terre, et pressa entre les siennes les mains glacées de María afin de les réchauffer.

– Elle dit que les Aztlános n'aiment pas Opium et qu'ils seraient prêts à tout pour le détruire. Quelqu'un de ton couvent pourrait lui envoyer un message. Je suis certain qu'elle désire te retrouver. Et certain qu'elle empêchera ton mariage avec Tom.

Et qu'elle t'emmènera là où je ne te reverrai jamais, pensa Matt, la gorge serrée. Mais peu importait. Il perdrait María de toute façon. Aujourd'hui, il fallait avant tout la sauver.

– Il faut que j'y aille, dit soudain María. Emilia va me chercher.

– Je te revois quand?

– Le mariage a lieu demain et je ne vais pas avoir une seconde à moi. Je suis demoiselle d'honneur. Tu crois pouvoir venir?

Matt eut un rire amer.

– Peut-être, à condition de me déguiser en petite eejit aux bras chargés de fleurs.

– C'est horrible, je sais. J'ai demandé à Emilia pourquoi elle ne prenait pas de vrais enfants, et elle m'a répondu qu'on ne pouvait pas compter sur eux pour obéir aux consignes.

– Tu sais que je ne suis pas invité.

– Tout est si injuste, soupira María. Si je pouvais, je laisserais tomber le mariage pour rester avec toi.

Matt fut touché, même s'il savait que cela ne risquait pas de se produire.

– Je t'attendrai ici, fit-il. Tu veux emporter le livre?

– Non. Je n'ose pas imaginer la réaction de Dada s'il le trouvait.

Elle embrassa tendrement Matt sur la joue, il lui rendit son baiser, et la sensation de sa peau s'attarda sur ses lèvres longtemps après que María fut partie.

Ce n'étaient pas les premières loges, mais le mieux qu'il eût trouvé. Matt s'était installé dans le passage secret avec un télescope de poche pour voir par les petits trous.

Il avait espéré trouver la salle des machines déserte ; or elle grouillait de monde : devant chacun des multiples écrans se tenaient au moins deux gardes du corps aux allures de gorille. Ils ne cessaient de cliquer de lieu en lieu, passant un temps fou à fouiller des endroits a priori inintéressants, comme l'arrière des colonnes ou les plis des rideaux. Matt se demanda s'ils l'avaient vu s'y cacher à d'autres moments.

Cependant, à mesure qu'approchait la cérémonie, l'attention des cerbères se concentra sur le salon. On avait dressé un autel devant lequel le prêtre faisait les cent pas. Les eejits qui constituaient le chœur étaient alignés comme des jouets mécaniques, et quelqu'un s'était assis au piano de Matt. Celui-ci régla l'oculaire du télescope. L'objet s'avérant peu pratique face à un trou minuscule, il commençait à avoir mal au cou.

Il reconnut Mr Ortega. Le petit homme fané lui fit de la peine. Si depuis longtemps il avait dépassé le niveau où le professeur eût encore pu lui enseigner quelque chose, Matt l'avait couvert en faisant comme si de rien n'était. Il craignait, pour peu qu'El Patrón l'apprenne, que le vieux musicien ne subisse le même sort que Rosa.

Sur un autre écran, il vit El Patrón assis au premier rang, encadré par Tam Lin et Daft Donald engoncés dans des costumes de cérémonie.

Emilia attendait dans la petite antichambre, vêtue d'une robe blanche dont les fillettes eejits portaient la longue traîne brodée de perles. D'après Celia, une reine d'Espagne avait porté cette robe de mariée voilà trois cents ans. Les minois des eejits rappelèrent à Matt ceux des angelots perchés sur les colonnes de la maison. Leurs yeux étaient aussi vides et inexpressifs que ceux des statues de marbre.

María déboula dans la pièce, parlant avec animation. Matt ne pouvait entendre ce qu'elle disait, mais il songea que c'était là toute la différence entre elle et les autres: elle débordait de vie. Qu'elle fût enthousiaste, terrassée ou fascinée, elle ne connaissait pas la tiédeur. Comparée à elle, Emilia semblait défraîchie, et Fani, qui dans un coin buvait à même le goulot d'une bouteille de cognac, paraissait carrément éteinte.

Les gardes du corps montèrent le son. Matt entendit la marche nuptiale, le sénateur Mendoza prit le bras d'Emilia, les eejits levèrent la traîne, enfin María et Fani prirent place derrière la mariée. Le cortège quitta l'antichambre d'un pas majestueux. Un murmure courut parmi les invités, et le prêtre fit signe à tout le monde de se lever.

Steven attendait devant l'autel, avec Benito et Tom.

Tom. Durant un moment, Matt ne vit que ce visage pétri de fausseté. Sous ses airs angéliques, ce garçon était la cruauté et la sournoiserie incarnées.

Un garde boucha la vue de Matt un court instant. Quand il retrouva les images, ce fut pour voir Emilia approcher de l'autel au bras de son père. María tenait fermement Fani pour l'empêcher de tituber. L'épouse de Benito était en effet presque aussi soûle que Felicia, laquelle était soutenue par Mr Alacrán. *Quelle famille,* songea Matt. Les femmes étaient alcooliques, Benito n'avait pas plus de cervelle qu'un vermisseau, Tom était pervers et mauvais. Il n'y avait que Steven qui allât à peu près. Même les Alacrán ne pouvaient gagner à cent pour cent.

À présent, le père d'Emilia la confiait à Steven. Celui-ci lui glissa un anneau au doigt et leva son voile pour l'embrasser. Ils étaient mariés pour le meilleur et pour le pire, jusqu'à ce que la mort les sépare.

Mais peut-être ne seraient-ils pas séparés, pensa Matt. Peut-être monteraient-ils tous ensemble au paradis, pour s'installer dans une aile particulière réservée aux Alacrán. Il y aurait là du crabe en quantité, des tablées de crème caramel et une pleine cuve de whisky pour Felicia.

– Bon sang! jura soudain l'un des gardes. C'est le vieux vampire!

Surpris, Matt lâcha son télescope et, ne perdant pas de temps à le ramasser, pressa l'œil contre le trou.

L'image était lointaine mais atrocement claire. Il vit El Patrón tressauter dans son fauteuil roulant puis, la main crispée sur le cœur, basculer en avant. Tam Lin se pencha pour le rattraper. Mr Alacrán appela à l'aide. Willum et plusieurs autres médecins qui s'étaient récemment installés dans la maison se frayèrent un passage à travers la foule. Quand ils s'agenouillèrent tous autour du vieillard, le cachant complètement, Matt songea à des vautours au-dessus d'une antilope.

Les gardes du corps désertèrent rapidement la salle des machines et, peu après, Matt les vit réapparaître sur les écrans. S'étant rués dans le salon, ils faisaient sortir les invités.

Brusquement, Tam Lin se dressa au milieu du groupe de vautours en portant El Patrón dans ses bras. Matt vit avec horreur à quel point le vieillard était devenu petit, comme atrophié. On aurait dit une feuille morte. Tam Lin l'emporta rapidement, les médecins dans son sillage.

Le salon se vida complètement, à l'exception de Steven et d'Emilia, qui se tenaient debout devant l'autel, seuls et oubliés.

Trahison

– Qu'est-ce que je dois faire ? Qu'est-ce que je dois faire ? murmurait Matt.

Pelotonné sur lui-même, il se balançait d'avant en arrière dans le passage noyé d'obscurité. Il aimait El Patrón. Il aurait voulu l'accompagner à l'hôpital, veiller sur lui, l'encourager à se rétablir, mais en même temps il se rappelait les paroles de María, qui avait reconnu savoir d'où venaient les greffes dont bénéficiait le vieillard. *Et c'est atroce !* avait-elle ajouté.

Celia devait être en train de le chercher. Un autre souvenir lui revint sans qu'il l'ait sollicité : Celia l'apprêtant pour la fête d'anniversaire, voilà des années. *Si quelque chose se passe mal,* lui avait-elle dit, *je veux que tu viennes me trouver tout de suite. Tu m'attendras dans le cellier derrière la cuisine.*

– *Qu'est-ce que tu entends par « si quelque chose se passe mal* ? avait-il demandé.

Je ne peux rien dire. Promets-moi seulement que tu n'oublieras pas.

Il se remémora encore autre chose, plus lointain, Tam Lin lui disant, peu après qu'on l'eut sauvé des griffes de Rosa : Je vais te dire une chose : *El Patrón a ses bons et ses mauvais côtés. Il sait être terrifiant quand il le veut. Quand il était jeune, il a fait un choix, comme un arbre qui décide de pousser de ce côté ou de l'autre. Il est devenu immense et verdoyant, jusqu'à étendre son ombre sur toute la forêt. N'empêche que la plupart de ses branches sont tordues.*

Tant d'allusions ! Tant d'indices ! Pareille au caillou qui déclenche l'avalanche, la peur de Matt suscitait de plus en plus de souvenirs. Pourquoi Tam Lin lui avait-il préparé une cantine pleine de provisions et de cartes ? Pourquoi María l'avait-elle fui après avoir découvert le clone de MacGregor à l'hôpital ? Parce qu'ils savaient ! Ils savaient tous ! L'éducation qu'il avait reçue, le développement de ses dons n'étaient qu'une comédie. Peu importait son intelligence. Au bout du compte, seule comptait la vigueur de son cœur.

Et pourtant Matt doutait encore.

S'il se trompait ? Si El Patrón l'aimait réellement ? Il l'imaginait gisant dans son lit d'hôpital, attendant la seule personne qui pût lui rendre un éclat de jeunesse. C'était trop cruel ! Matt se recroquevilla encore sur le sol du passage secret. La fine poussière qui s'était accumulée depuis des décennies, alliée à l'obscurité, lui évoquait les tombeaux des pharaons ou des rois chaldéens. El Patrón aimait parler de ces choses.

Le vieillard décrivait avec délectation les richesses enfouies dans les pyramides, destinées à la vie future des anciens souverains. Il préférait encore les coutumes chaldéennes. Non seulement, les monarques étaient pourvus de vêtements et de nourriture, mais on abattait leurs chevaux afin de leur fournir une monture au royaume des morts. Les archéologues avaient découvert dans une sépulture des soldats, des serviteurs et même des danseuses disposés comme s'ils dormaient. L'une d'elles avait gardé, roulé dans sa poche, le ruban bleu qu'elle n'avait pas eu le temps de mettre à ses cheveux.

Quelle belle chose, avait dit El Patrón à Matt : qu'un roi ait non seulement régné dans sa vie mais qu'il ait toute sa cour à sa disposition pour le servir dans la suivante. C'était encore plus beau qu'El Dorado recouvert de poudre d'or sur le balcon de son palais.

Matt toussa à force de respirer la poussière et se rassit pour s'éclaircir la gorge. Il ne fallait pas faire de bruit. Que personne ne le trouve avant qu'il n'ait pris une décision. Il faisait noir dans le passage et noir dans sa tête. Que faire ? Que pouvait-il faire ?

Un bruit de pas le fit se remettre debout. Le halo d'une lampe de poche précédait une frêle silhouette.

– María, chuchota-t-il.

– Dieu merci, tu es là ! J'avais peur que tu sois parti te cacher ailleurs.

– Me cacher ?

– Ils te cherchent partout. Ils ont mis à sac le logement de Celia et fouillé chaque pièce de la maison. Les gardes passent au peigne fin les écuries et les champs.

Matt prit María par les épaules, scruta son visage et, à la faible lueur électrique, constata qu'elle pleurait.

– Pourquoi est-ce qu'on me cherche ?

– Tu dois le savoir. Tam Lin dit que tu es trop malin pour n'avoir pas compris.

Matt se sentit glacé. Le garde du corps lui prêtait plus qu'il ne méritait. Il n'avait pas compris – pas vraiment –, sinon quelques minutes plus tôt.

– En ce moment, je suis censée faire une crise de nerfs dans ma chambre. Emilia dit que je suis toujours hystérique. Elle dit aussi que tu n'es qu'une réédition de Bouldepoil ; mais elle a tort ! Tu n'es pas un chien. Tu es beaucoup, beaucoup plus.

En temps normal, Matt aurait été transporté par ces mots, mais l'heure n'était plus au bonheur.

– Tam Lin dit que tu dois rester tranquille pour le moment, reprit María. Il va faire courir le bruit que tu as pris un Cheval Sûr et que tu es parti en direction des États-Unis. Il pense que ça occupera la Patrouille.

Matt n'était pas loin du vertige, il avait l'impression que son cerveau patinait dans le vide.

– Comment va El Patrón ? questionna-t-il.

– Pourquoi t'en soucier ? fit María avec véhémence. Tu devrais prier pour qu'il meure.

– Je ne peux pas, murmura Matt.

Et c'était la vérité. Si perfide qu'ait été le vieillard, il l'aimait. Personne n'était aussi proche de lui. Nul ne le comprenait mieux.

– Tu es exactement comme Tam Lin. Il considère El Patrón comme une force de la nature – une tornade, un volcan ou je ne sais quoi, devant quoi on reste paralysé de terreur au risque de se faire tuer. Ce sont des idioties, tout ça !

– Que dois-je faire ? fit Matt, qui se sentait privé de toute volonté.

– Tu restes ici. Moi, je vais aller continuer ma crise de nerfs. Dès qu'il fera nuit, je reviendrai te chercher.

– Pour aller où ?

Matt ne voyait que l'oasis comme refuge, mais le trajet était long sans cheval.

– On prendra l'aéroglisseur de Dada, répondit María.

– Tu sais le piloter ? s'étonna Matt.

– Non, mais le pilote devait me reconduire au couvent après le mariage. Je lui dirai de nous attendre.

– Comment expliqueras-tu ma présence ?

– Tu es mon nouvel eejit de compagnie ! Emilia en a une dizaine ; j'ai dit au pilote que j'étais jalouse et que j'avais exigé d'en avoir un.

María dut réprimer le rire qui la gagnait.

– Personne ne pose jamais de questions à propos des eejits, conclut-elle. Ils font partie des meubles.

Matt dormit la majeure partie du temps. Il restait fatigué suite à sa maladie, et les événements récents l'avaient épuisé. Il s'éveilla assoiffé et s'aperçut qu'il n'avait pas d'eau.

L'atmosphère était sèche et poussiéreuse dans le passage. Il déglutit péniblement. De toute façon, qu'il boive ou non, sa gorge le faisait souffrir depuis plusieurs jours.

La salle des machines était à nouveau pleine de gardes plantés devant les écrans. Pas un endroit tranquille pour sortir chercher à boire. Il commença à s'inquiéter pour María. Comment ses déplacements leur avaient-ils échappé auparavant, et comment reviendrait-elle? Il s'appuya au mur, plongé dans le désespoir.

Le temps passait avec lenteur. Matt songea à la citronnade que Celia gardait toujours au réfrigérateur puis, parce que l'air fraîchissait, il pensa au chocolat chaud que Celia agrémentait de cannelle.

En combien de temps meurt-on de soif? se demanda-t-il en se souvenant de l'eejit mort dans les champs de pavots.

Entendant un bruit de pas, il se redressa et fut aussitôt pris de vertige.

– Je suis désolée, j'avais oublié l'eau, dit María.

Il but voracement à la bouteille qu'elle lui avait apportée.

– Comment va El Patrón? demanda-t-il après l'avoir vidée.

– Mieux, malheureusement.

– On dirait que ça ne te fait pas plaisir.

– Bien sûr que non!

– Parle plus bas, enjoignit Matt. S'il vit, je pourrai sortir.

– Non, tu ne pourras pas. S'il survit, il aura besoin d'un nouveau cœur, et on ne peut prélever ce cœur que sur une seule personne.

Matt dut se tenir au mur pour ne pas vaciller. C'était une chose de connaître le sort qu'on lui réservait et une autre d'entendre María l'énoncer à voix haute.

– El Patrón m'aime, dit-il.

– Il aime ce que tu représentes pour lui, rétorqua María avec impatience. Nous n'avons pas de temps à perdre. Tiens, enfile cet uniforme d'eejit, c'est Tam Lin qui me l'a procuré. Rappelle-toi que tu ne dois pas dire un mot si nous rencontrons quelqu'un.

Matt se changea rapidement. L'uniforme empestait la sueur, ainsi qu'une odeur chimique qui éveilla en lui l'affreux souvenir des terres en friche et du camp.

– N'oublions pas le chapeau, fit María.

Et elle l'entraîna dans le passage. Ils longèrent le salon de musique, l'ancienne chambre d'El Viejo, puis arrivèrent dans une zone où Matt n'était jamais parvenu à découvrir de trou d'observation. María promena la lampe sur le mur.

– Il n'y a rien par ici, dit Matt.

– Attends.

Elle glissa un manchon de plastique rouge sur la lampe de poche. Les murs prirent la couleur du sang séché, rendant l'endroit plus sinistre encore. L'air parut soudain confiné, ranci, comme dans un tombeau.

– Voilà ! s'exclama María.

Au beau milieu du mur, là où Matt aurait juré qu'il n'y avait rien une minute plus tôt, se dessinait une forme rougeoyante. Il s'approcha. La forme disparut.

– Tu es dans le faisceau, fit María.

Il recula et la forme réapparut.

– C'est un *scorpion !* souffla-t-il.

– La marque des Alacrán, dit María. C'est Tam Lin qui m'en a parlé. Elle n'apparaît que dans une lumière rouge.

– Et que désigne-t-elle ?

– Une sortie… du moins, je l'espère.

Matt tendait la main pour toucher le scorpion quand María retint son geste.

– Attends ! Il faut que je t'explique une chose. Pour venir et repartir d'ici, je suis passée par la chambre d'El Patrón. D'après Tam Lin, c'est la seule pièce qui n'apparaît pas sur les écrans de contrôle, mais tous les alentours sont surveillés. Tu ne pourrais pas t'échapper par là.

Matt était hypnotisé par le scorpion rouge. Son chatoiement donnait l'impression qu'il était vivant.

– Ici, c'est une autre issue, continua María. Je pensais qu'El Patrón avait fait construire ce passage pour espionner les gens. Il les espionnait effectivement – Tam Lin dit qu'il appelait ça son feuilleton personnel. Mais, en réalité, il avait prévu ce tunnel pour éventuellement échapper à ses ennemis. Il en a beaucoup.

– Je sais.

– Le problème est que je ne sais pas si tu as envie de courir le risque…

– Quel risque ? coupa Matt, impatienté.

– Ça ne fonctionne que pour El Patrón. Toujours dans le but d'empêcher des ennemis de se glisser dans la maison par ce chemin. Il appuie la main sur le scorpion rouge, le mur s'ouvre, et il peut ainsi entrer dans la propriété, ou en sortir sans être vu. Le tunnel conduit au terrain d'atterrissage. Mais si quelqu'un d'autre que lui touche le scorpion, il reçoit dans le bras une décharge électrique qui le tue, et tout le passage se remplit d'un gaz asphyxiant. Du moins, c'est ce que dit Tam Lin. Il n'a pas essayé.

Matt dévisagea María avec stupeur.

– C'est *ça*, ton plan pour me sauver ?

– Ça peut réussir. Tam Lin affirme que le scorpion identifie les empreintes et l'ADN d'El Patrón. Et tu es son clone.

Matt fut comme pris de vertige. Elle avait raison. Il était bel et bien le clone d'El Patrón. Ses empreintes seraient les mêmes, son ADN identique.

– Si tu te trompes, dit-il, nous mourrons.

– Nous mourrons ensemble, mieux-aimé.

Le cœur de Matt bondit quand il s'entendit appeler mieux-aimé.

– Je ne peux pas te laisser faire ça. Je pars seul. J'ai une cachette.

– L'oasis? rétorqua María. Tu n'arriveras jamais là-bas avec la Patrouille sur le pied de guerre.

Donc elle est au courant, pensa Matt. *Tam Lin lui a tout dit.*

– Je peux essayer, reprit-il.

– Alors moi aussi, fit-elle avec la mine têtue que Matt connaissait bien. Soit tu appuies sur le scorpion et nous fuyons ensemble, soit nous restons ici pour mourir de faim ensemble. Je ne te quitte pas! Ni maintenant ni jamais!

– Je t'aime, dit Matt.

– Moi aussi, je t'aime. Je sais que c'est un péché qui me conduira sûrement en enfer.

– Si j'ai une âme, j'irai avec toi, promit Matt.

Et, avant de changer d'avis, il posa la main contre le scorpion rougeoyant. Il éprouva une sensation étrange, comme si des cohortes de fourmis minuscules lui remontaient dans le bras.

– Va-t'en vite! cria-t-il. Ça ne marche pas!

Au lieu de fuir, María l'empoigna.

Une porte glissa sous leurs yeux, révélant un long tunnel obscur.

– Si on avait du temps à perdre, je m'évanouirais, soupira María.

Elle braqua le faisceau de sa lampe droit devant.

Une odeur de renfermé, encore plus forte que dans le passage, régnait dans le tunnel ; manifestement, il n'avait pas servi depuis très longtemps, et aucune créature vivante ne s'y était plus aventurée, pas même une souris ou une araignée. C'était sinistre.

Le sol en terre battue étouffait leurs pas ; le bruit de leur respiration semblait mourir dans l'air froid immobile. Songeant qu'il ne devait pas y avoir beaucoup d'oxygène, Matt pressa María.

Au bout d'un moment, ils parvinrent devant un autre mur. María habilla la lampe de son plastique rouge, et le faisceau révéla le chatoiement sourd d'un autre scorpion. Cette fois, Matt n'hésita pas. Il appuya sa paume, sentit à nouveau un fourmillement dans le bras. Une seconde porte coulissa.

L'issue était dissimulée au milieu d'épais buissons. Matt les écarta devant María, et ils se retrouvèrent à la lisière du terrain d'atterrissage.

– C'est notre aéroglisseur, chuchota María en désignant un petit appareil dont les phares étaient allumés.

Elle partit en avant, et Matt la suivit, abaissant le rebord du sombrero pour dissimuler son visage. Ils ne se pressaient pas, volontairement. Si les gardes observaient cette partie de la propriété, ils ne verraient qu'une invitée de marque escortée par un eejit. Les eejits n'attiraient pas plus l'attention que les chiens.

Matt transpirait de nervosité. Il était plus difficile qu'il ne l'aurait cru de jouer un être privé de conscience. Il se retenait de regarder autour de lui, car les eejits ne faisaient pas ce genre de chose. Quand il trébucha sur un caillou, il se rattrapa avant la chute. *Erreur,* pensa-t-il. Un véritable eejit se serait étalé face contre terre.

– Reste, fit María.

Il s'immobilisa. Elle monta dans l'aéroglisseur, puis lui ordonna de l'imiter. Il l'entendit parler au pilote.

– Assis, dit María en désignant un siège.

Elle lui attacha sa ceinture et continua de bavarder, disant au pilote combien elle était contente de retrouver son couvent.

– Je suis désolé de vous ennuyer, Miss Mendoza, dit le pilote avec grand respect, mais avez-vous un permis pour cet eejit? Ils sont plutôt indésirables en Aztlán.

– La mère supérieure délivrera le permis, assura María d'un ton dégagé.

– Je l'espère, reprit l'homme. Sinon, il faudra le faire piquer. Je sais que cela ne plairait pas à une jeune fille sensible comme vous.

María pâlit, et Matt comprit qu'elle ignorait cette loi.

– Nous décollerons tout de suite après le départ de votre sœur.

– *Ma sœur?*

María avait presque crié. *Reste calme, surtout reste calme,* pensa Matt aux abois.

– Tu n'imaginais pas que je te laisserais partir sans un au revoir, intervint Emilia.

Elle sortait du cockpit. Steven l'accompagnait, ainsi que deux gardes du corps. La tête toujours baissée, Matt ne remua pas, tandis que les gorilles se campaient devant la porte.

– Emilia, comme c'est gentil, fit María sans enthousiasme.

– Franchement, petite sœur, je ne crois pas que la mère supérieure voudra d'un eejit dans son couvent.

– Ne te mêle pas de ça.

– Ce serait mal de ma part de t'encourager dans une autre de tes bonnes œuvres fumeuses. Pour ne rien te cacher, tu es la risée du couvent – comme quand tu as voulu soigner les lépreux. Même les religieuses se sont tordues de rire tellement c'était ridicule. Il n'y a *aucun* lépreux en Aztlán, il faudrait les importer ! Et maintenant tu voles au secours d'un clone...

– D'un eejit, s'empressa de corriger María.

– D'un clone, répéta Steven.

Il s'avança, retira son chapeau à Matt, et le lâcha aussitôt comme s'il avait touché un objet dégoûtant.

Matt releva la tête. Il ne servait plus à rien de feindre maintenant.

– C'est moi qui ai obligé María à le faire, déclara-t-il.

– Cela fait des années que tu lui attires des ennuis, reprit Emilia. Depuis le premier jour où elle t'a apporté à manger, tu as profité d'elle.

– Ce n'est pas vrai ! protesta María.

– Tu es trop bonne, fit Emilia. Tu t'attendris toujours sur le sort des animaux malades ou des sans-abri. Si tu ne fais pas attention, tu deviendras comme notre mère.

– Notre mère, souffla María, je ne t'ai pas dit... je n'ai pas eu le temps... elle est vivante !

– Et alors ? répondit Emilia. Je le sais depuis des années.

María dévisagea sa sœur avec une stupeur horrifiée.

– Tu... savais ?

– Évidemment. Tu oublies que je suis plus âgée que toi. Je l'ai vue partir, et Dada lui a crié que désormais elle serait morte pour nous. C'était l'explication la plus facile qu'on pouvait te fournir.

– Tu m'as fait croire qu'elle s'était perdue dans le désert.

Emilia haussa les épaules.

– Cela fait une différence ? Elle ne se souciait pas de nous. Elle trouvait plus important de s'occuper des perdants.

– Le plus important pour le moment, intervint à nouveau Steven, est d'emmener ce clone à l'hôpital, où il pourra servir à quelque chose.

– Steven, murmura Matt.

Il avait toujours pensé que à défaut d'être des amis Steven et Emilia n'étaient pas ses ennemis. Il admirait Steven. Ils avaient beaucoup de points communs.

– Emmenez-le, ordonna Steven aux deux gardes.

– Attendez ! cria María. Vous ne pouvez pas faire ça ! Matt n'est pas un animal !

– C'est du bétail, rétorqua Steven avec un sourire froid. La loi est parfaitement claire. Les clones sont classés dans la catégorie bétail puisqu'ils ont poussé dans des vaches. Les vaches ne peuvent pas donner naissance à des humains.

– Je ne vous laisserai pas faire ! Je ne vous laisserai pas !

Et María se jeta sur les gardes, qui rentrèrent la tête dans les épaules pour éviter ses coups. Le pilote l'attrapa par les deux bras et l'écarta.

– Je vais appeler Willum, reprit Steven en gagnant le cockpit. Je crois qu'il faut lui administrer quelques calmants avant de la renvoyer au couvent.

– Emilia ! Aide-moi ! Aide-le ! hurla María.

Mais personne ne lui accorda plus la moindre attention.

Matt se mit en marche entre les deux gardes. Il n'avait aucune chance contre eux, et puis il ne voulait pas que María emporte de lui l'image d'une bête terrifiée qu'on traîne à l'abattoir. Il se retourna pour la regarder une dernière fois, mais elle continuait de batailler contre le pilote et ne le remarqua pas.

Les gardes lui tenaient les bras, mais ne le portaient pas. Il respira l'air de la nuit, le parfum des jasmins et des gardénias qu'on avait plantés en abondance pour le mariage. De plus loin lui parvenait l'odeur du désert, peut-être la fragrance des prosopis qui entouraient l'oasis. Les senteurs portaient tellement plus loin la nuit.

Il contempla aussi les jardins extraordinaires de la Grande Maison, les statues d'angelots, les orangers festonnés de lumière. C'était sa dernière nuit sur terre, et il voulait se souvenir de tout.

Surtout, il voulait se rappeler Celia et Tam Lin. Et María. Les reverrait-il jamais ? Ou, si le ciel lui était refusé, se mettrait-il à errer la nuit comme la Llorona, à la recherche de ce qui était à jamais perdu ?

14 ANS

MORT

Matt se trouvait sanglé sur un lit, entouré par une machinerie alarmante. Deux hommes gardaient la porte dans le couloir, deux autres se tenaient près de la fenêtre obstruée par des barreaux.

Il était terrifié. C'était là qu'ils avaient gardé le clone de MacGregor. Là que se produisaient les pires choses.

Si seulement je m'étais enfui quand j'avais une chance, songeait-il. *Tout était prêt. Tam Lin m'avait fourni des cartes, des provisions, et appris à escalader les montagnes. Je n'ai pas compris. Je n'ai pas voulu comprendre.*

Il était malade d'effroi. À chaque bruit dans le couloir, il tentait de se libérer. À un moment, Willum et deux médecins inconnus vinrent lui tâter le ventre et lui prélever du sang. Quand ils le détachèrent pour le faire uriner dans une bouteille, il tenta de s'échapper en courant. Il ne fit que quelques pas avant d'être rattrapé par un garde.

Imbécile, imbécile, se répétait-il. *Pourquoi ne me suis-je pas enfui quand il était encore temps ?*

Plus tard, Willum et les autres revinrent pour débattre de sa condition physique.

– Il souffre d'une légère anémie, dit l'un des médecins. Le fonctionnement hépatique est ralenti.

– On peut quand même procéder aux transplantations? questionna Willum.

– Je ne vois pas de contre-indication, répondit l'inconnu en scrutant un diagramme.

Ils laissèrent de nouveau Matt seul avec sa peur et son imagination.

Que faisait María maintenant? Ils l'avaient droguée, comme on avait drogué Fani pour l'obliger à épouser Benito. Peut-être avait-on donné du laudanum à Felicia au début, pour qu'elle soit obéissante. Un jour, une autre grande cérémonie aurait lieu: le mariage de María avec Tom. Il faudrait soutenir María pour la faire marcher jusqu'à l'autel.

Je ne peux plus la sauver, pensa Matt. Mais peut-être avait-il fait la seule chose susceptible de la secourir. Désormais, elle savait pour sa mère. Elle pourrait appeler au secours. Et Esperanza, si Matt devinait bien la femme qui avait écrit *Une histoire d'Opium,* fondrait sur le couvent, tel un dragon crachant le feu.

La porte s'ouvrit. Deux gardes entrèrent et entreprirent de détacher Matt. Il se demanda ce qui allait se passer maintenant. Certainement rien de bon. Plus rien ne serait bien pour lui.

Le tenant chacun fermement par un bras, les hommes le conduisirent jusqu'à une pièce radicalement différente de tout ce qu'il avait vu à l'hôpital. Elle était décorée de beaux tableaux, de meubles élégants, de tapis. Au fond, près d'une grande baie vitrée, se dressait une petite table supportant une théière, des tasses, et des biscuits sur un plateau d'argent.

À côté, El Patrón reposait dans un lit d'hôpital. Bien qu'il parût d'une extrême faiblesse, la vie étincelait encore dans ses yeux noir de jais. À son corps défendant, Matt éprouva un élan d'affection.

– Viens plus près, Mi Vida, chuchota la vieille voix.

Matt s'approcha. Il nota la présence de plusieurs gardes debout dans la pénombre, et celle de Celia, éclairée par un rai de lumière qui filtrait entre les rideaux. Elle avait les yeux secs et le visage fermé.

– Assieds-toi, Mi Vida, reprit El Patrón en indiquant une chaise près de la table. Si je me souviens bien, tu aimes les petits gâteaux.

Je les aimais quand j'avais 6 ans, se dit Matt. Que se passait-il ici ?

– Tu as de nouveau perdu ta langue ? fit le vieil homme. C'est comme la première fois que je t'ai vu, quand Celia t'avait tiré de la litière à volaille.

Il sourit. Pas Matt. Il n'avait aucune raison de se réjouir.

– Ah, bon, soupira El Patrón. Ça se termine toujours de cette façon. Mes clones oublient les années merveilleuses que je leur ai offertes, les cadeaux, la distraction, la bonne chère. Je ne suis pas obligé de le faire, tu sais.

Matt regardait droit devant lui. Il aurait voulu parler, mais sa gorge s'était verrouillée.

– Si j'étais comme MacGregor – un bon Propriétaire, mais un être humain infâme –, j'aurais fait détruire ton cerveau à la naissance. Au contraire, cela m'a plu de te donner l'enfance que je n'ai pas eue. Moi, j'ai dû ramper aux pieds du ranchero qui possédait la terre de mes parents pour chaque fichu sac de farine de maïs.

Celia se taisait. On l'aurait dit transformée en statue.

– Mais, une fois par an, ça changeait, continua El Patrón. Chaque Cinco de Mayo, le ranchero donnait une fête. Moi et mes cinq frères, nous y allions. Mamá emmenait mes petites sœurs. Elle en portait une, et l'autre suivait, cramponnée à ses jupes.

Matt avait envie de hurler; il connaissait l'histoire par cœur. El Patrón continua d'ânonner sans effort, pareil à une bête de somme qui suit le chemin habituel. Une fois qu'il était parti, rien ne pouvait l'arrêter avant la fin.

Le vieillard évoqua les champs de maïs arides et les montagnes pourpres du Durango. Ses vifs yeux noirs contemplaient les torrents d'eau qui cascadaient deux mois durant, puis le lit du fleuve asséché le reste du temps.

– Le maire de notre village – habillé d'un beau costume noir et argenté – passait sur un cheval blanc et jetait de la petite monnaie à la foule. On se ruait sur les piécettes! On se roulait dans la boue comme des porcs! Mais nous avions besoin de cet argent. Nous étions si pauvres, pas même en possession de deux pesos à frotter l'un contre l'autre. Ce jour-là, le ranchero donnait une grande fête. On pouvait manger tout ce qu'on voulait, et c'était un miracle pour des gens dont l'estomac était si ratatiné que chaque haricot du chili devait faire la queue pour descendre dans le ventre. Un jour, au cours de cette fête, mes petites sœurs attrapèrent la typhoïde. Elles moururent dans l'heure. Elles étaient si petites qu'elles ne pouvaient pas regarder par-dessus le rebord de la fenêtre – non, pas même en se dressant sur la pointe des pieds.

Rien ne bougeait ni ne bronchait dans la chambre. Matt entendit une colombe roucouler sur le toit de l'hôpital. *Pas d'espoir,* disait-elle. *Pas d'espoir, pas d'espoir.*

– Durant les années suivantes, chacun de mes cinq frères mourut; deux se noyèrent, l'un eut une péritonite et nous n'avions pas d'argent pour le docteur. Les deux derniers furent battus à mort par la police. Nous étions huit au départ, et moi seul ai survécu. *Est-ce qu'on ne me doit pas ces vies?* (El Patrón avait lancé cette dernière phrase avec une telle véhémence que Matt sursauta sur son siège. L'histoire ne se terminait pas comme d'habitude.) Nous étions huit, criait maintenant le vieillard. Nous aurions dû tous grandir, mais j'étais l'unique survivant. Je suis destiné à récupérer ces vies! À obtenir réparation, ce n'est que justice!

Matt essaya de se lever; les gardes le firent rasseoir.

– Justice? répéta Celia.

C'était le premier mot qu'elle prononçait.

– Tu sais comment c'était, murmura El Patrón, épuisé après son accès de virulence. Tu es venue du même village.

– Vous en avez eu beaucoup, des vies, reprit Celia. Celles de milliers de gens, qui sont enterrés dans les champs de pavots.

– Oh, ceux-là! rétorqua le vieil homme, dédaigneux. Ils sont comme le bétail qui cherche une herbe plus verte. Ils courent du sud au nord et du nord au sud en saccageant mes champs. Eh oui, insista-t-il en voyant que Matt haussait les sourcils. Au début, le flux allait en sens unique. Les Aztlános se précipitaient au nord pour trouver Hollywood. Mais les États-Unis ne sont plus le riche paradis d'autrefois. À présent, les Americanos voient des films sur Aztlán et ils se disent que la vie est plus douce là-bas. J'en attrape autant dans un sens que dans l'autre.

– El Viejo était le seul brave homme de cette famille, déclara Celia. Il acceptait ce que Dieu lui donnait, et, quand Dieu lui a dit qu'il était temps de partir, il s'en est allé.

Matt fut stupéfait par son courage. Ceux qui tenaient à leur peau ne discutaient pas avec El Patrón.

– El Viejo était un imbécile, murmura El Patrón.

Il cessa de parler durant un moment. Un médecin vint pour écouter son cœur et lui fit une injection.

– Le bloc opératoire est prêt, annonça-t-il à voix basse.

Une terreur glacée envahit Matt.

– Pas encore, souffla le vieillard.

– Encore dix minutes, concéda le médecin.

El Patrón parut rassembler ses forces pour un ultime effort.

– Je t'ai créé, Mi Vida, comme Dieu créa Adam.

Celia émit un reniflement indigné.

– Sans moi, tu n'aurais jamais vu un beau coucher de soleil ni senti l'odeur de la pluie apportée par le vent. Tu n'aurais jamais goûté l'eau fraîche par une chaude journée d'été. Ni entendu de musique, ni connu le plaisir merveilleux d'en faire à ton tour. Je t'ai donné tout cela, Mi Vida. Tu... me... dois...

– Il ne vous doit rien, trancha Celia.

Matt trembla pour elle. El Patrón était capable de détruire quiconque le contrariait. Mais le vieillard se contenta de sourire.

– Nous sommes bien des scorpions tous les deux, hein?

– Parlez pour vous, rétorqua Celia. Matt ne vous doit rien, et il ne vous paiera rien. Vous ne pouvez pas l'utiliser pour des greffes.

En entendant ces mots, les gardes se raidirent, et le médecin leva les yeux de l'écran qu'il surveillait.

– Quand vous avez eu votre première crise cardiaque, poursuivit Celia, j'ai empoisonné Matt avec de la digitale cueillie dans mon jardin. Je suis une *curandera,* vous savez, autant qu'une cuisinière. J'ai rendu le cœur de Matt trop instable pour une transplantation.

Les yeux d'El Patrón lui sortaient de la tête. Il ouvrit la bouche, mais sans produire aucun son. Le médecin se précipita auprès de lui.

– Pourtant, je ne pouvais pas continuer à lui donner de la digitale. C'est bien trop dangereux. Il me fallait quelque chose qui le rende malade mais pas trop. À ce moment-là, j'ai entendu parler des papillons monarques.

Matt se redressa et aussitôt deux poignes se refermèrent sur ses épaules. Il connaissait les monarques. Tam Lin en avait parlé dans le jardin le soir de la fête célébrant son passage à l'âge adulte. L'air était lourd de parfums multiples, certains agréables, d'autres moins, émanant de toutes les fleurs pour lesquelles Celia s'était brusquement prise de passion. Elle avait désigné les marguerites, les delphiniums, les digitales, les laiterons, et Tam Lin avait eu l'air de s'intéresser particulièrement à ces derniers. *Les papillons monarques butinent le laiteron,* avait-il expliqué. *Ces bestioles sont sacrément intelligentes : elles se gavent de poison pour que personne ne les mange.*

Sur le coup, Matt n'avait pas fait attention. Tam Lin avait l'habitude de raconter de petits faits puisés dans les livres sur la nature qu'il lisait si lentement et si scrupuleusement.

– Il me fallait quelque chose comme le poison chez les papillons monarques, reprit Celia, interrompant les pensées de Matt. Alors j'ai commencé à lui faire avaler de l'arsenic.

– *De l'arsenic !* s'écria le médecin.

– L'arsenic se met partout dans le corps, poursuivit Celia, le regard aussi froid que celui d'un serpent. Ça se fixe dans les cheveux, ça provoque l'apparition de petites lignes blanches sur les ongles, ça s'installe dans le cœur. Je n'en ai pas donné assez à Matt pour le tuer – je n'aurais pas fait ça ! – mais suffisamment pour tuer un individu déjà affaibli qui essaierait de lui voler son cœur. Vous avez déjà eu vos huit vies, El Patrón. Il est temps de faire la paix avec Dieu.

– *¡Bruja !* Sorcière ! hurla El Patrón.

Ses yeux flamboyaient d'une rage meurtrière. Sa peau prit la teinte écarlate de la colère. Agitant ses mains tordues, il essaya de quitter son lit.

– Urgence ! brailla le médecin. Emmenez-le au bloc ! Vite ! Vite ! Vite !

Les gardes firent sortir le lit à roulettes ; le praticien courait à côté, poussant sur la poitrine du vieillard. Brusquement, le bâtiment entier bourdonna comme une ruche. D'autres gardes surgirent – une véritable armée. Deux d'entre eux entraînèrent Celia malgré les efforts de Matt pour les en empêcher. Un technicien vint couper une mèche de cheveux à Matt et repartit.

Il se retrouva seul. Seul si l'on exceptait les quatre grands costauds qui gardaient la fenêtre, et les autres – au nombre inconnu – qui surveillaient la porte. La pièce était vraiment belle. Le tapis présentait des motifs magnifiques aux couleurs de l'oasis : le rouge des parois des canyons, le vert de l'immortelle, et le bleu d'un ciel immobilisé entre deux hautes falaises. S'il fermait à demi les yeux, il pouvait presque s'imaginer là-bas, dans les ombres paisibles des montagnes Ajo.

Il attendait. On avait emmené El Patrón au bloc le matin, c'était maintenant l'après-midi. Dehors, la panique s'était apaisée, les couloirs étaient presque silencieux. L'hôpital poursuivait son activité sans recourir au prisonnier de la chambre luxueuse.

Matt termina le thé et mangea tous les biscuits. Il se sentait épuisé. Tout étant sens dessus dessous, il ne savait plus si la mort d'El Patrón entraînerait son salut ou tout l'opposé.

Il scruta son bras. L'arsenic était partout en lui. Les moustiques qui le piquaient mouraient-ils ? Pouvait-il tuer des êtres en crachant dessus ? C'était une réflexion intéressante. Matt découvrait que, si terrifié qu'il ait pu être au début, il était impossible de demeurer en état de terreur. Comme si son cerveau lui disait : *Bon, ça suffit. Trouvons autre chose à faire.*

Alors il pensa à María. Elle avait dû regagner son couvent. Il ignorait ce qu'elle fabriquait là-bas, à part manger des chocolats et se dorer nue sur le toit. Quelle curieuse occupation. Quelle intéressante occupation. À cette pensée, une chaleur monta au visage de Matt. Il avait vu des tableaux représentant de grasses divinités romaines plus que dévêtues, et il les avait trouvées jolies, mais personne ne se promenait comme ça dans la vraie vie. Ou si ? Il ne savait rien des us et coutumes du monde extérieur.

Matt se sentait fiévreux, ce qui n'avait rien d'étonnant vu qu'il était bourré d'arsenic. Il se demanda quelle autre substance tirée de son jardin Celia avait essayée sur lui.

La porte s'ouvrit, livrant passage à Mr Alacrán accompagné de Tam Lin.

L'espace d'un instant, le temps se figea. Matt avait de nouveau 6 ans et baignait dans une mare de sang tandis que Rosa lui retirait des morceaux de verre du pied. Un homme brutal avait déboulé et crié : *Comment oses-tu souiller cette maison ? Jetez-moi tout de suite cette créature dehors !*

Matt avait appris alors qu'il n'était pas humain. L'homme brutal s'appelait Mr Alacrán et, au fil des années, ne s'était pas départi de sa répugnance lorsqu'il regardait Matt.

– Je suis venu t'informer que nous n'avons plus besoin de tes services, déclara-t-il.

Cela signifiait qu'El Patrón était mort. Bien que Matt ait souvent envisagé cette issue, sa réalité avait la violence d'un coup.

– Je... Je suis désolé, bredouilla-t-il.

Des larmes coulèrent sur ses joues. S'il pouvait se retenir de sangloter, il n'y avait rien à faire contre le chagrin qui montait en lui.

– Je n'en doute pas, rétorqua Mr Alacrán. Cela signifie que nous n'avons plus aucun besoin de toi.

Mais si, songea Matt. Il en savait autant que Steven sur la façon de diriger Opium. Il avait étudié les techniques agricoles, les problèmes quotidiens d'épuration des eaux et de la distribution alimentaire. Il en savait certainement plus que quiconque sur les réseaux d'espionnage et la corruption des dirigeants dans les autres pays. Des années passées à écouter El Patrón lui avaient donné une vision de l'empire Alacrán que personne d'autre ne possédait.

– Faites-moi piquer ça, dit Mr Alacrán à Tam Lin.

– Bien, monsieur, fit Tam Lin.

– Comment ça? s'écria Matt. El Patrón n'aurait pas voulu! Il m'a donné de l'instruction. Il souhaitait que j'aide à diriger le pays.

Tam Lin le considéra avec pitié.

– Pauvre petit imbécile. El Patrón a eu sept autres clones exactement pareils à toi. Chacun avait fait des études et croyait qu'il dirigerait le pays.

– Je ne te crois pas!

– Il faut reconnaître que tu as été le premier à avoir un don musical. Mais, si on tient à écouter de la musique, on peut toujours allumer la radio.

– Tu ne peux pas faire ça! Nous sommes amis! Tu me l'as dit! Tu m'as laissé un mot...

Le coup qu'il reçut lui fit voir une myriade d'étoiles. Jamais personne ne l'avait frappé. Personne n'y avait été autorisé. Il tomba sur les genoux, se tenant la mâchoire. Il était encore plus choqué par celui qui venait de faire cela.

Tam Lin. Un ancien terroriste. Responsable de la mort d'une vingtaine d'enfants, et peut-être cela ne l'avait-il jamais empêché de dormir. Matt n'avait pas envisagé cette hypothèse.

– Tu vois, mon gars, je suis ce qu'on appelle un mercenaire, dit Tam Lin de ce ton cadencé que Matt avait fini par aimer. J'ai travaillé pour El Patrón pendant une éternité – et j'ai cru que ça durerait toujours. Mais maintenant je me retrouve sans emploi, et Mr Alacrán a l'immense bonté de m'en offrir un.

– Que devient Celia ? murmura Matt.

– Tu ne crois pas qu'elle allait s'en tirer après sa filouterie ? À l'heure qu'il est, elle a été transformée en eejit.

Mais c'est toi qui lui as parlé des papillons monarques, pensa Matt. *Tu l'as laissée aller droit dans le piège.*

– Pourrions-nous abréger ? fit Mr Alacrán. J'ai du travail à terminer.

– Je vais faire liquider le clone, monsieur, répondit Tam Lin. Il se pourrait que j'aie besoin de Daft Donald pour m'aider à attacher ce machin.

Il m'a traité de clone ! Il m'a traité de machin !

– N'oubliez pas que je veux vous voir à la veillée mortuaire ce soir, conclut Mr Alacrán.

– J'la manquerais pour rien au monde, assura Tam Lin.

Et un éclair pétilla dans son regard de menteur, de traître.

Daft Donald tenait fermement Matt tandis que Tam Lin lui immobilisait bras et jambes au moyen d'un solide ruban adhésif. Ensuite, le garde du corps le bascula sur un cheval sous le regard d'autres membres de la milice d'El Patrón qui flemmardaient près des écuries.

– T'emmènes ça où ? questionna l'un d'eux.

– J'ai dans l'idée de le larguer près du camp eejit, répliqua Tam Lin.

Les rires des hommes se perdirent dans le martèlement des sabots sur le sol.

Cet animal ne ressemblait pas aux Chevaux Sûrs. Il était plus rapide, moins prévisible. Même son odeur était différente – le visage pressé sur son flanc, Matt était bien placé pour en juger. Les Chevaux Sûrs dégageaient une vague odeur chimique, or celui-ci sentait fort le soleil et la sueur.

Brusquement, Matt comprit ce qu'avait voulu dire Tam Lin. Il avait l'intention de le jeter dans la boue jaune au fond d'une fosse. Le sang se mit à battre aux oreilles de Matt face à l'horreur qui l'attendait, à l'injustice, aux trahisons dont il était victime. Cette fois pourtant, au lieu de la peur, c'était une rage animale qui le submergeait. Il méritait de vivre ! Il avait droit à cette vie qu'on lui avait donnée si fortuitement, et, s'il devait mourir, il lutterait jusqu'à la dernière minute.

Pour le moment, entravé comme il l'était, il ne pouvait bouger. Il voyait la terre voler sous les sabots du cheval. Son ventre cognait douloureusement sur le dos de la monture.

Le cheval finit par ralentir, et Tam Lin fit descendre son prisonnier. Celui-ci parvint à se plier en deux et fonça tête la première dans l'estomac du garde du corps.

– Tout doux, espèce de petit cornichon débile ! jura Tam Lin. Regarde autour de toi avant de me jouer ce genre de tour !

Matt avait roulé sur le dos, les pieds levés, prêts à frapper. Il vit un ciel bleu, la rondeur d'un rocher. L'air ne sentait pas la fange, la pourriture, mais une propreté parfumée aux immortelles. Ils ne se trouvaient pas à proximité du camp eejit. Ils étaient sur le chemin des montagnes Ajo.

– Bon ! Maintenant j'attends des excuses copieuses, grogna Tam Lin.

Et, sans trop de douceur, il se mit à arracher le ruban adhésif de la peau de Matt.

– Tu vas plutôt me noyer dans l'oasis ? gronda celui-ci.

– Reprends tes esprits, p'tite tête. D'accord, tu as eu des raisons de douter de moi, mais reconnais-moi une certaine délicatesse.

– Comment faire confiance à quelqu'un qui a tué vingt enfants ?

– Alors ils t'ont dit ça.

Tam Lin eut l'air tellement triste que Matt eut un peu de peine pour lui – juste un peu.

– C'est vrai ? voulut-il savoir.

– Oh, sûr. C'est bien vrai.

Tam Lin constitua une boule avec le ruban usagé et la fit disparaître dans une sacoche de selle. Il sortit ensuite un petit sac à dos qu'il jeta sur son épaule.

– Allons-y. Je n'ai pas beaucoup de temps.

Sans un regard en arrière, il s'engagea dans le sentier. Matt ne bougea pas. Il pouvait voler le cheval et filer vers le nord.

La Patrouille ignorait peut-être encore qu'il était condamné à la destruction. *Destruction,* se répéta-t-il avec colère. Malheureusement, l'animal n'avait pas l'air facile à mener. Contrairement à un Cheval Sûr, il avait fallu l'attacher à un arbre. Il roula des yeux farouches et dilata ses naseaux quand Matt tenta de l'approcher. D'un autre côté, il pouvait suivre Tam Lin en comptant sur son amitié. Le garde du corps avait disparu derrière les rochers, sans se soucier de vérifier que Matt suivait.

Je suis probablement le pire des crétins, se dit Matt en s'engageant dans le sentier.

Le point d'eau était à son plus haut. Les pluies récentes avaient redonné vie au *paloverde,* qui arborait fièrement ses fleurs d'un délicat jaune-orangé. La treille portait plus de feuilles que Matt n'en avait jamais vu. Un petit canard qui barbotait dans l'eau s'éloigna à son arrivée.

Tam Lin s'était perché sur un rocher.

– C'est une sarcelle, dit-il. C'est à cette époque qu'elles migrent des États-Unis en Aztlán. On se demande comment elles arrivent à trouver une toute petite flaque d'eau comme ça dans l'immensité du désert.

Matt s'installa sur un autre rocher, pas trop près de son compagnon. Le soleil descendait derrière les collines, et les ombres s'insinuaient déjà dans le petit vallon.

– S'il n'y avait pas eu cet endroit, reprit le garde du corps, je serais devenu complètement cinglé autrefois.

Matt observait le petit canard qui se dandinait sur la berge opposée.

– J'étais à moitié fou quand j'ai commencé à travailler pour El Patrón. Je me disais à l'époque *C'est une bonne planque. Je m'en irai quand la police en aura marre de me chercher.* Mais évidemment les choses ne se sont pas passées comme ça. Quand El Patrón a mis la main sur quelque chose, c'est pour toujours.

– Tu as donc bien tué ces enfants, fit Matt.

– Je pourrais dire que c'était un accident – d'ailleurs, c'en était un –, mais ça n'enlève rien à l'horreur. Je voulais faire sauter le Premier ministre, un gros nuisible qui le méritait. J'ai simplement oublié de penser que d'autres personnes pouvaient se trouver là. J'étais un con trop sûr de lui. C'est dans l'explosion que j'ai écopé de presque toutes mes cicatrices. Et Daft Donald a eu la gorge ouverte. C'est pour ça qu'il ne peut pas parler.

Durant toutes ces années, Matt ne s'était jamais demandé pourquoi Daft Donald ne disait rien. Il tenait le grand costaud silencieux pour un ours.

– El Patrón savait d'instinct qui il pouvait réduire en esclavage, poursuivit Tam Lin. Il dégageait une telle puissance. Le pouvoir est une chose étrange, bonhomme. C'est une drogue, et les gens comme moi deviennent vite accros. C'est seulement quand j'ai rencontré Celia que j'ai vu le monstre que j'étais devenu. Sinon j'étais trop heureux de plastronner dans l'ombre d'El Patrón.

– Mais tu as laissé les docteurs transformer Celia en eejit.

– Certainement pas! Je l'ai marquée au front pour faire comme si elle avait été opérée, et je l'ai mise dans les écuries avec Rosa.

Pour la première fois depuis qu'ils étaient arrivés à l'oasis, Matt regarda franchement Tam Lin. Un poids terrible venait de lui être ôté.

– Elle sera en sécurité tant qu'elle pensera à se tenir comme un mort vivant. Bon, maintenant je crois que j'ai mérité tes copieuses excuses.

Matt les lui prodigua généreusement et sincèrement.

– Je l'aurais bien amenée ici, soupira Tam Lin, mais Celia n'est pas très douée pour l'escalade.

Ils contemplèrent la surface de l'eau que teintaient des reflets argentés. Sur la berge, la sarcelle se lissait les plumes. Une hirondelle goba une libellule qui voletait au-dessus de l'onde.

– Est-ce que je vais devoir vivre ici ? questionna Matt.

Tam Lin sursauta.

– Ah, je rêvasse. J'aime la façon dont les hirondelles se redressent en vol juste avant de s'écraser au sol. Non, bonhomme. Tu ne pourrais pas survivre. Mieux vaut que tu partes en Aztlán.

En Aztlán ! Le cœur de Matt bondit.

– Tu viens avec moi ?

– Je ne peux pas, répondit Tam Lin avec tristesse. Tu vois, j'ai fait des choses terribles dans ma vie, et je ne peux pas ne pas en payer les conséquences.

– Mais si, protesta Matt. La police a dû arrêter de te chercher depuis longtemps. Tu pourrais prendre un faux nom, te faire pousser la barbe et te raser la tête.

– Je pourrais, oui… Je me permets de te faire remarquer que tu manifestes là un penchant de hors-la-loi. Faut dire que tu as de qui tenir. Non, je parle des conséquences morales. J'ai passé des années à profiter des horreurs d'Opium, et aujourd'hui j'ai l'occasion de remettre les pendules à l'heure. Je ne dois pas la laisser passer. Celia m'a fait voir tout ça. C'est une femme très rigoureuse, tu sais. Elle ne transige pas avec le mal.

– Je sais, acquiesça Matt, songeant à la façon dont Celia s'était rebellée contre El Patrón.

– J'ai déjà préparé ton paquetage, reprit Tam Lin en dénouant le lacet du sac à dos. Les cartes sont dans la cantine. Emporte autant de gourdes que possible. Quand tu atteindras la frontière d'Aztlán, dis que tu es un réfugié. Tes parents ont été pris par la Patrouille du Domaine. Joue plutôt le gros bêta – ça ne devrait pas être trop dur – et ne dis à personne que tu es un clone.

– Ils ne s'en rendront pas compte?

– Je vais te révéler un vachard de petit secret.

Tam Lin se pencha et se mit à chuchoter, comme si les hirondelles, la sarcelle et les libellules ne devaient pas l'entendre:

– Personne ne peut faire la différence entre un clone et un humain. Tout ça parce qu'*il n'y a aucune* différence. L'idée que les clones sont inférieurs est un mensonge abominable.

Sur ces mots, Tam Lin se dirigea vers la cantine. Bouche bée, Matt le regarda sortir les gourdes et les cartes. Comment un clone pouvait-il être l'égal d'un humain? Toute l'expérience de Matt démentait cette affirmation.

– Tiens, voilà de l'argent. J'aurais dû t'apprendre à l'utiliser. Ça, c'est un billet de cent pesos, celui-là de cinquante pesos. Commence toujours par demander le prix si tu veux acheter quelque chose, et propose la moitié. Oh, et puis zut! Tu ne vas pas apprendre ça maintenant. Pense surtout à ne sortir qu'un seul billet à la fois et ne laisse personne plonger les yeux dans ta bourse.

Le soleil avait disparu et le crépuscule venait rapidement. Tam Lin alluma un feu de camp et entassa du bois sec à proximité.

– Je te conseille de partir à la première heure demain. Ce qui te donne douze heures pour atteindre la frontière. C'est le moment idéal parce que la Patrouille est à la maison pour la veillée mortuaire. Encore une chose: à Opium, El Patrón a arrêté le temps depuis un siècle.

– Je ne comprends pas, fit Matt.

– Opium est resté, dans la mesure du possible, tel que le

monde était dans la jeunesse d'El Patrón. Celia cuisine au bois, les chambres n'ont pas l'air conditionné, la culture du pavot se fait à la main, pas avec des machines. Même les fusées n'ont pas le droit de survoler le territoire. Seules exceptions à la règle : l'hôpital et le système de sécurité. C'était le moyen pour El Patrón de ruser avec la mort. Un de ses moyens.

– Mais tout est exactement pareil à la télé, protesta Matt.

Tam Lin se mit à rire.

– El Patrón contrôlait aussi la télé. El Látigo Negro jouait du fouet voilà plus d'un siècle. Ça ne s'appelle même plus des rediffusions. Sur bien des choses, tu seras désorienté en Aztlán, quoiqu'ils soient en train de revenir à plus de simplicité. Ils essayent de renoncer à une économie entièrement fondée sur la technologie pour retrouver l'ancienne culture mexicaine. Certains trucs te paraîtront familiers.

– Attends ! s'écria Matt, voyant que le garde du corps s'apprêtait à partir. Tu ne peux pas rester ?

L'idée de perdre son ami, et peut-être de ne jamais le revoir, l'accablait.

– Faut que j'assiste à la veillée, fit Tam Lin.

– Alors amène Celia ici. Je l'aiderai à escalader les rochers.

– Tu ne les as pas encore vus, ces rochers-là. Non, bonhomme. Celia est trop âgée pour faire le voyage. Je veillerai sur elle autant que possible. Tu as ma parole.

– Qu'est-ce que je ferai en Aztlán ? Où dois-je aller ?

Matt se sentait gagné par la panique.

– Où ai-je la tête ? s'exclama Tam Lin. J'oubliais le plus important. Dès que tu arrives en Aztlán, tu prends un aéroglisseur pour San Luis, et là tu demandes la direction du couvent de Santa Clara. À moins que je fasse fausse route, María sautera au plafond quand elle te verra.

Cette fois, plus rien ne le retenait. Il partit à grandes enjambées, Matt trottant sur ses talons. Lorsqu'ils parvinrent au trou dans le rocher, le garde du corps se retourna et posa une main sur l'épaule de Matt.

– Allez, mon gars. J'ai pas trop de goût pour les longs adieux.

– Je te reverrai un jour?

Tam Lin attendit un instant avant de répondre:

– Non. Je ne t'ai jamais menti, et je ne vais pas commencer aujourd'hui. L'essentiel est que tu te sois échappé. Tu es l'unique bien qu'El Patrón aura laissé filer.

– Que va-t-il m'arriver? demanda Matt.

– Tu vas retrouver María et, si tout va bien, sa mère.

– Tu connais Esperanza?

– Oh, sûr. Elle avait l'habitude de venir à la maison. Tu as déjà vu ce film sur les dinosaures? Celui où il y a le velociraptor?

Matt se rappelait un dinosaure particulièrement redoutable, armé de griffes, de dents, et d'une nette propension à se tapir entre les rochers pour guetter ses proies.

– Eh bien, c'est le portrait d'Esperanza quand elle s'enflamme pour une cause. C'est une bonne alliée.

Et Tam Lin disparut dans le trou obscur du rocher, sans un regard en arrière. Matt se retint de diriger vers lui le faisceau de sa lampe de poche.

Matt était presque étourdi quand il revint à l'oasis. Il s'était passé tant de choses, et si vite. Tant de changements s'étaient produits. Le petit feu de camp lui parut douloureusement solitaire. Il le rechargea puis s'inquiéta : la Patrouille risquait de le voir. Alors il écarta les brandons incandescents. Mais ensuite il pensa aux animaux qui pouvaient venir boire à la nuit. Des coyotes, sûrement, peut-être un lynx. Le jaguar était plus hypothétique, mais Tam Lin en avait vu. Matt rechargea le feu.

Il pêcha dans la cantine métallique de la viande boucanée et des pommes séchées. Il était affamé. Manger lui redonna de l'optimisme, et bientôt il se mit à étudier la carte à la lueur dansante du feu. C'était comme un roman passionnant, plein d'aventures possibles. Tam Lin avait tracé la route au feutre rouge et ajouté des commentaires avec son orthographe fantaisiste, du genre *Issi serpent a sonète ou vu hours sous arbre.* Matt termina son dîner par une poignée de cacahuètes et une barre de chocolat.

Il enferma le sac à dos dans la cantine et déroula son duvet sur le plat d'un rocher à découvert. Il se sentait plus en sûreté à quelque distance des lieux où il risquait de rencontrer *hours sous arbre.* Puis il s'allongea sur le dos et regarda les étoiles.

Il était singulièrement effrayant d'être couché par terre sans aucun abri. Le ciel était si noir, les étoiles si nombreuses et si brillantes. Ne risquait-il pas de se mettre à flotter et d'aller se perdre à jamais dans ces lumières vives et inhumaines ?

Par mesure de précaution, il tendit une corde entre son sac de couchage et un arbre. Certes, son inquiétude était plutôt sotte, mais mieux valait être prudent. Celia lui avait raconté un jour que les Indiens de son village portaient sur eux des amulettes qui les empêchaient d'être emportés dans le ciel. Peut-être savaient-ils des choses qu'ignorent ceux qui ont un toit.

Épuisé, Matt sombra dans un sommeil profond et sans rêves. Peu avant l'aube, l'air vibra sous l'effet de ce qui ressemblait – mais à peine – à un bruit. Matt se redressa, saisit la corde. Le sol trembla légèrement, puis s'apaisa. Deux corbeaux jaillirent d'un arbre et tournèrent au-dessus de l'oasis en croassant furieusement. Un coyote se figea, le museau dégoulinant de l'eau qu'il était en train de boire.

Matt tendit l'oreille. Le bruit – s'il s'agissait bien d'un bruit – avait semblé gronder partout aux alentours. Les corbeaux se reposèrent en ronchonnant de concert, et le coyote fila dans les rochers.

Matt alluma un feu avec un briquet trouvé dans le sac à dos. Il aperçut des empreintes de coyote autour de la malle, et des traces de crocs qui avaient essayé de ronger le loquet.

Après un petit déjeuner rapide, il emplit d'eau autant de gourdes qu'il pouvait en porter, mit dans chacune un comprimé d'iode. La dernière fois qu'il avait bu de cette eau, il avait été affreusement malade. Sauf que c'était à cause de l'arsenic, comprit-il. Comment allait Celia ? Mangeait-elle à sa faim dans les écuries ? Et faire semblant d'être un mort vivant n'était-il pas aussi terrible que d'en être un si cela durait des années ?

Je demanderai à Esperanza de l'aider à s'enfuir, décida Matt.

Alors que le moment du départ était venu, il se surprenait à traînasser. Il vérifia deux fois son paquetage, y ajouta un livre, le soupesa, enleva le livre. Le soleil était déjà haut, même s'il n'avait pas encore atteint le vallon. *Je pourrais passer une autre nuit ici,* songea-t-il. Mais l'oasis n'était peut-être plus un refuge sûr maintenant qu'El Patrón n'était plus là.

Il enfila le sac à dos, attacha d'autres gourdes à sa ceinture, et s'en alla par les profondeurs de la treille. Il partait comme Tam Lin, sans regarder en arrière.

La première partie du sentier était facile, il l'avait souvent empruntée. Mais bientôt il parvint à une gorge obstruée par des buissons. Il dut s'y frayer son chemin. La poussière des feuillages malmenés le couvrit des pieds à la tête, s'insinua dans ses poumons, et il dut s'arrêter dans une ravine asséchée pour reprendre son souffle. Il n'était parti que depuis une heure. Si la suite du périple était à l'avenant, il n'atteindrait pas Aztlán avant un mois.

Heureusement, il trouva un inhalateur dans une poche intérieure du sac et put soulager ses poumons douloureux. Il découvrit aussi une petite machette dans un étui en cuir. *Je me serais épargné pas mal d'ennuis si j'avais regardé plus tôt,* se dit-il.

Reposé, il continua son chemin, cette fois en tailladant les buissons, et puisant un plaisir farouche à neutraliser la végétation qui tout à l'heure lui avait griffé les bras et le visage.

Au fin fond de la vallée, il se retrouva face à une falaise de granit, plus élevée que tout ce qu'il avait escaladé. Il consulta la carte. Oui, c'était bien la route, avec un trait rouge qui allait tout droit. Et Tam Lin avait écrit: *Seul chemain possible. Tu en ai capable.* Matt scruta les buissons qui dépassaient du sommet, jusqu'à en avoir le vertige. Sa seule consolation était de ne pas avoir à hisser Celia là-haut.

Il grimpa lentement, se cramponnant de fissure en lézarde. Ses jambes se mirent bientôt à trembler de fatigue. À mi-hauteur, il crut ne plus pouvoir avancer. Plaqué contre le granit insensible, il se demanda combien de temps il tiendrait avant que l'épuisement le force à lâcher. Il allait s'écraser sur les aspérités des rochers. Il allait mourir là. Il aurait aussi bien pu laisser les médecins lui prendre son cœur. Une ombre passa rapidement sur lui, repassa un peu plus tard.

Une seule créature pouvait ainsi projeter son ombre sur la falaise d'un lieu aussi désertique. Une rage soudaine envahit Matt, venue de très loin au fond de lui, comme la lave d'un volcan. Épuisement et découragement cédèrent sous la fureur de survivre. Il se hissa, pied à pied, main à main, parvint enfin au sommet, tout frémissant, à bout de souffle et stupéfait de sa prouesse.

Couché sur le dos, haletant, il regarda le ciel bleu aveuglant et entendit le battement pugnace des ailes de l'oiseau qui tournoyait au-dessus. *Je t'ai bien eu, j'ai gagné, saleté de vautour.* Il sourit. On aurait dit El Patrón.

Il lança un caillou dans la direction du sinistre charognard, puis fêta son exploit avec une gourde d'eau et un paquet de biscuits. D'après la carte, il avait parcouru environ cinq *miles* et il lui en restait autant. Le soleil déclinait à l'ouest, sans doute Matt n'atteindrait-il pas la frontière avant la nuit. Cela ne l'inquiétait pas outre mesure. Il avait des vivres et se sentait en pleine forme après sa victoire sur la falaise.

Il progressa sans difficulté sur l'arête d'une crête. La vue était spectaculaire. Comme Tam Lin avait pensé à inclure une paire de petites jumelles dans son bagage, il s'arrêtait fréquemment pour regarder Opium derrière lui. Devant, les montagnes lui cachaient encore les terres d'Aztlán.

Il pouvait voir l'étendue plane des champs de pavots, et même une tache brune qui devait être un groupe d'eejits. Il reconnut la station d'épuration des eaux, ainsi que les entrepôts qui abritaient les réserves alimentaires et les engrais. Les toitures rouges de la Grande Maison se détachaient sur le vert intense des jardins. Matt éprouva une curieuse sensation au creux du ventre ; c'était de la tristesse, comprit-il.

Et là, sur une crête des montagnes Ajo, il s'abandonna au chagrin. Il pleura sur Celia, prisonnière dans les écuries, et sur Tam Lin, prisonnier d'un autre genre. Il ne versa pas de larmes sur les Alacrán ou leurs esclaves Felicia, Fani, Emilia. Mais il pleura sur El Patrón, qui méritait moins que quiconque la pitié, mais qui avait été plus proche de lui que toute autre personne au monde.

Étrangement, c'était comme si El Patrón était encore en vie, en un sens. D'ailleurs, il l'était. Car Matt existait. Tant qu'il vivrait, El Patrón n'aurait pas disparu.

Il installa son bivouac au sommet de la crête. Les pluies récentes avaient rempli d'eau les creux des rochers, et dans les petits replis de la montagne verdissaient les yuccas. Les mauves du désert arboraient leurs fleurs jaune pâle là où un semblant de terre leur avait permis de pousser, et partout les tardifs rosiers des falaises accueillaient les abeilles.

Matt n'avait pas peur, même s'il n'avait jamais vu autant d'animaux lors de ses périples avec Tam Lin. Un daim à queue blanche broutait les buissons dans le soleil de fin d'après-midi. Matt reconnut également un mâle qui frottait ses bois contre un arbre, et aperçut un groupe de coatis* qui couraient avec la queue en l'air, leur long museau frôlant le sol.

Toute cette vie qui s'affairait, volait, plongeait, grignotait, jacassait… Des grenouilles coassaient dans un trou d'eau

* Mammifère carnivore d'Amérique au corps allongé, au museau terminé en groin.

invisible, un écureuil siffla quand un faucon à queue rouge passa dans les parages; sur la plus haute branche d'un prosopis, un oiseau moqueur interprétait toutes les chansons connues de Matt, sans oublier quelques extras qui devaient être de sa composition.

Par-dessus tout, c'était cette symphonie sauvage qui impressionnait Matt. Cela lui procurait le même plaisir que jouer du piano comme autrefois quand il était inquiet ou qu'il souffrait de la solitude. Il se trouvait transporté dans un autre monde où seule la beauté existait, et où la haine, la désillusion, la mort ne pouvaient l'atteindre.

Il resta longtemps à contempler les lueur lointaines d'Opium. Elles n'étaient pas nombreuses. La Grande Maison était maintenant perdue dans un océan d'obscurité. La station d'épuration, les usines, les entrepôts et le camp des eejits étaient invisibles. Comme il n'y avait pas un souffle d'air, sans doute avait-on emmené les eejits dormir dans les champs. Pas un son ne montait de la plaine lointaine. Le paysage aurait pu être un tableau au lieu d'une réalité. En revanche, Matt entendait, tout près, le ululement d'un grand duc et le chant incessant des grillons. La montagne était plus noire que la plaine, mais elle était vivante et bien réelle.

Après une bonne nuit de sommeil, Matt se sentit fort et confiant au matin. Un brouillard très bas recouvrait Opium, comme souvent en automne.

Ayant à nouveau consulté sa carte, Matt s'engagea dans un sentier tantôt ascendant, tantôt descendant, qui conduisait à un col entre deux hauteurs. Il perçut un bruit venu de l'un des mamelons herbus, comme un coup puissant, violent. Le bruit se reproduisit plusieurs fois.

S'étant davantage approché, Matt se tapit prudemment derrière un buisson, et là il vit deux béliers en train de se battre. Ils fonçaient tête baissée l'un vers l'autre, toutes cornes dehors, chancelaient sous le choc, puis repartaient chacun de leur côté en trottant. Au bout d'un moment, ils recommençaient. Éparpillées dans les rochers, brebis et agnelles assistaient au combat. Matt était si heureux du spectacle qu'il éclata de rire. Alors, évidemment, les moutons coururent se mettre à l'abri, bondissant de rocher en rocher.

Comme il n'allait pas tarder à atteindre le col proprement dit, Matt commença à entendre un autre bruit troublant, un peu comme le ronflement du feu dans la cuisinière à bois de Celia. La rumeur enflait au fur et à mesure, et Matt identifia plusieurs sons qui la composaient : le grincement d'une machinerie, des coups de klaxon, et même – contre toute attente – de la musique.

Le passage du col le fit basculer dans un autre monde. Devant lui, en contrebas, s'étiraient encore de belles hauteurs paisibles, peuplées de faucons qui tournoyaient au-dessus des vallons arborés. Mais, au-delà, surgissait une multitude d'usines et de gratte-ciel. Les chaussées bitumées ne se contentaient pas de courir au sol, elles grimpaient en larges spirales à l'assaut des bâtiments. Des cohortes d'aéroglisseurs sillonnaient le ciel. Et ce monde d'asphalte et de béton s'étirait aussi loin que portait le regard, du moins autant qu'on puisse le distinguer sous la chape de brume brunâtre qui le recouvrait. C'était de là que montait le tapage assourdissant, et Matt en fut tellement surpris qu'il s'assit sur le chemin pour réfléchir.

Le soleil étant au zénith, il se couvrit du chapeau que Tam Lin lui avait également fourni. C'était donc Aztlán qu'il avait sous les yeux. Rien de ce qu'il avait imaginé ne ressemblait à cela. Il avait joyeusement mêlé les contes de Celia à propos des *maquiladoras* avec les histoires d'El Patrón sur le Durango, le tout mâtiné de quelques épisodes d'*El Látigo*

Negro. Il en ressortait un salmigondis de manufactures vieillottes, de masures primitives, et de ranches fabuleux sur lesquels régnaient de méchants propriétaires qui avaient des filles ravissantes.

Comment les gens peuvent-ils vivre dans ce vacarme ? se demanda Matt. *Comment peuvent-ils respirer cet air ?* Autant qu'il puisse s'en rendre compte, il n'existait pas de clôture, seulement un alignement de piquets qui auraient pu supporter une clôture. La terre frontalière d'Opium était déserte, comme si d'inquiétants panneaux avaient signalé : DANGER ! RADIOACTIVITÉ !

Matt repartit vers le col, jusqu'au mamelon herbu où les béliers s'étaient battus. Là, il mangea un peu de viande boucanée et de fromage. Il ne pouvait rester ici. La saison des pluies était brève dans les montagnes Ajo, et bientôt les points d'eau s'assécheraient.

D'un autre côté, il ne pouvait retourner à la Grande Maison. La frontière d'Aztlán représentait la seule issue. *Tu peux y arriver,* lui aurait dit Tam Lin. *Je suppose qu'il le faut,* pensa Matt. Et il se tourna pour contempler une dernière fois la prairie tranquille, les plumets blancs des hautes herbes et les moineaux friquets qui voletaient d'arbre en arbre.

Il descendit en glissant une sente abrupte et sablonneuse. Parvenu en bas, il avait chaud, était couvert de poussière et souffrait de la douzaine d'épines de cactus qui s'étaient plantées dans sa chair en chemin. Il s'accroupit à l'ombre d'un rocher pour boire sa dernière gourde d'eau.

Les épines s'avérèrent impossibles à enlever. On aurait dit qu'elles s'enfonçaient encore plus quand il essayait de les saisir. Il avait également déchiré son pantalon dans la descente, ainsi qu'une bretelle du sac à dos.

Il observa la frontière à l'aide de ses jumelles. Ce qu'il vit était aussi sinistre et laid qu'il l'avait soupçonné. Des usines alignées crachaient leur fumée dans le ciel. Tout le long, sur la frontière proprement dite, c'était un fouillis d'engins au rebut et de cuves qui laissaient couler sur le sol un liquide noir. Les flaques qui se formaient ponctuaient la bande étroite qui s'étirait entre les bâtiments et l'alignement de poteaux. Soudain un mouvement beaucoup plus proche pénétra dans le champ de vision de Matt.

Il régla les lentilles. C'était un homme à cheval. Un membre de la Patrouille des Domaines! Et d'autres Patrouilleurs étaient avec lui.

Matt se recula dans les rochers. La Patrouille avait dû reprendre ses rondes après la veillée mortuaire. L'avait-on vu dévaler la montagne? Il avait peur de bouger. Peur de ne pas bouger. Par chance, le creux où il s'était tapi était profond. À l'issue d'une demi-heure angoissante, il supposa que la Patrouille n'avait rien vu. Ou peut-être se contentait-on d'attendre qu'il ait soif et sorte de son trou. De fait, il eut soif, horriblement, à mesure que passaient les heures.

Les hommes étaient au nombre de six. Ils allaient et venaient lentement sur leurs chevaux. Jamais la voie n'était libre, pas une fois Matt ne put espérer parvenir à courir sur les quelques centaines de mètres qui le séparaient de la liberté. Le soleil plongeait vers l'ouest. Les ombres s'allongeaient. Matt suçait un caillou pour essayer de tromper la soif.

Le soleil se coucha. L'ombre de la nuit se leva, divisant le ciel en deux longs rubans, bleu pâle au-dessus, gris au-dessous, ourlés d'un liseré rose-orangé là où l'astre dardait ses ultimes rayons sur un brouillard de poussière. Brusquement, un vacarme éclata. Un groupe d'hommes surgit de la décharge et courut vers la frontière. À l'instant où ils franchissaient l'alignement de piquets, des sirènes se mirent à hurler. La Patrouille galopa pour les intercepter.

Matt avait déjà décollé, dans la direction inverse. Il ne lui avait pas fallu une seconde pour réagir. C'était sa seule chance. Courant à toutes jambes, il entendit des cris sur sa gauche, puis une détonation violente, accompagnée d'un éclair. Il avait vu cette arme à l'occasion d'un anniversaire d'El Patrón : un terrible pistolet hypodermique qui grillait les cheveux d'un Illégal et lui arrêtait le cœur. La plupart du temps, le cœur de l'Illégal finissait par repartir, ce qui permettait de le transformer en eejit.

Ensuite, Matt entendit des galops. Il ne tenta pas de se retourner pour voir combien d'hommes avaient fait demi-tour pour le prendre en chasse. Son seul espoir était d'atteindre la frontière, et il bondissait avec l'agilité d'un cabri. Du coin de l'œil, il distingua la masse d'un cheval qui approchait de lui. Il lança ses jumelles vers la tête de l'animal qui fit un écart brutal. Le cavalier le freina, avant de le contraindre à repartir.

Les poteaux étaient tout près. Sous les pieds de Matt, le ciment succéda à la terre. Il accéléra encore sa course, mais le Patrouilleur attrapa son sac à dos et serra la bride à sa monture. Matt eut le réflexe de défaire la boucle de la ceinture du sac qui lui ceignait la taille et de laisser glisser les bretelles. Tout à son élan, allégé subitement de ce poids, il trébucha et se retrouva projeté par-delà la ligne frontalière, à plat ventre dans une flaque noire et huileuse.

Il se redressa aussitôt, s'essuya frénétiquement les yeux. Bredouille, le Patrouilleur s'éloignait. Matt se regarda ; avec l'allure qu'il avait maintenant, il n'aurait aucun mal à convaincre les Aztlános qu'il était un réfugié. Il n'avait pas de bagage, pas d'argent, et une saleté visqueuse le couvrait de la tête aux pieds.

LA VIDA NUEVA

LES GARÇONS PERDUS

– *¡Qué coraje!* Ce gosse a un sacré cran! disait un homme.

Matt essuya le liquide gluant qui lui dégoulinait des cheveux. Deux gardes-frontière en uniforme venaient vers lui entre les engins au rebut et les citernes.

– Hé, petit! *¿Como te llamas?* Comment tu t'appelles? demanda l'un d'eux.

Matt hésita un instant. Il ne fallait pas leur dire la vérité.

– Matt… Ortega, fit-il, empruntant le nom de son professeur de musique.

– Tu es un vrai coriace! reprit le garde-frontière. J'ai cru qu'il t'avait eu quand il a attrapé ton sac à dos. C'est ta famille qui est passée ce soir?

– N… non. Ma fa… famille…

Après les émotions fortes, toute l'énergie de Matt l'abandonnait. Claquant des dents, il referma les bras sur lui-même.

– Allez, fit gentiment le garde, pas besoin de t'expliquer maintenant. Tu as eu la trouille de ta vie. *¡Caray!* Moi, j'ai eu les sangs retournés rien qu'à te voir. Viens à l'intérieur, tu vas pouvoir te laver et manger.

Matt se mit en mouvement prudemment, afin de ne pas glisser sur le ciment. Non seulement il était couvert de boue gluante, mais il avait le ventre tout noué après la terreur de sa fuite.

Les gardes le conduisirent dans une grande salle d'eau en béton brut, sur un côté de laquelle s'alignaient des douches. Ils lui donnèrent une brosse et un morceau de savon vert.

– Tu prendras un habit dans le coffre, lui signala l'un d'eux.

C'est comme un rêve, pensait Matt en se frottant avec acharnement sous le jet d'eau chaude. Il avait redouté l'accueil en Aztlán, or ces hommes le traitaient comme un invité. Ils ne semblaient pas du tout étonnés de le voir.

Il dénicha un genre de combinaison-pantalon kaki qui ne lui parut pas trop mal. Le tissu était rêche au possible, mais ainsi il ne détonnerait pas ; il pouvait passer pour un humain.

Quand il ressortit des douches, on le fit asseoir à une table, et un homme en uniforme noir, avec sur la manche un insigne représentant une ruche, lui servit une assiette de tortillas et de haricots.

– Merci, c'est très aimable, fit Matt.

– Oh, oh, c'est qu'on a affaire à un aristocrate, commenta l'un des gardes-frontières. Ça remonte à quand la dernière fois qu'on a dit merci à un Surveillant, Raúl ?

– À peu près à l'époque où l'Amérique a découvert Christophe Colomb, répondit le dénommé Raúl.

Il tira une chaise avant de reprendre :

– Bon, môme. Qu'est-ce que tu faisais sur la *frontera ?*

Entre les bouchées de haricots, Matt lui raconta l'histoire concoctée par Tam Lin. Ses parents avaient été pris par la Patrouille des Domaines. Terrifié, il était revenu à la frontière. Il voulait aller à San Luis.

– C'est rude de perdre ses parents comme ça, commenta Raúl. Tu viens de San Luis ?

– J'ai… une connaissance là-bas, fit Matt, ne sachant comment qualifier María.

L'homme haussa les épaules.

– Quel genre de travail peux-tu faire ?

Un travail ? Matt fut désorienté. Il savait comment l'on dirige un empire de l'opium, mais ce n'était sans doute pas ce que l'homme souhaitait entendre.

– Je sais jouer du piano, dit-il enfin.

Raúl éclata de rire.

– Sûr que c'est un aristo, dit l'autre garde.

– Ne va pas te tromper sur notre compte, reprit Raúl en remarquant l'expression déconfite de Matt. Nous aimons l'art et la musique, mais dans le nouvel Aztlán nous n'avons pas le temps de nous amuser. Nous devons contribuer à l'intérêt général du peuple.

– C'est dur mais c'est juste, dit l'autre homme.

– Alors si tu as un talent particulier, par exemple équilibrer des bobines magnétiques ou mener un épurateur positronique, dis-le-nous.

Un épurateur positronique, se répéta Matt. *Je ne sais même pas ce que c'est.*

– J'ai étudié l'épuration des eaux, hasarda-t-il.

Ce n'était pas entièrement vrai. Il avait visité la station d'épuration…

– Tout ça est automatisé, fit le garde-frontière.

– Attends, reprit Raúl, j'ai une idée.

– Ne la laisse pas filer, se moqua l'autre.

– Non, sérieux. L'usine de plancton à San Luis a toujours besoin de main-d'œuvre. Ce n'est pas très éloigné de l'épuration des eaux. Et c'est là que le gosse veut aller.

Les hommes parurent trouver l'idée géniale, et Matt, qui ignorait complètement de quoi ils parlaient, dit que l'usine de plancton lui convenait. Après tout, elle était située à San Luis. Il partirait très vite pour le couvent de Santa Clara.

Matt passa la nuit au poste des gardes-frontière. Au matin, Raúl l'emmena dans un grand bâtiment gris, pourvu de hautes fenêtres obstruées par des barreaux.

– Tu as de la veine, *chico*. On a un aéroglisseur pour San Luis demain.

Il déverrouilla une porte métallique qui ouvrait sur un couloir faiblement éclairé. Deux gardes étaient affalés à une table devant une autre porte, celle-ci en verre Securit, et jouaient à un jeu inconnu de Matt.

Des hommes minuscules, apparemment suspendus dans le vide au-dessus de la table, se déplaçaient dans un décor de village primitif au milieu duquel trônait une marmite qui bouillonnait sur un feu. Ce fut un détail très réaliste qui enchanta Matt: on entendait l'eau crépiter sur les flammes. La moitié des hommes minuscules étaient vêtus de peaux de bêtes et portaient des lances. L'autre moitié était en robes de moines. Les deux joueurs avaient aux mains des gants argentés et faisaient bouger les pièces en agitant les doigts.

– Encore un pour San Luis, déclara Raúl.

Les gardes arrêtèrent leur partie à contrecœur.

– Où est passée l'image? questionna Matt.

– T'as jamais vu un jeu holographique, petit?

– Bien sûr que si, mentit Matt afin de ne pas éveiller les soupçons.

– Ah, j'y suis. Celui-là, tu ne le connais pas. C'est que c'est une antiquité. C'est tout ce que ce gouvernement de chiotte nous accorde.

– Surveille ton langage devant un gamin, fit Raúl.

– Excuse, dit le garde.

Il revint au jeu, et les figurines minuscules réapparurent.

– Tu vois, ça, c'est les cannibales, et les autres, les missionnaires. Le but pour les cannibales, c'est de pousser les missionnaires dans la marmite.

– Et le but des missionnaires ? interrogea Matt.

– De pousser les cannibales à l'église, mais d'abord ils doivent les baptiser.

Fasciné, Matt regarda un minuscule missionnaire plaquer au sol un cannibale furieux et lui asperger la tête d'eau. Il s'agissait sans doute du baptême.

– Ça a l'air amusant, dit-il.

– À condition de ne pas y avoir joué des milliers de fois.

Le garde arrêta à nouveau le jeu et déverrouilla la porte vitrée pour laisser passage à Raúl et à Matt.

– Pourquoi toutes les portes sont-elles fermées à clef ? questionna Matt.

– La discipline dans la production de ressources est vitale pour l'intérêt général du peuple, répondit Raúl.

Quelle drôle de réponse, se dit Matt. Néanmoins, son attention était à présent accaparée par une salle pleine de garçons qui travaillaient à des tables. Tous cessèrent leur activité pour regarder Matt.

Jamais il n'avait joué avec des enfants. Il n'était pas allé à l'école, n'avait pas pratiqué de sport collectif, jamais eu d'ami de son âge, à l'exception de María. Face à lui, les gens avaient surtout exprimé de la haine. Aussi, se retrouver subitement parmi une foule de garçons équivalait à être jeté au milieu des piranhas. On allait forcément lui faire du mal. Il se figea dans une position de karaté que Tam Lin lui avait enseignée.

Les garçons se précipitèrent, parlant tous à la fois :

– C'est quoi, ton nom? Où est-ce qu'ils t'envoient? T'as des sous?

Remarquant peut-être la position étrange de Matt, Raúl les écarta.

– *Orale, morros.* C'est bon, les gosses. Il s'appelle Matt, et il a besoin qu'on le laisse tranquille un petit moment. Il vient de perdre ses parents au Pays Rêvé.

Les garçons retournèrent à leurs tables, mais sans cesser d'observer Matt; deux ou trois risquèrent même un sourire de sympathie.

Matt resta près de la porte tandis que Raúl passait entre les tables pour commenter le travail des garçons. Certains assemblaient des pièces minuscules, d'autres tressaient des lanières de plastique sur des semelles de sandales. D'autres encore dosaient de la poudre avant de la mettre en capsules, puis comptaient les gélules qui atterrissaient dans des flacons.

Raúl s'arrêta près d'un garçon massif qui ponçait un morceau de bois sculpté.

– Nous n'avons pas le temps de nous amuser, Chacho. La discipline dans la production de ressources est vitale pour l'intérêt général du peuple.

– Aux chiottes, l'intérêt du peuple, marmonna Chacho sans cesser de poncer le bois.

Si Raúl fut fâché par ce juron – Matt ne doutait pas que ce fût un juron même s'il en ignorait le sens –, il n'en montra rien. Il prit le bois sculpté des mains de Chacho.

– L'attention au bien-être de la nation est la plus haute vertu à laquelle peut aspirer un citoyen.

– Ouais, sûr, fit Chacho.

– Le travail, c'est la liberté. La liberté, c'est de travailler. C'est dur mais c'est juste.

– C'est *dur* mais c'est *juste,* scandèrent en chœur tous les autres garçons. C'est *dur* mais c'est *juste.*

Battant le rythme sur les tables, ils psalmodièrent de plus en plus fort, jusqu'à ce que le chahut menace et que Raúl leur impose le silence en levant les mains.

– Je suis content de vous voir dans un si bon état d'esprit, dit-il avec le sourire. Vous pensez peut-être que je ne suis qu'un vieux Surveillant rasoir, mais un jour vous comprendrez l'importance de ces leçons.

Il entraîna Matt au milieu de la salle.

– Ce garçon va partir à San Luis. Je vous demande de lui faire bon accueil, mais de ne pas l'ennuyer s'il veut être seul. Il vient de subir une perte terrible.

Raúl sortit ensuite avec une telle discrétion que la porte se referma à clef avant même que Matt s'en rende compte. Pourquoi fallait-il verrouiller les portes ? Et que signifiait ce mot de Surveillant qu'il entendait pour la deuxième fois ?

Il darda un regard farouche sur les garçons ; tous travaillaient plus lentement maintenant qu'ils étaient seuls. El Patrón disait toujours qu'il était primordial d'établir son autorité avant que quiconque n'ait l'occasion de la contester. Matt passa à côté des tables comme s'il était le maître des lieux.

– Tu veux venir là ? proposa un petit gamin maigrichon qui fabriquait des gélules.

Matt détailla longuement les lieux.

– Tu peux donner un coup de main, si tu veux, offrit encore le gamin.

– À mon avis, tu ferais mieux de poser ton cul tant que t'en as l'occasion, fit Chacho depuis l'autre bout de la pièce.

Le grand gars costaud tressait des lanières en plastique pour en faire des sandales. Matt s'approcha lentement de sa table. El Patrón disait qu'il ne fallait jamais avoir l'air anxieux ou dans le besoin. Sinon, les gens en profitaient.

– Pourquoi tu dis ça ? s'enquit-il en abaissant les yeux vers les lanières en plastique.

– Rapport que les Surveillants vont te le faire bouger, ton cul, demain, répondit Chacho.

C'était un gros dur, avec de grandes mains et des cheveux noirs et brillants, lissés en arrière.

– Je croyais que j'allais à San Luis.

– Oh, sûr que t'y vas. Comme moi et comme Fidelito.

Il désignait le gamin maigrichon qui ne devait pas avoir plus de 8 ans.

– Mais tu peux parier qu'on devra bosser *avant* de monter dans l'aéroglisseur, *pendant* qu'on y sera, et *après* qu'on sera sortis de cet engin de chiottes. Tu vas voir.

Alors Matt alla et vint encore un peu entre les tables pour observer les différentes tâches des garçons. Il s'installa près de Fidelito, et le gosse s'extasia d'obtenir l'assentiment du nouveau. Matt en comprit la raison au bout d'un moment. Fidelito était le plus faible, le plus démuni des garçons, aussi tout le monde le malmenait-il plus ou moins.

– Qu'est-ce qu'il y a dans ces gélules ? demanda Matt.

– De la vitamine B, dit Fidelito. Y paraît que c'est bon pour la santé, sauf que, si tu en avales dix ou douze, tu es malade.

– Tu parles d'une dope ! railla Chacho. Qui aurait l'idée de s'enfiler douze gélules de vitamines ?

– J'avais faim, murmura Fidelito.

Matt fut stupéfait.

– Tu veux dire qu'ils ne vous nourrissent pas, ici ?

– Si, mais à condition que tu aies fait ta quantité de travail. Moi, je ne vais pas assez vite.

– Tu n'es pas bien grand, constata Matt, désolé pour le petit garçon sérieux et consciencieux.

– Ça ne compte pas, expliqua Fidelito. Tout le monde doit avoir le même rendement. Tant qu'on est ici, on est tous égaux.

– C'est *dur* mais c'est *juste*, entonna Chacho à l'autre bout de la salle.

Les autres se joignirent à lui, tapant sur les tables, et bientôt toute la pièce trembla. L'un des gardes leur ordonna de se taire par le biais d'un haut-parleur.

– Tu as vu tes parents se faire prendre ? questionna Fidelito quand le chahut fut apaisé.

– *¡ Callate !* Tais-toi ! Laisse-le s'habituer, protestèrent plusieurs voix.

Mais Matt leva les mains pour réclamer le silence, ainsi qu'il avait vu le faire Raúl, et à son grand plaisir les garçons obéirent. El Patrón avait vraiment des méthodes efficaces pour prendre le pouvoir.

– C'est arrivé hier matin, commença-t-il à improviser.

Il se souvint du groupe d'Illégaux qui avaient détourné l'attention de la Patrouille.

– J'ai vu un éclair lumineux. Papá m'a crié de retourner à la frontière. J'ai vu Mamá tomber, et puis un homme a attrapé mon sac à dos. J'ai laissé glisser les bretelles et j'ai couru.

– Je sais ce que c'était, ton éclair, dit un garçon au visage triste. C'est un genre de pistolet, tu tombes raide mort. *Mi mamá…*

Sa voix s'étrangla et il n'ajouta rien. Fidelito laissa aller sa tête sur la table.

– Il y en a… Il y en a d'autres qui ont perdu leurs parents ? balbutia Matt.

Il n'avait pas été loin de faire tout un cinéma sur sa fuite ; or il entrevoyait combien c'était cruel.

– Tous, on les a perdus, fit Chacho. Je crois que tu n'as pas encore percuté. On est ici dans un *orfanatorio,* un orphelinat. Maintenant, c'est l'État notre famille. C'est pour ça que les gardes guettent le long de la *frontera.* Ils ramassent les gosses des têtes de pioche qui ont cru pouvoir se sauver et les remettent aux Surveillants.

– *Mi abuelita* n'était pas une tête de pioche, souffla Fidelito, la tête enfouie dans ses bras.

– Ta grand-mère... Oh, zut, Fidelito, fit Chacho. Elle était trop vieille pour arriver aux États-Unis. Tu sais bien. Mais je suis sûr qu'elle t'aimait, ajouta-t-il en entendant renifler le petit garçon. Alors, tu vois ce que c'est, continua Chacho à l'adresse de Matt. On fait tous partie de la production de ressources de chiottes pour l'intérêt du peuple de chiottes.

– Si Raúl t'entendait... murmura quelqu'un.

– J'aimerais me le tatouer sur le cul pour qu'il puisse le lire, rétorqua Chacho en revenant à ses lanières.

Un cheval à cinq pattes

Du point de vue de Matt, le reste de la journée se passa très bien. Il alla de groupe en groupe, prêtant l'oreille aux conversations afin d'emmagasiner des informations. Pour éviter que l'on ne s'étonne de son ignorance, il ne posa pas beaucoup de questions. Il apprit que les Surveillants s'occupaient des personnes incapables de se prendre en charge – à savoir les orphelins, les sans-abri, les fous – et en faisaient de bons citoyens. Les orphelins se divisaient en « Garçons Perdus » et « Filles Perdues », deux groupes vivant dans deux bâtiments distincts. Matt ne parvint pas à comprendre pourquoi tout le monde paraissait haïr les Surveillants, quoique personne, hormis Chacho, ne l'exprimât franchement. Raúl lui semblait plutôt gentil.

Il apprit également que le pays d'Opium s'appelait ici Pays Rêvé. Personne ne savait réellement ce qu'il se passait à l'intérieur de ses frontières ; des rumeurs couraient à propos d'esclaves zombies et d'un roi vampire qui habitait un château. Le *chupacabras* rôdait dans ses montagnes et se livrait parfois à des incursions en Aztlán pour boire le sang des chèvres.

Les garçons qui n'avaient pas vu leurs parents se faire prendre les croyaient arrivés aux États-Unis. Plusieurs expliquèrent à Matt qu'ils attendaient seulement que leur famille les envoie chercher. Alors ils deviendraient tous riches et heureux dans le paradis doré qui s'étendait au-delà du Pays Rêvé.

Matt en doutait. La Patrouille des Domaines était très efficace, et El Patrón lui avait dit qu'il y avait autant de gens pour fuir les États-Unis que pour y entrer. Si le paradis doré avait un jour existé au nord, c'était fini.

Matt aida Fidelito à fabriquer ses gélules. Il trouvait affreusement injuste que le petit garçon soit privé de nourriture simplement parce qu'il était plus lent que ses aînés. Fidelito lui manifesta alors une telle adoration que Matt commença à regretter sa bonne action. Le gamin lui rappelait un peu Bouldepoil.

Ils avaient une pause d'une demi-heure pour déjeuner. D'abord, les gardes vérifièrent la production de chacun pour la matinée, après quoi ils apportèrent un chaudron de haricots fumant et distribuèrent des tortillas. Avant d'être autorisés à manger, les garçons devaient réciter les Cinq Principes de la bonne citoyenneté et les Quatre Dispositions à l'esprit positif. La ration alimentaire de chaque garçon était déterminée en fonction de son rendement. En voyant son bol rempli jusqu'au bord, Fidelito regarda Matt avec des yeux brillants.

Aussitôt le repas terminé, le travail reprit. Matt aida Fidelito pendant un moment puis, histoire de varier, rejoignit Chacho. Il comprit très vite comment il fallait entrelacer les lanières en plastique.

– Profites-en tant que tu peux, marmonna Chacho.

– Que je profite de quoi ? demanda Matt en terminant une sandale.

– D'aller d'un boulot à l'autre. Une fois que tu seras installé, les Surveillants ne te laisseront faire qu'une seule chose. Paraît que c'est plus efficace.

Matt réfléchit tout en continuant son tressage.

– Tu ne peux pas demander à changer ?

– Tu peux toujours *demander,* répondit Chacho en riant. Tu l'obtiendras pas, c'est tout. Raúl dit que les abeilles ouvrières font de leur mieux quel que soit leur poste.

– Qu'est-ce que c'était, ce morceau de bois sur lequel tu travaillais quand je suis arrivé ?

Pendant un moment, Matt crut que Chacho n'allait pas lui répondre. Celui-ci tordit si nerveusement une lanière en plastique qu'elle cassa. Il dut recommencer avec une autre.

– Il m'a fallu des semaines pour trouver ce bois, dit-il enfin. Je crois que ça venait d'un vieux cageot. Je l'ai découpé et poncé. Il faudrait que j'en trouve d'autres pour les assembler.

– Et fabriquer quoi ? questionna Matt parce que Chacho s'était tu de nouveau.

– Promis que tu le diras pas ?

– Bien sûr.

– Une guitare.

C'était la dernière réponse à laquelle Matt se serait attendu. Avec ses grosses mains pataudes, Chacho semblait incapable de jouer d'un instrument quelconque.

– Tu sais jouer ?

– Pas aussi bien que mon père. Mais il m'a appris à fabriquer des guitares, et je suis plutôt bon.

– Il s'est fait… attraper au Pays Rêvé ?

– *¡ Caramba !* Tu crois que je fais partie de cette bande de paumés ? *Me encarcelaron por feo.* Ils m'ont enfermé pour mauvaise conduite. Je suis pas un orphelin, moi ! Mon père vit aux États-Unis. Il a tellement d'argent que ça déborde de ses poches, et il va me faire venir dès qu'il aura acheté une maison.

Bien que Chacho semblât furieux, Matt devina au son de sa voix les larmes qui menaçaient sous ses allures de dur.

Il travailla à sa sandale, sans regarder Chacho, et s'aperçut que les autres garçons se concentraient aussi sur leur tâche. Tous savaient – devaient savoir – que le père de Chacho ne se manifesterait jamais. Mais seul Matt savait ce qu'il était réellement advenu de lui. À longueur de journée, il se cassait les reins à inciser des capsules de pavot sous un soleil brûlant. Et, durant les nuits où l'air ne circulait pas, il dormait dans les champs pour ne pas suffoquer sous l'effet de la pollution.

Le soir, le rituel de midi se répéta. Le repas était exactement le même. Ensuite, les garçons lavèrent la vaisselle, nettoyèrent l'atelier et poussèrent les tables sur un côté. Ils sortirent d'un débarras des lits démontables qu'ils dressèrent les uns sur les autres de façon à former des superpositions de trois couchettes.

– Mets celui de Fidelito en bas, dit quelqu'un à Matt.

– C'est lequel ? questionna Matt.

– Renifle le matelas, conseilla Chacho.

– Je fais pas exprès, protesta le petit garçon.

Les gardes les conduisirent aux douches collectives. En dehors de ses cours de dessin pris via la télévision, Matt n'avait jamais vu des gens tout nus. Il prit garde à tenir le pied droit bien posé au sol afin que personne ne puisse voir l'inscription qui le désignait comme clone. Il fut soulagé quand vint le moment d'enfiler une chemise de nuit en drap grossier et de regagner l'atelier devenu dortoir.

– On va dormir maintenant ? interrogea-t-il.

– Maintenant, c'est l'histoire du soir, répondit Chacho.

Quelque chose semblait agiter les garçons. Tous s'attroupèrent autour d'un lit, et Chacho plaqua l'oreille contre un mur. Au bout d'un moment, il désigna la fenêtre en hochant la tête.

Fidelito escalada alors les couchettes comme un petit singe et souleva sa chemise de nuit. C'était apparemment son heure de gloire.

– *Voy a enseñarle la mapa mundi,* annonça-t-il.

Je vais lui montrer la carte du monde? Montrer à qui? se demanda Matt. Et qu'entendait-il par la «carte du monde»? Fidelito glissa son postérieur maigrichon entre les barreaux de la fenêtre haut perchée et frétilla des hanches. Une minute après, Matt reconnut la voix de Raúl:

– Un de ces jours, je vais apporter un lance-pierres.

Fidelito dévala des lits superposés sous les acclamations de ses camarades.

– Y a que moi d'assez petit pour le faire, dit-il en se pavanant comme un coq nain.

Quand il arriva, Raúl ne souffla mot à propos de la scène d'exhibition. Il prit une chaise, et les garçons s'installèrent sur les couchettes pour l'écouter. La causerie du soir avait pour titre «Pourquoi l'individualisme ressemble à un cheval à cinq pattes». Raúl expliqua que les choses ne suivaient leur cours normal que lorsque les gens œuvraient ensemble. Ils se donnaient un but commun, puis s'entraidaient pour y parvenir.

– Que se passerait-il, interrogea le Surveillant, si vous ramiez tous sur un bateau, et si la moitié d'entre vous décidait d'aller d'un côté, et l'autre moitié de l'autre côté?

Il attendit avec espoir et, au bout d'un moment, quelqu'un leva la main:

– On tournerait en rond.

– Excellente réponse! se réjouit Raúl en souriant largement à son auditoire. Pour atteindre le rivage, nous devons ramer tous ensemble.

– Et si on ne veut pas atteindre le rivage? fit Chacho.

– Voilà une très bonne question, répliqua le Surveillant. Quelqu'un peut-il nous dire ce qui se passerait si nous restions sur le bateau pendant des jours et des jours?

Il attendit.

– On mourrait de faim, dit un garçon.

– Tu as ta réponse, Chacho. Nous mourrions tous de faim. Ce qui m'amène à la question du cheval à cinq pattes. Un cheval court très bien sur quatre pattes. Il est fait pour cela. Mais supposons qu'il lui pousse une cinquième patte, comme ça, juste pour se faire plaisir. Les quatre autres pattes continueraient de galoper vaillamment; or la cinquième – que nous appellerons l'individualisme – aurait envie de se promener lentement pour profiter d'une belle prairie, ou voudrait peut-être faire la sieste. Le pauvre animal se casserait la figure! Voilà pourquoi nous faisons venir le vétérinaire, qui doit couper la cinquième patte de la malheureuse bête. Ça peut paraître rude, mais nous devons tous œuvrer dans le même sens dans le nouvel Aztlán, sinon nous nous retrouverons tous à mordre la poussière. Quelqu'un a-t-il une question?

Raúl attendit longtemps. Finalement, Matt leva la main:

– Pourquoi ne pas mettre une puce électronique dans le cerveau du cheval? À ce moment-là, qu'il ait quatre ou cinq pattes n'aurait aucune importance?

Une exclamation étouffée courut dans la salle.

– Tu es en train de dire…?

Le Surveillant s'interrompit, comme s'il avait peine à croire ce qu'il venait d'entendre.

– Tu suggères que nous transformions le cheval en *zombie?*

– Entre ça et l'amputer d'une patte, je ne vois pas beaucoup de différence, fit Matt. Ce que vous cherchez, c'est un cheval qui travaille dur et ne perde pas son temps à contempler les fleurs.

– Ça, c'est envoyé ! commenta Chacho.

– Mais tu… tu ne saisis pas la différence ? dit Raúl, scandalisé au point qu'il pouvait à peine parler.

– Nous récitons les Cinq Principes de la bonne citoyenneté et les Quatre Dispositions à l'esprit positif chaque fois que nous voulons manger, expliqua Matt. Vous nous répétez que la discipline dans la production de ressources est vitale pour l'intérêt général du peuple. Il est évident que nous devons obéir aux règles et ne pas baguenauder dans les prés. Mais, comme les chevaux ne sont pas aussi intelligents que les humains, ça paraît logique de les programmer avec des puces électroniques.

Matt trouvait son argument imparable et ne voyait pas pourquoi le Surveillant était tout retourné. El Patrón aurait tout de suite compris la logique du raisonnement.

– Je me rends compte que nous avons du pain sur la planche avec toi, fit Raúl d'une voix étranglée. Nous avons là un sale petit aristocrate qui a besoin d'être instruit de la volonté du peuple !

Matt fut atterré par cette réaction. Le Surveillant avait demandé qu'on lui pose des questions. Mieux, il les avait quasiment exigées.

– Fort bien ! conclut Raúl en époussetant son uniforme comme s'il avait touché une saleté. Plus vite ce sale petit aristocrate partira à l'usine de plancton, mieux ce sera. Voilà tout ce que je peux dire.

Et il quitta la salle d'un pas indigné.

Aussitôt, tous les garçons firent cercle autour de Matt.

– Waouh ! Tu lui as pas envoyé dire ! s'exclamèrent-ils.

– Tu l'as fait tourner en bourrique encore mieux que moi, se réjouit Fidelito en sautant sur un lit.

– Il en a oublié de nous faire réciter les Cinq Principes de la bonne citoyenneté et les Quatre Dispositions à l'esprit positif, exulta un garçon.

– Bon sang, tu as plus de cran qu'un troupeau de taureaux, commenta Chacho.

– Quoi? Qu'est-ce que j'ai fait? dit Matt, abasourdi.

– Tu t'es contenté de lui dire que les Surveillants essayaient de nous transformer en raclures de chiottes!

Plus tard cette nuit-là, allongé sur une couchette du haut, Matt réfléchissait aux événements de la journée. Il ignorait s'il devait s'attendre à de gros ennuis, ou à une vengeance quelconque. Ce n'était pas qu'il n'aimât pas Raúl, seulement il le trouvait idiot. Il comprit qu'il ferait mieux de se montrer prudent avec des gens qui se vexaient à cause de simples paroles. Quel mal les mots pouvaient-ils causer? Tam Lin adorait avoir une bonne discussion bien vive. C'était comme de faire faire des pompes aux méninges, disait-il.

Matt sentit son pied droit le démanger sous la couverture rugueuse. C'était son point faible, et il désespérait de le garder secret. Tam Lin pouvait bien affirmer qu'il n'existait pas de différence entre les humains et les clones, tout dans le passé de Matt allait contre cette assertion. Les humains haïssaient les clones. C'était dans l'ordre naturel des choses, et Raúl pourrait s'en servir pour le détruire. Personne ne devait jamais voir le tatouage qui attachait Matt au Pays Rêvé et au vampire dans son château. *Vampire!* Le qualificatif aurait plu à El Patrón. Il adorait inspirer la peur.

Matt avait encore glané quelques miettes d'information sur son nouveau monde. Un aristocrate était l'être le plus vil, le plus méprisable qui soit, un parasite qui voulait faire d'honnêtes paysans ses esclaves. Une raclure de chiottes – l'insulte la plus grave qu'on puisse formuler – n'était qu'un eejit inoffensif, pareil aux milliers qui avaient tondu l'herbe, lavé les sols et récolté la sève du pavot aussi loin que remontaient les souvenirs de Matt. Le mot poli pour les qualifier était *zombies*. Quel que soit le nom qu'on leur donnait, Matt estimait qu'ils méritaient la pitié et non la haine.

Il ne s'attarda pas à songer à Celia ni à Tam Lin. Le chagrin menaçait de le submerger, et il refusait d'être surpris en train de sangloter comme un bébé. Alors, pour se changer les idées, il rêvassa à son départ pour San Luis. Il chercherait tout de suite le couvent de Santa Clara et trouverait María. La pensée de María le rendit tout joyeux.

Il se réjouissait aussi de l'amitié que lui portaient ses nouvelles connaissances. C'était la chose la plus merveilleuse qui lui soit arrivée. Les garçons l'acceptaient comme un véritable humain. Il avait l'impression d'avoir toute sa vie traversé un désert et d'avoir atteint à présent la plus vaste, la plus belle oasis du monde.

L'USINE DE PLANCTON

Le matin, Raúl servit aux garçons un sermon édifiant où il était question des aristocrates et de la séduction apparente qui les caractérisait quand leur nature profonde n'était qu'infamie – cela sans mentionner Matt. Si quelques garçons parmi les plus jeunes parurent mal à l'aise, Chacho et Fidelito proclamèrent Matt héros national après le départ du Surveillant.

À l'issue du discours, Matt fut mis au travail. Il devait doser les gélules avec les petits, mais avec un rendement double du leur, cela «afin de lui enseigner la valeur du travail». Matt ne s'alarma pas. Dès leur arrivée à San Luis, il filerait au couvent en moins de temps qu'il n'en fallait à Fidelito pour dire *C'est dur mais c'est juste.*

Il ne reçut qu'une demi-ration de haricots pour son petit déjeuner, et trois tortillas au lieu de six. Mais, comme Chacho dit à chacun des plus grands de lui donner une cuillère de leur part, il se retrouva avec un bol plein à ras bord.

En milieu de matinée, Raúl appela les trois qui devaient partir à San Luis et les conduisit à l'aéroglisseur.

– Vous avez eu la belle vie ici, leur dit-il. C'est un camp de vacances à côté de là où vous allez. Mais si vous travaillez dur et que votre casier reste vierge, vous pourrez accéder à la pleine citoyenneté à l'âge de 18 ans.

– Raclure de chiottes, tout ça, marmonna Chacho.

– Ce n'est pas un bon début, ce n'est pas un bon début du tout, rétorqua Raúl.

Matt n'était monté qu'une seule fois à bord d'un aéroglisseur – le soir catastrophique où il avait été trahi par Steven et Emilia. Cet engin-là était loin d'être aussi luxueux, avec sa multitude de sièges en plastique dur, son odeur de sueur et de moisi. Raúl les fit asseoir au milieu, le plus loin possible des hublots, et leur donna un sac de lanières à tresser sur des sandales.

– Je t'avais dit qu'il faudrait bosser, murmura Chacho.

Le Surveillant les attacha et partit sans ajouter un mot. Le reste de l'espace était bourré de balles de sandales en plastique empilées si haut qu'on ne voyait plus rien par les hublots. De toute façon, les garçons ne pouvaient pas bouger, car Raúl avait cadenassé leurs ceintures de sécurité. Mais qu'avaient donc ces gens? s'interrogea Matt. Il fallait qu'ils aient un contrôle absolu.

L'aéroglisseur décolla, et Fidelito annonça qu'il était toujours malade dans les transports aériens.

– Dégueule-moi dessus et tu t'en prends une, râla Chacho.

Matt résolut le problème en posant le sac de lanières sur les genoux du petit garçon.

– T'es un génie, commenta Chacho. Vas-y, Fidelito. Vide tes tripes.

Que devenaient Steven et Emilia? se demanda Matt. Steven était désormais le prince héritier d'Opium. Il célébrerait son avènement. Ses amis de pension viendraient et l'on dresserait des tables dans les jardins, là où El Patrón avait l'habitude de fêter son anniversaire. Emilia aurait toujours à disposition sa suite de fillettes eejits aux bras chargés de fleurs, à moins qu'elle ne les ait renvoyées aux champs. Elles n'étaient guère capables de faire plus. Ces petites filles avaient dû être prises en même temps que leurs parents, pensa Matt avec un frisson d'horreur. Elles n'étaient pas plus âgées que Fidelito – qui venait de perdre sa bataille contre le mal de l'air et recouvrait les lanières en plastique de haricots et de tortillas tout juste avalés.

– Ils auraient mieux fait de te priver de petit déjeuner, fit Chacho.

– Je fais pas exprès, se désola Fidelito d'une voix étouffée.

Le reste du voyage – heureusement bref – se déroula dans les relents aigres du vomi. Matt s'était basculé d'un côté, Chacho de l'autre, dans le vain espoir d'échapper à l'odeur. Heureusement, on atterrit bientôt. Quand il constata les dégâts, le pilote s'empressa de déverrouiller les ceintures et jeta les garçons par la porte.

Matt tomba sur les genoux dans du sable chaud. Il aspira une grande goulée d'air et le regretta aussitôt. L'odeur dehors était encore pire, à croire que des milliers de poissons pourrissaient, se putréfiaient sous le soleil. Acceptant l'inévitable, il vida son estomac. Un peu plus loin, Chacho faisait de même.

– J'étais au purgatoire, maintenant c'est l'enfer, grogna-t-il.

– Faut que ça s'arrête, sanglota Fidelito.

Matt se mit debout et entraîna le petit garçon vers un bâtiment qui miroitait sous la chaleur. Autour, il ne voyait que des collines d'un blanc aveuglant et des flaques figées sous une croûte cramoisie. Chacho trébuchait derrière eux.

Ils franchirent une porte, et Matt s'écroula contre un mur pour récupérer. L'air à l'intérieur était plus frais, un peu moins putride. Ils se trouvaient dans une salle pleine de cuves bouillonnantes dans lesquelles des garçons à l'air sombre pêchaient avec des filets. Pas un d'entre eux n'eut un regard pour les nouveaux venus.

Au bout d'un moment, Matt eut la force de se relever. Il avait les jambes en coton et l'estomac sens dessus dessous.

– Il y a un responsable ? demanda-t-il.

Un garçon lui désigna une porte.

Matt frappa et entra. Il vit un groupe d'hommes vêtus du même uniforme noir que Raúl, avec l'insigne de la ruche sur la manche.

– Un de *los bichos* – cette vermine – a salopé mon appareil, dit le pilote.

– Ton nom ? questionna un Surveillant.

– Matt Ortega.

– Ah, l'aristocrate.

Oh, oh, se dit Matt. *Raúl leur a passé le mot.*

– Je te signale tout de suite que tu ne t'en tireras pas à l'esbroufe ici, reprit l'homme. On a ici quelque chose qu'on appelle le cimetière, et le fauteur de troubles qui passe par là en ressort aussi doux qu'un agneau.

– D'abord, il va nettoyer mon appareil, fit le pilote.

Ainsi Matt et Chacho se retrouvèrent-ils bientôt à récurer l'aéroglisseur du plancher au plafond. En dernier lieu – tâche encore plus horrible –, ils durent laver chaque lanière de plastique dans un seau d'eau chaude savonneuse.

On aurait dit que l'air empestait un peu moins.

– Tout pareil, leur assura le pilote qui s'était installé à l'ombre d'une bâche. À force d'être ici, on le remarque moins. Il y a dedans un truc qui vous neutralise l'odorat.

– On devrait faire boire ça à Fidelito, fit Chacho en renversant négligemment le contenu du seau.

– Il n'y peut rien, dit Matt.

Affreusement malheureux, le pauvre Fidelito s'était pelotonné par terre ; aucun de ses deux aînés n'avait eu le cœur de le faire travailler.

Quand ils eurent terminé, le Surveillant-chef, qui s'appelait Carlos, leur fit faire le tour de l'usine.

– Ça, ce sont les cuves d'eau de mer. Vous en sortez les saloperies puantes avec ceci – il montrait un filet au bout d'un manche –, et, quand le plancton est mûr, vous le récoltez.

– Qu'est-ce que c'est, le plancton ? risqua Matt.

– Le plancton ! s'exclama Carlos comme s'il n'avait attendu que cette question. C'est ce que la baleine filtre de la mer pour s'alimenter. C'est l'ensemble des organismes microscopiques, végétaux et animaux, qui flottent dans la couche supérieure de l'eau. On ne croirait pas qu'une créature gigantesque puisse se nourrir d'une chose aussi minuscule ; or c'est la vérité. L'étonnante vérité. Le plancton est la huitième merveille du monde. C'est plein de protéines, de vitamines, d'oligoéléments. Ça contient tout ce qu'il faut à une baleine pour vivre heureuse, et tout ce qu'il faut à l'humanité. Le plancton que nous récoltons ici sert à fabriquer des hamburgers, des hot-dogs et des burritos. Moulu, il remplace même le lait maternel.

Carlos continua dans ce registre. Apparemment, l'œuvre de sa vie consistait à faire connaître et adorer le plancton. Il semblait ne pas voir le désert lugubre qui les entourait maintenant qu'ils étaient dehors.

Matt distingua des clôtures de haute sécurité au loin, et son cœur chavira. L'air était pestilentiel, la température intenable, et l'humidité si élevée que sa combinaison lui collait à la peau. C'était là, dans ce lieu, qu'il devait vivre jusqu'à ses 18 ans.

– Où se trouve San Luis ? demanda-t-il.

– Ici, on ne répond qu'aux questions utiles, fit Carlos. Quand on estime que vous avez besoin d'une information, on vous la fournit. Ne te mets pas non plus en tête de franchir la clôture. Le courant est assez puissant pour te recracher comme une graine de melon. Là, ce sont les montagnes de sel.

Il désignait les dunes blanches que Matt avait déjà remarquées.

– Après la récolte du plancton, on fait évaporer l'eau de mer, et le sel est traité pour la vente. Vous avez là les plus hautes montagnes de sel du monde. Des gens viennent de partout pour les admirer.

Quels gens? se demanda Matt en regardant ce paysage déprimant.

Une sirène se mit à hurler.

– L'heure du premier service de déjeuner, annonça Carlos.

Il les conduisit au sommet d'une dune qui était beaucoup plus dure et solide qu'elle n'en avait l'air. En haut se trouvaient des tables, comme sur une aire de pique-nique. Des fleurs en plastique ornaient le pourtour, et une girouette en forme de baleine trônait au milieu. Une brise légère projetait une fine poussière de sel sur la peau de Matt.

– C'est moi qui ai eu l'idée de cet endroit pour les repas, déclara Carlos en se laissant tomber sur un banc. Je pense que ça a remonté le moral des troupes.

Les garçons qui gravissaient péniblement la pente avec des casseroles et de la vaisselle ne paraissaient pas particulièrement heureux. Ils déposèrent leurs gamelles et s'alignèrent entre les tables comme des soldats au garde-à-vous. Carlos ordonna aux trois nouveaux de se placer en bout de rang. Tout le monde récita les Cinq Principes de la bonne citoyenneté suivis des Quatre Dispositions à l'esprit positif, après quoi un garçon maussade couvert d'acné commença à faire le service.

– C'est quoi, ce machin ? dit Chacho en reniflant son bol.

– Du délicieux plancton bien nourrissant, maugréa le garçon.

– Tout ce qu'il faut à une baleine pour vivre heureuse, fit un autre en feignant un haut-le-cœur.

Ils se redressèrent sous le regard réprobateur de Carlos.

– Je ne vous permets pas d'insulter la nourriture, déclara le Surveillant. La nourriture est une chose merveilleuse. Des millions de gens sont morts parce qu'ils en manquaient, quand vous avez la chance de manger à satiété trois fois par jour. Autrefois, les aristocrates festoyaient de faisans à la broche et de cochons de lait pendant que les paysans devaient se contenter d'herbe et d'écorce d'arbre. Dans le nouvel Aztlán, tout est partagé équitablement. Si une seule personne est privée de faisan à la broche et de cochon de lait, tous les autres doivent refuser d'en manger. Le plancton est le mets le plus délicieux au monde, du moment qu'il est partagé par tous.

Personne ne souffla mot après cela. Matt supposa qu'il était le seul ici à avoir réellement festoyé de faisan à la broche et de cochon de lait. Il ne comprenait absolument pas pourquoi le plancton devenait meilleur si tout le monde en écopait. C'était gluant et croquant à la fois, et ça vous tapissait la bouche comme une glu rance.

Depuis le promontoire, la clôture de sécurité était bien visible. Matt eut beau cligner des yeux dans la lumière aveuglante, il ne put guère voir au-delà ; il lui sembla seulement distinguer un miroitement d'eau, loin à l'ouest.

– C'est le golfe de Californie, dit Carlos, qui avait suivi son regard.

– Il y a des baleines dedans ? questionna Matt.

– Faudrait qu'elles apportent leur baignoire perso, dit un garçon.

– Il y a eu des baleines, dit Carlos, soudain mélancolique. Autrefois, toute cette région était couverte d'eau. Le littoral se trouvait là-bas, continua-t-il en désignant une chaîne de collines à l'est. Au fil des ans, l'eau qui arrivait du Colorado s'est retrouvée tellement polluée que les baleines sont mortes.

– Et qu'est-ce qui est arrivé au golfe ? voulut savoir Chacho.

– C'est l'un des grands triomphes d'ingénierie d'Aztlán, répondit fièrement Carlos. Nous avons détourné le Colorado vers un canal souterrain qui traverse le Pays Rêvé. Une fois les facteurs polluants supprimés, nous avons commencé à récolter le plancton du golfe. L'eau de mer se renouvelle par le sud, mais il est sûr que, entre l'exploitation du plancton et la suppression du fleuve, le golfe s'est réduit à un chenal étroit.

Voilà donc d'où venait l'eau d'Opium, comprit Matt – d'un fleuve tellement pollué que ça tuait les baleines. El Patrón avait-il été au courant ? Oui, probablement. L'eau était gratuite, et El Patrón ne manquait jamais une affaire.

Après le repas, Matt, Chacho et Fidelito furent envoyés aux cuves à crevettes. Celles-ci étaient disposées sur un long alignement vers l'ouest de l'usine centrale, avec un pipeline acheminant l'eau qui courait sur un côté. La masse grouillante des crevettes remplissait les cuves ; on les gavait d'une algue rouge qui finissait par leur donner la couleur du sang. C'était cette même algue qui teignait les flaques que Matt avait remarquées à son arrivée.

Il trouva le travail intéressant. Il aimait bien voir s'agiter ces petites créatures et trouvait leurs corps minuscules, dans leurs ondulations d'écailles nacrées, aussi jolis que des fleurs. Lui et les autres étaient chargés d'écumer les insectes et d'ajouter de l'eau quand besoin était. Il y avait malheureusement une multitude de cuves et des milliers de bestioles volantes suicidaires. Au bout de quelques heures, les bras lui faisaient mal, il avait le dos moulu, et le sel lui brûlait les yeux. Fidelito gémissait faiblement tandis qu'ils avançaient de bac en bac.

Le désert s'étirait devant eux, sans même un arbre mort pour suggérer une idée d'ombre. Les cuves semblaient se succéder jusqu'au lointain bras de mer que Matt avait aperçu pendant le repas. Il était d'un bleu absolu à présent, pas simplement un éclat de lumière à l'horizon. L'eau paraissait fraîche et profonde.

– Tu sais nager? demanda-t-il à Chacho.

– Où est-ce que j'aurais appris ce truc de frimeur?

Chacho devenait méchant quand il était fatigué. Matt se retrouvait renvoyé à son statut de sale petit aristocrate.

– Moi, je sais nager, déclara Fidelito.

– Où est-ce qu'un paumé maigrichon de rien du tout comme toi a appris ça? railla Chacho. Dans une cuve à crevettes?

Au lieu de se fâcher, Fidelito envisagea très sérieusement cette éventualité. Matt avait remarqué le caractère étonnamment accommodant du petit garçon. Il pouvait bien pisser au lit et vomir dans les moments les plus déplacés, son bon naturel compensait largement.

– Puisque je suis un rien du tout maigrichon, je pourrais sûrement nager dans ces cuves.

– Sûr, et les crevettes te boufferaient ta petite saucisse.

Fidelito posa sur Chacho un regard surpris.

– Oh... J'y avais pas pensé.

– Où as-tu appris à nager? questionna Matt pour changer de sujet.

– *Mi abuelita* m'a appris dans le Yucatán*. On habitait sur la plage.

– C'était bien?

– Tu parles que c'était bien! s'écria Fidelito. C'était le paradis! On avait une petite maison blanche avec un toit en herbe. Ma grand-mère vendait son poisson au marché, et elle m'emmenait en canoë pendant les vacances. C'est pour ça qu'elle m'a appris à nager, pour que je me noie pas si je tombais par-dessus bord.

– Si c'était si génial que ça, pourquoi elle a voulu quitter le pays? demanda Chacho.

– Il y a eu la tempête, répondit le garçonnet. Un ou... ouri...

– Un ouragan? suggéra Matt.

– Oui! Et la mer a balayé la plage et a tout emporté. On a dû vivre dans un camp de réfugiés.

– Oh! fit Chacho, comme s'il comprenait instantanément.

– On devait vivre dans une grande salle avec des tas d'autres gens, et il fallait tout faire tous en même temps et de la même façon. Il n'y avait aucun arbre, et c'était tellement moche que *mi abuelita* est tombée malade. Elle ne mangeait plus, alors ils la nourrissaient de force.

– Le devoir de tout citoyen est de survivre et de contribuer au bien général, récita Chacho. On m'a hurlé ça aux oreilles des millions de fois.

– Pourquoi n'ont-ils pas laissé ta grand-mère retourner au bord de la mer? demanda Matt.

– Tu piges pas, fit Chacho. Ils la gardaient enfermée pour

* Grande péninsule qui, située à l'est du Mexique, remonte jusqu'au nord, fermant le golfe du Mexique.

pouvoir l'aider. S'ils libéraient toutes ces pauvres poires, il ne resterait plus personne à aider, et alors les Surveillants de chiottes seraient inutiles.

Matt était stupéfait. C'était aberrant, mais logique d'un autre côté. Pourquoi, sinon, les garçons seraient-ils prisonniers ? Tous s'enfuiraient si on leur ouvrait la porte.

– Tout Aztlán est comme ça ?

– Bien sûr que non, dit Chacho. On vit bien presque partout. Mais, une fois que t'es tombé entre les mains des Surveillants, tu es perdu. On est des ratés certifiés. On n'a pas de maison, pas de travail, pas d'argent, donc il faut qu'on s'occupe de nous.

– Toi, tu as grandi dans un camp ? demanda Fidelito à Matt.

La question avait beau être innocente, elle ouvrait la porte à des choses dont Matt refusait de parler. Par chance, il fut tiré d'affaire par Carlos, qui arrivait dans une voiturette électrique. Le moteur était tellement silencieux que les garçons ne l'avaient pas remarqué avant qu'il soit presque sur eux.

– Je vous observe depuis quinze minutes, déclara Carlos. Vous avez traînassé.

– Fidelito a eu un coup de chaleur, s'empressa de dire Chacho. On a cru qu'il allait s'évanouir.

– Mange du sel, dit Carlos au petit garçon. Le sel est bon pour tout. Vous devriez revenir maintenant, ou vous ne serez pas rentrés avant la nuit.

Il commença à s'éloigner.

– Attendez ! cria Chacho. Vous ne pouvez pas emmener Fidelito ? Il est vraiment fatigué.

Carlos s'arrêta, fit marche arrière, feignit de se désoler.

– Mais qu'est-ce qu'on m'a flanqué là ! On ne vous a jamais dit que l'effort est également partagé entre des êtres égaux ? Si une personne doit marcher, tout le monde doit marcher.

– Vous ne marchez pas, vous, fit remarquer Matt.

Le sourire de Carlos disparut sur-le-champ.

– Comme ça, l'aristocrate prétend nous donner des leçons d'égalité ? L'aristocrate n'est qu'un morveux impertinent qui se croit trop bien pour nous. Moi, je suis un vrai citoyen. J'ai gagné mes privilèges grâce à un travail acharné et à ma soumission. Tu es privé de dîner ce soir.

– Aux chiottes tout ça, fit Chacho.

– Vous êtes privés de repas tous les trois ! Vous apprendrez à obéir à la volonté du peuple, même si ça doit prendre cinquante ans.

Carlos s'éloigna dans un nuage de poussière et de sel.

– Je suis désolé, Fidelito, dit Chacho. Tu ne méritais pas d'être mis dans le même sac que nous.

– Je suis fier d'être avec vous ! s'exclama le petit garçon. Vous êtes mes *compadres !* Aux chiottes, Carlos ! Aux chiottes, les Surveillants !

Il avait l'air si féroce à bomber son torse efflanqué, tout frémissant sous l'ardeur de sa rébellion, que Matt et Chacho éclatèrent d'un rire nerveux.

Nettoyer un esprit empoussiéré

– Pourquoi est-ce que tout le monde m'appelle «l'aristocrate»? demanda Matt alors qu'ils remontaient péniblement l'alignement des cuves à crevettes.

Avec sa manche, Chacho essuya la sueur qui lui coulait sur le visage.

– Je ne sais pas. Ta façon de parler, en partie. Et puis tu réfléchis tout le temps.

Matt pensa à l'éducation qu'il avait reçue, aux tonnes de livres qu'il avait lus, aux conversations auxquelles il avait assisté entre El Patrón et les puissants du monde.

– Tu es comme… Comment dire?… comme mon grand-père. Tes manières, je veux dire. Tu n'engloutis pas la nourriture, tu ne craches pas par terre. Tu ne dis jamais un gros mot. Moi, ça ne me dérange pas, mais ça change.

Un frisson parcourut Matt. Il avait toujours copié El Patrón, qui s'était tenu, évidemment, comme un siècle auparavant.

– *Él me cae bien.* Moi, je le trouve cool, dit Fidelito.

– Sûr qu'il est cool. Seulement…

Chacho se tourna vers Matt.

– Disons que tu as l'air habitué à mieux. On est tous nés dans la mouise, nous, et on sait qu'on n'en sortira jamais.

– On se retrouve ici ensemble, souligna Matt.

– Ouais. Bienvenue en enfer, fit Chacho.

Le dîner était composé de pâtés de plancton et d'algues bouillies. Matt se fichait de sauter le repas, mais il avait de la peine pour Fidelito. Le garçonnet était si maigre qu'on se demandait comment il survivrait à un repas manqué. Chacho résolut le problème en regardant avec insistance un garçon apparemment nerveux jusqu'à obtenir qu'il lui cède la moitié de sa ration. Chacho pouvait jouer les terreurs quand il le voulait.

– Mange, dit-il à Fidelito.

– Je ne veux rien si vous n'avez rien, protesta le garçonnet.

– Goûte-la pour moi. Je veux savoir si c'est du poison.

Aussi Fidelito finit-il par venir à bout du pâté.

Comme dans le camp précédent, un Surveillant était chargé de leur dispenser l'histoire édifiante du soir. Celui-ci s'appelait Jorge. Mais tous se confondaient dans l'esprit de Matt: Raúl, Carlos, Jorge... Tous portaient l'uniforme noir avec la ruche sur la manche, et tous étaient idiots.

Le discours de Jorge s'intitulait ce soir « Comment l'esprit accumule la poussière comme les vieux recoins ».

– Si nous travaillons toute la journée sous le soleil, qu'arrive-t-il à notre corps? questionna Jorge.

Il attendit, tout comme Raúl.

– On est sales, dit un garçon.

– Exact! se réjouit le Surveillant. Nos figures, nos mains, nos corps se salissent. Alors, que faisons-nous?

– On se lave, fit le même garçon, qui paraissait rompu à l'exercice.

– Oui! On nettoie toute cette saleté, et ensuite on se sent bien à nouveau. C'est *bon* d'être propre.

– C'est *bon* d'être propre, répétèrent à l'unisson tous les garçons, à l'exception de Matt, Chacho et Fidelito, qui avaient été pris par surprise.

– Reprenons, encouragea Jorge, afin que nos nouveaux frères apprennent avec nous. C'est *bon* d'être propre.

– C'est *bon* d'être propre, firent-ils tous, y compris Matt, Chacho et Fidelito.

– Nos esprits comme nos habitudes physiques peuvent également ramasser de la poussière et avoir besoin d'un nettoyage, reprit le Surveillant. Par exemple, une porte qui est sans cesse ouverte et fermée ne grince pas parce que ses gonds ne rouillent jamais. Pour le travail, c'est la même chose. Si vous ne fainéantez pas... (là, Jorge regarda directement Matt, Chacho et Fidelito), vous instaurez de bonnes habitudes. Votre capacité de travail ne rouillera pas.

Minute ! songea Matt. La porte de cuisine de Celia s'ouvrait et se fermait sans arrêt, mais elle gonflait par temps humide, et il fallait la pousser avec l'épaule pour l'ouvrir. Tam Lin avait fini par s'énerver tellement qu'il avait envoyé son poing au travers. Alors, il avait fallu changer la porte, et elle avait ensuite beaucoup mieux fonctionné. Matt ne fit néanmoins pas part de ses réflexions. Il ne tenait pas à sauter un autre repas.

– Donc, si nous travaillons avec cœur et sans flemmarder, continua Jorge, notre travail ne sera jamais sale. Malheureusement, nos esprit peuvent eux aussi engranger la crasse et les microbes. Quelqu'un peut-il me dire comment on conserve un esprit propre ?

Chacho émit un petit hennissement, et Matt lui envoya un coup d'épaule. Ce n'était pas la peine de se faire remarquer.

Plusieurs garçons levèrent la main, mais le Surveillant les ignora.

– Je crois que l'un de nos nouveaux frères peut répondre à cette question. Toi, Matt ?

Tous les regards convergèrent aussitôt vers celui-ci, qui eut l'impression de se retrouver sous les projecteurs de sécurité d'El Patrón.

– M… Moi ? bredouilla-t-il. Je viens d'arriver.

– Mais tu as tellement d'idées, susurra Jorge. Tu auras bien la bonté de nous les faire partager ?

Matt se remémora rapidement les arguments déjà avancés par le Surveillant.

– Est-ce que… entretenir son esprit pour le garder propre n'est pas comme… entretenir une porte pour éviter que ses gonds ne rouillent ? Si on fait marcher sa cervelle tout le temps, elle n'aura pas le temps de s'empoussiérer ni d'attraper des microbes.

Matt estimait sa réponse brillante dans la mesure où il avait été pris au dépourvu.

Or c'était la mauvaise réponse. Il vit les autres garçons se raidir et la bouche de Jorge trembloter dans une esquisse de sourire. Il s'était fait piéger.

– Les opinions malades en contradiction avec le bien du peuple doivent être nettoyées par l'autocritique, énonça triomphalement Jorge. Quelqu'un souhaite-t-il montrer à Matt comment on procède ?

– Moi ! Moi ! crièrent plusieurs garçons en brandissant les bras en l'air.

Le Surveillant en choisit un doté d'une acné spectaculaire qui lui couvrait le cou et les oreilles. Tous les garçons avaient une vilaine peau, mais celui-ci remportait la palme. Il avait même des boutons dans les cheveux.

– Vas-y, Ton-Ton. Commence.

En plus de son acné, Ton-Ton avait l'air de s'être écrasé la figure contre un mur. Le regard pouvait plonger droit dans ses narines, et peut-être même, pensa Matt, pouvait-on par là entrevoir sa cervelle.

– Je, euh, j'ai pensé à voler de la nourriture ce matin, fit Ton-Ton avec empressement. Le cuisinier l'avait laissée sans surveillance pendant une minute, et je... je, euh, j'ai eu envie de prendre un pancake, mais je, euh, l'ai pas fait.

– Tu as donc eu des pensées qui allaient à l'encontre de l'intérêt général du peuple ?

– Je, euh, oui.

– Et quelle punition doit recevoir un individu qui nourrit des pensées malsaines ?

Quel langage parlaient-ils ? s'interrogea Matt. Chaque mot paraissait clair, pourtant le sens général lui échappait.

– Je... je dois, euh, réciter les Cinq Principes de la bonne citoyenneté et les Quatre Dispositions à l'esprit positif deux fois avant, euh, de pouvoir remanger, fit Ton-Ton.

– Très bien ! s'exclama Jorge.

Ensuite, il fit son choix parmi les mains levées, et plusieurs garçons confessèrent les choses les plus étranges, comme de n'avoir pas correctement plié sa couverture ou d'avoir utilisé trop de savon. Si les châtiments consistaient généralement à entonner les Cinq Principes de la bonne citoyenneté et les Quatre Dispositions à l'esprit positif, ce ne fut pas le cas pour un garçon qui reconnut avoir fait une sieste de trois heures.

Jorge fronça les sourcils.

– C'est grave. Pas de petit déjeuner pour toi.

Le garçon prit l'air penaud.

Plus aucune main ne se levant, le Surveillant revint à Matt :

– À présent que notre nouveau frère a été initié à l'autocritique, peut-être aimera-t-il reconnaître devant nous ses propres fautes.

Il attendit. Ton-Ton et les autres se penchèrent en avant.

– Eh bien ? insista Jorge au bout d'un moment.

– Je n'ai rien fait de mal, dit Matt.

Un murmure horrifié courut dans l'assistance.

– Rien fait de mal ? répéta le Surveillant, d'une voix plus aiguë. *Rien de mal ?* Et vouloir implanter des puces électroniques dans la tête de chevaux innocents ? Et souiller un sac de lanières en plastique destinées à la confection de sandales ? Et inciter tes frères à paresser quand vous devez nettoyer les cuves à crevettes ?

– C'est moi qui ai sali les lanières, couina Fidelito.

Devant sa mine terrorisée, Matt s'empressa d'intervenir :

– Ce n'est pas sa faute. Je lui avais mis le sac sur les genoux.

– Bien, nous y arrivons, fit Jorge.

– Mais j'ai vomi ! insista le petit garçon.

– Ce n'est pas ta faute, frère, répliqua le Surveillant. Tu as été dévoyé par un aristocrate. Tais-toi ! tonna-t-il en voyant que l'enfant allait insister sur sa propre responsabilité. Vous devez tous aider cet aristocrate à voir ses erreurs de conduite. Nous faisons cela parce que nous l'aimons et souhaitons l'accueillir dans la ruche.

Ce fut le signal de l'attaque. Chaque garçon – hormis Chacho et Fidelito – lança une accusation à Matt. Il parlait comme un aristocrate. Il pliait sa couverture comme un m'as-tu-vu. Il se nettoyait les ongles. Il utilisait des mots incompréhensibles. Tout ce que Chacho avait évoqué – et bien plus – lui fut jeté comme des ordures. Ce ne fut pas tant l'injustice des accusations qui le blessa que le venin qu'il devinait derrière. Il avait cru être accepté. Il s'était cru arrivé, enfin, dans une oasis – laide et inconfortable, certes, mais cependant une oasis – où il pouvait se sentir bien avec les autres.

Ce n'était qu'une illusion. Tous savaient ce qu'il était. Peut-être ne mesuraient-ils pas à quel point il était différent, mais ils savaient qu'il n'était pas des leurs. Ils continueraient à le couvrir de fange jusqu'à ce qu'il étouffe.

Il entendit les garçons s'éloigner. Il entendit Chacho jurer quand il fut obligé de grimper sur un lit superposé. Matt resta seul, recroquevillé au milieu du plancher, en créature contre nature qu'il était. Et pourtant…

Du plus profond de lui, d'un lieu dont il ignorait jusqu'à l'existence, un concert de voix s'éleva :

Je vais te révéler un vachard de petit secret, lui murmurait Tam Lin à l'oreille. *Personne ne peut faire la différence entre un clone et un humain. Tout ça parce qu'il n'y a aucune différence. L'idée que les clones sont inférieurs est un mensonge abominable.*

Puis les bras de Celia l'enlacèrent, et Matt sentit l'odeur des feuilles de coriandre qu'elle hachait menu dans ses plats. *Je t'aime, mi hijo,* dit-elle en l'étreignant. *Ne l'oublie jamais.*

Ensuite, El Patrón posa sa vieille main déformée sur la tête de Matt pour raconter : *Je me ruais sur les piécettes que nous jetait le maire ! Je me roulais dans la boue comme un porc ! Mais j'avais besoin de cet argent. J'étais si pauvre, je ne possédais même pas deux pesos à frotter l'un contre l'autre. Tu es exactement comme j'étais à cet âge.*

Matt frissonna. El Patrón ne l'avait pas aimé, mais le sentiment que le vieillard lui avait transmis n'en était pas moins fort : la volonté de vivre, d'étendre ses branches jusqu'à projeter son ombre sur la forêt entière. Matt se détourna d'El Patrón et, toujours en esprit, vit María.

Mince, ce que tu as pu me manquer ! fit-elle en lui donnant un baiser.

Je t'aime, dit Matt.

Moi aussi, je t'aime, répondit María. *Je sais que c'est un péché qui me conduira sûrement en enfer.*

Si j'ai une âme, j'irai avec toi, promit Matt.

Il se releva et s'aperçut que la pièce était plongée dans la pénombre. Sur leurs couchettes du haut, proches du plafond, Chacho et Fidelito l'observaient. Quelqu'un allait regretter d'avoir mis Fidelito en haut. Chacho désigna la porte et fit un geste extrêmement grossier. Fidelito leva sa chemise de nuit et montra son derrière à cette même porte par laquelle Jorge était parti.

Matt eut du mal à retenir ses larmes. Il n'était pas seul finalement. Avec des amis comme ceux-là, il triompherait, comme El Patrón avait triomphé de la pauvreté et de la mort voilà si longtemps.

Une chose était certaine: quelque chose neutralisait l'odorat, car Matt ne sentait plus l'air vicié. La nourriture aussi avait meilleur goût. Non qu'elle fût bonne, mais elle n'était pas franchement écœurante. Jour après jour, Chacho, Fidelito et lui allaient le long des cuves à crevettes, d'où ils ôtaient les insectes. Chaque soir, ils rentraient épuisés pour un dîner de steaks au plancton, de pâtés de plancton ou de burritos de plancton.

Quand le cycle de croissance était achevé, Ton-Ton venait avec le collecteur de crevettes. L'engin, énorme et lent, avançait en grognant comme un dinosaure arthritique et vidait le contenu des cuves dans sa panse profonde. Matt remplissait alors la cuve grâce au pipeline qui arrivait du golfe de Californie.

À l'extrémité ouest de l'installation, les garçons s'attardèrent un jour auprès de la clôture derrière laquelle s'étirait le chenal qui avait été autrefois un véritable bras de mer. L'eau était d'un bleu profond, survolée par des hordes de mouettes. Chacho grimpa sur le bord d'une cuve pour voir plus loin.

On pouvait toucher le bas de la clôture, mais un bourdonnement électrique courait dans le fil supérieur. Fidelito tendit les bras à travers les mailles métalliques, comme pour plonger les mains dans ce bleu liquide et miroitant. Matt, lui, cherchait des points faibles dans le grillage. L'idée de la fuite ne l'avait pas quitté.

– C'est quoi, ça? questionna Chacho en tendant l'index vers le nord.

Matt mit sa main en visière et distingua une forme blanche qui saillait d'un pli sablonneux.

– On va jeter un œil? suggéra Chacho.

Le soleil commençait à décliner, mais la curiosité était trop forte.

– Ça va nous prendre un moment. Tu attends ici, dit Matt à Fidelito.

Il savait que le garçonnet ne pouvait pas marcher si loin.

– Vous n'allez pas me laisser. On est *compadres !*

– Faut que tu gardes nos affaires, fit Chacho. Si quelqu'un essaye de nous les voler, cogne-le où je t'ai montré.

Fidelito sourit et salua comme un petit soldat.

Matt et Chacho partirent vers une zone encore plus désolée que les alentours des installations. Il n'y avait même pas quelques pauvres touffes d'herbe desséchées pour attendre la pluie. Il n'y avait rien, sinon des reliquats de sel et des coquillages vides ici et là, vestiges de la mer qui avait occupé la région d'un horizon à l'autre.

– C'est peut-être rien que du sel, fit Chacho.

À mesure qu'ils progressaient, Matt distingua des formes étranges. Certaines ressemblaient à des pagaies, d'autres étaient fines et courbes. Ils grimpèrent une faible pente et se retrouvèrent en haut d'un gouffre. Un gouffre *rempli d'ossements.*

Ils demeurèrent muets et immobiles un moment.

– Un type a dû perdre un sacré troupeau ici, finit par murmurer Chacho.

– Il ne s'agissait pas de bétail, dit Matt.

Les crânes étaient gros, les mâchoires pareilles à des becs d'oiseaux monstrueux. Une seule côte était plus longue qu'une vache. Et, au milieu, les os en forme de pagaie, assez larges pour faire des tables ou des lits. Les squelettes étaient si nombreux qu'il était impossible de les compter. Des centaines, supputa Matt. Peut-être des milliers.

– Ça, c'est pas un crâne humain? demanda Chacho.

Matt plissa les yeux vers la pente ombreuse où Chacho montrait un point précis.

– Imagine, reprit le garçon. Si quelqu'un tombe là-dedans, impossible d'en ressortir.

Matt n'avait pas été loin de descendre explorer l'abîme, en allant d'os en os comme on escalade un arbre gigantesque. À présent, il se rendait compte que l'entassement stupéfiant tenait en équilibre précaire. Un pied au mauvais endroit et le tout s'effondrait. Il serra les dents, pris de vertige à l'idée de ce qu'il avait failli faire.

– On ferait mieux de rentrer, dit Chacho. Faudrait pas que Fidelito vienne fureter par ici.

Le petit garçon s'était amusé à tremper ses pieds dans une cuve, un filet attaché sur la tête en guise de parasol.

– C'était quoi? lança-t-il en les voyant revenir.

Matt décrivit les os et, à sa grande surprise, Fidelito les identifia.

– C'est des baleines. Il y en a huit qui se sont échouées là où j'habitais, dans le Yucatán. Elles nageaient jusqu'au rivage et ne pouvaient plus repartir. *Mi abuelita* disait que c'était parce que autrefois elles avaient marché sur la terre et qu'elles avaient oublié qu'elles n'avaient plus de jambes. *¡Fuchi!* Pouah! Ça sentait comme les baskets de Jorge. Les villageois ont dû les enterrer dans le sable.

Durant tout le trajet de retour à l'usine, Fidelito pépia sur les baleines en putréfaction. Tout ce qui lui rappelait sa grand-mère le rendait intarissable.

Qu'est-ce qui avait ainsi entraîné ces baleines vers la mort? s'interrogeait Matt tandis qu'ils remontaient l'alignement des cuves à crevettes. Peut-être le gouffre était-il encore plein d'eau lorsque le golfe s'était asséché. Peut-être les baleines avaient-elles décidé d'attendre là la venue des pluies et le retour en eau du bras de mer. Seulement, l'eau n'était pas revenue, et comme les baleines avaient perdu leurs jambes elles n'avaient pu rentrer chez elles à pied.

Chaque soir, Jorge contait une histoire aux garçons, puis les invitait à confesser leurs péchés. Chaque soir aussi, c'était la curée sur Matt, emmenée par Ton-Ton. Or, si le rituel avait pour but de l'humilier, les injures et les accusations répétées le blessaient de moins en moins. Matt croyait entendre une batterie de dindons – le volatile le plus stupide au monde, d'après Tam Lin. *Goulou, goulou-goulou*, entendait-il à mesure que les garçons énuméraient ses prétendus crimes.

Les pupilles de Jorge se rétrécissaient, et il pinçait la bouche en constatant que Matt refusait de se confesser, mais il ne disait rien. Chacho et Fidelito comprirent vite que le moyen le plus simple pour éviter les ennuis était de donner sa pâture au Surveillant. Ils inventaient donc toutes sortes de péchés, et Jorge était si content qu'il en oubliait souvent de les punir.

Matt était particulièrement fatigué le soir où ils revinrent du trou à baleines. Il ânonna les Cinq Principes de la bonne citoyenneté et les Quatre Dispositions à l'esprit positif, entendit à peine l'histoire de Jorge. Il y était question du fait qu'on avait besoin de ses dix doigts pour jouer du piano. Chaque doigt devait soutenir les autres et ne pas jouer les marioles en se montrant individualiste.

Fidelito reconnut avoir eu des haut-le-cœur devant le milk-shake au plancton, et Chacho confessa quelques gros mots quand la cloche du matin avait retenti. Le Surveillant sourit et se tourna vers Matt. Matt garda le silence. Il savait qu'il était idiot. Il lui aurait suffi d'avouer une broutille, mais il ne pouvait se résoudre à ramper devant Jorge.

– Je vois que notre aristocrate a encore besoin d'être éduqué, commenta le Surveillant.

Comme son regard passait sur les garçons réunis, l'atmosphère changea brusquement. Tout le monde baissa les yeux à terre, et aucune main ne se leva. Matt secoua sa torpeur suffisamment longtemps pour le remarquer.

– Toi ! aboya Jorge si soudainement que plusieurs garçons tressaillirent.

Il désignait Ton-Ton.

– M... Moi ? s'étrangla Ton-Ton, incrédule.

– Tu as volé un jeu holographique dans les chambres des Surveillants ! Nous l'avons retrouvé sous une pile de chiffons dans la cuisine.

– Je, euh, je, euh...

– Nettoyer les chambres des Surveillants est un privilège ! hurla Jorge. On le gagne par l'obéissance et la bonne conduite, mais tu as manqué à tes devoirs. Que fait-on d'un garçon qui fouille et chaparde ce que les autres n'ont pas ?

Les Surveillants possèdent donc ce que les autres n'ont pas, en conclut Matt. Il se garda de le dire à voix haute.

– Il devrait travailler encore plus dur, suggéra un garçon.

– Non ! brailla Jorge.

– Peut-être il peut... il peut s'excuser, risqua un autre.

Ce fut un nouvel échec.

– N'avez-vous donc rien appris ? beugla le Surveillant. Les abeilles doivent penser à l'ensemble de la ruche. Si elles butinent le nectar pour elles-mêmes et ne rapportent rien, la ruche mourra de faim quand le froid viendra. Les abeilles ouvrières ne font pas ça. Ça, c'est ce que font les mâles, les faux bourdons. Ils se volent les uns les autres. Mais quand l'hiver arrive, qu'arrive-t-il aux faux bourdons ?

– Les bonnes abeilles les tuent, dit un garçon presque aussi petit que Fidelito.

Minute, se dit Matt.

– Exactement ! Les bonnes abeilles piquent les vilains faux bourdons jusqu'à les faire mourir. Mais nous n'irons pas jusque-là.

Matt se remit à respirer. En Opium, le meurtre était chose courante. Il ignorait quelles étaient les règles ici.

Entre-temps, Ton-Ton avait plongé dans la terreur. Larmes et morve coulaient sur son visage ingrat. Matt s'étonna d'éprouver de la compassion pour ce lèche-bottes qui méritait certainement ce qui allait lui arriver, quoi que ce soit.

– Prends la position, ordonna Jorge.

Ton-Ton marcha péniblement jusqu'à un mur où, bras tendus en avant, il appuya les mains à plat, puis il écarta les jambes.

– Rappelle-toi que, si tu bouges, ce sera pire.

Ton-Ton acquiesça.

Le Surveillant ouvrit un petit placard fermé à clef. Dedans se trouvaient des cannes de différentes tailles. Il prit longuement le temps d'en choisir une. Ton-Ton pleurnichait doucement.

Finalement, Jorge revint avec une canne épaisse comme son pouce, et en fouetta un matelas afin de tester sa force. La pièce était par ailleurs totalement silencieuse, à l'exception des reniflements de Ton-Ton.

Plusieurs fois, Jorge alla et vint, comme s'il hésitait sur la partie à frapper. Les bras et les jambes de Ton-Ton tremblaient si fort qu'on l'aurait dit prêt à s'écrouler avant même que Jorge n'ait levé la main sur lui. Matt en croyait à peine ses yeux. C'était si cruel, si *inutile*. Ton-Ton n'aspirait qu'à obéir, à se soumettre à toutes les exigences du Surveillant. Justement, c'était peut-être là le but. El Patrón disait que les cibles faciles étaient l'occasion d'effrayer les ennemis que l'on n'était pas encore en mesure d'atteindre.

C'est moi, se dit Matt. *Je suis l'ennemi que Jorge veut effrayer.*

Le Surveillant cessa subitement de marcher et s'élança en travers de la pièce. Au dernier instant, Ton-Ton, paniqué, se mit à courir. Jorge fondit aussitôt sur lui, le battant, le frappant n'importe où, et continua jusqu'à ce que le sang gicle. Fidelito se recroquevilla pour enfouir son visage contre la poitrine de Matt.

Pour finir, le Surveillant recula, haletant, et désigna sa victime tapie près de la porte.

– Emmenez-le à l'infirmerie, ordonna-t-il.

Plusieurs garçons s'empressèrent d'obéir pour entraîner hors de la pièce un Ton-Ton inerte, aussi mou qu'un chiffon.

Jorge appuya la canne contre un lit et s'essuya la figure avec une serviette. Nul ne remuait ni ne parlait, trop terrifié même pour respirer. Au bout d'un moment, Jorge retrouva l'expression aimable d'un professeur aimé de ses élèves. La rage avait complètement déserté son visage, et la métamorphose n'en était que plus effrayante.

– Je pense que notre jeune aristocrate a compris la leçon, fit-il avec douceur. Eh bien, Matt, souhaites-tu maintenant nous faire part de tes défauts ou de tes erreurs ?

– Non, dit Matt, repoussant Fidelito pour que le petit fût hors d'atteinte.

Tout le monde poussa une exclamation étouffée.

– Je te demande pardon ?

– Je n'ai rien fait de répréhensible.

Matt avait parfaitement compris la leçon: même l'obéissance la plus servile ne protégeait pas des châtiments.

– Je vois, soupira le Surveillant. En ce cas, il n'y a plus rien à faire. Prends la position.

– Je ne vois pas à quoi ça sert, répliqua Matt. Vous avez massacré Ton-Ton alors qu'il était à terre.

– Fais-le. C'est moins dur, osa murmurer quelqu'un.

Jorge fit volte-face, mais n'identifia pas l'intervenant.

Bien que tremblant de peur en son for intérieur, Matt, debout, les bras croisés, toisait le Surveillant du regard froid et autoritaire qu'El Patrón réservait aux subalternes.

– Certains garçons… commença Jorge d'une voix presque chantonnante qui fit courir des frissons dans le dos de Matt, … certains garçons doivent apprendre par la manière forte. On doit les briser, puis les réparer, puis les briser à nouveau jusqu'à ce qu'ils apprennent à faire ce qu'on leur demande. Ce peut être une tâche simple, comme de balayer, mais ils le font avec empressement pour qu'on ne les brise pas à nouveau. Et ils continuent de le faire indéfiniment, tant qu'ils sont en vie.

– Autrement dit, vous voulez me transformer en zombie, fit Matt.

– *Non!* s'exclamèrent plusieurs voix horrifiées.

– Comment *oses-tu* m'accuser de cela? gronda Jorge en saisissant la canne.

– Moi, je vais confesser pour lui! Je vais avouer! hurla Fidelito en se ruant au centre de la pièce. Il a lâché le savon dans la douche et, la dernière fois, ne l'a pas ramassé. Il a gaspillé du porridge parce qu'y avait un cafard dedans.

– Fidelito, espèce de crétin! grogna Chacho.

– Il a fait ces choses. Juré! cria le petit garçon.

Jorge promena de Fidelito à Matt un regard plein d'intérêt.

– Retourne t'asseoir, dit Matt tout bas.

– Ne bouge pas! brailla le Surveillant. Je m'aperçois que nous subissons ici une contamination sociale de la pire espèce. L'aristocrate a fait de ce garçon son valet. En toute logique, c'est le valet qui doit être puni.

– Vous le tuerez si vous le battez, dit Matt.

– Personne n'est trop petit pour apprendre la valeur de l'éducation, rétorqua Jorge. Quoi, même les enfants de rois se faisaient corriger jusqu'à ce qu'ils apprennent à ne pas pleurer en public – on commençait dès l'âge de 6 mois.

Il m'a eu, songea Matt. Il avait beau vouloir encore résister à l'autorité de Jorge, il ne pouvait le faire aux dépens du garçonnet.

– Très bien, j'avoue, dit-il. J'ai lâché le savon dans la douche et je ne l'ai pas ramassé. J'ai gaspillé du porridge parce qu'il y avait un cafard dedans.

– Et? encouragea aimablement le Surveillant.

– J'ai pissé dans une cuve à crevettes – ne me demandez pas laquelle, je ne m'en souviens pas. Et j'ai laissé couler l'eau dans l'évier de la cuisine.

– Prends la position.

Matt s'exécuta, se haïssant, mais haïssant encore plus le Surveillant. Il garda le silence tandis que Jorge allait et venait, essayant de jouer sur ses nerfs. Et il ne hurla pas, quoi qu'il lui en coûtât, quand l'homme s'élança et le frappa avec une violence qui faillit le faire s'évanouir de douleur.

Il s'arc-bouta et endura un autre coup, et encore un autre. Au bout de six coups, Jorge décida que cela suffisait – plus vraisemblablement, il avait épuisé ses forces sur Ton-Ton. Si Matt estima qu'il avait eu de la chance pour cette fois, il ne douta pas que d'autres supplices l'attendaient. Jorge ne renoncerait pas si facilement.

Il tituba jusqu'à une couchette et s'écroula. Il eut à peine conscience du départ de Jorge mais, à l'instant où la porte se refermait, les garçons s'assemblèrent autour de lui.

– Tu as été génial ! s'écrièrent-ils.

– Jorge a perdu, déclara un grand maigre du nom de Flaco.

– Perdu ? répéta faiblement Matt. C'est moi qui ai cané, oui.

– *¡ Chale !* Pas du tout, assura Flaco. Jorge a franchi la limite ce soir. Si l'histoire remonte jusqu'au quartier général des Surveillants, il est foutu.

– Personne n'ira leur raconter ça, fit Chacho avec mépris. Ici, c'est comme si on était sur la lune.

– Je vais bientôt avoir l'âge de partir, insista Flaco. J'irai au QG et je leur raconterai.

– Je vais pas attendre après, va, fit Chacho.

– En tout cas, continua Flaco à l'adresse de Matt, tu as été *muy bravo* de prendre les coups à la place de Fidelito. On te tenait pour un snobinard d'aristo, mais tu es vraiment des nôtres.

– J'ai pas arrêté de vous le dire, gazouilla Fidelito.

Et tout le monde se mit à discuter du moment où on avait découvert que Matt n'était pas un snobinard d'aristo, et compris qu'il était *muy gente,* un type formidable. Matt se laissa envelopper par cet élan de sympathie. Il était étourdi de douleur, mais cela valait le coup s'il avait gagné l'affection des autres.

– Hé, faut l'emmener se faire soigner, dit Flaco.

Les garçons jetèrent un œil dans le couloir pour s'assurer que la voie était libre, puis transportèrent Matt à l'infirmerie, où Ton-Ton dormait déjà profondément. Un garçon au visage grêlé, vêtu d'un uniforme vert, pansa ses blessures et mesura trois gouttes d'un liquide dans une cuillère.

Du laudanum, comprit Matt en entrevoyant l'étiquette sur le flacon. Il se débattit pour ne pas avaler le remède. Il ne voulait pas devenir un zombie comme Felicia, ni mourir comme le pauvre Bouldepoil, mais il était trop faible pour résister longtemps. S'il mourait, songea-t-il en sombrant dans une somnolence médicamenteuse, retrouverait-il Bouldepoil dans un au-delà réservé aux non-humains ? Et le chien lui planterait-il ses crocs dans la cheville pour le punir de l'avoir enlevé à María ?

TON-TON

– Je me sens salement mal, geignit Ton-Ton en tâtonnant à l'aveuglette vers le verre d'eau posé à côté de son lit.

– Et si tu te voyais... observa le garçon au visage grêlé.

– Retire ça, euh, tout de suite, Luna. Ou je te pulvérise.

– Tu ne peux plus maintenant que je suis Surveillant, rétorqua Luna avec suffisance.

– Stagiaire. Seulement stagiaire.

Ton-Ton était parvenu à atteindre son verre, mais il s'en renversa la moitié sur la poitrine quand il essaya de boire.

De son côté, même s'il avait très soif, Matt préférait ne pas tenter la manœuvre. Il redoutait la douleur que lui causerait le mouvement.

– Ah, fit-il, tu es stagiaire Surveillant ?

– Ben... tout le monde en arrive là, finalement, dit Luna.

Matt regardait fixement le reflet dansant du verre d'eau, qui se trouvait hors de sa portée.

– Mais il n'y a qu'une vingtaine de Surveillants ici, et... combien de garçons ?

– Deux cent dix en ce moment, répondit Luna.

– Ils ne peuvent pas tous devenir Surveillants, fit remarquer Matt. Il n'y a pas assez de places.

Ton-Ton et Luna échangèrent un regard.

– Carlos dit que chaque garçon qui respecte les Cinq Principes de la bonne citoyenneté et, euh, les Quatre Dispositions à l'esprit positif jusqu'à l'âge de 18 ans devient Surveillant, fit Ton-Ton.

Matt eut beau leur expliquer patiemment la différence entre deux cent dix demandeurs d'emploi et seulement vingt postes, il n'y eut rien à faire pour qu'ils comprennent.

– T'es, euh, t'es rien qu'un jaloux, dit Ton-Ton.

Dans un domaine, néanmoins, Ton-Ton était bien informé : il savait ce qu'il se passait dans les quartiers des Surveillants, qui étaient protégés par un haut mur d'enceinte. Les Surveillants possédaient des jeux holographiques, la télévision et une piscine. Ils festoyaient parfois toute la nuit, avec de la nourriture délicieuse. Et Ton-Ton le savait, découvrit Matt, parce qu'il faisait le ménage dans leurs chambres et lavait leur vaisselle. Matt imagina qu'ils admettaient Ton-Ton chez eux parce qu'ils le croyaient trop bêta pour comprendre ce qu'il voyait.

Or, comme le disait souvent Celia, si certaines personnes ont l'esprit lent, cela ne les empêche pas d'être perspicaces. À mesure qu'il l'écoutait, Matt se rendit compte que le garçon était loin d'être stupide. Ses observations sur les activités des Surveillants autant que sa compréhension du fonctionnement de l'usine révélaient son intelligence. Ton-Ton était simplement prudent et gardait ses jugements pour lui.

Matt comprit aussi qu'il était profondément perturbé par la punition reçue la veille. Il ne cessait d'y revenir, comme on s'arrache la croûte d'une plaie.

– J'ai pas pigé. Je, euh, j'ai rien fait de mal.

– Tu as pourtant dû faire quelque chose, lui rétorqua Luna. Il t'a flanqué une sacrée dérouillée.

– Non, euh, j'ai rien fait.

Matt devinait le laborieux travail de méninges qui s'effectuait dans le cerveau de son compagnon d'infortune. Tout ce que disait Jorge était bien. Ton-Ton faisait ce que disait Jorge.

Donc, Ton-Ton faisait bien. Alors pourquoi Ton-Ton s'était-il pris une sacrée dérouillée ?

– Jorge est un *loco de remate,* reprit Luna. Un mec bizarre.

– Non, fit Ton-Ton. Y a autre chose.

Matt ne sut vers quelle conclusion se dirigeait le garçon.

– C'est comment dans le quartier des Surveillants ? demanda-t-il.

Les yeux de Ton-Ton se mirent à briller.

– Tu, euh, t'y croirais pas ! Ils ont du rôti de bœuf, et des boulettes de porc, et de ces gâteaux !

– Des gâteaux comment ? questionna Luna.

– Avec de la glace dessus ! Pas mélangée ni rien.

– J'en ai mangé une fois, de la glace, fit Luna d'une voix rêveuse. Ma mère m'en avait donné.

– Les Surveillants boivent du vrai lait, aussi, pas du plancton transformé, et puis ils mangent des chocolats enveloppés dans du papier doré.

Un jour, Ton-Ton avait volé un chocolat, et ce souvenir le hantait.

– Ça ne te dérange pas que les Surveillants aient tout cela et nous rien ? interrogea Matt.

Ton-Ton comme Luna rentrèrent dans leur coquille.

– Ils l'ont mérité ! argua Luna. Ils ont tiré leur temps ; et, quand on aura tiré notre temps, nous aussi on y aura droit !

– Ouais, approuva Ton-Ton, mais on aurait dit qu'il gardait une autre idée en tête.

– D'accord, d'accord, concéda Matt. Simple curiosité.

Matt se décida à attraper son verre d'eau. La douleur fut pire qu'il ne s'y attendait. Il étouffa un cri et retomba sur son lit.

– Ça fait mal, hein ? fit Luna en lui refermant les doigts sur le verre. Tu veux du laudanum ?

– Non !

– Comme tu veux. Moi, personnellement, j'adore ce truc.

– Pourquoi en as-tu besoin ? Tu souffres ?

Luna ricana comme si Matt lui avait posé une question idiote.

– Ça me fait un trip. C'est un petit voyage hors d'ici.

– T'es rien que stagiaire, releva Ton-Ton avec dédain. Normalement, tu, euh, tu dois pas te faire de trip avant d'être au quartier.

– Comment ça se saurait ? fit Luna en agitant le flacon de laudanum. Ils vont compter les gouttes ? C'est ma récompense parce que je m'occupe de l'infirmerie.

– Attends, intervint à nouveau Matt. Tu veux dire que les Surveillants prennent ce truc ?

– Et comment, répondit Ton-Ton. Ils l'ont mérité.

L'esprit de Matt s'emballait.

– Ils sont combien à en prendre ? Et à quelle fréquence ?

– Tous, tiens, et, euh, tous les soirs.

Matt fut pris de vertige. Cela signifiait que chaque nuit les Surveillants n'étaient plus que des zombies. Que l'usine restait sans surveillance. Que l'alimentation électrique de la clôture était sans surveillance. Le mot LIBERTÉ s'inscrivit en lettres lumineuses dans son esprit.

– L'un de vous sait où se trouve San Luis ? questionna-t-il.

Les deux garçons le savaient. Ton-Ton y avait grandi. Avec son débit haché, il décrivit une cité de maisons blanchies à la chaux, aux toits de tuiles, aux belles treilles généreuses, aux marchés colorés, animés, et aux ravissants jardins. La ville paraissait si agréable que Matt se demanda pourquoi Ton-Ton ne brûlait pas d'y retourner. Comment pouvait-on aspirer à une vie dans un quartier fermé en compagnie d'un flacon de laudanum? C'était complètement aberrant.

– San Luis a l'air d'être un endroit génial, dit-il.

– Euh, oui, acquiesça Ton-Ton comme s'il venait tout juste de s'en rendre compte.

Matt mourait d'envie de lui conseiller de laisser tomber les Cinq Principes de la bonne citoyenneté et les Quatre Dispositions à l'esprit positif pour franchir la clôture et filer à San Luis. Mais ç'aurait été idiot. Ton-Ton progressait dans sa réflexion avec la même lenteur que le collecteur de crevettes le long des cuves. Rien ne pouvait le faire avancer plus vite. Et rien non plus, espérait Matt, ne pouvait le détourner de la voie où s'étaient engagées ses pensées.

Quand il eut clopiné jusqu'à la salle de bains pour se regarder dans le miroir, Matt reçut un choc. Tous les garçons avaient des boutons, et il savait qu'il en avait aussi, mais c'était la première fois qu'il constatait l'étendue des dégâts – il n'y avait pas de glace dans le dortoir. Il eut beau se frotter et se refrotter le visage avec le savon gris aux algues, cela ne fit que lui colorer la peau d'un vilain rouge violacé.

Quand il revint, Ton-Ton et Luna éclatèrent de rire.

– Ça part pas au lavage, tu sais, fit Luna.

– J'ai l'air d'un steak au plancton, se lamenta Matt.

– Dans le mille! Tu, euh, tu as l'air d'un steak au plancton qui aurait été, euh, dégueulé par une mouette et, euh, laissé au soleil, précisa Ton-Ton dans une envolée poétique inhabituelle chez lui.

– Je vois le tableau!

Matt se remit péniblement au lit, sur le côté pour épargner son dos meurtri.

– On a tous des boutons, fit Luna. Tous ceux qui travaillent dans le plancton.

Super, pensa Matt. Maintenant qu'il y réfléchissait, il constatait que les Surveillants n'étaient que peu marqués, qu'ils n'avaient pas cette multitude de pustules pleines de pus qui affligeaient les garçons. Peut-être cela avait-il un rapport avec leur alimentation. Le régime viande-gâteaux-glace-chocolat était apparemment meilleur pour la peau que le très sain et très nourrissant plancton.

Le lendemain, Jorge obligea Matt et Ton-Ton à retourner au travail. Même s'il avait à l'évidence besoin d'un autre jour de repos à l'infirmerie, Ton-Ton obéit sans broncher. Matt, pour sa part, était pressé de reprendre son activité, impatient d'échafauder un plan d'évasion. Si toute tentative lui avait semblé vaine auparavant, il savait maintenant que San Luis se trouvait à quelques *miles* au nord, derrière une rangée de collines.

Ainsi que Tam Lin l'avait dit un jour, un geôlier a cent choses à penser, mais un prisonnier n'en a qu'une : s'évader.

Il suffisait à Matt de couper l'électricité de la clôture. Sauf que ce n'était pas si simple. La centrale électrique était bouclée le soir. Les Surveillants comptaient leurs pensionnaires le soir à 22 heures et le matin à 5 heures. Ce qui laissait sept heures pour parcourir les cinq *miles* jusqu'à la clôture (en espérant que le courant n'ait pas été remis) et ensuite les vingt *miles* jusqu'à San Luis, dans le noir. Pour peu que les cactus pullulent, le voyage risquait d'être plus long.

Que feraient les Surveillants quand ils découvriraient que trois garçons manquaient à l'appel – car Matt avait bien l'intention d'emmener Chacho et Fidelito avec lui ? Jorge aurait-il un aéroglisseur à sa disposition pour les pourchasser ? Puis Fidelito ne parviendrait pas à marcher sur vingt-cinq *miles*[*], et comment Matt pourrait-il l'abandonner ?

L'amitié est une douleur, songea-t-il. Durant tant d'années, il avait voulu des amis ; or il découvrait que les liens affectifs étaient aussi des entraves. Bon, il emmènerait Fidelito, mais il fallait disposer de davantage de temps. S'il surchargeait la chaudière proche du quartier des Surveillants, elle exploserait et…

Était-ce mal de faire sauter vingt bonshommes ? El Patrón ne se serait même pas posé la question. Tam Lin avait essayé de supprimer le Premier ministre britannique, mais il avait tué vingt enfants.

Le meurtre est une mauvaise action, frère Loup, fit une voix dans son esprit. Il soupira. C'était probablement ce que María appelait la conscience. C'était encore plus douloureux que l'amitié.

– Pourquoi est-ce qu'il faut l'attendre ? demanda Chacho tandis qu'ils regardaient le collecteur de crevettes ahaner en s'approchant lentement de leur cuve.

– Parce qu'il sait des choses qui nous seront utiles, expliqua patiemment Matt.

Ils étaient assis auprès de la dernière cuve, avec au-dessus d'eux la clôture menaçante qui bourdonnait en éructant ses pétarades électriques.

– C'est un vrai fayot. Il nous enfonce tous les soirs.

– Pas depuis qu'il s'est fait massacrer, fit remarquer Matt.

– Parce qu'il prend des vacances.

Chacho rechignait à reconnaître quelque qualité à Ton-Ton.

[*] Soit plus de quarante kilomètres.

– Sois gentil avec lui, d'accord?

– *Mi abuelita* dit que les âmes des gens sont comme des jardins, énonça doctement Fidelito. Qu'on ne peut pas tourner le dos à quelqu'un sous prétexte que son jardin est plein de mauvaises herbes. Il faut lui donner de l'eau et plein de soleil.

– V'là autre chose, grogna Chacho, mais il ne discuta pas avec le petit garçon.

Un nuage de poussière s'éleva dans le sillage du collecteur de Ton-Ton, puis se reposa lentement au sol tant l'air était lourd, immobile.

– Vous, euh, vous devriez travailler, lança Ton-Ton comme son engin s'arrêtait dans une secousse.

– Toi, on devrait te plonger tête la première dans une cuve, marmonna Chacho.

Matt lui envoya un coup de pied discret.

– Si tu, euh, espères me faire mordre la poussière, essaye toujours. Je t'aurai, euh, pulvérisé avant.

– Pourquoi tu vas t'imaginer que trois personnes tranquillement assises sur la route ont l'intention de t'attaquer? fit Chacho. Quoiqu'il pourrait y avoir du vrai...

– On veut seulement être gentils, intervint Matt en faisant les gros yeux à Chacho.

– Pourquoi? fit Ton-Ton, soudain soupçonneux.

– Parce que *mi abuelita* dit qu'il faut soigner les gens comme des jardins, pépia Fidelito. Ils ont besoin de soleil, d'eau, et leurs âmes ont besoin de... besoin de...

– D'être désherbées, conclut Chacho.

Les yeux de Ton-Ton s'arrondirent tandis qu'il méditait cette étrange déclaration.

– On veut juste devenir amis, résuma Matt. D'accord?

Ton-Ton prit une minute supplémentaire pour envisager la chose, et finit par descendre du collecteur.

– Quand es-tu allé à San Luis pour la dernière fois ? lui demanda Matt.

Si la question surprit Ton-Ton, il n'en montra rien.

– Il y a, euh, peut-être un an. J'y ai été avec Jorge.

– Tu as de la famille là-bas ?

– Ma mère a passé la, euh, frontière, il y a un paquet d'années. Mon p… père a essayé, euh, essayé, euh, d'aller la chercher. L'est pas revenu.

Matt remarqua que l'élocution de Ton-Ton se faisait encore plus hésitante quand il évoquait ses parents.

– Pas d'*abuelita ?* s'enquit Fidelito.

– Je, euh, si, si. Peu… Peut-être qu'elle est encore là.

Les coins de la bouche de Ton-Ton s'affaissèrent.

– Ben, pourquoi tu retournes pas avec elle ? fit Chacho. *¡Hombre !* Si j'avais une mamie rien qu'à vingt *miles* d'ici, j'exploserais la clôture pour aller la retrouver ! Qu'est-ce qui cloche dans ta tête, mec ?

– Tu, euh, comprends pas, répondit Ton-Ton. Jorge m'a vu du mauvais côté de la frontière. Y avait les Patrouilles des Domaines et, euh, des chiens, des gros chiens couleur de gadoue, avec des grands crocs. Ils faisaient tout ce que leur disait la Patrouille, et, euh, la Patrouille leur a dit de me *bouffer.* Jorge s'est pointé sur la frontière et leur a tiré dessus. Il a eu plein d'ennuis à cause de ça, après. Il, euh, il m'a sauvé la vie, et je lui dois tout.

Ton-Ton frissonnait à ce souvenir.

– Jorge t'a-t-il ordonné de ne pas rechercher ta grand-mère ? interrogea Matt.

– Il disait que j'étais né pour devenir Surveillant. Il disait que les Surveillants n'ont pas de famille, peuvent compter que les uns sur les autres, mais que c'est, euh, mieux parce que de toute façon ta famille t'abandonne.

– Mais ton *abuelita* a dû pleurer toutes les larmes de son corps quand elle ne t'a pas vu revenir, souligna Fidelito.

– Je serais de toute façon pas revenu, espèce de buse! cria Ton-Ton. Je serais passé dans le ventre des chiens!

– C'est bon, Fidelito, dit Matt. On a assez désherbé pour aujourd'hui.

Ensuite, il questionna Ton-Ton sur San Luis, et le garçon fut content de parler de la ville. Plus il s'exprimait sur le sujet, moins il trébuchait sur les mots. Perdant son air renfrogné, il parut plus jeune et plus heureux.

Ton-Ton décrivit la ville avec une telle minutie qu'on aurait dit qu'il avait un plan étalé dans la tête. Il se rappelait le moindre détail – un laurier-rose aux fleurs orangées, un mur de pisé orné de *paloverde,* une fontaine qui chantonnait dans un bassin en cuivre. C'était comme de suivre une caméra le long d'une rue. Et, peu à peu, il abaissa suffisamment sa garde pour parler de sa *mamá* et de son *papá*. Il avait vécu dans une maison pleine d'oncles, de tantes, de frères, de cousins, et avec une minuscule abuelita qui régentait son monde. Bien que pauvres, ils n'avaient pas été malheureux.

Pour finir, Ton-Ton s'étira et sourit comme s'il venait de faire un excellent repas.

– Je, euh, je dirai à personne pourquoi on est en retard. Je dirai que le collecteur est tombé en panne.

Il prit Fidelito avec lui sur l'engin durant la plus grande partie du chemin, ne le reposant à terre que lorsqu'ils furent en vue du quartier des Surveillants. Matt et Chacho marchaient d'un côté, à l'abri du nuage de poussière.

– Je rêve, chuchota Chacho. C'est comme si tu avais allumé une lampe dans sa tête. Je croyais pas Ton-Ton aussi futé.

Matt sourit, content d'avoir eu raison contre son aîné.

– Celia disait toujours que les gens lents portent plus d'attention aux choses.

– C'est qui, Celia?

Matt manqua de trébucher. Jusqu'ici il avait soigneusement évité toute allusion à sa vie d'avant Aztlán, mais écouter les souvenirs de Ton-Ton l'avait rendu moins prudent.

– Eh bien, Celia, c'est... c'est ma... ma mère.

Il comprit instantanément à quel point c'était vrai. Toutes les années où elle lui avait ordonné de ne pas la considérer comme une mère s'effacèrent. Personne d'autre ne s'était occupé de lui comme elle. Personne ne l'avait protégé ni aimé autant, à l'exception peut-être de Tam Lin. Tam Lin qui était comme son père.

Brusquement, une multitude de souvenirs, scrupuleusement étouffés dans sa nouvelle vie, affluèrent. Si jusqu'ici il s'était interdit de penser à Celia et à Tam Lin parce que c'était trop douloureux, il se retrouvait soudain impuissant. Il s'accroupit au sol, le visage plein de larmes. Ramassé sur lui-même, il tentait de pleurer sans bruit afin de ne pas perdre sa superbe devant Chacho.

Mais Chacho comprit.

– J'aurais mieux fait de fermer ma grande gueule, dit-il en s'agenouillant dans la poussière auprès de Matt. C'est le genre de truc qu'il faudrait pas mettre sur le tapis, sauf si l'autre en a envie. Bon sang, si tu savais ce que j'ai pu chialer les premières semaines.

– Tu es malade? lança de loin la voix flûtée de Fidelito perché sur le collecteur.

– Pour ça, oui, répondit Chacho. Tu le serais aussi si tu avais mangé une poignée de crevettes crues.

Et il abrita Matt de tout regard jusqu'à ce que celui-ci se reprenne et se remette en marche.

Découvert

Ce soir-là, sentant instinctivement la faiblesse de Matt, Jorge s'acharna sur lui. Il insista pour lui faire avouer de plus en plus de crimes, si bien que Matt se retrouva bientôt à répéter les mêmes fautes. Il ne se souciait plus de ce qu'il disait.

Matt était meurtri à l'intérieur de lui-même. Étrangement, il ne se trouvait pas dans la même pièce que Jorge car son esprit était retourné dans la Grande Maison d'El Patrón. Il était dans le logement de Celia ; d'ici peu, elle l'appellerait pour dîner et ils s'attableraient avec Tam Lin. L'illusion était douloureuse, mais tellement préférable à ce qu'il vivait maintenant.

– Si l'aristocrate n'écoute pas, fit la voix égale de Jorge, je vais devoir m'adresser à son valet.

Matt sortit de sa rêverie pour voir Fidelito, livide de peur, traîné au centre de la pièce.

– Tu as été vilain, n'est-ce pas ? roucoula Jorge.

– Pas *trop* vilain, répondit le garçonnet en jetant un œil vers le placard à cannes.

– C'est à moi d'en juger, non ?

– D'accord, dit Fidelito.

Matt se rendit compte qu'il se passait quelque chose de grave, pourtant ses pensées ne cessaient de revenir à l'appartement de Celia.

– Je pense que l'aristocrate a besoin de comprendre pourquoi sa conduite doit être sanctionnée, reprit Jorge. Les abeilles ouvrières savent que tout ce qu'elles font affecte l'ensemble de la ruche. Si un travailleur paresseux dort toute la journée sans être puni, il apprend aux autres à suivre son exemple. Si beaucoup d'ouvrières suivent cet exemple, la ruche périt.

La mine de Fidelito montrait que le raisonnement lui passait au-dessus de la tête.

– Il nous faut donc corriger les petits valets faibles qui trouvent amusant de suivre un mauvais exemple. N'est-ce pas ?

– Je... je sais pas.

Matt s'obligea à revenir au présent.

– Si vous voulez me punir, pourquoi ne le faites-vous pas ? demanda-t-il.

– Parce que ça ne marche pas, répondit Jorge.

Il affichait une expression joyeuse, comme s'il venait de découvrir une vérité merveilleuse qu'il brûlait de faire partager à tous. Une fois encore, il rappela Tom à Matt.

– J'avoue. J'obéis. J'accepte ma punition, fit celui-ci.

– Oui, mais tu n'es pas sincère, rétorqua le Surveillant. Tu t'exécutes mais au fond de toi tu restes un aristocrate. Le problème m'a longtemps laissé perplexe. Puis j'ai compris que ce qui *fait* un aristocrate, c'est l'existence du valet. Si je supprime le valet, hop ! le tour est joué. Fini, l'aristocrate. Prends la position, Fidelito.

Matt se pétrifia, glacé. Cette fois, ses confessions ne sauveraient pas le petit garçon. Il regarda les autres ; tous semblaient paralysés. La dernière fois que Jorge avait menacé Fidelito, Matt avait volé à son secours. Cette fois, c'était différent. On aurait dit que le Surveillant avait franchi une ligne invisible, et les garçons étaient épouvantés par ce à quoi ils allaient assister. Massacrer Ton-Ton sans aucune raison était passé. Il était grand, capable d'endurer. Mais Fidelito était maigre et fragile en dépit d'un esprit coriace. Et il n'avait que 8 ans.

Fidelito se mit en position comme il avait vu faire les autres; il appuya les mains au mur, écarta les jambes. Les autres garçons murmurèrent, mais Matt ne comprit pas ce qu'ils disaient.

Jorge gagna le placard. Matt avait l'impression de flotter au-dessus de la scène. Comme d'autres fois dans sa vie lorsque les choses tournaient mal, il aurait aimé se retirer dans son monde secret. S'il s'imaginait être chez Celia assez fort, peut-être cela finirait-il par arriver.

Jorge allait et venait, fouettant l'air de sa canne. Il allait s'élancer. Il s'arrêta, rassemblant ses forces pour le coup initial. Il se plia et se mit à courir...

Matt se jeta sur le Surveillant. Après lui avoir porté un coup de tête à l'estomac, il lui arracha la canne des mains. Jorge recula, le souffle coupé. Matt lui assena un bon coup de canne sur l'épaule, puis la plaqua sur son torse pour l'obliger à toucher terre. Surgi de nulle part, Chacho se jeta dans la bataille, frappant Jorge à coups de poings.

– Tu... cognes... les... tout... petits! criait-il entre les coups. Alors... tu... mérites... qu'on... te... cogne!

Les autres garçons criaient, acclamaient. Il avaient formé un cercle autour du Surveillant et de ses deux assaillants. Flaco tira Fidelito hors de la mêlée.

La tête de Matt se mit à tourner. Jorge était ramassé sur lui-même, peut-être gravement blessé. Les garçons dansaient autour, excités au possible, et Matt les sentit prêts à se joindre à la bagarre.

– Stop! cria-t-il en lâchant la canne.

Il saisit Chacho et le tira en arrière.

– Il ne faut pas le tuer!

– Pourquoi pas? aboya le garçon.

Mais l'interruption avait suffi à lui rendre sa raison. Il s'assit lourdement à terre, les poings serrés. Déçus, les autres garçons marmonnèrent, mais s'écartèrent lorsque Jorge remua, se mit à quatre pattes et se traîna en direction de la porte.

Personne ne soufflait mot. Toujours assis par terre, Chacho respirait lourdement. Fidelito gémissait dans un coin, empêché de bouger par Flaco. Matt frissonnait comme s'il avait la fièvre. Il ne parvenait pas à imaginer ce qui allait se passer ensuite.

Il n'eut pas longtemps à attendre. Des pas lourds résonnèrent dans le couloir, et la porte s'ouvrit violemment devant une armée de Surveillants. La vingtaine qu'ils étaient déboula dans le dortoir. Les voyant armés de pistolets hypodermiques, tous les garçons battirent en retraite le long des murs. Matt et Chacho furent les premiers attrapés. On leur attacha les mains dans le dos et on les bâillonna avec du ruban adhésif.

– Vous êtes bouclés ici jusqu'à nouvel ordre, tonna Carlos à l'adresse des autres. Nous déciderons de votre sort demain. Mais sachez déjà que nous ne saurions tolérer – je dis bien, *nous ne saurions tolérer* – ce genre d'émeute.

– Vous ne demandez pas ce qu'a fait Jorge? intervint Flaco.

– Ce que vous avez fait est bien pire! cria Carlos.

– Il allait tuer Fidelito.

Apparemment surpris, Carlos s'immobilisa et regarda le petit garçon caché derrière Flaco.

– Il ment, déclara Jorge, qui tenait son épaule blessée.

– On est deux cents, reprit Flaco. On a tous été témoins.

Matt sentit la menace implicite que contenaient ces paroles. Oui, il étaient deux cents dans le dortoir. Si bien armés soient-ils, les Surveillants ne pouvaient espérer contrôler un tel nombre.

La même pensée traversa sans doute l'esprit de Carlos. Il entreprit de gagner la porte et fit signe à ses collègues de le suivre. Mais, tel un tourbillon de poussière sur le sel asséché, un mouvement se fit parmi les garçons et plusieurs se retrouvèrent à bloquer la sortie. Les Surveillants étaient à présent cernés de toutes parts.

– Je crois que vous devriez nous écouter, dit Flaco.

– On en reparlera demain, dit Carlos.

Non, pensa Matt. *Ne les laisse pas remettre à plus tard. Dès qu'ils seront dehors, ils tireront les verrous. Et jamais ils n'écouterons.* Bâillonné par le ruban adhésif, il ne pouvait rien dire.

– Je crois que c'est mieux tout de suite, reprit Flaco.

Carlos avala sa salive, palpa son pistolet hypodermique.

– Ils ont été corrompus par l'aristocrate, intervint à nouveau Jorge. Les choses ont commencé à aller mal à l'arrivée de ce petit salopard arrogant. C'est lui qui a mené l'attaque, les autres ont suivi. C'est lui le chef. Les autres ne sont que ses valets bouffeurs de saletés.

– N'aggrave pas les choses, lui conseilla Carlos.

– Luna, à l'infirmerie, m'a raconté une histoire intéressante, poursuivit Jorge. Quand on lui a amené l'aristocrate, il l'a aidé à se mettre au lit. Et il a vu une inscription sur son pied droit.

Oh non, oh non, se dit Matt.

– Malgré une vieille cicatrice en travers, Luna est parvenu à déchiffrer ce qu'il y avait d'écrit: *Propriété du domaine Alacrán.*

– Alacrán? répéta Carlos. C'est le nom du vieux vampire qui dirige le Pays Rêvé.

– Je sais, fit plaisamment Jorge. Je me suis demandé comment une personne pouvait appartenir à un domaine, à moins qu'il n'y travaille. Ou à moins qu'il ne s'agisse d'une raclure de chiottes échappée.

Une exclamation horrifiée courut dans le dortoir.

– N'emploie pas cette expression grossière, dit Carlos.

– Toutes mes excuses, répliqua Jorge en souriant. J'utilisais simplement un langage que les garçons peuvent comprendre. Je me demandais encore comment utiliser cette information quand le problème de ce soir a surgi. Il est très drôle, reconnaissons-le, que tous ces petits valets aient juré fidélité à une raclure de chiottes puante – pardon, un zombie –, au lieu d'un véritable aristocrate.

Non, non, non! Le point faible de Matt avait été découvert. Même si le Surveillant avait interprété le tatouage de façon erronée, c'était tout autant catastrophique.

– Je n'y crois pas, dit Flaco.

– Et si tu regardais? invita Jorge.

Flaco s'avança, s'agenouilla près de Matt, leva vers lui un regard qui s'excusait. Matt ne se défendit pas, cela n'eût servi à rien. Il laissa son camarade lui soulever le pied, l'orienter vers la lumière, et attendit l'inévitable.

– Jorge a raison, dit Flaco. Il y a écrit *Propriété du domaine Alacrán.*

L'esprit de révolte déserta alors instantanément les garçons. Ils étaient tellement habitués à obéir, comprit Matt, qu'il en fallait peu pour les pousser à se rendre. Lentement, ils abandonnèrent la porte pour se faufiler vers les couchettes.

– A... Attendez, fit une voix que Matt ne pensait pas entendre. N'importe, euh, n'importe qui peut se faire attraper au Pays Rêvé. Ça, euh, ça n'en fait pas une mauvaise personne.

– Laisse tomber, Ton-Ton, fit Jorge. Réfléchir n'est pas ton fort.

– J'ai, euh, j'ai *pourtant* réfléchi, reprit le grand garçon. Nos parents ont fui vers, euh, le Pays Rêvé, et ils… ils ont été transformés en zom… en zombies.

Manifestement, il était difficile pour Ton-Ton d'avouer cela.

– Pas mon père ! protesta Flaco. Il vit aux États-Unis. Il dirige un studio de cinéma, et, dès qu'il aura assez d'argent il me fera venir.

– C'est, euh, c'est des his… histoires qu'on s'raconte, bredouilla Ton-Ton, mais c'est pas vr… vrai. Tous nos parents sont devenus des raclures de chiottes.

Un brouhaha de voix s'éleva pour enjoindre à Ton-Ton de se taire.

– Nos *mamás* et nos *papás* ne sont pas mauvais, continua implacablement le garçon. Juste ils ont pas eu de veine. Et M… Matt n'est pas non plus une mauvaise personne !

– Oh, allez, va te coucher, ordonna Jorge. Tu crois qu'on a envie d'écouter tes élucubrations ? Tu as toujours été idiot et tu seras toujours idiot. Tu as de la chance que je t'aie tiré du Pays Rêvé avant de savoir à quel imbécile j'avais affaire.

– Je n… ne suis p… pas idiot ! s'écria Ton-Ton.

Mais personne ne lui prêta attention.

Les garçons s'écartèrent de Matt comme d'une chose malpropre. Les Surveillants les emmenèrent, Chacho et lui, et Carlos verrouilla la porte du dortoir derrière eux.

Ils furent enfermés dans un réduit obscur où ils n'avaient pas la place de s'allonger. L'air manquait, le sol était froid. Durant toute la nuit, les deux garçons se pelotonnèrent contre le mur. Matt était content qu'il fasse noir et qu'ils soient restés bâillonnés. Il n'aurait pas supporté d'entendre Chacho le traiter de raclure de chiottes ou de le voir tenter d'éviter tout contact avec un monstre pareil.

Le cimetière

Une faible lueur filtra sous la porte lorsque deux des Surveillants les plus jeunes vinrent chercher Matt et Chacho. Matt était si ankylosé qu'il retomba au sol quand ils le tirèrent hors du réduit. Chacho émit une protestation inarticulée sous son bâillon.

On les poussa dehors, en direction de l'un des véhicules dont se servaient les Surveillants pour transporter du matériel dans l'usine. Assis sur le siège du conducteur, Jorge fumait une cigarette. On entrava encore plus les chevilles des deux garçons grâce à quelques tours supplémentaires de ruban adhésif.

Au début, le transporteur roula lentement, car il fonctionnait à l'énergie solaire, mais il prit de la vitesse à mesure que le soleil montait dans le ciel et inondait les salants. Voyant défiler les cuves à crevettes, Matt comprit qu'on se dirigeait vers la clôture ouest. Les roues crissaient sur le chemin aride et craquelé ; la brise matinale soulevait des volutes de sable au-dessus du sol.

Matt avait soif. Faim aussi. Non sans un plaisir amer, il se rendit compte que Jorge avait l'épaule plâtrée. Il espéra qu'il souffrait beaucoup.

Au bout d'un moment, le véhicule obliqua et se mit à cahoter sur un sol plus accidenté. Il avançait maintenant en parallèle de la clôture. Matt regarda le tourbillon blanc d'un vol de mouettes au-dessus du rivage du golfe de Californie. Le vent poussiéreux lui apportait leurs cris.

Cahin-caha, le transporteur progressait. Quand il peinait trop dans le sable, les hommes devaient sauter à terre pour coucher des branchages d'immortelles sous les roues et ainsi le faire repartir. On finit par s'arrêter, et Matt fut débarqué par les deux jeunes Surveillants.

Devant eux s'étendait l'immense dépression qui, autrefois pleine d'eau vive, n'était plus à présent qu'un ossuaire de baleines mortes. Les os se dressaient, telles de gigantesques épines.

– C'est ce que nous appelons le cimetière, déclara Jorge du ton le plus aimable.

Matt se souvint de propos entendus le jour de son arrivée : *Tu ne t'en tireras pas à l'esbroufe ici. On a ici quelque chose qu'on appelle le cimetière, et le fauteur de troubles qui passe par là en ressort aussi doux qu'un agneau.*

– Je le détache maintenant ? questionna l'un des Surveillants.

– Enlève-lui seulement le ruban adhésif sur la bouche, répondit Jorge.

– Mais ça veut dire qu'il ne pourra pas grimper pour sortir.

– Il a essayé de me tuer ! cria Jorge. Tu veux qu'un assassin s'en tire pour revenir déclencher une révolution ?

– Carlos n'apprécierait pas.

– Carlos, j'en fais mon affaire, conclut Jorge.

Matt fut débarrassé de son bâillon. Il fit jouer ses mâchoires, passa la langue sur ses lèvres meurtries.

– Tu penses que tu as soif, là, tout de suite, lui dit Jorge en souriant. Attends de voir demain.

– C'est *lui*, le meurtrier, cria Matt.

Il ne put rien ajouter. Les hommes le balancèrent dans le vide. Il retomba avec fracas, et les os s'écartèrent pour lui faire place. La chute vers les profondeurs le conduisit jusqu'à un plateau de crânes. Il se retrouva accroché au milieu d'un océan d'os, entrevoyant de petits morceaux de ciel bleu dans un entrelacs de côtes et de vertèbres. Prudemment, il tourna la tête. S'ouvrait sous lui un abîme de ténèbres vertigineuses.

Quelques minutes plus tard, il entendit Chacho atterrir non loin de lui. La masse d'ossements se déplaça de nouveau sous l'impact, et Matt glissa un peu plus vers les profondeurs. Une côte lui appuyait dans le dos. Une fine poussière de sel et de sable lui couvrait le visage. Il entendit Chacho tousser, crisser le pas des hommes qui s'éloignaient, puis le bruit du moteur, qui alla décroissant jusqu'à se taire.

– Tu vas bien ? lança Chacho.

– Tout dépend de ce que tu entends par là, fit Matt, stupéfait de pouvoir rire encore, même faiblement. Tu es blessé ?

– Pas trop. Tu as une idée pour nous tirer de là ?

– J'y réfléchis, fit Matt, la bouche pleine de sel. Je boirais bien quelque chose.

– M'en parle pas ! rétorqua Chacho. Je devrais pouvoir couper ce ruban si je trouvais un os tranchant.

– J'en ai justement un qui me cisaille le dos, dit Matt.

Il parlait d'un ton léger et gai, comme s'il s'était agi pour eux de rabioter quelques minutes de sommeil et non de tenter d'échapper à une mort lente et douloureuse.

– Toujours les mêmes qu'ont de la chance, commenta Chacho.

Lui aussi plaisantait, mais Matt le devinait aussi effrayé que lui.

Il se tortilla de façon à disposer ses poignets sur le fil de l'os dentelé. Malheureusement, il commençait à peine à scier ses liens que la masse osseuse remua de nouveau ; il glissa vers des profondeurs plus obscures.

– Matt! cria Chacho, paniqué.

– Je suis là. Bon, ça n'a pas marché. Si tu essayais?

À vrai dire, le cœur de Matt battait à tout rompre, et il redoutait de bouger. Le bassin entier tremblotait, et il craignait de tomber tout au fond.

– Zut et re-zut! lança Chacho.

Matt l'entendait se glisser dans l'enchevêtrement d'os.

– Inutile de te presser, on a toute la journée.

– Cause toujours! J'ai l'impression qu'il y a autre chose dans ce trou.

Effectivement, Matt crut percevoir un son aigu. Se pouvait-il que quelque chose vive tout en dessous, dans ces ténèbres? Quelle sorte de créature aurait choisi pareille demeure?

– C'est des chauves-souris! hurla Chacho. Des affreuses chauves-souris gluantes!

– Les chauves-souris ne sont pas gluantes, fit valoir Matt, soulagé.

Il préférait de loin des créatures bien réelles aux monstres qu'il avait imaginés.

– Arrête de blaguer! Elles pompent le sang!

– Non, elles ne te feront rien. Tam Lin et moi, on les a observées des dizaines de fois.

– Elles attendent la nuit, j'ai vu ça dans un film. Elles attendent la nuit et elles te tombent dessus pour te sucer le sang.

La panique de Chacho était contagieuse, et Matt se sentit gagné par la peur.

– Tam Lin dit que ce ne sont que des souris avec des ailes. Elles ont plus peur de nous que…

– Y en a une qui me fonce dessus! brailla Chacho.

– Tiens-toi tranquille! Ne bouge pas! hurla Matt en retour.

Une idée horrible lui était venue ; il devait mettre Chacho en garde.

Chacho continua de hurler, mais sans doute avait-il entendu le conseil de Matt car il ne bataillait pas. Au bout d'un moment, ses cris cessèrent et furent remplacés par des sanglots.

– Chacho ! appela Matt.

Le garçon ne répondit pas. Il continuait à pleurer et à hoqueter, le souffle court. Matt se retourna avec précaution, à la recherche d'un autre os effilé. En dessous de lui, à la lisière des profondeurs spectrales, de minuscules chauves-souris voletaient en poussant de petits cris aigus. Sans doute avaient-elles trouvé le trou aussi confortable qu'une grotte. Elles allaient de-ci de-là, circulant entre les os comme des poissons dans la mer. Une odeur âcre s'élevait sous l'effet de leurs battements d'ailes.

– Chacho ? Je suis là. Les chauves-souris se calment. Je vais réessayer de couper le ruban adhésif.

– On s'en sortira jamais, gémit Chacho.

– Bien sûr que si, assura Matt. Il faut seulement être très, très prudent. Ne pas tomber plus bas.

– On va mourir, reprit Chacho. Si on essaye de grimper, les os vont glisser. Il y en a des tonnes. On tombera tout au fond et elles viendront nous dévorer.

Matt ne répondit rien. C'était exactement l'idée qui l'avait traversé. Durant quelques instants, il fut submergé par le désespoir, incapable de réfléchir. Était-ce la fin de la deuxième chance de vie que lui avaient donnée Tam Lin et Celia ? Ils ne sauraient jamais ce qui lui était arrivé. Ils penseraient qu'il les avait abandonnés.

– Tam Lin dit que les lapins abandonnent quand ils sont pris par le coyote, reprit-il après s'être suffisamment calmé pour s'exprimer d'une voix sûre. Ils acceptent de mourir parce que ce sont des animaux et qu'ils ne connaissent pas l'espoir. Mais les humains sont différents. Même quand les choses ont l'air d'être au pire, ils luttent contre la mort, et parfois, même quand tout est contre eux, ils gagnent.

– Ouais. À peu près une fois sur un million, fit Chacho.

– *Deux fois* sur un million corrigea Matt. Nous sommes deux, je te rappelle.

– Et toi t'es le roi des andouilles, fit Chacho, mais il cessa de pleurer.

À mesure que le soleil progressait dans sa course, Matt eut de plus en plus soif, même s'il essayait de ne pas y penser. La langue lui collait au palais. Du sable lui raclait la gorge.

– J'ai trouvé un os coupant, annonça Chacho. Je crois que c'est une dent.

– Super, dit Matt qui, lui, s'échinait sur une côte.

Le ruban adhésif avait une capacité surprenante à s'étirer. On avait beau scier et scier, il s'allongeait sans se rompre. Au bout d'un moment néanmoins, il fut assez lâche pour que Matt puisse libérer ses mains.

– Ça y est! lança-t-il.

– Moi aussi, répliqua Chacho. J'ai attaqué les pieds.

Pour la première fois, Matt éprouva un véritable espoir. Il rehaussa très doucement ses jambes et commença d'entamer ses liens avec un fragment d'os. C'était épouvantablement fatigant. Il devait se mouvoir avec une lenteur extrême afin de ne pas plonger plus bas, il lui fallait également s'arrêter toutes les minutes pour se reposer – ses forces faiblissaient.

Chacho lui aussi semblait faire des pauses de plus en plus longues.

– Qui est Tam Lin? demanda-t-il à cette occasion.

– Mon père, répondit Matt, cette fois sans buter sur les mots.

– C'est drôle d'appeler ses parents par leur prénom.

– C'est ce qu'ils voulaient.

Il y eut un long silence, puis Chacho reprit :

– Tu es vraiment un zombie ?

– Non ! Tu crois que je parlerais comme je parle ?

– N'empêche que tu en as vu.

– Oui.

Le vent était tombé, laissant place à un air lourd, immobile. Le silence se faisait inquiétant, à croire que le désert attendait que quelque chose se produise. Jusqu'aux chauves-souris qui avaient cessé de bavarder.

– Parle-moi des zombies, fit Chacho.

Matt décrivit les hommes et les femmes vêtus d'uniformes ocre qui s'échinaient sans relâche dans les champs, et les jardiniers qui taillaient aux ciseaux les immenses pelouses de la propriété d'El Patrón.

– On les appelait des eejits.

– On dirait que tu as passé du temps là-bas, dit Chacho.

– Toute ma vie, répondit Matt, décidant de dire pour une fois la vérité.

– Tes parents... c'étaient des eejits ?

– On peut plutôt les qualifier d'esclaves. Il faut quelques personnes dotées d'une intelligence normale pour accomplir un certain nombre de tâches.

Chacho soupira.

– Alors, mon père s'en est peut-être sorti. Il était musicien. Vous aviez des musiciens, là-bas ?

– Oui, fit Matt en songeant à Mr Ortega.

Sauf que Mr Ortega ne pouvait être le père de Chacho ; il vivait au Pays Rêvé depuis trop longtemps.

Le soleil était bas vers l'ouest à présent. Il faisait plus sombre que Matt ne s'y serait attendu à cette heure, même en tenant compte du fait que la lumière pénétrait difficilement dans la cuvette. Le vent se leva de nouveau, se mit à gémir tel un esprit égaré au milieu des ossements, et devint étonnamment froid.

– On croirait la Llorona, fit Chacho.

– Ce n'est qu'une légende, dit Matt.

– Ma mère m'en parlait tout le temps, et ma mère ne mentait pas.

Chacho réagissait vivement à tout affront, réel ou supposé, fait à sa mère. Elle était morte quand il avait 6 ans.

– D'accord, concéda Matt. Je croirai en la Llorona si tu acceptes de croire que les chauves-souris ne sont pas dangereuses.

– T'aurais pas dû en reparler…

Le vent soufflait de plus en plus fort, expédiant des tourbillons de poussière sur le bassin. Les ossements de la couche supérieure s'entrechoquèrent et, simultanément, Matt entrevit un éclair aveuglant, suivi d'un coup de tonnerre.

– C'est une tempête, fit-il, abasourdi.

Le vent glacé lui apportait l'odeur de la pluie, rendant sa soif encore plus insupportable. Les tempêtes étaient rares dans le désert, excepté en août ou en septembre, mais le phénomène pouvait néanmoins se produire. La tourmente se levait soudainement, dévastait tout, puis s'évanouissait aussi rapidement qu'elle était venue. Celle-ci promettait d'être spectaculaire. Le ciel se fit d'un blanc laiteux puis, plombé par un nuage géant, vira au rose-orangé dans la lumière du soleil couchant. Les éclairs zébraient les cieux furieux. Matt comptait les secondes qui les séparaient du coup de tonnerre, afin d'estimer la distance : un *mile*, un demi-*mile*, un quart de *mile*… juste au-dessus ! Le nuage se déchira et déversa des grêlons aussi gros que des cerises.

– Attrape-les ! cria Matt.

Le grondement de la tempête était tel que Chacho ne l'entendit probablement pas. Matt saisit des grêlons qui ricochaient sur les ossements avant de chuter dans le gouffre et s'en fourra plusieurs dans la bouche. Bientôt ils furent remplacés par la pluie, des trombes et des trombes d'eau. Matt ouvrait grand la bouche pour s'abreuver. Dans la lumière violente et rapide des éclairs, il vit des chauves-souris cramponnées aux ossements. Il entendait l'eau dévaler sur la paroi de la cuvette.

Et puis ce fut terminé. L'orage battait en retraite. Les éclairs décrurent, mais il continuait de pleuvoir. Matt retroussa les pans de sa chemise et suça autant d'eau que possible. La pluie l'avait revigoré mais il ne s'était pas suffisamment désaltéré.

Le ciel était presque noir maintenant.

– Dirige-toi vers le bord le plus proche tant qu'on voit encore quelque chose, cria Matt à Chacho. J'ai les jambes libres. Et toi ?

Son camarade ne répondit pas.

– Tu vas bien ?

Une pensée atroce traversa Matt, que Chacho ait pu glisser au fond pendant l'orage.

– Chacho ! réponds-moi !

– Les chauves-souris, fit enfin le garçon, d'une voix d'outre-tombe.

Il était encore là. Matt en éprouva un grand soulagement.

– Elles ne te feront pas de mal.

– Elles sont partout sur moi, reprit Chacho de la même voix bizarre.

– Moi aussi, rétorqua Matt.

Il venait de prendre conscience que des petites bêtes lui rampaient sur le corps.

– Elles… Elles essaient d'échapper à l'eau, bredouilla-t-il, espérant être dans le vrai. Leur nichoir est inondé. Et puis elles cherchent sûrement à se réchauffer.

– Elles attendent la nuit, prophétisa Chacho. Et là elles nous suceront le sang.

– Ne sois pas débile ! cria Matt. Elles ont la frousse et elles ont froid !

Il n'en éprouvait pas moins une répulsion instinctive envers leurs mouvements furtifs. Un éclair lointain lui fit voir une créature minuscule blottie contre son torse. Elle avait un petit nez plat, des oreilles pareilles à des feuilles et une bouche entrouverte sur de délicates dents effilées comme des aiguilles. Mais elle avait aussi un bébé niché sous l'une de ses ailes. C'était une mère qui s'efforçait de sauver son petit des eaux.

– Tu ne vas pas me mordre, dis ? lui murmura Matt.

Il entreprit lentement de se retourner, se figeant lorsque les ossements menaçaient de bouger, puis repartant, en direction de ce qu'il estimait être le « rivage » le plus proche. La chauve-souris battit brièvement des ailes contre sa chemise avant de disparaître dans l'obscurité.

C'était comme de nager dans un lac étrange et terrible. À chaque mouvement vers l'avant, Matt s'enfonçait un peu plus. À un moment, il sentit des os lui peser sur le dos et craignit d'être pris au piège. Mais les os glissèrent légèrement et le libérèrent. Cependant, la moindre progression accentuait leur poids. Bientôt il ne pourrait plus bouger, et alors il ne lui resterait qu'à attendre la mort, comme un insecte prisonnier dans l'ambre.

Le bassin baignait dans l'obscurité quand ses mains rencontrèrent de la pierre et non plus de l'os. Il se cramponna à la paroi et se hissa péniblement jusqu'à pouvoir plaquer les pieds contre la roche. Les os lui paraissaient encore plus pesants à présent, parce qu'il forçait son chemin au travers. Il s'appuya contre le rocher, haletant, épuisé. Découvrant un filet d'eau de pluie qui continuait à couler, il le lapa comme un chien. C'était froid, un goût minéral. Un goût merveilleux.

– Chacho ? Si tu te diriges vers ma voix, tu atteindras le rebord. Il y a de l'eau.

Le garçon ne répondit pas.

– Je vais continuer à parler, pour que tu saches par où aller.

Matt parla donc, de son enfance – laissant de côté ce qui aurait été trop difficile à expliquer. Il décrivit le logement de Celia, ainsi que ses voyages dans les montagnes avec Tam Lin. Il décrivit le camp des eejits et les champs d'opium. Il ignorait si Chacho l'entendait. Peut-être s'était-il évanoui. Ou peut-être les chauves-souris lui avaient-elles bel et bien sucé le sang.

La moitié de la nuit s'était écoulée quand Matt parvint à se tirer complètement hors du trou pour s'écrouler sur le sol humide. Il était incapable d'un mouvement de plus. Toute la volonté dont il s'était servie pour se libérer l'abandonna. Il demeura couché sur le flanc, la joue dans la boue. Il n'aurait pas été capable d'un seul geste si Jorge avait surgi avec une armée de Surveillants.

Flottant entre conscience et inconscience, il perçut un son étrange venu du bassin. Il tendit l'oreille, cherchant à deviner quel animal produisait un bruit pareil, puis il comprit : Chacho ronflait. Il s'était endormi d'épuisement. Peut-être était-il coincé dans le trou, en tout cas il était vivant. Finalement, les chauves-souris n'avaient pas bu son sang.

Le collecteur de crevettes

Le ciel était bleu sombre, et le sol couvert d'une mince pellicule de givre, quand Matt se releva. Il s'accroupit afin de préserver le peu de chaleur de son corps. Le vent ridait la surface des petites flaques d'eau qui se découvraient ici ou là dans le paysage désertique. À l'est, c'était un flamboiement de roses et de jaunes.

Matt n'avait jamais eu si froid de sa vie. Il claquait des dents ; sa peau n'était qu'un frisson. À mesure que le jour venait, il constatait que ses habits s'étaient déchirés en maints endroits durant son séjour dans le trou. Ses bras et ses jambes étaient couverts d'écorchures. Dans sa lutte désespérée pour survivre, il n'avait pas remarqué ses blessures, mais maintenant il souffrait de la tête aux pieds.

– Chacho ? Chacho !

Il appelait en direction de l'océan d'ossements qui grisonnaient dans la lueur d'avant l'aurore. La brise emportait sa voix.

– Je suis sorti. Je suis sain et sauf. Toi aussi, bientôt. Dirige-toi à ma voix.

Pas de réponse.

– Tu descendras un petit peu, mais au bout d'un moment tu vas arriver à la paroi. Là, je t'aiderai.

Aucune réponse.

Matt arpenta le rebord du gouffre. Il savait à peu près où se trouvait Chacho, mais il lui était impossible de le voir.

– L'orage a laissé de l'eau ici. Je ne peux pas t'en apporter, mais tu peux venir la chercher. Tu te sentiras beaucoup mieux. S'il te plaît, Chacho ! N'abandonne pas !

Le garçon ne répondait toujours pas. Matt trouva dans un rocher un creux rempli d'eau et but jusqu'à s'en donner la migraine. L'eau était glaciale. Il revint au bord du trou et appela, supplia, insulta même Chacho pour obtenir une réponse. Rien.

Comme le soleil s'élevait au-dessus de l'horizon désertique, que la lumière inondait les petits tertres et les buissons alentour, Matt se recroquevilla à l'abri d'un rocher et pleura. Il ne savait absolument pas quoi faire. Chacho se trouvait quelque part par là, mais il ne pouvait le trouver. Et même s'il le trouvait, il était incapable d'aller le chercher. Et il n'existait aucune plante dans ce désert avec laquelle on puisse fabriquer une corde correcte.

Il pleura jusqu'à l'épuisement, ce qui ne fut pas très long car il était déjà fatigué. Le soleil donnait un peu de chaleur à l'air, mais le vent la balaya à l'instant où Matt se releva.

Que faire ? Où aller ? Il ne pouvait pas rester là à attendre que Jorge revienne voir où en étaient ses victimes. Mais il ne pouvait pas non plus laisser Chacho derrière lui. Il boitilla jusqu'au bord du gouffre et s'y assit. Il parla, parla, parfois exhortant Chacho à le rejoindre, parfois divaguant sur son enfance.

Il raconta les extraordinaires fêtes d'anniversaire d'El Patrón. Il évoqua María et Bouldepoil. Il continua même à parler quand il eut la voix rauque et la gorge écorchée, il ne s'arrêtait pas car il avait le sentiment que c'était la seule corde qu'il pouvait lancer à Chacho. Si celui-ci l'entendait, il ne se sentirait pas complètement seul, et peut-être essaierait-il de rester en vie.

Le soleil fut assez haut pour éclairer le bassin d'ossements. Matt aperçut, pas trop au fond, une tache brune. Tous les garçons de l'usine portaient le même uniforme.

– Je te vois, Chacho. Tu n'es pas très loin du bord. Tu peux y arriver si tu essaies.

Il entendit alors dans le lointain un bruit mécanique, une sorte de cliquètement. Ce n'était pas le transporteur de Jorge, mais peut-être le Surveillant avait-il emprunté un véhicule plus robuste. La main en visière, Matt scruta l'horizon. Il aurait voulu se cacher, mais s'aperçut, consterné, qu'il avait laissé des empreintes de pieds partout sur le sol boueux. Impossible de les effacer avant l'arrivée de l'engin.

Sans espoir, il attendit de se faire reprendre par le Surveillant ; or, à sa grande stupéfaction, il finit par reconnaître le collecteur de crevettes de Ton-Ton qui bringuebalait dans le désert. Fidelito était perché sur le capot. Dès qu'il vit Matt, l'enfant sauta à terre et se mit à courir.

– Matt ! Matt ! Tu es sorti ! Où est Chacho ?

Le petit garçon se jeta littéralement sur Matt et faillit le renverser.

– Je suis si heureux ! Tu es vivant ! J'ai eu si peur !

Matt le retint pour l'empêcher d'aller manifester sa joie trop près du gouffre.

Le collecteur de crevettes s'arrêta dans un hoquet.

– J'ai, euh, pensé que tu pourrais avoir besoin d'aide, fit Ton-Ton.

Matt partit d'un rire sans joie, un peu hystérique.

– Besoin d'aide ? souffla-t-il. Je crois qu'on peut le dire comme ça.

– Je l'ai dit comme ça, dit Ton-Ton, dérouté.

Matt se mit à trembler, et son rire se mua en un torrent de larmes.

– Ne pleure pas ! gémit Fidelito.

– C'est Chacho, sanglota Matt. Il est là-dedans. Il ne parle plus. Je crois qu'il est mort.

– Où ? demanda Ton-Ton.

Matt désigna l'uniforme marron, sans lâcher le bras de Fidelito, car il craignait que l'enfant ne tombe dans le trou.

Ton-Ton avança le collecteur jusqu'au bord et mit en branle le bras mécanique pourvu d'une grande pince à son extrémité. Lentement, méthodiquement, il dégagea les ossements de surface jusqu'à pouvoir voir le visage de Chacho. Le garçon avait les yeux fermés. Ton-Ton déplaça d'autres os, et la poitrine de Chacho fut visible. Son vêtement était déchiré et taché de sang, mais il respirait.

– Je travaillerais mieux s'il pouvait, euh, aider.

Ton-Ton manœuvrait le bras mécanique avec la délicatesse d'un chirurgien effectuant une opération.

Matt avait cessé de pleurer, mais continuait à trembler.

– Je pourrais monter sur le bras et aller lui attacher une corde autour de la taille, suggéra-t-il.

– Hum, grogna Ton-Ton. Tu serais, euh, aussi efficace qu'un vautour pété qui essaye de, euh, d'emporter une vache crevée.

Il continua son travail. Sa lenteur et sa prudence donnaient à Matt l'envie de hurler. Pourtant, c'était lui qui avait raison. Au moindre mouvement brusque ou mal calculé, les ossements risquaient de retomber en cascade et d'ensevelir Chacho.

Pour finir, Ton-Ton referma les mâchoires de la pince sur le corps inanimé. C'étaient des mâchoires assez puissantes pour broyer de la roche, mais Ton-Ton souleva le blessé avec autant de douceur que s'il avait transporté un œuf. Il fit reculer le collecteur, puis le bras pivota à 180° et déposa Chacho à terre. Ton-Ton replia alors le bras au-dessus de l'engin. Soigneux en toute chose, il n'était pas du genre à laisser le matériel en plan.

Agenouillé auprès de Chacho, Matt tâta son pouls. Il était lent mais régulier. Fidelito lui tapota la joue.

– Pourquoi il ne se réveille pas ?

– Il est, euh, en état de choc, expliqua Ton-Ton en descendant de sa machine. J'ai déjà vu ça. Quand on a trop peur, on tombe dans un genre de, euh, sommeil. Soulève-le. Je vais lui donner un truc à boire.

Matt soutint le buste du garçon inanimé, et Ton-Ton lui fit couler dans la bouche un liquide rouge contenu dans une bouteille en plastique.

– C'est du soda à la fraise. Les Surveillants en boivent tout le temps. Il y a des électrolytes dedans. Bon pour la déshydratation.

Matt fut surpris par les connaissances médicales de Ton-Ton. Au fond, il n'y avait pas de quoi : le garçon enregistrait tout ce qu'il entendait. Luna, à l'infirmerie, avait dû lui parler de la déshydratation.

Chacho toussa, s'humecta les lèvres, déglutit, et ouvrit les yeux. Il attrapa la bouteille et se mit à boire avidement.

– Doucement ! tempéra Ton-Ton en lui reprenant la bouteille. Si tu bois trop vite, tu vas, euh, vomir.

– Encore ! Encore ! croassa Chacho.

Mais Ton-Ton l'obligea à boire à petites gorgées, ignorant les quelques grossièretés dont l'autre le gratifia. Au bout d'un moment, il estima que le rescapé avait eu son content.

Il décapsula une autre bouteille et la donna à Matt. *Il n'y a pas mieux au paradis,* songea celui-ci en savourant la boisson fraîche et sucrée. Le goût du soda à la fraise valait les crabes d'El Patrón, acheminés depuis le Yucatán.

– On ferait mieux d'y aller, déclara Ton-Ton en relançant le moteur du collecteur de crevettes.

L'euphorie de Matt retomba brutalement.

– Rentrer ? Jorge veut nous tuer. Il l'a dit, je l'ai entendu.

– T'emballe pas. On va à San Luis, retrouver mon *abuelita.*

– C'est moi qu'ai eu l'idée, assura Fidelito.

– C'est *moi* qu'ai eu l'idée, le contredit Ton-Ton.

Matt plaqua la main sur la bouche du gamin afin de le faire taire. Peu importait d'où venait l'idée du moment que Ton-Ton se l'était bien mise en tête.

– Sais pas si je pourrai marcher longtemps, murmura Chacho.

Il semblait hébété.

– C'est pour ça que je suis venu avec le, euh, collecteur de crevettes, répliqua Ton-Ton. Toi et Matt, vous montez dans le réservoir. Fidelito, euh, s'assoit devant avec moi.

Pour lui, le sujet était clos. Matt ne discuta pas. Au bout d'un processus forcément lent et prudent, Ton-Ton avait décidé de prendre la fuite. Et s'il avait choisi de s'enfuir à cinq *miles* à l'heure, aucun argument ne le détournerait de son idée. Matt se demandait seulement comment il espérait échapper aux Surveillants.

Il aida Chacho à gravir l'échelle métallique du réservoir. Même vidé, celui-ci empestait la crevette pourrie. Matt aurait vomi s'il avait eu quelque chose dans l'estomac. Au moins, il n'aurait pas faim en route.

Chacho s'endormit sur le fond humide de la cuve, mais Matt remonta sur l'échelle pour prendre l'air.

Cinq *miles* à l'heure ! Matt comprit qu'il avait été optimiste. Fidelito serait allé plus vite que l'engin. Ton-Ton devait manœuvrer autour des rochers, éviter les ornières. À plusieurs reprises, le véhicule menaça de verser, mais il se redressait chaque fois et continuait sa progression laborieuse.

Ils se dirigèrent vers le nord le long de l'immense bassin d'ossements, puis obliquèrent vers l'ouest. Le sol était tapissé de gros galets; entre eux, la couche de sable était épaisse, et le collecteur peinait, tanguait, patinait. Enfin, ils parvinrent à la clôture, et Ton-Ton arrêta l'engin.

– Tout le monde descend! annonça-t-il.

Il dut aider Matt à sortir Chacho du réservoir. Le blessé était trop faible pour tenir debout. Précédés par un Fidelito affairé, ils le transportèrent jusqu'à un lit de sable.

– Reste ici, ordonna Ton-Ton au petit. Je suis sérieux. Si je, euh, te surprends près du collecteur, je, euh, te pulvérise.

– Il ne le ferait pas en vrai, chuchota Fidelito tandis que Ton-Ton s'éloignait.

– Qu'est-ce qu'il se passe avec les Surveillants? questionna Matt. Il n'a pas peur qu'ils nous rattrapent?

– Aucun risque! s'exclama l'enfant, tout excité. Ils sont bouclés dans leur quartier. Les portes et les fenêtres sont bloquées avec des sacs de sel. Des montagnes et des montagnes de sel! Tous les garçons nous ont aidés.

– Les Surveillants n'ont pas essayé de vous arrêter?

– Ils étaient endormis, répondit Fidelito. Ton-Ton a dit qu'ils ne se réveilleraient pas, même si on faisait plein de boucan.

Matt s'interrogeait, mais il fut, simultanément, trop étonné par ce qu'était en train de faire Ton-Ton pour se poser davantage de questions. Le garçon avait refermé la pince du collecteur sur un unique câble de la clôture. Il recula lentement, tirant dans un horrible grincement, jusqu'à ce que, clac! le câble lâche. Ton-Ton s'attaqua alors à un autre, puis à un troisième. Plus il progressait, plus il devenait facile de défaire le réseau de câbles et de barbelés. Il eut bientôt ouvert un trou assez grand pour permettre au collecteur de passer.

Matt observait avec inquiétude le haut de la clôture. Le câble électrique, le seul dont il fallait se méfier, était toujours là, crépitant et bourdonnant. Tant que Ton-Ton n'y touchait pas, tout irait bien.

– Comment te sens-tu ? demanda Matt à Chacho.

– Je sais pas, répondit le garçon d'une voix faible. Je sais pas ce qui a cloché. J'ai essayé de te rejoindre pendant la nuit, mais les os me sont tombés dessus en masse, au point que je pouvais à peine respirer. J'avais l'impression d'être coincé sous un rocher.

– Tu as mal à la poitrine ? s'enquit Matt qui comprenait à présent pourquoi Chacho ne lui avait pas répondu.

– Un peu. Mais je ne crois pas que j'aie quelque chose de cassé. C'est juste... que j'ai du mal à respirer.

– Ne parle plus. Dès qu'on sera à San Luis, on t'emmènera voir un docteur.

Incapable de savoir ce dont souffrait son camarade, Matt était très inquiet.

Ton-Ton fit franchir la clôture béante au collecteur, puis aida Matt à transporter Chacho jusqu'au réservoir. Le voyage devint beaucoup plus facile. Comme une route longeait la clôture, le collecteur avançait beaucoup plus rapidement. De temps en temps, Ton-Ton s'arrêtait pour se dégourdir les jambes et permettre à Fidelito de dépenser un peu de son énergie.

– Si tu, euh, sautilles encore sur mon siège *une seule fois*, je te, euh, pulvérise, avertissait-il régulièrement.

Le petit garçon se tenait tranquille pendant une minute ou deux.

Ils burent tous du soda à la fraise – Ton-Ton en avait emporté une caisse. Puis, quand il décida que c'était l'heure de manger, il sortit de sa cabine des choses extraordinaires, des aliments comme Chacho et Fidelito n'en avaient jamais vu. Ils se régalèrent de saucisson et de fromage, d'olives et de crackers. Que tout cela leur donnât soif, peu importait, puisqu'ils avaient encore du soda à la fraise. Ils terminèrent par des chocolats enveloppés dans du papier doré.

– Je suis tellement heureux que je m'envolerais, dit Fidelito avec un soupir rassasié.

Matt s'inquiétait de la lenteur de leur progression.

– Tu n'as pas peur que les Surveillants finissent pas arriver à sortir ? demanda-t-il à Ton-Ton.

– Je lui ai dit pour les sacs de sel, expliqua Fidelito.

– Ils, euh, ils dorment, répondit Ton-Ton.

– Pas depuis tout ce temps, souligna Matt. À moins que… Oh, Ton-Ton ! Tu ne leur as pas donné du laudanum ?

– Ils l'ont mérité, déclara le garçon avec autant d'obstination que lorsqu'il avait pris leur parti à l'infirmerie.

– Combien ?

– Suffisamment.

Matt comprit qu'il n'en saurait pas davantage.

– C'était fantastique ! intervint Fidelito. Ton-Ton nous a dit qu'on allait venir à votre secours, sauf qu'il fallait attendre le lever du soleil.

– Le collecteur fonctionne, euh, à l'énergie solaire.

– Alors Flaco est allé vérifier que les Surveillants étaient bien endormis. Lui et les autres ont emporté leurs provisions, et puis ils ont empilé autour du bâtiment autant de sacs de sel qu'ils en trouvaient. Flaco a dit qu'il attendait que l'aéroglisseur du ravitaillement l'emmène au Q… Q…

– Q.G., compléta Ton-Ton.

– Oui ! Pour leur dire ce que Jorge a fait.

– Flaco a confiance, fit Ton-Ton. Il croit qu'il, euh, se fera entendre là-bas. Pas moi.

– Moi non plus, renchérit Chacho.

Adossé contre le collecteur, une bouteille de soda à la main, il semblait à peine réveillé.

– On devrait peut-être se dépêcher, suggéra Matt en le regardant.

– Oui, acquiesça Ton-Ton.

Ils repartirent donc, continuant de longer la clôture jusqu'à l'angle où elle partait en perpendiculaire. La route, elle, filait vers le nord, vers une rangée de collines peu élevées. À leur gauche gisaient les vestiges du golfe de Californie, en ce moment à sec. Des bouffées d'air fétide leur vinrent aux narines. C'était cette même puanteur que Matt avait sentie dans les terres abandonnées près du camp des eejits, seulement elle était ici encore plus infecte et plus inquiétante.

Le soleil était bas à l'ouest. Les ombres commençaient à s'étirer sur le désert. Le collecteur de crevettes grimpa lentement la route qui franchissait les collines mais, comme il atteignait un col entièrement à l'ombre, il s'arrêta net.

– Et voilà, fit Ton-Ton en sautant de la cabine. Il ne repartira qu'à l'aube.

Ils sortirent Chacho du réservoir et le couchèrent sur le bas-côté, enveloppé de couvertures qu'avait apportées Ton-Ton. Lui et Matt continuèrent un peu la route à pied, jusqu'au point où elle redescendait. Ils voyaient de nouveau le soleil, un scintillement de brume violette.

– San Luis est encore loin ? interrogea Matt.

– Trois *miles*, peut-être quatre, répondit Ton-Ton. Il faut franchir le Colorado.

– Je ne crois pas que Chacho puisse attendre le matin.

Ton-Ton contemplait le soleil déclinant. Il était difficile de dire à quoi il pensait.

– J'ai, euh, j'ai suivi mes parents vers le Pays Rêvé, par là, fit-il en désignant la brume pourpre. Jorge m'a sauvé des chiens. Je le trouvais... je le trouvais... merveilleux. Mais il me prenait seulement pour un imbécile.

Ton-Ton baissa la tête. Matt supposa qu'il pleurait, mais il fit comme si de rien n'était pour ne pas l'embarrasser.

– Il m'est arrivé le même genre de chose, dit-il enfin.

– Vraiment? dit Ton-Ton.

– Quelqu'un que j'aimais et respectais a essayé de me tuer.

– Ça, c'est vraiment moche, commenta Ton-Ton.

Ils se turent pendant un moment. Matt entendait Fidelito expliquer à Chacho que c'était très rigolo de coucher à la belle étoile et qu'il l'avait fait souvent avec son abuelita après que l'ouragan eut détruit leur maison.

– À mon avis, euh, toi et Fidelito feriez mieux de continuer à pied jusqu'à San Luis. Si vous arrivez à trouver un docteur, amenez-le. Si vous n'êtes pas, euh, revenus à l'aube, je me remets en route.

Ton-Ton fournit à Matt et Fidelito deux lampes de poche, des couvertures pour se prémunir contre le froid, et des citrons pour survivre à la puanteur.

– Le Colorado est mé... méchant, dit-il. Il part dans, euh, une canalisation avant d'atteindre la route, mais c'est quand même dangereux. Ne t'en approche pas, Fidelito. Fais bien gaffe ou alors je, euh...

– Tu me pulvérises! s'exclama gaiement le petit garçon.

– Cette fois, je suis sérieux, conclut Ton-Ton.

El Día de los Muertos

La descente de la colline était facile, pourtant Matt dut fréquemment s'arrêter pour se reposer. L'épreuve de la nuit précédente le faisait souffrir de la tête aux pieds et certaines de ses écorchures s'étaient infectées. Il se retourna pour voir Ton-Ton qui les suivait des yeux depuis la pénombre du col. L'avant du collecteur de crevettes était à peine visible.

Fidelito sautilla en agitant sa lampe de poche.

– Tu crois qu'il me voit?

– Certainement, fit Matt.

Par moments, l'énergie du petit garçon le fatiguait.

Tandis qu'ils poursuivaient leur route, Fidelito posa des questions sur ce qu'ils allaient trouver à San Luis. Matt lui parla de María et du couvent de Santa Clara. N'ayant aucune idée de ce à quoi ressemblait leur destination, il inventa afin de distraire son jeune compagnon:

– C'est un château sur une colline. Avec une tour et des toits de tuiles rouges. Chaque matin, les filles hissent un drapeau dans le jardin.

– Comme les Surveillants, commenta le bambin.

– Voilà, acquiesça Matt.

Chaque matin, les Surveillants faisaient aligner les garçons et hissaient sur l'usine un drapeau à l'emblème de la ruche. Les garçons récitaient les Cinq Principes de la bonne citoyenneté suivis des Quatre Dispositions à l'esprit positif avant de se rassembler dans le réfectoire pour engloutir le gruau de plancton.

– Sur leur drapeau, il y a une image de la Vierge de Guadalupe. Les filles chantent *Buenos días, Paloma Blanca,* sa chanson préférée, ensuite elles vont prendre un petit déjeuner avec du pain grillé et du miel.

Fidelito soupira.

Matt se demanda si les Surveillants étaient parvenus à s'extirper de leur sommeil artificiel. Ou étaient-ils tous morts comme le pauvre Bouldepoil ? Et Ton-Ton serait-il arrêté pour meurtre ?

– Est-ce que les Surveillants peuvent avoir de l'eau dans leur quartier ? questionna-t-il.

– Flaco a dit qu'ils pourraient boire dans les W.-C., répondit Fidelito.

C'est dur mais c'est juste, pensa Matt avec un sourire sardonique.

– Cette odeur me rend malade, dit Fidelito.

Matt leva la tête. La puanteur s'était accentuée si progressivement qu'il ne l'avait pas remarquée.

– On ne doit pas être loin du fleuve, fit-il.

Il écorcha la peau d'un citron et ficha celui-ci sous le nez de Fidelito.

– Ça ne tuera pas l'odeur, mais ça devrait t'empêcher de vomir.

Quelque part sur leur gauche, il entendit un gargouillement furieux et il dirigea sa lampe dans cette direction. Un large torrent d'eau sombre disparaissait dans une canalisation géante. Le flux était tout moiré de pétrole ; ici et là, des formes luttaient à la surface afin de ne pas être englouties.

– C'est un poisson ? murmura Fidelito.

– Je ne crois pas, fit Matt.

Sa lampe éclairait un long tentacule huileux qui se débattait au milieu des flots en cherchant à se cramponner au rivage.

– Voilà pourquoi Ton-Ton t'a dit de te tenir à distance.

Le tentacule perdit la bataille et fut aspiré par la canalisation dans un affreux bruit de succion.

– Courons, supplia Fidelito.

Le sol tremblait à l'endroit où le grand fleuve plongeait sous la route. Matt n'était pas loin de s'évanouir tant la puanteur était forte. *Cet air est toxique,* pensa-t-il, affolé. S'ils perdaient connaissance ici, personne ne viendrait les secourir.

– Plus vite, fit-il, le souffle court.

En réalité, c'était lui qui allait lentement. Fidelito bondissait comme un singe.

Ils franchirent une hauteur. Une brise légère vint balayer la puanteur infecte du fleuve en contrebas, et Matt s'écroula. La poitrine oppressée, il se mit à tousser. Il avait l'impression qu'on l'étranglait. *Oh non,* pensa-t-il, *je ne vais pas avoir une crise d'asthme.* Il n'en avait pas souffert depuis qu'il avait quitté Opium, mais l'infection du fleuve excitait de nouveau sa faiblesse. Il se pencha dans un effort pour se remplir les poumons.

Fidelito gratta frénétiquement son citron et le lui ficha sous le nez.

– Respire ! Respire ! criait-il.

Cela ne fut d'aucun secours.

Dans ses efforts pour respirer, Matt partait tout en eau.

– Je vais chercher du secours, lui brailla Fidelito dans l'oreille, comme s'il était aussi devenu sourd.

Attends, c'est dangereux, voulut dire Matt. Mais peut-être était-ce aussi bien que le petit garçon s'en aille. Il n'était plus en mesure de le protéger.

Du temps s'écoula, que Matt était incapable de mesurer. Le monde s'était réduit à un minuscule morceau de route où il tentait de survivre. Mais soudain il sentit qu'on le soulevait, et qu'on lui mettait dans la bouche un inhalateur – un inhalateur ! Il s'en saisit et aspira tout ce qu'il pouvait. La crise s'apaisa. Le monde reprit ses proportions normales.

Il distingua un visage mat et buriné, strié de rides profondes.

– Regarde ce que le fleuve a craché, Guapo, dit la femme.

Guapo – le prénom signifiait « beau » – se pencha au bord de la route et décocha à Matt un grand sourire quasiment édenté. Il devait avoir au moins 80 ans.

– Le gosse a choisi un drôle d'endroit pour sa baignade, dit-il.

– Je plaisantais, précisa la femme. Personne ne peut survivre s'il va nager dans ce fleuve. Tu peux marcher ? demanda-t-elle à Matt.

Matt se mit sur ses pieds, fit quelques pas incertains et acquiesça.

– Tu vas rester avec nous, décida la femme. Je ne pense pas que ta mère t'attende à la maison ce soir.

– C'est un orphelin en fugue, dit Guapo. Regarde son uniforme.

– Tu appelles ces guenilles un uniforme ? fit la femme en riant. Ne te fais pas de souci, *niño*. On ne le dira à personne. Nous haïssons les Surveillants autant que toi.

– Chacho, articula Matt.

– Le petit nous en a parlé, répondit Guapo. T'inquiète. L'ambulance est déjà en route.

Il désigna le ciel, et Matt vit passer un aéroglisseur au-dessus de lui.

Soutenu d'un côté par Guapo, de l'autre par Consuela, la sœur du vieil homme, Matt se mit en route. La tête lui tournait. Tout semblait irréel : la route obscure, le ciel étoilé, et ces deux vieillards qui guidaient ses pas.

Au bout d'un certain temps, ils se retrouvèrent face à un mur. Consuela appuya sur un bouton, et une porte s'ouvrit sur un décor tellement inattendu que Matt se demanda s'il n'était pas en train de rêver.

Devant lui, flanquées d'élégants *paloverde,* s'étiraient des tombes à perte de vue. Chacune était ornée de feuilles de palmier, de fleurs, de photographies, de statuettes. Des centaines de bougies chatoyaient, dans des verres rouges, bleus, verts, jaunes ou violets ; on aurait cru des éclats d'arc-en-ciel qui dansaient à terre.

Certaines sépultures avaient également reçu de la nourriture pour offrande : tortillas, bols de haricots, bouteilles de soda, fruits, sans compter des troupeaux de figurines animalières – ânes, chevaux, cochons –, faites de pâte ou de sucre. Sur l'un des caveaux trônait un ravissant petit chat doté d'un nez en sucre rose, la queue enroulée autour des pattes.

Des gens étaient assis partout dans la pénombre et s'entretenaient à voix basse.

– Où sommes-nous ? murmura Matt.

– Dans un cimetière, *chico,* répondit Consuela. Ne me dis pas que tu n'en as jamais vu.

Pas comme celui-là, songea Matt. Les Alacrán étaient enterrés dans un mausolée de marbre non loin de l'hôpital. Il avait la taille d'une maison et était recouvert d'angelots innombrables. À travers la porte, on distinguait des genres de longs tiroirs de chaque côté, chacun marqué du nom d'un Alacrán défunt.

Les eejits, évidemment, finissaient dans des charniers, des fosses communes au beau milieu du désert. Tam Lin disait qu'on ne distinguait pas leurs sépultures des zones d'enfouissement de déchets.

– On dirait une... une fête, bredouilla Matt.

– C'est bien ça, s'écria Fidelito, surgissant brusquement au milieu d'un groupe de femmes qui déballaient des paniers de pique-nique. Quelle chance on a! On aurait pu arriver n'importe quel jour, mais on est tombés sur *El Día de los Muertos,* le jour des Morts. C'est ma fête préférée de toute l'année!

Sur ce, il mordit dans un sandwich.

Matt était perdu. Celia célébrait chaque fête du calendrier, mais jamais elle n'avait mentionné celle-là. Elle déposait ses souliers pour les cadeaux à Noël, décorait des œufs pour Pâques, préparait la dinde rôtie pour Thanksgiving et des gâteaux en forme de cœur à l'occasion de la Saint-Valentin. Elle célébrait également San Mateo, le saint patron de Matt, et Santa Cecilia, sa patronne à elle. Et, bien sûr, il y avait l'anniversaire d'El Patrón. Mais jamais, jamais personne n'aurait organisé une fête de la Mort!

Et cependant Matt voyait bien, tombe après tombe, des squelettes qui jouaient de la guitare, dansaient, conduisaient de petits véhicules en plastique. Des mamans squelettes emmenaient se promener des enfants squelettes. Des épouses squelettes se mariaient à des époux squelettes. Des chiens squelettes reniflaient des poteaux de lampadaire, et des chevaux squelettes galopaient avec la Mort en selle.

Peu à peu, Matt eut conscience d'une odeur particulière. La puanteur du fleuve était arrêtée par le mur d'enceinte, mais un autre parfum flottait dans l'atmosphère, qui suscitait l'inquiétude dans tous les pores de la peau de Matt. Cela sentait comme Felicia! À croire que son fantôme se penchait sur lui, lui soufflant au visage les lourdes vapeurs du whisky. Il s'assit, pris de vertige.

– Tu es malade? questionna Fidelito.

– Guapo, attrape un autre inhalateur dans mon sac, fit Consuela.

– Non… Non… ça va, dit Matt. L'odeur qu'il y a ici m'a rappelé quelque chose.

– C'est simplement l'encens de copal que nous brûlons pour les morts, expliqua Consuela. Ça te rappelle peut-être ta *mamá* ou ton *papá,* mais tu ne dois pas être triste. Cette nuit nous saluons leur retour, pour leur faire voir comment on s'en sort et leur offrir leurs mets favoris.

– Ils… mangent?

Matt regarda les *tamales,* les bols de haricots, les miches de pain décorées de sucre rose.

– Pas comme nous, mon joli, fit Consuela. Ils aiment sentir les choses. Voilà pourquoi nous préparons des plats qui ont une bonne odeur.

– *Mi abuelita* disait qu'ils revenaient sous la forme de colombes ou de souris, dit Fidelito. C'est pour ça qu'il ne faut pas chasser ces bêtes si elles veulent manger

– C'est vrai aussi, approuva Consuela en enlaçant le petit garçon.

Matt songea aux Alacrán dans leur mausolée de marbre. Peut-être El Patrón s'y trouvait-il – dans le tiroir du haut, bien sûr. Mais non: Celia affirmait qu'il voulait être enterré dans sa chambre souterraine avec tous ses cadeaux d'anniversaire. Quelqu'un lui apportait-il de la nourriture ce soir? Celia avait-elle préparé des *tamales* et des bols de haricots? Non. Celia se cachait dans les écuries. Et Mr Alacrán n'irait pas déposer un seul haricot puisqu'il haïssait El Patrón.

Matt refoula ses larmes.

– Comment peut-on célébrer la mort? murmura-t-il.

– Parce qu'elle fait partie de nous, fit doucement Consuela.

– *Mi abuelita* disait que je ne devais pas avoir peur des

squelettes puisque j'en ai aussi un à l'intérieur de moi, dit Fidelito. Elle me disait de toucher mes côtes pour faire ami avec elles.

– Ta grand-mère était très sage, commenta Consuela.

– Je file en ville maintenant, pour la fiesta, annonça Guapo, qui s'était coiffé d'un beau sombrero noir et portait une guitare en bandoulière. Vous voulez que je vous dépose quelque part, les gosses ?

– Vieux coquin ! s'exclama Consuela en riant. Tu y vas pour courir les filles, oui !

– Je n'ai nul besoin de *courir,* rétorqua le vieillard avec hauteur.

– En tout cas, reviens-moi entier, Guapito. Je me fais du souci pour toi.

– Alors, les gosses ? Est-ce que je vous emmène voir Chacho ? Il est à l'hôpital du couvent de Santa Clara.

– C'est justement là qu'on va ! s'écria Fidelito.

– Et les Surveillants ? s'inquiéta Matt.

– Ils ne s'aventurent pas dans les rues quand il y a une fête, répondit Consuela. Mais au cas où...

Elle plongea dans son grand sac et en sortit deux masques.

– Je les gardais pour mes petits-enfants, mais je leur trouverai bien autre chose.

Elle en enfila un sur la tête de Fidelito.

Matt ressentit un étrange pincement au cœur quand il vit ce crâne au-dessus du corps maigrichon de Fidelito.

– Mets le tien, le pressa le petit garçon.

Matt était incapable de bouger, incapable aussi de détacher son regard de la tête de Fidelito.

– J'ai le mien aussi, dit Guapo en enfilant sa cagoule.

– Ça t'embellit, crois-moi, commenta Consuela.

Guapo se livra à quelques cabrioles clownesques, le sombrero noir dansant sur sa tête de mort. Matt avait beau savoir qu'ils essayaient de le dérider, il n'éprouvait qu'horreur.

– Écoute, *mi vida,* lui dit Consuela.

Il tressaillit à s'entendre appeler comme autrefois.

– Je ne sais pas quelles vilaines choses te sont arrivées, mais tu dois mettre ce masque pour ta sécurité. Si tu portes un déguisement, les Surveillants ne t'embêteront pas.

Matt mesura la sagesse du conseil et, à contrecœur, se passa la cagoule sur la tête. L'étoffe se moula à lui comme une seconde peau. Malgré les trous ménagés pour les yeux, le nez, la bouche, il eut l'impression d'être enterré vivant et dut batailler pour refouler sa panique. Aspirant profondément, il parvint à chasser son sentiment d'horreur.

– *Muchas gracias,* dit-il.

– *De nada,* lui répondit Consuela.

LE CHÂTEAU SUR LA COLLINE

Tout en suivant Guapo, Matt remarqua que toutes les tombes étaient parsemées de fleurs dorées. Puis, en atteignant la route, il vit que ces mêmes pétales brillants formaient un sentier au sortir du cimetière.

– Qu'est-ce que c'est? demanda-t-il tout bas à Fidelito.

– Des fleurs de *Cempasúchil*. Pour que les morts retrouvent le chemin jusqu'à chez eux.

Matt ne put s'empêcher de frissonner lorsque leurs pieds foulèrent les pétales délicats dans la poussière.

Le vieux Guapo possédait sa propre voiture volante. Il lui fallut un moment pour la persuader de décoller, et l'engin ne s'éleva qu'à quelques pieds du sol.

– Puissance antigravitationnelle bas de gamme, grogna Guapo en bataillant avec les commandes. Je l'ai achetée en solde.

Le véhicule laissa le cimetière derrière lui et atteignit les premières demeures de l'agglomération. Des sentiers semés de pétales menaient à toutes les portes. Ce qui frappa Matt fut la beauté des maisons. Elles ne ressemblaient pas du tout aux masures qu'il avait vues à la télévision. Construites en un matériau chatoyant, elles adoptaient les formes les plus extraordinaires. Certaines ressemblaient à de petits châteaux, d'autres évoquaient des vaisseaux spatiaux ou maritimes, d'autres encore se dressaient tels des arbres, pourvues de balcons et de jardins en terrasse extravagants.

Dans les jardins se succédaient des projections holographiques : ici, des squelettes chevauchaient des fusées ; là paradait une noce de squelettes au complet, avec prêtre et demoiselles d'honneur. Fidelito se pencha par la fenêtre pour essayer de les toucher.

Matt entendit au loin de la musique et des crépitements de feu d'artifice. Fidelito désigna une pluie d'étincelles rouges et vertes dans le ciel. Bientôt, la circulation devint plus difficile sous l'afflux des participants à la fête, et Guapo, dont le véhicule ne pouvait s'élever au-dessus des têtes, se retrouva quasiment coincé. Il se mit à klaxonner afin de se frayer un chemin dans la foule, mais la musique et les cris atteignaient un tel niveau sonore que nul ne prêtait attention à ses coups d'avertisseur.

Matt observait ce flot humain avec émerveillement. Jamais de sa vie il n'avait vu autant de gens. On chantait, on dansait. On prenait les enfants sur les épaules pour qu'ils ne manquent rien des illuminations qui éclaboussaient le ciel. On faisait mine de malmener la voiture de Guapo, jusqu'à ce que celui-ci sorte de ses gonds. Et ces costumes ! Gorilles, cowboys, astronautes s'agglutinaient devant les éventaires de friandises. Zorro faisait claquer son fouet pour intimider trois extraterrestres. La Llorona et le *chupacabras* valsaient avec des bouteilles de bière. Cependant, la majorité des participants étaient déguisés en squelettes.

– Qui est-ce, celui-là ? cria Matt à un moment, en saisissant l'épaule de Guapo.

Le vieillard tourna la tête vers une silhouette vêtue d'un costume noir et argenté.

– Lui ? Ce n'est que le Vampire du Pays Rêvé.

Et Matt vit une file d'eejits en tenues brunes, masqués de têtes de mort, qui traînaient les pieds derrière un El Patrón d'un terrifiant réalisme. Le souffle court, choqué, Matt se renfonça dans son siège. Un chagrin violent venait de l'envahir, sans aucune raison. Si El Patrón avait vécu, lui serait mort.

– Des Surveillants, chuchota Fidelito.

Le groupe d'hommes se tenait au bord de la route, arborant des mines rébarbatives, réprobatrices, l'air de dire aux fêtards : *Vous n'êtes tous que des faux bourdons et, quand l'hiver viendra, les abeilles ouvrières vous jetteront dans la neige pour que vous y mouriez.*

– Je vais leur montrer la carte du monde, déclara Fidelito.

Matt le retint à temps et le fit rasseoir.

– Arrêtez un peu de vous agiter derrière, protesta Guapo. Vous mettez les bobines magnétiques en surchauffe.

Ils finirent par s'extirper de l'effervescence, laissant derrière eux les baraques foraines, l'odeur de viande grillée et de bière, pour arriver au pied d'une colline. Devant eux montait une ravissante et paisible allée bordée de grenadiers et ponctuée de réverbères en forme de globe qui projetaient au sol une chaude lumière blanche.

– Ma voiture ne peut pas grimper cette pente, annonça Guapo, mais il n'y a pas loin jusqu'au sommet. Transmettez mes amitiés aux sœurs de l'hôpital. Elles m'ont recousu après la dernière fiesta, et j'ai eu droit à un sermon gratis par-dessus le marché.

Le vieillard décocha un sourire canaille à Matt. Celui-ci regrettait de le voir partir. Sans avoir côtoyé longtemps Guapo et Consuela, il ressentait pour eux une grande affection.

Il ôta son masque et aida Fidelito à se débarrasser du sien.

– C'est ici qu'habite María ? questionna le petit garçon

en se tordant le cou pour apercevoir le sommet de la colline.

Le cœur de Matt se troubla. Il souhaitait désespérément retrouver María. Depuis des semaines, il n'avait pas pensé à grand-chose d'autre. Mais voudrait-elle le voir ? Ne l'avait-elle pas traité amicalement simplement par pitié ? Matt n'oubliait pas qu'il n'avait été qu'un sous-chien, quasiment au sens littéral, et María défendait la cause de toutes les bêtes.

Au moins avait-il été un sous-chien séduisant. À présent, il avait le visage couvert d'acné, le corps zébré par les cicatrices des coups de canne de Jorge et marqué par les plaies qu'il s'était faites dans le cimetière des baleines. Ses vêtements étaient crasseux. Il empestait la crevette pourrie. María serait-elle rebutée au point de lui claquer la porte au nez ?

– Oui, c'est ici qu'elle vit, répondit-il à Fidelito.

– Je me demande s'ils font la fête, dit Fidelito.

Matt se posait la même question en commençant à gravir la colline. Il imaginait les filles du couvent habillées de robes élégantes, comme les demoiselles d'honneur au mariage d'Emilia. Se passant les doigts dans les cheveux, il les sentit collés par le sable et le sel. Lui et Fidelito, dont l'apparence ne valait guère mieux – mais au moins le petit garçon conservait-il quelque chose du mignon de l'enfance –, étaient aussi agréables à regarder que deux coyotes pelés.

– C'est *vraiment* un château, murmura l'enfant, impressionné.

Les murailles blanches et les tours du couvent de Santa Clara émergeaient de haies de bougainvilliers en pleine floraison violette et rouge cramoisi. Des globes lumineux semblables à ceux qui éclairaient l'allée étaient suspendus aux murs. Le bâtiment était construit dans le même matériau étrange que les maisons de San Luis. Matt ignorait ce que c'était, mais cela chatoyait comme de la soie.

– Ils ont du pain grillé et du miel au petit déjeuner, murmura encore Fidelito. Je me demande s'ils nous en donneront.

– Pour commencer, trouvons la porte, fit Matt.

Ils suivirent un chemin dallé qui contournait la bâtisse. Il y avait bien des fenêtres, percées haut dans les murs, mais aucune porte.

– Elle doit bien se trouver quelque part, dit Matt.

À cet instant, des lumières s'allumèrent, et le mur s'ouvrit comme si l'on avait tiré un rideau. Un passage voûté débouchait sur une cour intérieure éclairée. Matt aspira profondément et posa la main sur l'épaule de Fidelito.

Le petit garçon tremblait.

– C'est magique? chuchota-t-il.

– Non, c'est un hologramme, expliqua Matt. Ça fait partie du système de sécurité. De loin, on a l'impression que le mur est sans ouverture mais, une fois que tu as passé les projecteurs (il désigna des appareils dans les arbres), l'hologramme disparaît.

– Et ça va? Je veux dire, si ça se remet en route, est-ce qu'on peut se retrouver prisonniers à l'intérieur?

Matt sourit.

– Il n'y a aucun danger. J'ai vu fonctionner ce dispositif là où je... là où j'habitais.

Fidelito leva les yeux vers lui.

– C'était quand tu étais un zombie?

– Ne me dis pas que tu as cru aux mensonges de Jorge!

– Bien sûr que non, assura le petit garçon.

Matt remarqua cependant qu'il paraissait soulagé.

Il le guida sous le passage voûté, puis à travers la cour, où se dressait une statue en marbre blanc de saint François en train de nourrir des colombes. De l'autre côté s'ouvrait une grande salle où s'affairaient des infirmiers et des aides-soignants des deux sexes, transportant pansements et médicaments en tous genres. Tous les lits alignés le long de la salle étaient occupés par des blessés, et, parce que la plupart étaient déguisés, on aurait cru ne voir que des squelettes alités.

– Que faites-vous ici ? s'exclama un infirmier énervé en tombant nez à nez avec les deux garçons.

– Nous venons voir Chacho, répondit Matt.

– Et María, ajouta Fidelito.

– Il y a une centaine de María ici ce soir, rétorqua l'infirmier. Ça recommence chaque année avec cette maudite fiesta. Tous ces gens qui boivent et se bagarrent… On devrait l'interdire… mais Chacho…

Il s'interrompit pour observer de plus près les deux garçons.

– Je ne connais qu'un Chacho et il est en soins intensifs. Seriez-vous ses camarades, du même orphelinat ?

– C'est possible, fit Matt, méfiant.

L'infirmier baissa la voix :

– Vous feriez bien d'être prudents. Des Surveillants rôdent dans les parages. À ce qu'on dit, il y aurait eu une mutinerie aux salins.

– Comment va Chacho ? demanda Fidelito.

– Pas trop bien. Venez, je vais vous faire passer par les coulisses.

L'infirmier ouvrit une porte sur un couloir faiblement éclairé qui semblait servir de rangement si l'on en croyait les piles de literie et le matériel médical rangés sur les étagères.

– J'étais orphelin moi-même, reprit-il. Encore aujourd'hui, je me réveille avec des sueurs froides en récitant les Cinq Principes de la bonne citoyenneté et les Quatre Dispositions à l'esprit positif. (Ils débouchèrent sur une autre salle, déserte.)

C'est l'aile des convalescents. Les sœurs y soignent les grands malades. Chacho est dans la dernière pièce à droite. S'il dort, ne le réveillez pas.

Sur ce, l'infirmier repartit vaquer à sa tâche.

Matt entendit des voix venues du bout de la salle. Fidelito se mit à courir en hurlant :

– Chacho !

– Ne le réveille pas ! prévint Matt.

Mais peu importait le vacarme produit par le petit garçon, car on criait encore plus fort dans la pièce du fond. Parvenu au seuil, Matt découvrit deux nonnes campées devant un lit, qui tenaient tête à deux Surveillants et, à côté d'eux, avachi par terre, pieds et poings ligotés, paquet difforme, Ton-Ton.

Sauvez-vous ! articula le garçon sans émettre un son. Lui seul avait vu les nouveaux arrivants. Les deux Surveillants leur tournaient le dos.

– Si vous l'emmenez, il mourra, cria l'une des nonnes.

– Nous ferons comme nous l'entendons, sœur Inéz, gronda l'un des hommes.

Matt reconnut instantanément la voix de Carlos. Le second, à en juger par son épaule plâtrée, n'était autre que Jorge.

– Ces garçons ont essayé de commettre un meurtre ! reprit Carlos. Vous comprenez ce que ça veut dire.

– Je comprends que certains d'entre vous ont été blessés dans leur amour-propre, rétorqua sœur Inéz. À ma connaissance, personne n'en est jamais mort. Par contre, si on déplace Chacho, ce *sera* un meurtre. Je vous l'interdis.

– En ce cas, nous l'emmenons sans votre autorisation, conclut Carlos.

Matt vit sœur Inéz pâlir, mais sans reculer d'un pouce.

– Nous ne vous laisserons pas faire, dit-elle.

– Et nous non plus, intervint Matt.

Les Surveillants firent volte-face.

– Voilà ce maudit aristocrate ! tonna Jorge.

Il voulut s'emparer de Matt mais, n'ayant qu'un seul bras valide, il trébucha et s'affala sur Ton-Ton. Celui-ci lui envoya aussitôt un coup de tête dans le flanc.

– Arrêtez ! Arrêtez ! s'alarma sœur Inéz. Nous sommes dans un couvent. Vous n'avez pas le droit de recourir à la violence.

– C'est à eux qu'il faut dire ça ! cria Matt, qui tentait de se débarrasser de Carlos.

Le Surveillant s'était jeté dans la bagarre dès la chute de Jorge. Matt n'avait pas une chance contre lui. Il était profondément affaibli par ses épreuves récentes et, de surcroît, l'adversaire pesait vingt-cinq kilos de plus que lui. Cependant, il en avait assez de fuir et de se cacher. Il ne laisserait pas les Surveillants l'emporter aussi facilement. Ce n'étaient que des bêtes nuisibles que Tam Lin n'aurait pas hésité à éliminer. Le sang lui battait aux oreilles.

– Arrêtez immédiatement ! ordonna soudain une voix tranchante.

Le brouillard rouge qui avait enveloppé l'esprit de Matt se déchira. Il sentit les mains de Carlos relâcher leur prise. Il tomba sur les genoux. Il entendit Fidelito pleurer.

– Quelle honte ! continua la voix.

Matt releva la tête. Le spectacle aurait été drôle s'il n'avait été sinistre. Sœur Inéz s'était pétrifiée, les deux mains agrippées aux cheveux de Carlos. L'autre nonne tenait Jorge par son col de chemise, les deux poings crispés sur l'étoffe, et Jorge avait suspendu son coup de pied en direction du ventre de Ton-Ton. Fidelito, lui, s'était jeté sur Chacho, comme si son corps maigrichon pouvait protéger le grand costaud. Et le pauvre Chacho se contentait d'écarquiller les yeux, à croire qu'il découvrait un dragon au pied de son lit.

Matt vit surtout la nouvelle venue, une femme frêle mais à l'air féroce, les poings campés sur les hanches. Elle portait une robe noire ; ses cheveux, noirs eux aussi, étaient nattés et arrangés en couronne autour de sa tête. Malgré sa petite taille, elle affichait l'assurance de celle à qui tout le monde obéit, et qui punit si l'on passe outre.

– D… Doña Esperanza, bredouilla sœur Inéz.

Matt en resta bouche bée. C'était la mère de María ! En effet, elle ressemblait à la photo du livre, même si elle avait pris de l'âge.

– Relevez-vous tous, ordonna-t-elle.

Carlos, Jorge, les deux nonnes, Fidelito et Matt, tout le monde se remit debout. Même Ton-Ton essaya de s'asseoir.

– J'exige une explication, reprit Doña Esperanza.

Tous voulurent parler à la fois. Elle leur intima sèchement silence, décrétant qu'ils répondraient quand elle leur donnerait la parole. Puis elle examina chaque personne présente dans la pièce, et son regard ne s'adoucit que devant Chacho.

– Toi ! fit-elle en désignant Ton-Ton. Tu vas m'expliquer la raison de cet incroyable et écœurant étalage de brutalité.

Alors Ton-Ton, sans buter sur un seul mot, raconta toute l'histoire : quand Fidelito avait été condamné à recevoir les coups de canne, quand Matt et Chacho avaient été jetés dans le cimetière, quand les orphelins s'étaient constitués en armée de résistance, quand lui, Ton-Ton, avait pris le collecteur de crevettes, et quand finalement Chacho et lui avaient été aéroportés jusqu'à l'hôpital. La terreur que lui inspirait Esperanza l'avait guéri de son bégaiement.

Quand il eut terminé, personne ne souffla mot. Le silence dura, dura. Matt aurait aimé compléter le récit, mais un seul regard vers les ardents yeux noirs lui fit comprendre qu'il valait mieux se taire.

– S'il vous plaît, pardonnez-moi de faire valoir mon point de vue, Doña Esperanza, dit enfin Jorge. Je dois vous dire que ce garçon est un attardé mental. Je l'ai sauvé de la Patrouille des Domaines voilà des années, mais il n'a jamais manifesté la moindre lueur d'intelligence.

– Il me paraît intelligent, à moi, fit Esperanza.

– Il ne sait que répéter comme un perroquet ce qu'il a entendu dire. Généralement, il peut à peine faire une phrase entière.

– S… si, je p… peux, gémit Ton-Ton.

Esperanza le fit taire d'un froncement de sourcils. Puis elle revint à Jorge.

– Vous prétendez que les séances de fouet n'existaient pas ?

– Bien sûr que non, répondit le Surveillant. Il nous arrive de rationner un garçon pendant une journée s'il s'est mal conduit, mais nous ne recourons jamais aux châtiments corporels. Cela va à l'encontre de tous les principes des Surveillants.

– Je vois, fit Esperanza. Et le cimetière est également une invention.

– Vous savez ce que c'est, dit Jorge d'une voix suave. Les garçons aiment se faire des frayeurs en se racontant des histoires, la nuit. Ils parlent de vampires et du *chupacabras*. C'est naturel, mais parfois cela dépasse les limites.

Le cœur de Matt se serra. Esperanza acquiesçait, apparemment d'accord avec Jorge. Cependant, elle reprit :

– Et les stocks de laudanum, c'est aussi une invention, je suppose ?

Jorge tressaillit.

– Du laudanum ?

– La police d'Aztlán se demandait depuis longtemps comment la drogue était distribuée dans ce pays. Ils ont été fort intéressés par ce qu'ils ont trouvé aux salins.

– C'est un infâme mensonge! s'exclama Carlos. Quelqu'un essaie de miner la réputation des Surveillants! Les rumeurs de ce genre sont colportées par des imbéciles qui voudraient que les orphelins se prélassent comme des chats domestiques trop dorlotés. Nous, nous savons que ce ne sont que de minables petits parasites jusqu'à ce qu'ils aient été rééduqués, transformés en bons citoyens. Si on a découvert du laudanum aux salins, c'est qu'il a été placé là par la police!

– Bien, fit Esperanza. En ce cas, vous ne verrez pas de problème à ce qu'on analyse votre sang pour nous assurer qu'il ne contient aucune trace de stupéfiant.

Elle s'écarta, et des hommes en uniforme bleu apparurent soudainement sur le seuil. Sans doute avaient-ils attendu hors de vue. Jorge et Carlos paraissaient assommés quand on les emmena.

– J'ai attendu cet instant pendant si longtemps, déclara Esperanza, en s'époussetant les mains comme si elle venait d'achever une corvée. Nous savions que les Surveillants trafiquaient de la drogue, mais nous n'avions aucun moyen légal d'obtenir un mandat de perquisition avant que Ton-Ton ne nous dise ce qu'il avait vu dans les quartiers des Surveillants.

Elle emprunta des ciseaux à sœur Inéz et coupa les liens qui entravaient les membres du garçon.

– Personne, euh, m'a jamais écouté avant, fit Ton-Ton.

– Tu n'avais personne à qui raconter la façon épouvantable dont vous étiez traités, intervint sœur Inéz. Rendez-vous compte. Ces enfants nourris au plancton pendant tant d'années! On ne s'en sert que pour l'alimentation animale.

Matt était étourdi par ce revirement de situation aussi brusque que radical.

– Est-ce qu'on peut rester avec Chacho ? demanda timidement Fidelito.

– Nous trouverons une solution, répondit sœur Inéz. Pour commencer, je suis certaine que vous aimeriez prendre un bain.

Les femmes éclatèrent de rire, et Esperanza eut l'air presque gentille.

Leur gaieté fut interrompue par un cri strident. Une fille en robe de soirée blanche avait surgi dans la pièce et se jetait dans les bras de Matt.

– Oh, Mère ! Oh, Mère ! C'est Matt ! Il est vivant ! Il est ici !

– Bonté divine, María, fit Esperanza. Nous ne réussirons jamais à chasser l'odeur de crevette de cette robe si tu ne manifestes pas un peu de retenue.

Retour à la maison

Matt se délectait des draps propres, des oreillers moelleux, des parfums de fleurs qui lui arrivaient par la fenêtre. Après avoir examiné ses plaies, sœur Inéz avait décidé son hospitalisation. Fidelito et Ton-Ton étaient hébergés dans un pensionnat dirigé par le couvent, mais rendaient quotidiennement visite à Matt et à Chacho.

Le pauvre Chacho remarquait à peine ceux qui venaient le voir. Il flottait entre veille et sommeil; parfois il appelait son père, parfois il délirait sous l'assaut de chauves-souris. Sœur Inéz disait que son cerveau avait besoin de temps pour se remettre de la terrible épreuve qu'il avait traversée. Il n'avait pu respirer suffisamment sous le poids des os de baleine. Son organisme avait manqué d'oxygène, et la pression lui avait fêlé plusieurs côtes.

Les visites de María étaient pour Matt le meilleur moment de la journée. Il était simplement heureux de l'écouter, et elle n'était jamais à court de paroles. Elle parlait des chats errants qu'elle avait sauvés ou racontait ses gaffes en cuisine, quand elle avait mis du sel à la place du sucre dans un gâteau. La vie de María était toujours palpitante. Une fleur qui s'ouvrait dans le jardin ou un papillon sur une vitre déclenchaient son enthousiasme. À travers ses yeux, Matt voyait le monde comme un lieu d'espérance infinie.

Ce jour-là, Matt guettait la porte avec impatience, car il avait entendu la voix de son amie dans le couloir, mais il fut déçu de voir entrer la mère en compagnie de la fille. Habillée en gris acier, Esperanza lui rappela les engins téléguidés qu'El Patrón recevait pour son anniversaire.

– Je t'ai apporté des goyaves, dit María en déposant une corbeille sur sa table de chevet. Sœur Inéz dit que c'est plein de vitamine C et que tu en as besoin pour ta peau.

Matt tressaillit. Il savait que son acné était affreuse. D'après sœur Inéz, elle était due à la pollution de l'eau dans laquelle les Surveillants cultivaient le plancton.

– Tu as l'air en pleine forme, dit Esperanza.

– Merci, répondit Matt sans en croire un mot.

– Suffisamment rétabli pour te lever.

– Oh, Mère! Il a besoin de rester couché encore au moins une semaine, protesta María.

– Tu ne vas pas transformer ce jeune homme en l'un de tes infirmes, rétorqua Esperanza à sa fille. J'ai eu mon content de chats à trois pattes et de poissons le ventre en l'air. Matt est jeune et plein de ressort. De plus, il a une tâche importante à accomplir.

Oh, oh, se dit Matt. Que concoctait Esperanza à présent?

– Oui, nous sommes très inquiètes, reconnut María.

– Plus qu'inquiètes, renchérit sa mère avec son autorité coutumière. Quelque chose ne tourne pas rond en Opium – non que ce désert paumé ait jamais tourné bien rond. Mais au moins El Patrón entretenait-il des liens avec le monde extérieur. Or personne n'a plus reçu aucune nouvelle de là-bas depuis le jour de sa mort.

– Emilia est toujours en Opium, expliqua María. Dada aussi. Je reste fâchée contre eux à cause de la façon dont ils t'ont traité, mais je ne veux pas que… qu'il leur arrive du mal.

Ses yeux s'emplirent de larmes.

Esperanza émit un soupir exaspéré.

– Je me fiche bien de ce qui peut arriver à ton père. Oh,

cesse de pleurnicher, María ! C'est une habitude ridicule, et cela obscurcit l'esprit. Ton père est un homme nuisible.

– Je n'y peux rien, renifla María.

Matt lui tendit un mouchoir en papier. Si, en son for intérieur, il était d'accord avec Esperanza, son cœur épousait la cause de María.

– Opium est en état de verrouillage total, reprit Esperanza. À ma connaissance, cela ne s'est produit que trois fois au cours des cent dernières années. Ça signifie que rien ni personne n'est autorisé à entrer dans le pays ou à le quitter.

– On ne peut pas attendre qu'ils décident de reprendre contact ? questionna Matt.

– Les fois précédentes, cela n'a duré que quelques heures. Cette fois, ça dure depuis trois mois.

Matt comprit ce que cela signifiait. Les cargaisons d'opium partaient chaque jour afin d'assurer la circulation de l'argent dans l'empire. Les trafiquants d'Afrique, d'Asie et d'Europe devaient réclamer leur marchandise. MacGregor et les autres Propriétaires ne pouvaient combler le manque car ils avaient converti quasiment toute leur production en cocaïne et en haschisch.

– Que suis-je censé faire ? demanda-t-il.

Esperanza sourit, il était tombé dans le piège.

– Tout aéroglisseur qui arrive sur le territoire doit être identifié par le système de sécurité. Le pilote pose la main sur une plaque de reconnaissance située dans le cockpit. Ses empreintes et sa signature ADN sont transmises au sol. Si elles sont reconnaissables et admises, l'appareil est autorisé à atterrir. Sinon…

– Il explose, termina María. Mère, ce plan est atroce.

– Pendant un verrouillage total, continua Esperanza en ignorant sa fille, aucun vaisseau n'est toléré… à une exception près. La signature d'El Patrón annule la procédure de destruction.

Matt comprit sur-le-champ : il possédait les mêmes empreintes et le même ADN qu'El Patrón.

– Comment savez-vous que le système n'a pas été modifié ?

– Je n'en sais rien. Je compte sur les Alacrán pour avoir oublié l'exception. Ils doivent avoir des problèmes, sinon ils ne se seraient pas bouclés.

Quel genre de problème ? s'interrogea Matt. Une révolte des eejits ? Une prise de pouvoir par la Patrouille ? Une lutte de pouvoir entre Mr Alacrán et ses fils ?

– À mon avis, je me ferai pulvériser en plein ciel, dit-il. Et, si je survis, les Alacrán me feront piquer comme un vieux chien. Je suis un clone, au cas où vous l'auriez oublié. Autant dire du bétail.

María tressaillit. Il n'en eut cure. Qu'elle mesure ce qu'on lui demandait. Il se moquait du sort d'Emilia et de son dada. Pourtant, quand il entendit María ravaler un sanglot…

– Oh, très bien ! s'exclama-t-il avec colère. Puisque je ne suis même plus bon à fournir des organes, autant que vous m'utilisiez sur ce coup-là.

– Je ne veux pas t'utiliser, fit María en pleurant.

– Reprenons notre calme et mettons les choses au point, décida Esperanza. D'abord, Matt, tu n'es pas un clone.

Il fut tellement surpris qu'il se redressa dans son lit.

– Oh, tu *étais* un clone. Il n'y a aucun doute là-dessus. Mais là nous abordons une question de droit international.

Esperanza se mit à aller et venir dans la chambre comme si elle dispensait un cours.

– Le droit international est ma spécialité. Pour commencer, les clones ne devraient pas exister.

– Ça me fait une belle jambe, commenta Matt.

– Mais, s'ils existent, ils sont assimilés à du bétail, comme tu dis. Ce qui fait qu'on peut les égorger comme des poulets.

María gémit et posa la tête sur le lit.

– Il ne peut exister deux versions de la même personne dans le même moment, continua Esperanza. L'une d'elles – la copie – est donc déclarée une *non-personne*. Mais, quand l'original meurt, la copie prend sa place.

– Qu'est-ce que… ça veut dire ? fit Matt.

– Cela signifie que tu es réellement El Patrón. Tu as son corps et son identité. Tu possèdes tout ce qu'il possédait et diriges tout ce qu'il dirigeait. Tu es le nouveau maître d'Opium.

María releva la tête.

– Matt est humain ?

– Il l'a toujours été, répondit sa mère. La loi est une invention perverse, destinée à autoriser l'utilisation des clones pour des transplantations. Mais, qu'elle soit inique ou pas, nous allons nous en servir. Si tu survis à l'atterrissage, Matt, je ferai tout ce qui est en mon pouvoir pour faire de toi le nouveau seigneur de la drogue. J'ai dans cette affaire le soutien des gouvernements d'Aztlán et des États-Unis. Seulement, tu dois me promettre qu'une fois en place tu détruiras l'empire de l'opium et aboliras la frontière qui a séparé Aztlán et les États-Unis pendant si longtemps.

Tout en s'efforçant d'envisager toutes les implications de son brusque changement de condition, Matt dévisagea la petite femme passionnée. Sans doute se souciait-elle moins de ses filles que de l'anéantissement d'Opium. Elle était partie sans un regard en arrière quand María n'avait que 5 ans. Jamais, durant toutes ces années, elle ne l'avait contactée.

C'était seulement quand María avait effectué le premier pas qu'Esperanza avait fait son retour et commencé à diriger tout le monde à la baguette.

Matt supposait qu'elle le sacrifierait sans états d'âme pour atteindre son but. Mais comment pouvait-il refuser après les terribles souffrances engendrées par El Patrón ? Il en mesurait toute la portée à présent. Il ne s'agissait pas seulement des drogués partout dans le monde ou des Illégaux condamnés à l'esclavage. C'étaient aussi leurs enfants orphelins. On pouvait même accuser le vieillard d'être responsable de l'existence des Surveillants. Si Matt était devenu El Patrón, il avait hérité du tout : la richesse, le pouvoir… et le mal qui en était l'origine.

– Je le promets, dit-il.

L'aéroglisseur se mit à vibrer à l'instant où les signaux au sol le repéraient. Matt regarda le pilote. L'homme affichait une expression lugubre.

– Quand le voyant rouge s'allumera, posez votre main sur la plaque d'identification, dit-il.

ATTENTION ! ARTILLERIE AU SOL DÉPLOYÉE, annonça un écran du tableau de bord.

Ils vont tirer d'abord et poser les questions ensuite, pensa Matt. Il était porteur de messages des présidents d'Aztlán et des États-Unis, mais ceux-ci ne seraient pas d'un grand effet s'il explosait en plein ciel.

– Voilà le signal ! cria le pilote.

La plaque d'identification s'éclaira. Matt y posa la main. Il sentit le même fourmillement qu'avec le scorpion rouge du passage secret. La lumière rouge s'éteignit, remplacée par un vert plus accueillant.

– Vous y êtes arrivé, monsieur ! Bien joué !

Le pilote commença la manœuvre d'atterrissage, et Matt fut envahi de joie. L'homme l'avait appelé «monsieur»!

Il scruta anxieusement les lieux à travers la vitre. Il voyait l'*estancia* comme il ne l'avait jamais vue. La station d'épuration était loin à l'est, et la petite église où se rendait Celia – pouvait-elle encore assister à l'office, étant une eejit? – se trouvait à l'ouest. Entre les deux se dressaient les entrepôts, les laboratoires de purification de la drogue, l'usine où l'on fabriquait les boulettes alimentaires destinées aux eejits. Légèrement au nord, l'hôpital gris, bâtiment anonyme, était toujours aussi sinistre. À côté se trouvait le mausolée où les Alacrán reposaient dans leurs tiroirs en marbre.

La piscine miroitait sous le soleil quand ils la survolèrent. À la recherche de traces de vie, Matt distingua des eejits accroupis près d'une pelouse. Il vit des servantes étendre du linge, et quelqu'un qui apparemment réparait un toit. Personne ne leva les yeux. Personne ne manifesta le moindre intérêt pour l'aéroglisseur qui maintenant descendait vers le sol.

– Où est le comité d'accueil? murmura Matt.

D'ordinaire, une escouade de gardes du corps se précipitait pour accueillir les visiteurs.

L'aéroglisseur se posa gentiment à terre.

– Avez-vous besoin d'une arme, monsieur?

Matt considéra avec désarroi le pistolet que lui tendait le pilote. Le même que ceux avec lesquels la Patrouille avait paralysé – puis tué – les parents de Chacho, Flaco, Ton-Ton et tous les autres orphelins.

– Il vaut peut-être mieux paraître pacifique, dit-il en refusant l'arme.

– Je reste ici prêt au décollage, au cas où vous voudriez partir rapidement.

Matt ouvrit la portière et descendit à terre. Le terrain était désert. On n'entendait que les oiseaux, les fontaines et – de temps en temps – le marteau de l'homme sur le toit.

Matt suivit une allée à travers les jardins. Sa mission consistait à affronter les Alacrán et à mettre un terme au verrouillage. Lui-même pourrait désactiver le système – quand il l'aurait découvert. Tam Lin ou Daft Donald sauraient certainement où il se trouvait. Ensuite Esperanza, accompagnée de hauts fonctionnaires des deux pays limitrophes, descendrait sur Opium et tenterait d'installer Matt au pouvoir.

J'avais plus de chances de survivre dans le cimetière des baleines, pensa-t-il. Une bande d'oiseaux pépiaient bruyamment dans un arbre. Un angelot ailé le regardait venir du haut d'une fontaine.

Matt avait les nerfs à vif. D'un instant à l'autre, Mr Alacrán allait surgir de la maison et crier : *Faites disparaître cette créature ! Débarrassez-nous de ça immédiatement !* Les souvenirs menaçaient de le submerger. Il ignorait ce qu'il ferait s'il voyait Celia.

Il gravit les marches imposantes conduisant au salon. C'était là qu'El Patrón l'avait présenté à la famille voilà si longtemps. Là qu'El Viejo s'était retrouvé couché dans son cercueil comme un oiseau mort de faim, là qu'Emilia, entourée des petites eejits porteuses de fleurs, s'était unie à Steven. On aurait dit que les fantômes grouillaient partout.

Matt se figea. Quelqu'un jouait du piano. Un musicien talentueux, certes, mais il – ou elle – s'acharnait sur le clavier avec une férocité qui confinait à la folie. Matt se précipita. À l'entrée du salon de musique, le niveau sonore était tel qu'il dut se boucher les oreilles.

– Stop ! hurla-t-il.

Comme le joueur ne réagissait pas, il traversa la pièce et lui saisit le bras.

Mr Ortega fit volte-face, lui jeta un regard et s'enfuit. Matt entendit ses pas décroître dans le couloir.

– Je n'étais pas si mauvais élève que ça, murmura-t-il.

Mais évidemment Mr Ortega l'avait cru mort. Sans doute était-il parti alerter toute la maisonnée. Quelqu'un allait se montrer d'une minute à l'autre.

Matt s'assit. Ses mains étaient durcies par les cals dus à son travail aux salins, et il craignait que le rude labeur n'ait rendu ses doigts gourds. Pourtant, dès qu'il commença l'adagio du *Cinquième Concerto pour piano* de Beethoven, sa maladresse disparut. La musique l'envahit tout entier, l'emportant loin des horreurs des mois passés. Il éprouvait la légèreté d'un faucon planant au-dessus de l'oasis. Il ne cessa de jouer que lorsqu'il sentit une main se poser sur son épaule.

Il se retourna, encore enivré par la musique, et vit Celia, vêtue de la robe à fleurs dont il souvenait si bien.

– *¡Mi hijo!* s'écria-t-elle en l'enlaçant avec passion. Oh, mon chéri, comme tu es maigre! Qu'es-tu devenu pendant tout ce temps? Comment es-tu revenu? Qu'est-ce que tu as à la figure? Si maigrichonne et... et...

– Couverte de boutons, compléta Matt.

– Ah, c'est aussi ça quand on grandit, déclara Celia. Ils s'en iront avec une nourriture saine.

Elle s'éloigna de lui pour mieux le contempler.

– J'ai l'impression que tu as grandi

– Est-ce que tu vas bien? s'enquit Matt.

L'apparition de Celia l'avait bouleversé, et il craignait de fondre en larmes.

– Bien sûr. Mais tu as fait vieillir Mr Ortega de cinq ans.

– Comment as-tu... Tam Lin a dit que tu devais te cacher...

La voix de Matt se brisa, il ne put continuer.

– Tam Lin, mon Dieu, fit Celia, l'air soudain très las. Nous sommes en verrouillage total depuis des mois, et impossible d'envoyer un message à l'extérieur.

– Pourquoi Mr Alacrán et Steven ne font-ils rien ?

– Tu vas venir avec moi.

Elle le conduisit à travers la maison et, une fois de plus, Matt fut frappé par le silence qui régnait partout.

Ce ne fut que dans la cuisine que les choses retrouvèrent leur aspect normal et rassurant. Deux aides pétrissaient de la pâte à pain, une autre épluchait des légumes. Des nattes d'ail et de piments pendaient du plafond. Une odeur de poulet rôti s'échappait du grand four de la cuisinière à bois.

Mr Ortega et Daft Donald étaient assis à une table, devant des tasses de café et deux ordinateurs portables.

– Tu vois ? Je ne l'ai pas inventé, fit Mr Ortega.

Daft Donald tapa une phrase sur son clavier.

– Non, je n'ai pas cavalé comme un canard décapité, protesta encore Ortega après avoir lu son écran. J'aurais voulu t'y voir, toi, si un fantôme t'avait agrippé l'épaule.

Daft Donald sourit.

Matt les regardait avec stupeur. Jamais il n'avait considéré ces deux hommes en dehors de leurs fonctions de professeur et de garde du corps. Jamais il n'avait tenté de communiquer avec eux et, de surcroît, il avait toujours tenu Daft Donald pour un peu demeuré.

– Je ferais bien de commencer, soupira Celia.

Elle installa Matt entre les deux hommes et lui servit une tasse de chocolat chaud. L'odeur éveilla en lui des souvenirs si lointains que sa vue se brouilla. L'espace d'un instant, il se retrouva dans la petite maison au milieu des champs de pavots. La tempête faisait rage dehors, mais à l'intérieur il faisait bon et l'on était en sécurité. Puis la scène s'effaça, laissant place au présent.

– Tu te rappelles quand je t'expliquais qu'El Patrón ne lâchait jamais rien ? fit Celia. Tam Lin avait l'habitude de dire que les gens, autant que les choses, faisaient partie du trésor du dragon.

Avait l'habitude… se répéta Matt avec un frisson.

– C'est pour cette raison qu'il n'avait pas laissé partir Felicia, et qu'il gardait Tom auprès de lui, même s'il le haïssait. Nous lui appartenions, tous : les Alacrán, les gardes, les docteurs, moi, Tam Lin, et toi. Surtout toi.

Matt se représenta le dernier soir à mesure que ses trois interlocuteurs le lui racontaient. Quand Celia hésitait, Daft Donald poursuivait le récit sur son ordinateur. Parfois, Mr Ortega intervenait pour exprimer une opinion.

Ce dernier soir, tandis que Matt couchait à la belle étoile à l'oasis, tout le monde avait été convié à la veillée mortuaire Hormis Celia, qui était censée être devenue eejit, et hormis Mr Ortega, qui n'avait rien entendu. Le professeur de piano menait de surcroît une existence si discrète, et ce depuis tant d'années, qu'on l'avait carrément oublié.

Dans le crépuscule, la Patrouille des Domaines s'était mise au garde-à-vous en formant une haie d'honneur. Six gardes du corps, dont Tam Lin et Daft Donald, avaient porté le cercueil depuis l'hôpital jusqu'au-delà du mausolée, dans le désert. Un homme seul aurait pu porter la dépouille d'El Patrón, mais le cercueil était tellement alourdi par des quantités d'incrustations d'or que six hommes parvenaient à peine à le soulever.

Ils avaient avancé lentement tandis qu'une chorale d'enfants eejits entonnait le «Chœur chanté à bouches fermées» tiré de l'opéra *Madame Butterfly*. C'était l'un des morceaux préférés d'El Patrón. Les voix des enfants étaient hautes et douces.

– Je les entendais depuis les écuries, dit Celia en s'essuyant les yeux. C'était un homme mauvais, mais cette musique était à te briser le cœur.

Une porte s'était ouverte à même le sol. Une rampe

conduisait à une vaste salle souterraine, éclairée par des bougies. Ce n'était que la première d'une série de chambres qui se succédaient sous terre. Daft Donald dit qu'il en ignorait le nombre.

« *Le cercueil était une merveille,* écrivit Daft Donald sur son écran. *Il y avait un portrait d'El Patrón sur le couvercle, comme l'image d'un pharaon égyptien, où El Patrón avait l'air d'avoir 25 ans. Il était impossible de le reconnaître sauf* – le garde du corps leva brièvement les yeux – *qu'il ressemblait terriblement à Matt.* »

Matt eut un peu froid.

« *Tout le monde est descendu dans la pièce,* continua à taper Daft Donald, *qui était pleine de tas de pièces d'or. On s'enfonçait dedans comme dans le sable d'une plage.* » Il avait vu quelques gardes en ramasser des poignées et les dissimuler dans leurs poches. Le prêtre avait procédé aux rites funéraires. Puis les eejits et la Patrouille avaient été renvoyés. La veillée mortuaire commençait.

– Autrement dit, une réception, intervint Mr Ortega. Vous célébriez la vie du défunt – plus exactement, ses huit vies. Tu étais censé être la neuvième, Matt.

Matt eut encore plus froid.

« *Tout le monde était de bonne humeur, grâce à la nourriture et au vin,* écrivit Daft Donald. *Tout le monde parlait de la vieille bête qu'avait été El Patrón, et ils étaient bien contents qu'il soit mort.* »

Les festivités avaient duré des heures, puis Tam Lin avait apporté un vin qui avait été mis en bouteille l'année de la naissance d'El Patrón. La caisse était moisie, couverte de toiles d'araignée et scellée par le scorpion des Alacrán.

– El Patrón conservait ce vin pour son cent cinquantième anniversaire, avait déclaré Mr Alacrán. S'il n'arrivait pas jusque-là, il était prévu de le servir à ses funérailles. Je propose que nous arrosions la mort du vieux vautour !

– Bravo ! Bonne idée ! s'était-on écrié.

Steven avait ouvert la première bouteille et en avait humé le bouquet.

– Ça sent comme si on venait d'ouvrir une fenêtre sur le paradis, avait-il commenté.

– Alors il n'est pas pour notre clique ! avait braillé Tom.

Tout le monde avait éclaté de rire. Les verres en beau cristal avaient circulé. Mr Alacrán avait décidé qu'on devait tous en même temps porter un toast à El Patrón et ensuite briser les verres sur son cercueil.

« J'avais un verre à la main, écrivit Daft Donald, *mais Tam Lin s'est approché de moi et m'a dit : « Le bois pas, camarade. Je le trouve louche, ce pinard. » Alors je n'ai pas bu. On a levé nos verres pour le toast. Mr Alacrán a dit : « Demain, nous enverrons un camion ici pour sortir tout ce bazar ! Buvons à la cupidité ! » Tout le monde a applaudi et puis ils ont bu – sauf moi. Moins d'une minute après, ils étaient tous par terre. Comme ça. À croire que quelqu'un avait appuyé sur l'interrupteur. »*

– Que s'est-il passé ? le pressa Matt, haletant.

« Je suis allé de l'un à l'autre, en essayant de les réveiller, mais ils étaient tous morts », écrivit Daft Donald.

– Morts ? s'écria Matt.

– J'ai tant, tant de chagrin, fit Celia.

– Pas Tam Lin !

– Le poison était foudroyant. Je ne pense pas qu'il ait souffert.

– Mais il savait que ce vin était bizarre, cria encore Matt. Pourquoi est-ce qu'il l'a bu ?

– Écoute-moi, répondit Celia. El Patrón avait dirigé son empire pendant cent ans. Tout ce temps, il avait accumulé et accumulé les richesses, et il voulait être enterré avec. Malheureusement – Celia s'essuya les yeux –, les individus faisaient aussi partie du trésor du dragon.

Avec un frisson, Matt se rappela les nombreuses fois où le vieillard lui avait parlé des rois chaldéens. Non seulement ceux-ci se faisaient enterrer avec vêtements et nourriture, mais on sacrifiait leurs chevaux afin qu'ils puissent se déplacer au royaume des ténèbres. Dans une tombe, les archéologues avaient découvert des soldats, des servantes, et même des danseuses qui paraissaient dormir. L'une d'elles avait encore dans la poche le ruban bleu qu'elle n'avait pas eu le temps de mettre à ses cheveux.

Le plan avait dû germer depuis longtemps dans le cerveau d'El Patrón. Jamais il n'avait eu l'intention de laisser son empire à Mr Alacrán ni à Steven. Leur espoir de survie était aussi illusoire que celui de Matt. Aucun d'eux n'était destiné à vieillir.

– Tam Lin savait ce qui allait se passer, reprit Celia. El Patrón lui disait tout. Il était plus proche du vieil homme que quiconque, excepté toi, peut-être.

«*J'ai arrangé les corps,* écrivit Daft Donald, *autant que je pouvais. Je pleurais. Je n'ai pas honte de le dire. Ça s'était passé si vite. C'était si atroce. Je suis ressorti et suis allé chercher de la dynamite dans un hangar. J'ai disposé l'explosif à l'entrée du passage et j'ai tout fait sauter.*»

– Je n'ai pas entendu l'explosion, mais je l'ai sentie, souligna Mr Ortega.

– On s'est précipités, reprit Celia. On a trouvé l'entrée du passage souterrain bouchée et Donald gisant sans connaissance à côté.

– Moi aussi, j'ai senti l'explosion, murmura Matt. Juste avant l'aube, le sol a tremblé, et ça m'a réveillé.

– Tam Lin avait vu là l'occasion de libérer les eejits, dit Celia. Voilà pourquoi il n'a mis personne en garde à propos du vin, hormis Donald. Ça peut paraître terrible, mais quel autre moyen avait-il de briser le pouvoir des Alacrán ? El Patrón avait dirigé ce pays pendant cent ans. Ses enfants pouvaient prendre la relève pour un siècle encore.

Matt imagina le tombeau enfoui – les verres de vin brisés, le portrait d'El Patrón sur le couvercle du cercueil, les gardes du corps couchés dans leurs costumes sombres. Et, au lieu de rubans, ils avaient des pièces d'or dans les poches.

Tom était enseveli lui aussi, sa voix au charme mensonger condamnée au silence éternel. Combien de fois Matt s'était-il amusé à se figurer la chute de son ennemi ? Maintenant que cela s'était produit, il était comme hébété. Tom n'avait pas été plus maître de sa destinée que le plus faible des eejits.

– Tam Lin a fait ce qu'il souhaitait, assura Celia. Il avait commis un crime terrible quand il était jeune, et il n'avait jamais pu se le pardonner. Il croyait que sa dernière action réparerait tout.

– Eh bien, ça n'a rien réparé du tout ! s'écria Matt. C'était un imbécile ! Un crétin, un abruti total !

Il bondit sur ses pieds. Mr Ortega essaya de l'arrêter, mais Celia lui fit signe que ce n'était pas la peine.

Matt traversa les jardins en courant, jusqu'aux écuries.

– Qu'on me donne un cheval ! hurla-t-il.

Au bout d'un moment, Rosa arriva en traînant les pieds.

– Un Cheval Sûr, maître ?

Matt fut un instant tenté de demander la monture de Tam Lin, mais il n'était pas assez bon cavalier pour la maîtriser.

– Un Cheval Sûr, dit-il.

Peu après, il s'éloignait à travers champs comme il l'avait si souvent fait autrefois. Certaines parcelles arboraient le tapis vert cru des jeunes semis. D'autres étaient d'une blancheur éblouissante, au plus fort de leur floraison. Un discret parfum nauséabond flottait dans l'air.

Matt vit les premiers ouvriers. Ils avançaient lentement, se penchaient, entaillaient les gousses avec de minuscules couteaux. Qu'allait-il faire d'eux? Désormais, il était responsable de cette multitude.

Il se sentit épuisé. Au fond, il s'était attendu à ce que tout s'arrange. Il avait espéré que María, Tam Lin, Celia et lui vivraient un jour heureux tous ensemble. Cet espoir était mort.

– Espèce d'imbécile! cria-t-il à un Tam Lin disparu.

L'opération qu'avaient subie les eejits était-elle réversible? Même en renouvelant le personnel de l'hôpital, cela prendrait peut-être des années – si tant est qu'il parvienne à attirer des médecins en Opium quand on saurait ce qu'il était advenu du contingent précédent. Il devrait aussi se débarrasser de la Patrouille, des criminels recherchés partout à travers le monde. Il pourrait requérir les forces de police des pays concernés pour venir les arrêter. Il serait obligé d'engager des hommes moins violents afin de les remplacer, car les eejits ne pouvaient survivre sans recevoir d'ordres.

Le problème était écrasant. Il lui faudrait également engager une autre armée de gardes. Une richesse comme celle d'Opium attirait les criminels. *Recrute toujours tes gardes du corps dans un autre pays,* murmura El Patrón. *C'est plus difficile pour eux de nouer des alliances et de te trahir.*

D'accord, conclut Matt pour lui-même. Il en parlerait demain à Daft Donald. Une bande de supporteurs de foot écossais mal dégrossis devrait convenir.

Il fit boire son cheval et partit à pied dans la montagne. Un ciel bleu sans nuages projetait sa lumière sur l'oasis. Des empreintes d'animaux étaient visibles au bord du point d'eau, et la cantine métallique était toujours cachée sous la treille. Matt en fouilla le contenu jusqu'à remettre la main sur la vieille lettre de Tam Lin.

Cher Matt, come je suis pas fortiche an écriture, ce sera pas long. El Patrón veux que je parte avec lui. Je peux rien contre. Je mais dans cette quantine des provizions plus des livres. Personne peux dire quant tu peux en avoir bezoin. Ton ami Tam Lin.

Matt replia la feuille de papier et la mit dans sa poche ; il y rangea également une lampe électrique en prévision de la nuit. Il alluma un feu et s'y réchauffa les mains en écoutant les bruissements de l'oasis. Il faisait trop froid pour se baigner.

Il arracherait les pavots et cultiverait autre chose. Une fois les eejits rétablis, il leur donnerait le choix entre retourner chez eux ou travailler pour lui. Il les aiderait à retrouver leurs enfants.

Il se redressa brusquement. Bien sûr ! Chacho, Fidelito et Ton-Ton ! Il pourrait leur proposer de vivre avec lui. Il imaginait déjà les yeux écarquillés de Fidelito. *Tout ça est vraiment à toi ? Tu nous montes pas un bateau ?*

Ça roule, dirait Chacho, refusant de se laisser impressionné. Matt lui donnerait sa guitare. Mr Ortega lui enseignerait la musique. Ton-Ton monterait son propre atelier de mécanique. Il entretiendrait le matériel dont Matt aurait besoin pour développer les nouvelles cultures.

Il pourrait inviter María à rester avec lui – en espérant qu'Esperanza ait à s'occuper ailleurs. María adorerait réunir les eejits et leurs enfants. Et puis ils feraient des pique-niques, se promèneraient à cheval, et elle pourrait recueillir tous les chats estropiés du monde.

Matt contempla le ciel. Le crépuscule n'allait pas tarder. La lumière virait à l'or ; les derniers rayons de soleil qui perçaient à travers une brèche dans la montagne projetaient un éclat de lumière formidable sur une paroi rocheuse, dressée à la lisière de l'oasis. Matt vit alors miroiter une forme étrange.

Il se releva et courut vers la paroi avant que l'ultime rayon ne disparaisse. Quand il l'atteignit, l'ombre avait presque estompé le repère, mais il distingua néanmoins le rouge encore chatoyant d'un scorpion gravé dans la pierre. Il appliqua la main dessus.

Lentement, sans bruit, une porte coulissa dans la falaise. Matt tâta la roche. Ce n'en était pas, en vérité, mais une parfaite imitation. Devant lui s'ouvrait un passage qui descendait sous terre. Il alluma sa lampe.

Le sol brillait d'une multitude de pièces d'or. Plus loin se dressaient d'étranges statues, peut-être de dieux égyptiens. Le souffle court, Matt recula et s'adossa à la falaise. Il venait de découvrir l'autre issue de l'antre du dragon. La première des chambres souterraines qui se succédaient jusqu'au cercueil d'El Patrón entouré de sa cour.

Autour du vieillard se tenaient ses gardes du corps, censés le protéger au royaume des ténèbres ; ses médecins chargés de veiller sur sa santé ; Mr Alacrán, qui pourrait le distraire en lui parlant affaires ; et Steven, qui aurait des avis à donner sur la culture du pavot. Car l'on cultivait sûrement l'opium dans le paradis personnel d'El Patrón. Felicia, Fani et Emilia admiraient leur maître, assises à des tables couvertes des mets les plus fins, sans oublier le crabe et les crèmes au caramel.

Et Tam Lin ? Matt ressortit la lettre : *El Patrón veux que je parte avec lui. Je peux rien contre.*

– Si, tu pouvais faire quelque chose, murmura Matt. Tu aurais pu dire non.

Il ressortit, et la porte se referma. Passant la main sur la paroi, il constata qu'on ne pouvait détecter l'ouverture. Cela dit, il pourrait toujours retrouver la marque du scorpion avec une lumière rouge.

Ce soir-là, Matt demeura près du feu à respirer la fumée du prosopis qui s'élevait vers le ciel étoilé. Demain, il entreprendrait de démanteler l'empire d'Opium. C'était une tâche gigantesque et terrifiante, mais il n'était pas seul. Il avait Chacho, Fidelito, Ton-Ton pour l'encourager. Il avait Celia et Daft Donald pour le conseiller, sans oublier María, qui serait la conscience de tous. Il avait aussi Esperanza, il ne voyait pas comment l'éviter.

Avec l'aide de tous, il en viendrait à bout.

Tu peux y arriver, fit Tam Lin depuis l'obscurité qui cernait le feu de camp.

– Je sais, dit Matt en souriant.